U0845418

老婆粉了解一下

大结局

春刀寒 著

四川文艺出版社

临海的渔村，天和海一样澄净，
向远处看，海平面和夜幕交叠，星光垂满大海。
她靠在他肩上，白色的小熊睡衣被夜风撩得轻轻摇晃，
摄像头切远，像一幅海报。

春刀寒

作品

这个人，她一定会对他很好很好。

这辈子，下辈子，下下辈子，

永远永远，都要陪着他。

目录

CONTENTS

第二十一章 绑架

师萱也没想到，会跟盛乔在同一档综艺节目里撞到。

她跟盛乔走的是两条路，一个歌坛，一个影坛，八竿子打不着。除了上次在录音棚遇到并被盛乔打脸，两人再也没在任何场合碰过面。

这段时间以来有关盛乔的新闻一个接一个，一会儿“老婆粉”，一会儿跟沈隽意的恋情绯闻，真是恶心得让师萱应接不暇。换了个公司，盛乔反倒更会炒作了，还是那些下三烂的手段，越发让她看不起。

此刻看到盛乔站在对面笑吟吟的样子，她跟吃了只苍蝇一样恶心。但摄像机已经在拍摄，她要顾及形象，只得扯出一个假笑：“是很巧。”

箱子已经办理托运了，盛乔穿一身浅色的休闲装，短发到下颌的位置，背着个双肩包，满身的青春活力，丝毫不介意她眼底的厌恶，在她对面的椅子上坐下来。

两人各自玩手机，谁都没再说话。旁边的工作人员对视几眼，都看出两人之间气场不合，怕是有恩怨。太好了，掐架的素材不用故意剪了！

其他嘉宾接二连三地到了。

第三个到的是一个喜剧演员，上过好几次春晚，人特别逗，一过来就自我介绍：“我是祁连，祁连山的脊椎。”

他快40岁了，一说一笑满脸褶子，自带笑点，盛乔还挺喜欢看他的小品，赶紧起身握手跟他打招呼：“祁老师你好，我是盛乔。”

“哎呀，我知道你，老婆粉嘛。”

盛乔怪不好意思的，师萱也收起手机，模样温柔地跟祁连打招呼，还没坐下，第四位嘉宾也到了，居然是黎尧。

自从《星光少年》录制结束后，盛乔就没见过他。黎尧脾气火暴又毒舌，《星光少年》录制期间跟盛乔也没说过几句话。看到盛乔他也有点意外，两人虽然没能发展为朋友，但节目录制期间也没闹过矛盾，还是挺和谐的，算熟人。

黎尧先跟祁连和师萱打了招呼，又笑着看她："小乔，头发长长了。"

盛乔摸摸荡在耳边的发尾："要留长了，下部戏要长发。"

祁连说："呦，认识呀？"

黎尧点头："我们之前也一起录过节目。"

说说笑笑，气氛友好，师萱在旁边插不上话，嘴角的笑都僵了。很快第五个嘉宾就到了，她这一来，四个人都同时起身，不约而同地发出感叹声。

来的是冻龄女神梁丘玉。香港女演员，以前TVB的当家花旦，盛乔从小到大看过的港剧里几乎都能寻到梁丘玉的影子。

她40多岁，保养得当，性格也很好，这两年来内地发展，也演了不少古装剧，口碑非常好。很有趣的一个点是，她的姓是复姓，梁丘。

这个姓很少见，以往总是闹笑话，大家都称呼她为梁小姐，每次都少不了一顿解释，后来每次有什么活动，她都主动提前开口："我姓梁丘，单名一个玉。"

所以粉丝都喊她玉姐儿。

这档节目能请到梁丘玉，也是非常不容易，毕竟梁丘玉这么多年几乎就没上过综艺，勤勤恳恳拍戏，可以说是非常敬业又低调的一个人了。

把祁连高兴得，梁丘玉正是他们那个年代的女神，握着梁丘玉的手就是一句："我非常喜欢你，我是看着你的剧长大的。"

几个人哄然大笑。

祁连又说："玉姐儿出道早，人家在电视里挥洒青春的时候，我却在田里挥洒汗水。"

几个人互相打了招呼，最后一个嘉宾也匆匆赶到了，一来就不停地弯腰敬礼，连连道歉："对不起对不起，路上堵车了，让大家久等了。"

去年才通过选秀综艺出道的流量小生胡睿文，走的也是唱跳爱豆路线，年龄小，今年才19岁，小鲜肉一个，充满了年轻人的朝气和活力，一言一行也特别有礼貌。

几个人互相认识完了，看上去都挺好相处，没啥大问题。

至于师萱嘛，人不犯我，我不犯人，到时候见招拆招了，盛乔这么一想，觉得这趟旅途其实还是能愉快度过的。

六个嘉宾都到了，导演组就宣布："来，大家把钱包都交一下，这次旅行不允许私自消费，只能使用节目组提供的资金。"

祁连说："你说你们搞这些虚的干吗？现在谁还用钱包，这不都能手机支付嘛。"

黎尧叹气："祁老师，国外手机支付不方便，毕竟微信和支付宝还没做到国际化，何况还有汇率的问题。"

祁连一拍脑门儿："好久没出过国，把这事儿忘了。见笑了见笑了，丢脸了丢脸了。"

盛乔早猜到节目组的这些小把戏，提前偷偷藏了钱，行李箱里、背包里、外套内衬，连鞋垫下都藏了几张。工作人员来搜钱包，她大大方方交出去，结果导演问："小乔，没藏钱吧？"

盛乔："？？？"

导演："你藏东西小能手的名号在综艺圈还是很响的，那个，小晴，去搜一下。"

盛乔："？？？"这导演怕不是跟《逃出生天》的导演是朋友？

小晴是导演助理，一脸笑意地走到盛乔面前，先把她的背包拿过来里里外外检查一遍，众目睽睽之下，盛乔1000元的私房钱被翻了出来。

导演："还真有，身上呢？"

祁连："别搜了别搜了，人家孩子藏点钱容易吗？能不能给条活路？"

几个嘉宾笑得不行，盛乔一脸生无可恋，接下来小晴又从她外套和裤兜里各搜出500元。

导演："行啊小乔，这都2000元了。还有吗？"

盛乔："没了，真没了。"

导演若有所思，目光渐渐落在她的脚上，吓得盛乔一个箭步躲到祁连身后："真没了啊！你们干吗啊？！"

祁连也伸手挡小晴："算了算了，别逼孩子，这钱我出，我出！"

导演："看不出来啊祁老师，连你也叛变革命了。"

祁连从兜里掏出一张50元："就这么多，再多也没了，我早上买包子剩的。"

胡睿文一脸天真无邪："祁叔叔，你一个人吃了50块钱的包子啊？"

祁连："叔叔这肚子，看到没？为什么比你大？等你到了叔叔这年龄，吃得一样多，肚子一样大。"

要不怎么说是喜剧演员呢，插科打诨的功夫是一流的，这么一闹，导演组总算放过盛乔，她保住了鞋垫下仅剩的私房钱。

交完钱包，导演组把一个黄色信封递过来："这里面是你们第一站的经费，除去住宿已经安排好，你们接下来所有的开销都只能靠经费。根据昨天的采访，最终拿到会计身份的是师萱。来，师萱，把钱收好。"

师萱接了信封，打开一看，花花绿绿的欧元，几个人都催："快数数有多少。"

她一数，1000欧元。

师萱突然觉得这钱烫手："六个人，三天，1000欧元？"

梁丘玉用港普宽慰："省着点花还是可以的，我们都是艺人，在吃上面应该能节省很多。"

祁连："我不是，我不能，我是一顿吃50块钱包子的人。"

导演组继续宣布："根据昨天的采访，最后选定的队长加导游是盛乔。小乔，来，这是你们到了巴塞罗那之后的酒店地址，以及你们需要完成的景点打卡任务，请妥善安排时间，对你的队员们负责哦。"

盛乔："？？？"

昨天采访的时候你们不是这么说的啊！坑我，是吗？！胡睿文带头在那儿鼓掌，被盛乔瞪了一眼，默默地把手收回去了。

师萱突然笑着问："当队长需要很强的沟通能力吧？小乔你英语还OK吗？"

盛乔："Very OK! Don't worry."

师萱："……"

时间已经不早，交代完之后，节目组安排嘉宾和工作人员登机。嘉宾和几个导演在头等舱，其他工作人员都在经济舱，有两个摄像师也安排在头等舱，需要拍一些飞机上的片段。

刚坐下，盛乔的手机就响了，来电显示“我的宝贝”。

她心神一凝，先看了下四周，几个人都在各忙各的，没人注意到她。往下缩了缩身子，她埋着头，手掌捂着嘴，偷偷摸摸接起电话。

霍希的声音透过听筒温柔地传过来：“起床了吗？”

“我在飞机上，今天出发去巴塞罗那录节目。”

她用气音小声说话，说了两遍霍希才听清楚，在那头无奈地笑：“那是长途飞行？在飞机上好好休息，到了给我发消息。”

她“嗯嗯”地应了，其实已经好几天没跟他打电话。一来是两个人都忙，二来是时差，现在听到他的声音，整颗心又柔又暖，她有点不好意思又忍不住小声跟他说：“霍希，我好想你呀。”

他低声道：“我也想你，录完节目来纽约找我，嗯？”

她噘着嘴：“录完节目马上就要进组，可能没时间。”

那头沉默了几秒，又温柔笑笑：“没关系，过段时间我抽空回来看你。”

“不要不要！”她一急声音都大了，又赶紧压低，“不要打乱你的安排，其实……其实也没有很想，看看照片视频什么的，也就够了。”

那头半天没说话。

她试探着喊：“霍希？”

半晌，他低声说：“不行，要很想才可以。”

空姐甜美的声音响起来：“女士们，先生们，我们的飞机很快就要起飞了，请您关闭手机等电子设备，或调至飞行模式，收起小桌板，调直座椅靠背，并系好安全带。”

霍希在那头也听到广播，温声道：“到了给我发消息。”

盛乔虽然依依不舍，但也只能挂了电话，怅然地坐直身子，一看，祁连坐在她旁边的位置，手上拿着本杂志，挤眉弄眼小声问：“小乔，谈恋爱呢？”

盛乔连连否认：“没有啊！”

祁连："那你接个电话偷偷摸摸的干啥？"

盛乔："怕吵到你们。"

空乘很快过来进行安全检查，有个空姐临走时忍住激动跟盛乔说："乔乔，有什么需要你叫我，我是你粉丝。"

祁连叹气："羡慕你们这些坐个飞机都能遇上粉丝的，我这辈子就没这个命了。"

盛乔："祁老师，我是你粉丝，一会儿给我签个名吧。"

祁连："啧，小姑娘上道，笔墨伺候。"

飞机很快起飞，平稳飞行之后，导演组要录一个飞行途中的画面。摄像机不方便，改作用DV录。

师萱和梁丘玉坐在一起看电影。黎尧和胡睿文坐在一起，人手一个iPad在玩单机游戏。拍到盛乔的时候，她在做"五三"。

祁连在旁边撑着身子看，五官皱成一团碎碎念："哎呀，你这道题答得又不对，你咋又错了呀？你看看这个正确答案，这个解题步骤……哎呀，我也看不懂，你自己看。"

盛乔："……"

导演憋着笑问："小乔，难不难？"

盛乔看向镜头："噫吁嚱，危乎高哉！物理之难，难于上青天！"

祁连："语文不错。"

经历十多个小时的长途飞行，节目组终于到达此次旅途的第一站——巴塞罗那。下飞机时是当地时间晚上七点多，气温比国内要低一些，特别是晚上，昼夜温差大，几个嘉宾都穿的短袖，一出去都打了个哆嗦。

一共九个行李箱，大包小包，几个人扎堆儿站在一起，四周全是陌生的文字语言，又累又冷，真是一脸蒙。

节目组已经架好摄像机站在周围开始拍摄，导演组一脸冷漠，脑门儿上仿佛写了四个大字——别找我们。

嘉宾面面相觑，祁连问："现在咋搞啊？我一个英语单词都不认识。"

黎尧说："先找车吧，这一大堆行李，出去了连推车都没有，太麻烦了。"

师萱似笑非笑地看向一直在看地图的盛乔："队长，说句话呗。"

盛乔这才抬头，地图一收，塞进包里："把装衣服的行李箱拿下来，都把外套穿上，不要感冒了。你们先穿着，我出去租车。"她朝师萱伸手，"先给我100欧元。"

师萱："那么多？"

盛乔："行李太多，大家又累，先回酒店再说，这交通费省不了。"

师萱慢腾腾地把钱掏了，又问："你知道去哪儿租车吗？"

盛乔指了指旁边的路标："这不写着吗？"

路标牌上用英文标着巴士、地铁、租车等交通出行方式，她还以为盛乔看不懂，想给盛乔个难堪。

盛乔已经接了钱快步走了。

剩下几个人都从自己的箱子里拿出外套穿上，总算暖和了一些。大家原地玩手机聊天，没多会儿盛乔就回来了："车找好了，走吧。"

于是大家推着行李出发，走了一会儿梁丘玉才想起来："小乔，你也穿件外套吧。"

她还光着胳膊，回头笑笑："不用了，马上上车了。"

祁连一拍脑门儿："哎呀，忘了给小乔拿件衣服，你们也不提醒一下，这团队没有……没有……那个词儿咋说的？"

胡睿文："团魂？"

祁连："对！团魂！不能没有团魂啊，这人生地不熟的，以后大家要互相帮助，互相惦记着啊。"

一路说说笑笑，很快就到了上车点。盛乔找好的三辆车已经等在那里，因为要装行李，两人一车，等大家都上车了，她把地址挨个儿拿给司机看："Please take them to the address."

梁丘玉坐在车里看着，点头笑道："小乔这个队长还挺靠谱的。"

师萱在旁边配合着笑了下，垂眸时，眼底波涛暗涌。

车子一路将他们带到了节目组提前订好的酒店。来之前还以为住宿上应该不会差，起码一人一间房吧，结果酒店老板领着他们上楼，一看，只有四间房，两个单间和两个双人间。

这样就必须有两个人要住在一起，又不能男女混住，梁丘玉资历、身份摆在那儿，单人间让给她，盛乔和师萱被迫同屋。

男生那边，祁连一边推托一边住进了单人间，还说："换着来换着来，不是三天吗？一人睡一晚。"

各自收拾洗漱。

飞了那么久，还要倒时差，都挺累的，师萱也没跟盛乔打招呼，率先进了卫生间，反锁上门之后，愣是一个小时没出来。

盛乔拿着小本本和笔躺在床上，一边看地图一边查资料。巴塞罗那三日游，节目组要求完成三个景点打卡任务，她也没来过这里，得提前规划路线，查门票、查开放日。被导演组硬生生套了个队长人设，她真是操碎了一颗心。

等她把明天的计划做完了，师萱还在卫生间里，她起身走到门口，敲敲门，慢条斯理地问："师萱，你是不是便秘了？"

里面的师萱："？？？"

盛乔声音恳切："水土不服很容易便秘的，你需要开塞露吗？"

师萱："马上出来！！！"

其他嘉宾基本都已经休息了，盛乔这才洗澡，洗完出来，短发湿淋淋滴着水，四周寂静，师萱早就躺上床，裹着被子脸朝外。

她看了一圈，拿着吹风机蹑手蹑脚下楼，在楼下的登记处把头发吹干，才又转身上去了。

已近凌晨，躺上床后身体巨大的疲劳感迅速袭来，她算了算时差，霍希那边才刚入夜，虽然很困，还是眯着眼发了条报平安的消息："我到酒店啦。"

霍希过了几分钟才回复："方便接电话吗？"

她撑着精神："不能，他们都睡了，我和师萱住一间。"

那头的霍希皱了皱眉，回复："那你也睡吧，乖一点，盖好被子。"

她却没回复，估计已经睡着了。他看着聊天界面，想象她握着手机歪着头睡觉的画面，无声地笑了一下。

第二天一早，节目组就把嘉宾喊起来，告诉他们该去完成第一天的打卡任务了。几个人同时发蒙。啥任务？还打卡？

导演说：“第一个打卡景点，圣家堂。”

黎尧咬着面包问：“怎么去啊？远不远？”

祁连还在刷牙，满嘴牙膏跑出来：“这些景点要门票吧？我们钱够吗？”

梁丘玉：“小乔队长呢？”

师萱淡笑：“还在床上。”

梁丘玉说：“快，快把她叫起来，我们商量一下今天的行程。”

师萱说：“我可不敢叫，节目组都喊不起来。”

梁丘玉赶紧走过去，床上盛乔果然用被子捂着头还赖着，梁丘玉拍拍被面，喊她：“小乔，快起来了，我们要商量接下来的行程，现在什么计划都还没有呢。”

盛乔从被子里伸出一只手，伸到枕头下面，摸啊摸，摸了半天，抽出一个笔记本：“都在这里面了，让我再睡半小时。”

梁丘玉拿过来翻开一看，笔记本里整整齐齐写着有关“圣家堂”的资料，在什么位置，从这里过去坐什么车最方便，要坐多久，车票多少钱，圣家堂附近餐厅的人均价格，参观时间，门票价格，全部罗列得一清二楚。

每人一天要花多少钱也算了出来，在最下面画了一个醒目的圈。

梁丘玉眼睛都瞪大了，拿着本子跑出去，像发现宝贝一样：“天哪！小乔队长也太厉害了，全部都安排好了。”

几个人轮流看了遍笔记本，祁连说：“这孩子，太让人省心了。我再回去睡会儿！”

胡睿文看了看手机：“这才七点半呢，小乔姐姐昨晚查资料肯定睡得很晚，让她也再睡会儿。”

梁丘玉说：“师萱，你来我房间吧，让小乔好好休息。”

师萱：“……”

于是盛乔成功睡到九点才爬起来，总算养好了些精神。等她收拾好了，一行人按照她规划的路线去坐地铁，出发前往圣家堂。

几个人中除了梁丘玉在香港长大，英语很好，其他几个人都是半吊子，祁连更是两眼一抹黑，除了介词，啥都不认识。

一开始他们都以为盛乔的英语也就够日常使用，主要还是要靠梁丘玉，结果盛乔不仅会看地图还会看路标，一路领着他们丝毫没走弯路，很快就到了地铁站。

路标指引其实比日常交流更难，因为大多数地名不熟悉，还都是大写，一看就头疼，但盛乔看上去毫无压力，买好票之后又给他们指了在哪站下。

几个人来之前都做好了苦游的准备，结果有盛乔带队，好像完全不用动脑子，轻轻松松就到了圣家堂。

师萱虽然在哥伦比亚大学留学，但也属于吃喝玩乐的那一类白富美，上学期间就没怎么认真过，家里后来让她考经济学硕士，她执意不考，要进娱乐圈，一方面是为了霍希，另一方面也是因为确实专业不行，不想上学了。

让她应付日常的交流没问题，但像盛乔这样轻轻松松解决路线行程，不用翻译软件绝对办不到。

导演组起初给盛乔安排这个队长人设，就是想把这次旅行的难度加大。队长不懂英文什么都安排不好，团队肯定会不满起冲突，这些冲突就是播出时的看点。

结果……你咋啥都会？

你们这么顺利，我们很尴尬啊。

到了圣家堂，先排队买票，再进入景点参观。工作人员问他们要不要请一个导游讲解，一问价格，要15欧元。

祁连马上说："算了算了，我这个人没内涵，讲了也听不懂，过过眼瘾就行。"

梁丘玉倒是蛮想要一个的："国外这些建筑都有它们存在的价值和目的，如果不了解背景和文化，来了就跟没来一样。"

几个人意见相左，僵持不下，盛乔买水回来了，一听，小手一挥："不用请讲解，我给你们讲。"

师萱扑哧一声笑出来："你会吗？"

盛乔挑眉看她："你可以听听看。"

只有师萱和梁丘玉想请讲解，三个男生都觉得无所谓，听盛乔这么说，当即说“好”。少数服从多数，两人也只能应了。

盛乔把水分给大家，然后各自拿着门票安检进去，过完安检，师萱说：“你讲啊。”

盛乔看了她一眼，笑了一下，慢条斯理地开口：“圣家堂又叫赎罪堂，是西班牙建筑师高迪设计的。高迪你们知道吗？他是世界上非常著名的建筑师，塑性建筑流派的代表人物，他的作品有17项被西班牙列为国家级文物，7项被联合国列为世界文化遗产。圣家堂就是他最后的作品，可惜没有竣工高迪就去世了，这座教堂是世界上唯一尚未完成就被列入世界文化遗产的建筑，高迪是巴塞罗那最伟大的建筑师之一，对世界建筑史的影响力也是空前的。他就被安葬在这座教堂下面。”

祁连“妈呀”一声：“那我们现在不是踩着人家坟头？”

几个人笑得不行，盛乔说：“他死后能看到这么多人来观摩他的作品，应该也很开心。”

黎尧问：“他怎么死的？”

盛乔边走边叹气：“车祸。巴塞罗那举行有轨电车通车典礼，高迪被电车撞死了。”

众人：“……”

盛乔：“来，看这边，这一面雕刻的是《圣经》里面的场景，它整个设计是没有直线和平面的。因为高迪的设计理念是直线属于人类，而曲线归于上帝。所以圣家堂基本上都是由螺旋、锥形、双曲线、抛物线这些不规则曲线组成的，很有律动感。”

眼前的建筑神圣庄严，又充满了扭曲感和撕裂感，几个人都边走边拍，盛乔引着他们继续讲解：“这两边的画面分别刻画了耶稣的诞生和死亡，所以你们看，这两边呈现出来的建筑风格也不一样，这边看着就很喜悦，而那边就透着一股悲伤。”

她不说还不觉得，她一说，几个人还真从这复杂繁密的建筑里体会到了不同的心情。这样的建筑真的是凡间的神迹，本来只抱着随便看看的心态，可身临其境，看着周围神圣庄严的雕刻，听着有关它的背景文化，心里莫名就腾起一股敬畏。

几个人又去了中殿，在殿堂中的长椅上做了祷告，教堂下面还有一个博物馆，介绍了建筑的历史和每一个设计元素，橱柜里还有很多建筑手稿和模型。

几个人都更喜欢教堂彩色的玻璃和梦幻的曲线，高迪对于自然光折射的掌握炉火纯青，简直就是一种视觉享受。他们对于博物馆倒是没啥兴趣，偏偏盛乔对这里最感兴趣，每一份手稿和设计元素都看得特别仔细。

催了她几次，她恋恋不舍地说："这些手稿对建筑系的学生真的很有帮助，真的能学到很多。"

师萱嗤笑："你又不是建筑系的学生。"

盛乔烦死她见缝插针的嘲讽，没好气地说："我就喜欢建筑行不行？我明年就要参加高考了，到时候就考建筑系行不行？"

师萱："……"

祁连察觉两人之间的矛盾，赶紧跳出来当和事佬："行行行，那我们再看会儿，再看会儿啊。欸，这是什么呀？"

盛乔懒得跟她计较，借坡下驴，转头去看，又解释："这些草稿上都是高迪当初的初稿和设计理念。你看，他真的很聪明，利用自然下垂的重物创作，然后用地上的镜子反射出倒过来的样子。"

几个人参观完博物馆出来，盛乔又领着他们登塔。其实这整座教堂就是一座170米的高塔，从上往下看，整个城市尽收眼底，非常雄伟。

登高望远，一览众山小，除了内心的震撼，还有对设计出这座建筑的建筑师的敬仰。

很早以前，她就想来这里看看。

想对那个长眠于此的建筑师说一句：谢谢您留给后世的礼物，让我们后辈能有幸目睹这样的神迹。

逛完整个圣家堂，已经是下午，几个人走得又累又饿，好在盛乔提前查好了吃饭的地方，看着地图一路找了过去。

这家店的人均消费在15欧元左右，几个人先算了算账，他们从昨晚下飞机到现在，已经花了200多欧元，接下来还有两天，这顿饭说什么也不能超过70

欧元，于是大家混着点，一样吃一点，一顿饭倒还吃出了几分同甘共苦的革命友谊。

吃着美食、喝着饮料，吹着小风沐浴阳光，看着远处宏伟的建筑，他们悠闲得都快忘了是来拍节目而不是来旅游的。

祁连感叹连连：“小乔，有你在，叔这接下来的14天，就把脑子关机了哈。”

黎尧已经跟他混熟了，笑说：“你开机也没用啊。”

祁连作势要打他：“怎么说话的？怎么跟前辈说话的，还想不想在娱乐圈混下去了？”

几个人笑作一团，胡睿文啃着比萨说：“小乔姐姐真的好厉害，什么都知道，英语也好，我好羡慕啊。”

梁丘玉也好奇：“小乔你怎么知道那么多？”

盛乔：“毕竟我是一个高三狗。”

高三，人生知识的巅峰。上可研究黄赤交角，下可配平化学方程，左政治，右经济，校服配笔头，千张卷子我最强。

参观完圣家堂，晚上节目组给嘉宾安排了一场足球晚会。巴塞罗那作为巴萨的大本营，还有梅西坐镇，足球属于全民运动，备受推崇。

晚会还邀请了几个足球俱乐部的球员，开场时会表演花式足球，敲锣打鼓、唱歌跳舞，搞得特别热闹。

吃完饭，导演组说：“你们也要准备一个节目，表演给当地人看。”

几个人：“？？？”只有几个小时了，咋准备？

盛乔赶紧把嘴里的比萨吞下去，摸出自己的小本本，翻开新一页：“快快快，报才艺，不能给我国丢脸。”

祁连一拍桌子：“国歌合唱，耀我国威！”

黎尧：“足球晚会，我们唱国歌，到时候播出去，网友说我们嘲讽国足怎么办？”

祁连：“……那我就只会表演小品了。”

盛乔想了想：“小品不行，语言不通。最好还是歌唱类节目，能带动气氛。”她看向黎尧和胡睿文：“三个小时你俩能排个唱跳节目出来吗？”

两人都是唱跳型，黎尧这两年虽然在往影视方面发展，但基本功还在。听盛乔这么说，两人对视一眼，点点头。

黎尧说：“先选歌。”

盛乔：“你俩去选，要能带动气氛的，能把场子热起来的。”

胡睿文和黎尧拿着手机凑到一边去选歌了。

梁丘玉说：“那我们就当观众吧。”

导演组立刻反驳：“每个人都必须参与到表演中。”

盛乔问：“能提供乐器吗？”

导演组点点头：“想要什么？”

她看向剩下的三个人：“你们会什么乐器吗？”

祁连说：“我会口琴！”

梁丘玉说：“我会长笛。”

师萱：“我会钢琴。”

盛乔看向导演组：“听到了吗？口琴、长笛、钢琴，还有架子鼓，给我们一人备一个。”

导演组：“……我们只能提供口琴。”

盛乔：“要你们何用？退下！”

导演组：“……”

过了会儿，黎尧和胡睿文说：“我们选好了。经过我们一番考虑，一致决定，既能热场子又经典又有华语特色的歌，莫过于《冬天里的一把火》！”

祁连：“这个我喜欢！我这岁数的，我会吹！”

梁丘玉也说：“可以。”

本来想借此机会给自己的新歌宣传的师萱：“……”

盛乔说：“行吧，那就这个，你俩改编一下，中间加一段稍微平缓的和声，这样我们几个女声就可以和进来。”

商定之后，师萱把饭钱结了，盛乔按照节目组给的晚会地址查了路线，几个人离开圣家堂，前往足球晚会现场。

转了一趟地铁和一趟巴士才到，天已经渐渐暗下来，黎尧和胡睿文编排了一路，把中间可以加和声的地方也改出来了，黎尧会编曲，跟导演组说："晚会现场应该有乐队吧？借我们使使？"

导演组答应了。

一行人到了之后，先去后台找乐队，导演组早就跟晚会的举办方沟通过，大家也很欢迎中国明星参与到当地的特色晚会中来。

举办方得知他们要表演歌舞，需要乐队，很爽快就答应了，把几个人带到了当地一个校园乐队的排练区。

这个乐队的成员都是学生，是学校里有名的足球乐队，今晚也要表演。听说来自中国的歌手需要帮助，他们都特别激动。

音乐无国界，借助这个年轻乐队，重新编曲的《冬天里的一把火》很快就完善了。祁连口琴果然吹得不错，女声和唱的地方排练了几遍，配上口琴的旋律，特别好听。

足球乐队乐器齐全，盛乔一来就看到了架子鼓，跟鼓手说了自己的请求，那鼓手被她搭讪还挺不好意思的，特别害羞地答应了。

于是节目形式定了下来：黎尧和胡睿文主唱，祁连吹口琴，师萱和梁丘玉唱和声，盛乔打架子鼓，足球乐队会帮他们伴奏。

足球场渐渐热闹起来，点燃篝火，打起乐鼓，晚会很快就开始了。

都是国内的风云人物，此刻在这个小足球场居然还都生出一种紧张感，特别是当主持人介绍他们是来自中国的超级巨星时，压力感和荣誉感更重了。

祁连一听盛乔翻译，急得原地打转转："胡说！怎么是超级巨星？我就是一演小品的！我这样的不是给中国巨星丢脸吗？！"

他一闹气氛又缓和不少，到他们上场的时候，现场的欢呼更加热烈。几个人依次上台，站定位置，盛乔坐在架子鼓前，鼓棒落下第一个音。

音乐骤起，黎尧和胡睿文一上舞台气质就不一样了，都是从大大小小舞台走过来的人，舞台掌控力还是强的。两个人对唱互动，中间改编了一段激烈的鼓点，盛乔手都要敲断了，但两人踩着这段鼓点来了一段街舞，还是很加分的。

到最后音乐声渐低，口琴的声音凸显出来，师萱和梁丘玉坐在台阶上轻声吟唱，全场都静下来。到最后一个音落，鼓点又起，最后在一段高亢的歌声中完美结束了这段表演。

盛乔一棒打在镲片上，鼓棒朝上一扔，起身时完美接住。

啊，这次总算没有砸到头。

现场掌声不断，几个人站在台前鞠躬，下台之后坐到了嘉宾席，旁边就是开场表演花式足球的球员。

盛乔刚坐下，旁边那个高高帅帅的球员就开口搭讪，用英语问："Hi，你是中国明星吗？"

盛乔礼貌地笑道："是的，你好。"

这个球员把手腕上的一串花环取下来递给她："刚才你的表演很完美，这个送你。"

盛乔道谢接过，那球员示意她把花环戴到手上，在一旁拍摄的导演组终于忍不住开口："小乔，戴上那个花环的意思就是接下来要当他的女伴哦。"吓得盛乔差点把花环丢出去。

旁边几个人都在笑，祁连说："看我们小乔人见人爱，走到哪儿都有人喜欢。"

那球员见她不戴，无奈地耸了下肩，另外几个球员把他扯到一边，纷纷把自己手腕上的花环递过来。

热情的示爱让人应接不暇。

到最后主持人让当地观众评选最喜欢的表演时，盛乔差点让花环埋了。她那段帅气的架子鼓给人留下了深刻的印象，看来当地的男生更喜欢有魅力、有个性的帅气女孩。

临走时，那几个球员还过来跟她合照。

祁连开玩笑说："小乔，考虑找个足球运动员当老公吗？"

盛乔："不、不、不、不、不、不、不用了！"

这段可千万别播，千万别被霍希看到。

晚会结束，几个人也累得不行，盛乔算了下账，他们在食物上比较节约，明天省着点吃，还是能把今晚的打车费节约出来的。毕竟走了一天，谁都不想再转地铁坐巴士了。

他们打了两辆车，直奔酒店。

盛乔坐后面那辆，到的时候，师萱坐的那辆车已经停下来了，但人都没下车，好像在车里吵什么。

她让祁连先在车上坐着，赶紧下车跑过去，一看，师萱把包翻了个底朝天，气急败坏道："我真的放在这里的，到底去哪儿了啊？！"

师萱把经费丢了，全身上下找了个遍，半分钱都没了。

后面那辆出租车的司机已经不耐烦地按喇叭，这辆车的司机脸色也不好，看出来他们是丢了钱，以为要坐霸王车。

盛乔先跟司机说了"抱歉，稍等"，直接去跟导演组要钱："先把车费结了，就当我们借的。"

导演组把车费给了，几个人下车，祁连还在后面一脸蒙地问："怎么了啊？"

盛乔说："先回房间再说。"

师萱走在前面，走着走着，把包狠狠往地上一扔，转头就走。

黎尧一把拉住她："去哪儿啊？"

师萱冷声道："去找钱！"

"丢都丢了，丢在哪儿都不知道，去哪儿找？都这么晚了多不安全，先回去再商量。"

师萱本来就特别好面子，看几个人都看着她，狠狠地甩开黎尧的手："我丢的我负责，不要你们管！"

黎尧那脾气多火暴啊，瞬间就冒火了："你神经病吧？你丢了钱还发火？这么晚了你出去要是出点什么事，节目还怎么拍？我们几个都给你陪葬是吗？"

祁连和梁丘玉都赶紧上去安慰，导演助理也都围上来，好说歹说，把发脾气的师萱劝上楼了。

盛乔走在最后面，问导演："这种事你们之前有过预案吗？"

导演说："设想过丢钱的情况，但没想能真丢。"

盛乔："那解决方案是……？"

导演："你们自己看着办。"

盛乔："……"

上楼去，几个人聚集在黎尧和胡睿文的双人间，师萱坐在床边，又气又恨的表情，居然还哭了。

黎尧在那儿冷笑，胡睿文左看右看缩着脖子不说话，祁连和梁丘玉年长一些，耐着性子在那儿安慰。

"事情已经发生了，哭闹发脾气有什么用？大家都是一个团队，一起找解决办法嘛，导演组不会看着不管的。"

盛乔拎了个小凳子坐进来："我问了，导演组说他们不管。"

众人："……"

师萱牙齿咬得紧紧的，抬头看了她一眼，那眼神居然还带着恶意。

盛乔都笑了："你这么看我干什么？怪我？"

师萱正在气头上，刚才那一眼也是没注意，听盛乔这么说，咬牙把心底的怨气压下去，四周摄像头都拍着，她捏着被单低低说了句："对不起。"

盛乔懒得理她，跟众人说："这一站还有两天时间，这两天我们想办法赚点钱，熬过去到了下一站，节目组就会给我们新的经费。"

几个人都点头，胡睿文问："那我们怎么赚钱啊？"

盛乔："巴塞罗那这么大，还担心赚不到钱？"她起身，拍拍胡睿文的头，"累了一天，大家先睡吧，等我晚上想想，明早咱们早点起，再商量。"

确实也很累，几个人没什么异议，各自回房休息。

黎尧看师萱都没好脸色："回你的房间，还在这儿干吗？"

把师萱给气得，起身就走了。

回到各自的房间，盛乔正卸妆洗脸，师萱突然把房内安置的摄像头关了，站在卫生间门口冷声问："你是不是很得意啊？"

盛乔脸上还抹着洗面奶呢，头也不回地笑道："我得意什么？"她拧开水龙头，把脸上的洗面奶清理干净了，用帕子擦干水，一张素净的脸，眼睛清澈，连笑看起来都很自然："师萱，不是每个人都像你这样，把人心想得恶臭。"

师萱咬牙瞪着她。

她擦肩而过："我没那么多精力花在你身上，别把自己看得太重要。"

第二天大家都七点多就起床了。

没有钱买早餐，好在各个嘉宾带的零食还有一些，盛乔把自己带来的茶包泡了，借酒店老板的微波炉热了面包，将就着吃了顿早饭。

黎尧见师萱还是那副摆脸色的样子，冷笑都快甩到天上去了，把师萱气得暗地咬牙，谁都不说话，气氛很僵。

节目组可开心了，拍得很认真，到时候预告片把这段剪进去，人气一定会大涨的！

然后他们就看到盛乔穿着拖鞋，提着自己那双运动鞋过来了，在祁连身边坐下，运动鞋搁一边儿，问导演组："你们的意思，是什么都不管，完全让我们自己搞定对吧？"

导演组："对，自己的过失自己承担。"

盛乔："行，那一会儿不管我们做什么，怎么做，你们都不能插手哦。"

导演组："……"怎么感觉有点不对？

然后他们就看见盛乔笑笑，俯身把那双运动鞋捞起来，从鞋垫下面各掏了三张人民币出来，一共600元。

导演组："？？？"

嘉宾："！！！"

盛乔不慌不忙，又拿出自己的手机，掰开手机壳，从手机壳后面拿了400元出来。

导演组："？？？"

嘉宾："！！！"

都是崭新的票子，一共1000元，她往桌上一放："你们没能提前搜出来，是你们的过失，自己的过失自己承担对不？那这钱，你们现在也不能没收。"

导演组："……"

祁连都坐不住了："小乔你真是个人间鬼才！"

本来很僵的气氛被她这么一搞，黎尧和胡睿文都笑作一团，连梁丘玉都笑弯了腰，只有师萱还是沉着脸不说话。

盛乔也不搭理她，把钱揣起来，跟几个人说："我行李箱里还有1000块，

2000块人民币只能换200多欧元。我们接下来要打卡的两个景点，我算了一下，六个人的门票费加起来一共是168欧元。在完成节目组布置的任务后，我们还能余下90多欧元。两天吃喝省着点，至于交通费，能走路就走路，怎么样也能节省下来。”

胡睿文说：“我包里还有两桶泡面！我吃那个就行！”

盛乔：“干得漂亮！”

节目组：“……”

她拿着钱找节目组兑换欧元，导演说：“你想得咋这么美呢？摆了我们一道，还想让我们给你兑换？”

盛乔说：“你们可庆幸我还有私房钱吧，我们在这里不管是打工还是卖艺都违法，要没我这钱，你们还得再掏一次经费。”

导演：“……我谢谢你啊。”

不管怎么样，她想出了解决办法，节目组本来是想让他们去街头卖艺的，昨晚连夜去搞许可证，但还没消息，现在也只能这样，不然节目都没法继续往下拍。

节目组帮他们把2000块人民币换了欧元，因为是盛乔自己的钱，这钱就直接交给了她。他们重新规划了路线，好在这个酒店离他们要打卡的第二个景点不是特别远，走路的话两个小时就能到。

事不宜迟，时间也还早，几个人收拾收拾就动身，步行前往第二个打卡景点——毕加索博物馆。

白日里被阳光笼罩的异国街头，一花、一草、一景都赏心悦目。昨晚还觉得丢钱事大，现在众人觉得这世上除了生死其实也没什么大事。

除了胡睿文和黎尧，其他人都自带了水杯，提前在酒店装了水，盛乔给他俩一人买了瓶水，几个人走走聊聊，还是挺自在的。

绕过一条街道时，师萱看到旁边的一家二手奢侈品店，脚步顿了一下，招呼也没打，直接就进去了。

大家走了几步才发现她没跟上来，又回去找，然后才看到她在那店铺里，正把手腕上的一串手链取下来。

祁连说：“她这是干什么？”

黎尧眯眼看了会儿，冷笑：“打算把手链卖了换钱？”

几个人推开门，里面老板正接过手链在细看，梁丘玉说：“萱萱，钱的事已经解决了，就别卖这个了。”

师萱头也不回道：“我说过，我自己惹的麻烦我自己解决，不需要拿别人的钱。”

老板已经检查完手链，跟她报了个数字，师萱皱眉：“我这可是夏季新品，才上市半个月。”

那老板看她是外国人，也存了坑她的心思，耸肩笑道：“二手货就值这个价，不卖就算了。”

师萱没再多说：“给钱吧。”

这手链是奢侈品，就算被老板压了价，也是一笔不小的数字。有了这一大笔钱，任由他们花，这穷游节目还怎么拍？导演组立即在后面开口：“不能典当物品换钱，违规。”

师萱一下转过身来，语气不善道：“那盛乔藏钱怎么不算违规？她用她的方式藏钱，我用我的办法换钱，怎么就我违规？”

节目组也挺尴尬的，导演开口解释：“因为禁止典当物品这一条在旅行条约里是明文规定的，还有禁止向当地好友借钱求助，禁止让亲友送钱等行为，都属于违规行为。藏钱没写在里面。”

毕竟他们没想到嘉宾能真藏钱啊，没收了钱包，当场搜了身，怎么也没想到还能藏，也就没在条约里写。唉，也是他们失算了。

师萱从小像公主似的被宠着，进入娱乐圈别人也是捧着哄着，哪里受过这样的气，冷笑道：“就是针对我呗？”

总导演也是个硬脾气，听了这话就来气：“师萱你这话怎么说的？我们制定条约之前知道你会丢钱典当物品吗？”

嘉宾和导演吵起来，这简直是有史以来最尴尬的场面，摄像机都没法儿拍，拍了这段也没法儿播。

几个嘉宾面面相觑，祁连在那儿使眼色，意思是上去劝劝，正使眼色呢，师萱突然跟那二手奢侈品店的老板说："我不换了。"

那老板恋恋不舍地把手链还给她。

大家都松了口气，还没松完，师萱把麦一摘，搁在玻璃橱柜上，目不斜视地往外走："节目我不录了。"

师氏集团的千金，何时受过这种窝囊气。公主是傲视人间的，别人本该跪着仰视。

执行导演把周围的摄像机关了，去拉师萱："萱萱，我们有话好说，现在你们资金是够用的，完全用不着典当你的手链，也是不想你破费……"

师萱脚步一顿，冷声道："我说了，我不要别人的钱。不过现在也没关系，我不拍了，你们随意。"

几个助理还要上去拉，总导演厉喝一声："让她走！这节目没她还拍不了怎的？"

师萱一听这话，冷笑一声，掉头就走了。

几个导演、助理都快疯了，跟总导演说："她可是星耀力捧的人，背后还有一个师氏集团！"

总导演那也是经历过大风大浪的人，在综艺圈名气是响当当的，别的艺人想上他的综艺那都是求着，何时敢给他甩脸色了？总导演冷笑道："我就不信一个师氏集团还能一手遮天了不成？"

闹出这么大的事，另外几个人也都觉得无奈。

其实盛乔知道为什么师萱执意典当手链。因为她不想用自己的钱，换了这其中任何一个人，她都无所谓，但那是盛乔的钱，就不行，一个她看一眼都嫌脏的人。

花盛乔的钱，对她而言是种羞辱。

本来以为接下来拍不了了，要回酒店重新商议，结果总导演说："你们继续拍，该怎么样就怎么样。那个小李，重新联系一下艺人，下一站补上。"

于是五个人只能继续朝原目的地步行。

中途的插曲耽误了一些时间，接近中午时，嘉宾终于到达了今天的景点——毕加索博物馆。

盛乔先用手机查了查附近饭店的人均消费，跟大家商量之后选了一家消费较低的店，点了20欧元的食物，主要是面包、比萨类可以饱腹的主食，每人分着吃了。

黎尧说："虽然这么说有点不地道，但少个人我们的经费都宽裕了不少。"

也就是他那不怕得罪人的暴脾气敢这么讲话。吃完饭休息一下就去排队买票，祁连说："小乔，今天这个地方的讲解就继续靠你了！"

盛乔说："最多给你们讲一下这座建筑，毕加索的画我也不太了解啊。"

梁丘玉笑道："这个我了解，我给你们讲。"

买好门票，一行人就开始参观。这座博物馆是由毕加索居住过的公寓改建而成的，建筑本身就是一件艺术品。

盛乔对20世纪这些建筑师的鬼斧神工佩服得五体投地，边走边跟他们介绍建筑本身的一些艺术成分，无论是庭院还是构造都很值得学习，想到自己这辈子跟建筑业无缘了，心里难免有些感慨。

等进入博物馆，梁丘玉就以讲解员的身份开始介绍毕加索的作品。她确实是对画作感兴趣，在国内也经常参加一些画展，毕加索的大多数作品她都了解过，也能说出几分内容来。

这座博物馆坐落在旧城区，等他们逛完出来，又在旧城区里逛了逛。这些窄小的街道上有很多稀奇古怪的小东西，看得几人都想买，但又没钱。

祁连说："别逛了别逛了，只能看不能买的滋味太难受了，我看我们还是回酒店睡觉，睡觉最划算，只浪费空气。"

于是一行人打道回府。今天走了太多路，回去的时候坐地铁，位置不多，三个年轻人都把座位让给梁丘玉和祁连了。

盛乔靠着扶手，有点累，她的跟拍导演林家荣凑过去悄悄说："小乔，后面那两个小姑娘跟了一路，是不是你粉丝？"

她这才看到，两个背着双肩包的年轻女孩，也没拿手机照相，就远远站着，一直在朝她这边瞟，看到她看过去，都有些紧张，盛乔站直身子，朝她们招招手。

两个女孩对视一眼，赶紧走过来了。

盛乔笑问："是过来旅游的吗？"

"对对对，刚才在博物馆看到你们，真的好惊讶啊！"

"乔乔我们不是私生，就真的是很意外遇到了。我们都没拍照！"

盛乔笑着点点头，温声说："我们还有两站就下了，你们也回酒店好吗？"

两个女孩连连点头，其中一个人把手上的袋子递过来，小声说："乔乔，我们给你买了水，还有你刚才在旧城区看中的那个小葫芦，你能收下吗？这些都不贵！"

盛乔有点惊讶，有点感动。

她刚才逛旧城区，的确在一家手工店看中了一个手编的金色小葫芦，但是没钱买，只能作罢。没想到乔粉这么细心，居然给她买下来了。

盛乔伸手接过："谢谢你们，在这边玩要注意安全啊。"车子停站，下一站就要下了。她亲切地笑着说："我们拍张合照吧。"

两个女孩都没想到她会主动开口，真是激动坏了，赶紧拿出包里的手机一人拍了一张合照，等车子到站，一直不停地跟她说"乔乔拜拜，照顾好自己"。

她走出车厢，站在外面，又回头朝她们挥挥手。

林家荣在旁边说："当你粉丝真幸福。"

口袋里不仅有未开封的水，还有五颜六色包装精致的糖，那个金色的小葫芦也装在礼品盒里。

粉丝的心意真是纯粹又美好。

回到酒店，几人把晚饭解决了，祁连从行李箱掏出一副扑克牌，在今天刚建的微信群里发消息："斗地主来不来？"

黎尧："不来。"

祁连："为啥不来？你在哪儿？"

黎尧："我在上路草丛蹲鲁班。"

祁连："？？？"

盛乔："鲁班做错了什么？为什么要蹲他？"

祁连："快来陪老夫斗地主！不然老夫要闹了！"

家有一老，如有一宝。于是几个人纷纷聚到祁连的房间去打斗地主，出去的时候，盛乔看到总导演和执行导演在通风口一边抽烟一边聊天。

执行导演说："找了好几个，档期都错不开。"

总导演吐着烟圈沉默不语。

盛乔敲敲通道门，等两人回头才走过去，笑笑问："是在联系补位的嘉宾吗？"

总导演点点头，叹气："时间太赶，联系的艺人都有行程，档期错不开。"

盛乔说："我可以推荐吗？"

总导演问："谁？"

盛乔："乐笑您认识吗？"

总导演想了一下："哦，我知道她。"他顿了顿，摇摇头，"乐笑不行，咖位压不住师萱。"

难怪这么焦头烂额。要找有档期的，还要是咖位能压师萱的。这次罢录闹得这么不愉快，如果补位嘉宾咖位压不住师萱，到时候粉丝闹起来，嘉宾都要被连累。

总导演摆摆手："你去玩儿吧，我们再找找。"

盛乔点头走了。

第二天几个人继续前往第三个景点打卡——加泰罗尼亚音乐厅。导演组提前做了安排，几个人还听了场音乐会。

这里也是盛乔以前非常想来观赏的建筑之一，一进去就跟回了家似的，滔滔不绝地跟几个人讲述这座最具现代主义风格的伟大建筑，它的雕塑色彩是多么明艳，它的马赛克陶瓷装饰是多么特别，它的雕刻美术技艺多么让人叹为观止。

盛乔说了半天，祁连说："你一介绍建筑就跟打了鸡血似的，我看你不该当演员，应该当个建筑师。"

盛乔被说中心事，叹了两声气："如果可以选择，我也想呢。"

如果可以选择，她何尝不想过自己的人生。

打卡完最后一个景点，下午又参加了节目组安排的活动，当天晚上回到酒店，节目组就把下一站的经费拿过来了。

总算结束这抠抠搜搜用私房钱的生活了。

最后大家一致决定让盛乔保管经费，数了数，一共1300欧元，比第一站还多出300欧元来。大家都挺高兴的，黎尧问："新的嘉宾找到了吗？还是就我们五个？"

导演说："明天到达目的地就能见到新嘉宾了。"

第二天一早，大家先去机场，坐飞机前往法国马赛，再从马赛坐火车前往第二站——阿尔勒。

几个人在国内都很少再坐火车了，大家买了点小零食、水果，坐在车厢里看看窗外风景，吹吹牛、打打牌，跟去郊游似的。

快到站的时候，导演说："今天的第一个任务，下车之后去寻找你们的同伴。十分钟内要是能找到，上次借给你们的车费就不用还了。"

祁连问："男的女的？"

导演铁面无私："自己找。"

盛乔说："应该是女嘉宾吧？"

黎尧撇嘴："不一定，万一他们不按套路出牌。下车我们分头找，谁发现了在群里说一声。"

因为梁丘玉对内地的艺人不了解，她和盛乔一组，黎尧一个人一组，祁连和胡睿文一组。车子一停，几个人才刚下车，导演组就在旁边开始计时。

为了车费，冲呀！

盛乔那天偷听了导演的墙根，知道他们请来的嘉宾咖位一定不小。既然是大咖，气场肯定很强，再从几个嘉宾的定位去分析，多半还是会找歌坛的人。

就这么在人群中穿梭寻找，时间一分一秒过去，祁连在群里发消息："这人也太会藏了，第一次见面也不说友好一点。"

盛乔拿着手机边听边走，突然看到站台边上，有个人戴着鸭舌帽蹲在那儿剥橘子，长发散在肩头，遮住两侧的脸颊。

她虽是蹲着，容貌、身形都看不清楚，但周身那股无形的气场根本让人无法忽视。盛乔兴奋地指给梁丘玉看："看看看，这肯定是！"

两人快步走过去，盛乔在她旁边站定，礼貌地问："请问，你是我们的新同伴吗？”

那人偏头，嘴里还咬着一瓣橘子，眉眼艳得不行，一笑桃花眼上挑，又酷又性感：“你们也太慢了，我橘子都吃完了。”

妈呀，节目组也太敢请了。

唱跳女神赵虞，圈内唯一人气流量敢跟霍希和沈隽意对打的女艺人。她当年在韩国女团出道，唱跳一绝，长相性感，是团里人气最旺的艺人。后来又在女团人气巅峰时退团回国，一路打拼过来，凭借唱跳功底和超高颜值吸粉无数，男女通杀。

赵虞、霍希、沈隽意，被网友戏称为娱乐圈的三座顶流大山。能和这两人齐名，可见其人气。

不过女艺人的流量多少还是有些比不上男艺人，三个人每次遇到投票打榜，也都是薏仁和希光争得你死我活，赵虞的粉丝干不过，常年稳居第三。

导演说要请个咖位压住师萱的，这也太压得住了，可以压三个师萱了。

赵虞站起来，把橘子皮塞兜里，盛乔朝她伸手：“你好，我是盛乔。”

她握住盛乔的手，笑嘻嘻道：“我知道，霍希的老婆粉嘛。”两人打完招呼，赵虞又跟梁丘玉问好：“前辈好，我叫赵虞，我从小就喜欢看您的戏。”

最后一分钟找到新同伴，盛乔在群里发了定位，让他们赶过来。

黎尧和胡睿文一过来看到赵虞，顿时目瞪口呆。胡睿文反应过来，揉揉眼睛，简直要原地跺脚了：“啊啊啊……是我爱豆啊！”

黎尧：“？？？”

盛乔：“？？？”

赵虞笑嘻嘻的：“你是我粉丝啊？”

胡睿文狂点头，脸都红了，结结巴巴地说：“我……我……我特别喜欢你的舞台！啊啊啊……真的超酷！”

赵虞一把搂过他脖子，掏出手机：“笑一个，一二三，茄子。”

于是胡睿文小朋友拿到了他人生中第一张和爱豆的合照。

六个人各自打了招呼认识一遍，赵虞性格属于外热内热，像一团火，长得又好看又爱笑，初见气氛一点都不尴尬。

导演组在旁边宣布："团队人齐了，现在出发去你们的酒店。"

盛乔早在火车上就收到了节目组发给她的酒店地址和接下来三天要打卡的景点任务消息，几个人拉着行李先出站，然后租了辆车前往酒店。赵虞和盛乔坐一辆，在车上的时候摸出口香糖，问她："吃不吃啊？"

盛乔接了，又温声道谢，赵虞手肘搁在车窗上撑着脑袋看她，嚼着口香糖说："我觉得你跟网上传的不一样嘛。"

盛乔也学她的姿势撑着头，问："网上传的我怎么样？"

赵虞说："什么老婆粉啊，跟沈隽意的绯闻啊，感觉应该是个性格很外放的女孩，但是你看上去挺内敛的。"

盛乔说："我跟你还不熟，熟了我就放得开了。"

一句话把赵虞逗笑了，她咂咂嘴，突然想到什么，很兴奋地说："欸，你不是跟霍希和沈隽意都传过绯闻吗？要不你再跟我传一个？三座大山你就集齐了。"

盛乔："集齐三座大山可以召唤神龙吗？"

赵虞："神龙有点悬，你可以试试葫芦娃。"

到达酒店，依旧是不变的四间房，大家都住习惯了，还是前辈单人间，剩下的双人间。赵虞瞅了一圈，回头说："舅，你也太抠了吧？我推了那么多行程过来给你救场，你就让我住这个啊？"

总导演："录着呢，别乱喊！"

赵虞："导演，你这也太抠了吧！"

总导演："……"

盛乔："？？？"她好像知道了什么。

进房间放好行李，赵虞轻装简行，只有一个箱子，问盛乔："你睡哪张床？是靠窗的还是靠墙的？"

盛乔说："我都可以。"

赵虞就往靠窗的那张床上一躺："那我就选这个了，靠窗，亮堂。"

她行事风格和她说话风格一样，果断爽快，回想她之前的经历，在女团巅峰时退团回国，重新打拼，没点果决的魄力，也做不到。

下午就要去打卡这一站的第一个景点——阿尔勒竞技场，几个人吃饭的时候盛乔一直在做攻略查资料，咖啡都凉了两回。

赵虞说："怎么都当甩手掌柜呢？一起查啊。"

祁连说："惭愧惭愧，看不懂英语。"

黎尧也在旁边解释："小乔是队长。"

赵虞白了他一眼："队长就该你的啊？你也看不懂英文吗？"

黎尧："……"以前都是他撑天撑地，现在来了个比他还会撑的。

赵虞本身就是比较强势独立的性格，信奉所有事情都要自己解决，靠别人一来不放心，二来不舒心，她习惯亲力亲为，算是种强迫症。

她帮盛乔续了杯热咖啡端过去，在盛乔身边坐下："我帮你呗。"

盛乔说："行啊。"她发给赵虞一个网址，"你上这官网买六张门票。上一站我们都是现场买票，排队太久了，还是提前买好，到了直接取。"

赵虞英语也不是特别好，靠着翻译软件半查半猜，最后成功下单六张门票，把截图拿给盛乔看。

盛乔看了两眼，确认无误，拍拍她的肩："干得漂亮，我封你为我的左右护法，以后你就是我的左膀右臂了。"

赵虞："只听过左护法，右护法，你这居然是左右护法。"

盛乔："我们仙女教，是要与众不同一点。"

赵虞神色一凝，也是很戏精，立刻做了一个抱拳的手势："仙女教母，护法这厢有礼了！"

黎尧在旁边都看不下去了："你俩演灰姑娘呢？还仙女教母。"

赵虞回头瞪他："再多嘴，立刻用仙女教母的魔法棒把你变成南瓜！"

黎尧："……"

吃完午饭，盛乔的攻略也做好了，几个人稍作休息便整装待发，先搭乘地铁再步行，结果赵虞刚下车就被粉丝围堵了。

赵虞的人气也是很高的，不只国内的粉丝，还有国外的，都引起巡逻警察的注意了。工作人员努力维持秩序，跟赵虞说："快点走快点走，先离开这里，把人群疏散了。"

赵虞拔腿就跑。

门票的订单还在她手机上，盛乔担心她跑不见了，一会儿门票都没法取，赶紧跟上去。结果赵虞跑得飞快，东蹿西拐的，差点把她累死。

等好不容易甩掉追上来的粉丝，两人都不知道跑到哪里来了，赵虞一把扶住气喘吁吁的盛乔："你这体力不行啊。"

盛乔："比……比你……是差……差点儿……"

赵虞笑得不行，又问："你跟着我跑干什么啊？"

盛乔："门票在你这儿呢！"

赵虞："我还以为你是关心我呢！"

两个人坐在台阶上休息一会儿，群里另外几个人都在问她们在哪儿。盛乔发了个定位，离得还有点远，最后决定在竞技场会合。

两人往回走，赵虞说："以后你跟着我多跑跑，把体力锻炼一下。"

盛乔："我又不需要唱跳，锻炼体力干啥？"

赵虞："你不是霍希的老婆粉吗？你追行程要不要体力？Battle应援要不要体力？没体力也敢说自己是追星女孩？"

盛乔："……你还挺懂的。"

赵虞："见多了。我的粉丝说她追我的行程小腿肌肉都追出来了。"

盛乔笑了一路。

到了竞技场，跟大部队会合，盛乔取了票，几个人就开始入场参观。盛乔还是照常边走边介绍："它的这个风格带有很明显的古罗马建筑风，它整个是一个圆形的角斗场，比起我们之前参观过的精雕细琢的圣家堂，这里更多是一种狂野和大气。"

赵虞在旁边都听呆了："这你都懂？"

祁连说："小乔有一个当建筑师的梦。她这个梦想可划算啊，你知道，我们节约了多少讲解费吗？"

盛乔："合着我的梦想就是为了节约讲解费而存在的？"

祁连："我错了。"

一路说说笑笑，参观完竞技场，又在周围逛了逛，完成了节目组安排的小任务，临近傍晚才回酒店。

盛乔白天跑了一身汗，迫不及待就去洗澡，刚洗到一半，赵虞在外面敲门，喊："小乔，你手机响了三遍。"

她问："谁啊？"

赵虞："你的宝贝。"

盛乔："？？？"

赵虞："要我帮你接吗？"

盛乔："不不不！不用了！我马上出来！"

飞快洗完澡，头发都没吹，她随便擦了两下，拿着手机就跑出去了，看了看，原来下午霍希就给她发过消息，问她有没有平安到达法国。结果她一下午都没看手机，他没收到回信估计担心，才接二连三打电话。

四周没有摄像机，麦也取了，她左右环视一圈，才偷偷摸摸回拨电话。

一声就接通了，霍希还没说话，她赶紧开口解释："霍希，我刚才在洗澡，下午拍摄太忙没顾得上看手机。"

他这才安心了，低声道："没事，拍摄累吗？"

她摇头，又说："不累，很好玩。我跟你讲哦，师萱退出拍摄了。"

霍希在那头皱了下眉："你没事吧？"

"我没事呀。"她傻乎乎地笑，又问，"你知道新加入的嘉宾是谁吗？"

"嗯？"

"是赵虞欸！"

霍希也笑起来："她不错，跟你应该合得来。"

"是呀，她特别好玩。"她接着电话在原地转圈圈，忍不住跟他分享这次的旅途，讲了半天，又想起什么，赶紧问，"霍希，你忙不忙呀？"

"不忙，我下课了，在吃饭。你有按时吃饭吗？"

"我有！虽然经费很少，但是我们每顿都吃饱了！"

他低笑："嗯，乔乔真乖。"

她眼睛都笑弯了，听着他的声音，又甜蜜又失落，顿了顿小声说："霍希，我好想你啊。"

比以前更想。以前只需要看看照片、视频，就可以缓解思念之苦，可现在越看越想，想他身上的味道，想他抱她时的力度，想他吻她时的温柔。

想疯了。

可她要当乖乖的女朋友，不能黏人，不能随时电话、短信打扰他的进修。还好导演组给她安排了队长的身份，她得做攻略查资料讲解，忙起来了，就没那么想了。

电话里呼吸声重。

半晌，他低声说："乖，很快就可以见面了。"

她眼泪都快出来了，揉揉眼睛，瓮声说："那霍希，你快去吃饭，不然一会儿菜凉了。"

他嗓音暗哑："好。"

挂了电话，盛乔站在原地愣了好一会儿，等心情恢复了才转身上楼。赵虞已经洗好澡出来了，一边擦头发一边问她："你宝贝是谁啊？"

盛乔："……"

这会儿没拍摄，赵虞八卦道："不会是沈隽意吧？"

盛乔："？？？"

赵虞摆手："好了好了，看你眼神我就明白了，沈隽意那种智障怎么可能找到你这样的女朋友。傻子只能配傻子。"

盛乔："……"

接下来两天，六人完成了阿尔勒的景点打卡任务，前往下一个国家——意大利。节目组充分发扬了"世界那么大我要去看看"的宗旨，逛完意大利又去了希腊，最后一站又绕回捷克，来到了布拉格。

这十几天时间，赵虞去哪儿都有粉丝跟，路透照满天飞，国内很快就知道赵虞顶替了师萱参加《世界那么大》。

起初几方都没说什么，粉丝也默认是行程变更，等盛乔他们到达布拉格的时候，突然就有爆料说，师萱是在第一期受到了排挤，不得已退出录制的。

师萱的粉丝本来就有些不满意她被换下，现在看到这爆料能忍？谁排挤我家爱豆？男生不可能，女嘉宾里一个是德高望重的前辈也不可能，那就只剩下盛乔了。

不敢撕赵虞，还不敢撕你盛乔吗？

乔粉：“？？？”

当我们好欺负啊？知不知道我们可是有手撕两家顶流的战斗力？

两家粉丝撕得不可开交，节目组也发布了官方声明，说明师萱退出录制是出于个人原因，与他人无关，希望大家理性看待。

节目组那边联系师萱的经纪人和星耀，要求他们配合辟谣转发，结果师萱和星耀两方都没动静。

这一行为更加向粉丝证明，没错，我们爱豆就是受了排挤和委屈！盛乔的黑粉趁机又把她以前在综艺节目里的各种作死扒出来，刷上热搜。江山易改，本性难移，她以前能折腾霍希，现在也能折腾师萱。

《疯语》最近也在热播，剧中加入了男主角傅子清对他的心理医生盛乔产生依赖感的剧情，这种暧昧不清的感情线让原著粉大为冒火，本来就对盛乔极其不满。

之前跟乔粉撕过的小撮书粉顿时跳出来，说盛乔仗着现在名气大，都敢唆使粉丝攻击原著，在节目里排挤一个艺人算什么？

最后甚至都出现了“毒瘤盛乔滚出娱乐圈”的话题。

网上闹得这么大，连甚少关注娱乐新闻的祁连都知道了，拿着手机边看边骂：“过分了！太过分了！我们小乔这么好！”

贝明凡那边是早就接到丁简的报备，知道是怎么回事，打电话联系导演：“这锅不能让我们小乔背吧？总不能让她一直被骂到节目播出，希望你们能配合我们这边放一段花絮出来。”

挂了电话，执行导演为难道：“江导，不行啊，星耀和师氏都在施压，这花絮不能放啊。”

资本为上的娱乐圈，很多时候身不由己。

江导抽着烟沉默不语，执行导演还在苦口婆心地劝他不要冲动。现在矛头都指向盛乔，节目组并没有受到牵连，等节目正常播出，看到盛乔在里面的表现，自然就洗白了。

要是现在节目组放出花絮官方打脸，那就等于跟星耀和师氏正面杠上了。和资本作对，是在往刀尖上撞。

好半天，江导吐了个烟圈，沉声道："这事儿……"

赵虞突然从旁边走出来，笑吟吟道："舅舅，不向恶势力屈服，不折傲骨，这可是你从小教我的哟，现在可别当着我的面，打自己的脸。"

江导："……"这是亲外甥女吗？

盛乔居然还在房间里专心致志地查路线做攻略，看到赵虞进来，把地图扔给她："你帮我找下博物馆在哪个位置，谷歌的路线不对。"

赵虞接过地图扫了两眼，又放下："你不气啊？"

盛乔："啊？"

赵虞用手指杵了下她脑袋："你心怎么这么大啊？跟个傻白甜一样。"

盛乔摇头晃脑："莫生气，气出病来无人替，身在江湖不容易，别人生气我不气。"

赵虞："……"

吃午饭的时候，几个人都心照不宣地没提网上的事，看盛乔好像没被影响的样子，也都松了口气。吃完饭，大家就按照她做好的攻略前往第一个打卡景点——布拉格城堡。

一行人在城堡游玩的时候，《世界那么大》官博悄然上线，发布了一段花絮：

"@世界那么大：穷游团历经艰难到达目的地，却又面临经费丢失危机，这一段旅途真是太坎坷啦，快来安慰你的爱豆吧！"

这是《世界那么大》节目录制以来，第一次在网上发布花絮。文案说得好听还卖萌，但这两天持续关注掐架大战的网友都明白，绝对跟师萱退出录制有关，忙不迭地点开视频。

视频开头，是两辆出租车停在酒店门口，师萱在车里翻来覆去找包，梁丘玉的港普从旁边传出来："是不是丢了？"

师萱气急败坏地说："我真的放在这里的，到底去哪儿了啊？！"

又是一阵翻腾，车喇叭和人声闹闹嚷嚷的，紧接着后面有个人跑过来，问：“怎么了？”

听声音是盛乔，车内摄像师把镜头转过去，盛乔背着包站在车外，趴在车窗口询问。梁丘玉说：“经费好像丢了。”

盛乔说：“先下车吧，我去找导演组借钱，先把车费结了。”

画面跟着盛乔，她借钱给了车费，祁连也下车，在后面大喊：“怎么了啊？”

盛乔没说师萱丢钱的事，而是说：“先回房间再说。”

紧接着一行人上楼，结果画面里的师萱狠狠把包扔在地上，转头要走，然后就发生了和黎尧争执的那一幕。

后面还有盛乔的声音，在问导演：“这种事你们之前有过预案吗？”

导演组回复让他们自己解决。进房间之后，几个人商量接下来经费该怎么办，都在出主意，只有师萱沉着脸不说话，最后盛乔让大家先回去休息，还笑着安慰：“巴塞罗那这么大，还担心赚不到钱吗？”

画面一黑，“嗒嗒嗒”出现一行字：“穷游团到底是怎么解决这次经济危机的呢？让我们期待正片吧。”

本来以为视频到这儿就结束了，没想顿了几秒，后面居然还有——在一个店铺里，梁丘玉劝说师萱不要卖手链，钱已经解决了。

师萱执意卖手链，直言不用别人的钱，导演组利用规则出面阻止，于是师萱认定节目组针对自己，撂下一句“节目我不录了”，掉头走人。

一波三折，简直看得网友们目瞪口呆。“妈呀！谁排挤你了？”

“你丢了钱、你发脾气、你惹麻烦、你违背规则、你罢录，最后怪盛乔排挤你？”

“盛乔说话了吗？”

“当祁连问起发生了什么事，人家盛乔为了照拂你都没直接说你把钱丢了，事情发生后一直在积极想办法解决，一屋子人没一个怪你，只有你对着空气发脾气。”

“最后还跟节目组杠，导演做错什么了？”

没多久，赵虞那边也爆出小道消息，为了来《世界那么大》救场，推掉了好几个通告，连一个国外的表演舞台都推了。

“就因为你要大小姐脾气，连累了多少人！”

“从头到尾关盛乔什么事啊？妈呀，太冤了。”

这两天撕到身心俱疲的乔粉顿时又如打了鸡血一般奋起反抗，“毒瘤盛乔滚出娱乐圈”的话题很快就被“盛乔比窦娥还冤”“背锅侠盛乔”“请给盛乔一点善意吧”所代替。

网友们也发现了，每次一有什么风吹草动，最后都是盛乔背锅。

大概是因为有前科，大家下意识就会怪到她头上。可其实仔细想一想，自从解约以来，她犹如新生，不管是综艺里的落落大方还是电视剧片场的努力勤奋，她变得越来越好，而外人始终在用以前的目光看她。

于是“放过盛乔吧”又一次登顶热搜，乔粉趁机安利，用各种视频、图片、文字告诉大家，盛乔真的是一个很好很好的小仙女，不要再戴有色眼镜看她了。

这头盛乔洗白，再一次收获路人同情和转粉，那头师萱也被骂得狗血淋头。你早点出来转发一下节目组的官方说明不就没这事儿了？

啥都不说，默认自己受欺负，故意引导粉丝掐架，之前还立云淡风轻小仙女人设，还回天上去，这下回你的臭水沟去吧，呕呕呕！

当然师萱的粉丝也在极力辩解，说师萱只是因为自尊心比较强，丢了钱很自责，大家设身处地地想想，是你你也会急。

网友：“我设身处地地想了，要是我丢了钱，只会态度端正认错和大家一起想解决办法，而不是又发脾气又罢录。”

星耀之前一直在给师萱立白富美仙女人设，她虽然平时不跟人起冲突，冷冷清清的，但身上那股看不起人的高傲稍微敏感一点的人都能感觉到。

这次事情闹这么大，以前跟她合作过的工作人员纷纷出来爆料，说她是如何看不起人，跟她说话爱搭不理，交流时她都是扬着下巴俯视，恨不得对方跪着跟她说话。

也有黑粉混在其中，她这个性格暗地里不知得罪了多少人，以前只是苦于师氏集团和她的人设太稳无法下手，现在假面裂开一条缝隙，所有人都伸出手去扒拉，势要将面具彻底撕碎，露出她的真面目来。

师萱气得在家摔了三个古董瓶。

师氏砸钱，星耀下场，一夜之间将所有帖子热搜话题删得干干净净，可只要节目组那段花絮视频不删，网友们始终会讨论，再怎么公关，之前的天宫仙女人设也立不住了。

执行导演苦闷地吐出一口烟圈："江导，这下把师氏和星耀得罪干净了。"

江导："听到我外甥女的话了吗？不折傲骨。这圈子里，总还是需要傲骨的。"

节目录制即将结束，罢录事件引起的风波也已结束。

师萱本来要续约的几个奢侈品广告没了，正在接触的几个代言也都忙不迭地退回去了。这一仗损失惨重。星耀表面上没说什么，经纪人甚至给她放了一周的假让她好好休息调整状态，但她知道她失去了什么。

只有家人会无条件接受你的任性，其他任何地方都是看碟下菜。

她拿出手机，拨通了那个电话，几声之后接通，那头笑吟吟："喂？"

师萱冷声道："你之前说的那件事，我可以试试。"

"大小姐不是说和我们不是一类人，不屑与之为伍吗？"

"那么多废话，不干了是吗？"

"呦，别生气啊，来来来，我们好好商量一下。"

打卡完布拉格最后一个景点，为期半个月的《世界那么大》节目录制终于结束了。嘉宾们在布拉格广场留影打板，导演宣布录制正式结束。

回到酒店，工作人员总算不用再扛着机器随时待命。大家把器材收好，导演组出钱安排了饭店，一起吃个散伙饭。

祁连说："天哪！半个月了，总算可以敞开肚子吃一顿饭了。"

黎尧说："我们祁叔叔可是一顿吃50块钱包子的人，这些天委屈受大了。"

录完节目，嘉宾之间也熟络了不少，圈子里的朋友都是经由这些工作途径认识的。合气场的就深交，不合气场的结束就分道扬镳，各有各的造化。

半个月下来，仙女教母和她的左右护法已经建立了深厚的革命友谊。娱乐圈的三座大山，一座是她男朋友，一座是她兄弟，还有一座是她姐妹。

太膨胀了。

晚上要聚餐，节目组订的饭店是当地一家临河的特色餐厅，盛乔先去洗澡，赵虞和黎尧已经过去了。天将将入夜，她懒得吹头发，随手擦了出门，丁简在楼下等她，正在跟贝明凡打电话。

刚走了没几步，就有个穿节目组工作服的员工跑过来，礼貌地说："小乔，这边要补拍一个旅行个人感悟，还得再耽误你几分钟时间。"

盛乔不疑有他，点点头跟着他过去。丁简也跟上来，还在跟贝明凡聊明天的行程，那位工作人员又跟她说："你去酒店拿个吹风机下来，小乔头发还是湿的，一会儿没法录。"

丁简比了个OK的手势，掉头回酒店了。

盛乔跟在工作人员身后，拐过街角时，才觉得有点不对，正要细想，手机振动了，拿起来一看，是霍希打来的。

她开心地接起来，小声喊："霍希。"

那头也笑吟吟的："节目录完了吧。"

她捂着听筒埋头走："嗯，明天就回去了。"

霍希低笑："明天可能还回不去。"

她好奇地问："为什么呀？"她话音刚落，一只手从身后骤然捂上来，盛乔下意识躬身躲，身子突地一轻，突然冒出来的两个人直接将她扛起塞进了商务车里。

手机落地，啪的一声，她只来得及发出一声尖叫，车子已经扬长而去。

听筒里传出霍希的吼声："乔乔！"可没人回答。

布拉格街头的霓虹灯无声闪烁，他猛打方向盘，一个急刹车停在路边，脑子里都是她最后那声尖叫和车子渐渐远去的轰鸣。

又打了两遍，手机突然接通了，霍希焦急地喊："乔乔？"

那头说的是英文："这部手机掉在路边，你是手机的主人吗？"

他如坠冰窖，维持着最后一丝冷静："请告诉我你现在的位置。"说着话，他发动车子，离弦之箭一般飞驰而出。

没多会儿，道路交通频道突然播放了一则新闻："刚才在××路段，一辆商务车在急速行驶中突然变向冲向伏尔塔瓦河，导致三车追尾，目前伤亡未知……"

霍希看向路标，就是他前面要经过的路段。

道路拥堵，救护车、警车呜啦作响，河里已经有救护人员在打捞。他后退变道，换了另一个方向。

被绑上车的那一刻，有那么一瞬间，盛乔是庆幸的。

因为对方没有选择用乙醇来迷晕她，估计是觉得她一个手无缚鸡之力的女明星，犯不着，假扮工作人员的华人和一个高高大大的黑人一左一右将她按住，车子急速行驶。

除了上车前那声尖叫，她一下也没有再挣扎过。

头上被套了个布袋子，两只手被反扣在后面。越害怕，越冷静，她一声不吭。

然后她就听见对方用英语嘀咕："她怎么这么安静？"

另一个人说："吓傻了吧，中国明星胆子真小。"

前方传来司机的笑："现在就吓傻了，待会儿会不会直接吓晕？"他又问，"长得怎么样？"

她听到那个假扮工作人员的声音："非常漂亮，视频拍出来一定很好看。"

她死死咬住唇，拼命压制不由自主的颤抖。他们不是要杀她，是要拍视频。什么视频？还能是什么。

一旦车子停下，她再无任何反抗的机会，三个男人，她怎么做都逃不掉的。

别怕，别哭，冷静下来，一定有办法的，一定有的。

她闭上眼。

车子继续行驶，车外传来船驶过时发出的汽笛声。大抵是她太过安静，身旁两人都放松了对她的钳制，谁也没想到，她会骤然发力。

拍《无畏》时，她在片场跟特警学了三个月的格斗，每天练得胳膊、大腿全是伤，可到底是把那些技巧掌握了，知道人的软肋在哪儿，知道怎么出招不容易失误。

两人被她用手肘打中太阳穴和喉结处，直接给打蒙了。盛乔一把扯下头上的布袋子，猛地朝前扑，去扯司机的方向盘。

她赌他们不想死。

司机吓了一跳，怒骂一句，身后两个人反应过来，都去拽她，盛乔已经拽住方向盘，死活不松手，后面那两人一扯，反倒帮盛乔加力，车子顿时倾斜，司机猛踩刹车。

一声刺耳的摩擦声后，砰的一声巨响，车子狠狠撞向河边护栏。

盛乔没有倚靠，整个人朝前飞出去，撞在挡风玻璃上。

车内一阵怒骂，随着车子停下来，轻轻晃动，几个人连骂都不敢骂了。

车子挂在了护栏上。车头朝前倾斜，要掉不掉的样子。

盛乔撞得昏昏沉沉，感觉有温热的液体从额头一路滑下，蜷缩着不敢动，也无法动。她听到后排的人用气音问："她死了吗？"

司机咬牙切齿："这个臭女人，想害死我们。"

他们绑她只为拍视频，没人想死。

车祸很快引起了围观，有人报了警，没多会儿，警车和救护车的声音渐行渐近。车内的三个人顿时紧张得不行，等警察来了他们可就跑不掉了。

那个华人突地伸手去开车门想跳车跑，司机大吼一声："不要动！"

可是已经迟了，车子失去平衡，朝前猛栽下去，掉进了水里。

车门已经打开，冰凉的河水猛灌进来，三个绑匪都没受重伤，挣扎着从车里逃脱了。盛乔死死咬住舌头，刺激渐渐昏沉的意识，河水灌入鼻腔，她努力地朝那扇大开的车门移动，可身子越来越无力，氧气缺失，意识越来越模糊。

她拼命地睁开眼睛，可无力抵挡眼皮的沉重。

脑子里的画面走马灯似的，她看到了乔家父母、乔羽，一家三口站在那里，朝她伸手。她伸出手去，可身子下沉，离他们越来越远。

大概要死了吧。

如果要死，就让她死在那场车祸里吧。让这个世界从未有过她的存在，让她心爱的少年忘了她，不至于难过悲伤。

盛乔做了一个梦。确切来说，她也不确定这是梦还是真实的。

她醒来时，在乔家的别墅里，睡在自己的房间，自己的床上。脑袋还刺刺地疼，她猛地翻身坐起，看着周围熟悉又陌生的一切，鞋都没穿，焦急地跳下床跑了出去。

厨房里张妈在做饭，楼下乔父乔母在看电视，乔羽在旁边看《经济报》，她站在那里喊："爸爸，妈妈，哥哥。"

他们看上来，乔母笑着："乔乔醒啦，快去换衣服，准备吃饭了。"

盛乔的眼泪一下就滚出来了。

乔羽一下把报纸放下："怎么哭了？谁欺负你了？"

她又哭又笑："我没事，哥。"

乔羽扑哧笑了："叫哥叫得这么乖，是不是又有事求我？又要我帮你抢票？"

她呆愣在原地。霍希。

她掉头冲回房内，找到自己的手机，搜索霍希的消息，新闻上说，他出国进修去了。手机里没有他的联系方式，可她记得他的号码，她拨过去。

好半天，电话接通了，传来他淡漠的声音："你好，哪位？"

"霍希……"她小声喊他，几度哽咽，"我是……乔乔……"

电话啪的一声被挂断。

就让那个少年忘了她，不至于难过悲伤。

上天听到了她的祈求呢，她该高兴才是。可怎么，眼泪掉得这么凶，心痛得无以复加，好像被刀尖一点点剜进心脏，疼得她喘不上气来？

房门被敲响，乔羽站在门口，皱眉望着她："到底怎么了？"

她朝他扑过来，扎进他怀里。乔羽一愣，伸手抱住她，轻轻拍她的头："怎么啦？跟哥说，谁欺负你了？"

她终于找回了她梦寐以求的家人，也失去了她爱的少年。

她变回了乔瞧，又成了他的粉丝。

万千粉丝中，微不足道的一个。

白驹过隙，某一天，她在纽约遇到了他。她一眼就认出来，他戴着帽子，提着购物袋，低着头朝外走。

她呆愣在原地，忍不住轻声喊："霍希。"

他转头看过来，还是那张淡漠的脸，看她时，犹如看陌生人。她忍住哽咽，小心翼翼地伸出手，想要去扯他的衣角："霍希，你不记得我了吗？"

他侧身避开，不远处门口，有个漂亮女孩朝他招手："走啦。"

他看过去，眼底的淡漠顷刻化作温柔，疾步走了过去。

盛乔就那么看着，看着他牵着女孩的手，手掌包住她的小手，连指尖都是温柔。

她无声地喊他：霍希。

可他永远不会再回应她了。

赵虞推门走进来，手里提着饭盒，走到坐在床边的人身边，低声说："吃点东西吧。"

他不说话，只是握着病床上女孩的手。

赵虞蹲下来："霍希，你想让小乔醒来看到你这个样子吗？"

他眼皮动了一下。

"刚才警局那边打来电话，说绑匪已经招供了，一切都在往好的方向发展，小乔也很快就会醒来的。"

他还是不说话，只是接过她手上的饭盒，打开，像在完成任务一样，一口一口塞进嘴里。

赵虞叹了叹气，怎么也想不到，霍希会出现在这里。

当丁简发现不对劲，联系节目组报警时，警察根据他们的陈述，将刚才发生车祸从水里救出的女孩的照片拿给他们看。

三个绑匪游上岸时，警察已经赶到，逃已经来不及了，可千万不能再背上杀人的罪名，忙不迭地告诉警察车里还有一个人。

盛乔被救起来的时候，因为脑部撞击和长时间缺氧陷入昏迷，赵虞几个人赶到医院时，看到霍希坐在抢救室外面。

一开始，他们还以为看错了，黎尧问："霍希？你在这里做什么？"

他抬头看他们，血红的一双眼，嗓音暗哑："她是我女朋友。"

都来不及震惊，抢救室的医生进进出出，每个人都提心吊胆，所幸手术成功，盛乔恢复了生命体征，可医生说，能不能醒来还不知道。

他如果早一点来就好了，如果搭乘早一班的飞机，如果租车没有花那么多时间，如果……

可是都来不及了。

“明天可能还回不去。”

“为什么呀？”

“因为，我来找你了。”

我想抱抱你，亲亲你开心的眼睛，听你用又甜又软的声音喊我的名字。

他握住她的手，低声问她：“你不是说很想我吗？我来找你了，开不开心？开心的话，睁眼看看我吧。”

手掌中的小手，突然微微颤了一下。

旁边的赵虞突然惊声道：“霍希，小乔在哭！”

他猛地抬头，病床上的女孩脸色苍白，眼角有泪缓缓流出。

赵虞飞奔出门：“医生！医生！”

霍希双手都在抖，轻轻擦拭她眼角的泪，低声喊她：“乔乔。”

她眉头微皱。他俯下身，亲了亲她额头：“乔乔。”

半晌，他听见她沙哑虚弱的声音：“霍希……”

他身子一震，她缓缓睁开眼，眼里还有泪，哽咽着：“霍希。”

他笑起来，摸了摸她的脸，手指在她脸颊摩擦，低声问：“我在，还有哪里痛吗？”

她轻轻摇头，一摇，头又痛了，声音虚弱地问：“我睡了多久？”

“两天。”他笑了笑，低头亲了亲她惨白的唇，“不过没事，你已经醒了，不要再睡了，好不好？”

她听出他喑哑的声音，看到他几近充血的眼眶。而自她睁眼，他就一直笑着，那么温柔、那么温柔。

梦里那个对她视而不见的霍希，不是真的，眼前的他才是。

她总是不明白，她对霍希到底是怎样一种感情。当了太久他的粉丝，连喜欢都掺着崇拜。有时候回想他告白那一夜，都像在做梦，他的喜欢几乎让她怀疑人生了。

而如今，终于明白，她喜欢他，不再像影子追着光，追一场盛大无终的暗恋。她变成了盛乔，失去了父母哥哥，失去了一切。她自己的世界，唯一还剩下的，只有他。

她努力地伸手，抱住他脖子，而他似有所感，凑近。

他听到她说："霍希，我爱你。"

医生又给盛乔做了一个全面检查，她头部缝了三针，伴随中度脑震荡，再观察一段时间如果没有并发症出现，基本就无碍了。

霍希总算安心了。

她躺在床上给盛母打了个电话，盛母也是从新闻上得知车祸的事，急得不行，真是恨不得立即飞到女儿身边，可行动不方便，护照签证一时也办不下来，贝明凡不想让老人家担心，瞒了绑架的事，让方白一直在医院陪着。

现在接到女儿的电话，盛母简直泣不成声。盛乔温声安抚，盛母担心她说多了话头疼，确认她无碍就挂了电话。

盛乔放下手机，怅然叹了声气，又转头看霍希。他眼眶青黑，脸色也憔悴，她心疼得要命，牵着他的小手指说："霍希，你去睡觉吧，我没事了。"

他摸摸她的头，笑："不用。"

失而复得，钻心之痛，得守着才安心。

盛乔也知道，想了想，身子往旁边移了移，让出大半的床铺来："那你在这儿睡好不好？我就在旁边。"

他盯着她看，盛乔被看得不好意思，眼神东飘西飘，小声说："床大。"

霍希笑了一下，脱掉外套和鞋子，躺了上去。

她还是有点紧张，等他平躺下来，又往旁边移了移，中间都够再躺一个人了。霍希突然侧身伸手揽住她，将她往里带了带。

"再移就掉下去了。"

她绷着身子，小声说："好吧，不移了。"

他笑了笑，这才平躺回去，握着她的手，低声说："我睡一会儿，需要什么要叫我。"

“嗯！”

他闭上眼，没多会儿熟睡的呼吸声就传了出来。也的确两天都没睡觉，盛乔想到自己昏迷这两天他没日没夜地守着，真是又心疼又甜蜜。

这个人，她一定要对他很好很好才行。

过了会儿，病房门被推开，赵虞走进来，盛乔赶紧伸手做了一个“嘘”的动作。赵虞盯着他俩看了半天，被这口狗粮喂了个饱。

盛乔朝她招招手，赵虞蹑手蹑脚走过去，蹲在床边，盛乔用气音问她：“霍希在这里的事，没爆料出去吧？”

赵虞摇头，同样用气音回她：“当时就我、黎尧、祁叔叔、我舅舅和你助理在，你助理说了恋情不能曝光，我们都明白。”

盛乔这才安心了。

赵虞又说：“不过你的事国内媒体爆料了，车祸闹得太大，节目组人多眼杂，舅舅对外说的是你出了车祸，没提绑架的事。你经纪人昨天过来了，对了，还来了个姓乔的律师，说是你的御用律师，跟你经纪人一起在警局解决绑架的事。”

“乔羽来了？”她一下子激动得不知道该说什么好，缓了缓才说，“他人呢？我想见见他。”

赵虞说：“一会儿就来了，警局那边要过来给你做笔录，等你好一些还要去指证。”

盛乔沉默了会儿，问：“绑匪招供的幕后指使是谁？”

赵虞摇摇头：“还在取证，没有公布，你律师应该知道吧，一会儿你问他。”她顿了顿又说，“反正是有预谋的绑架。昨天去调监控，发现酒店附近的监控设施都坏了，如果不是当时你在跟霍希通话，他发现异常报了警，你又中途自救导致发生了车祸，还不知道会发生些什么。”

她当然知道会发生什么。

那些人并不想杀她，只是想毁了她。把她绑走，拍完视频，又放她回来，根本毫无办法。这是在国外，各方面都受限，节目组过来拍摄办的签证也不宜久留，可能不等她报警，那些足够毁掉她一生的视频已经满天飞了。

而在国外雇用绑匪，追查主谋更难，她连绑匪长什么样都没看清，周围监控全毁，无异于大海捞针。

他们密谋得很好，一不要钱，二不要命，如果没有中途发生车祸，这基本算一桩无从查起的绑架案。

真幸运啊。老天爷，其实还是一直站在自己这边的吧。

赵虞见她皱着眉沉思，用手指杵杵她的脸，小声说："插句题外话，你是什么时候跟霍希好上的？老婆粉变老婆，太刺激了。"

盛乔顿时有点害羞："有段时间了。"

赵虞哼了一声："居然连我都瞒着，塑料姐妹情！你这样，我还怎么跟你传绯闻？你还想不想集齐三座大山了？"

旁边传出略微沙哑的声音："你想跟她传什么绯闻？"

赵虞"妈呀"一声。

霍希坐起身，拨了拨头发，看着她要笑不笑："你还嫌自己绯闻不够多吗？"

赵虞说："你笑得我心里发毛。"

盛乔也想坐起来，但无奈头还是疼，只能躺着，关心地问："霍希，你睡好了吗？要不要再睡一会儿？"

他摸摸她的头："睡好了。"

赵虞："……"

不想吃狗粮，再见。她转身就往外走，走到门口又想到什么，回头说："你的律师和警察马上要过来了，你准备下。"掩门离开。

霍希跳下床，去洗手间洗了把脸，出来的时候，盛乔正拿着手机当镜子在照，看着自己头上缠的纱布，想到缝针的地方头发都被剃光了，顿时有点欲哭无泪。

她噘着嘴说："霍希，我要变成秃子了。"

他走到床边坐下："头发很快就会长出来的。"又看看她东照西照的模样，他的眼眸沉了沉，突然俯身在她唇角咬了一口。

盛乔疼得一个激灵，委屈巴巴："霍希，你干吗呀？"

他低声道："以为我不会吃醋是不是？"

盛乔愣了愣才反应过来他在说什么。她突然想起拍《无畏》的时候，在片场的第一场吻戏，那天他也是借着吻戏咬了她，还说是惩罚。

现在她总算明白他说的惩罚是什么了，原来是因为乔羽呀！

盛乔一下子笑出来，伸手搂住他脖子，撒娇道："他只是我的律师呀。"

他挑眉："他是别的男人。"

盛乔眼珠子转了一圈，小声说："霍希，我告诉你一个秘密好不好？"

"嗯？"

"他是我哥哥。"

霍希盯着她不说话，盛乔嘿嘿地笑："干哥哥，他爸妈是我干爸干妈，我们是纯洁的兄妹情，所以你不要吃他的醋好不好？"

他凑近一些："不好。"

她叹气："唉，你有那么多女友粉、老婆粉，我也没说什么呀。"

霍希一下笑出来，在她脸上捏了一下。

正闹着，病房门被推开，乔羽率先走了进来。看见屋内亲昵的两人，他眼睛都瞪大了，顿了一下，赶紧咳嗽一声。

霍希坐直身子，转头朝他笑了一下，盛乔特激动："乔羽，你怎么来了呀？"

"在国内看到新闻，打你电话，你助理跟我说了事情经过，爸妈不放心，让我来看着点。"乔羽走近，打量她一会儿，"好些了吗？"

"嗯！没事儿了！"

他笑笑："那就好，警察要来给你做个笔录，我叫他们进来。"

盛乔应了，警察很快就进来，先是表达了慰问，然后开始询问做笔录。霍希和乔羽站在旁边，霍希低声问："棘手吗？"

乔羽摇了下头，又点点头："绑匪招了，主谋潜逃出境的时候被捕，但是又咬出了另外两个人，都在国内，跨国办理不好搞，而且对方有背景。"

他拍拍霍希的肩："放心，有我在，不会让他们逍遥法外的。"

霍希垂眸点了下头。

做完笔录，警察又拿出绑匪的照片让盛乔指认，走完流程，天都快黑了。等警察离开，盛乔这才有时间问乔羽："主谋是谁？"

乔羽说："在这里被抓的那个叫岳书彦，他又供出了另外两个人，你的前经纪人高美玲和被你撑抄袭的陆历。高美玲和陆历都在国内，我这边已经在走程序申请跨国抓捕了。"

盛乔的神色看上去并不意外。

乔羽说："对了，你经纪人那边也查出来，几个月前你收到的死亡威胁也是岳书彦指使的，拿出证据他就认了。"

霍希在一旁皱眉："死亡威胁？什么时候的事？"

盛乔顿了半天才小声说："之前……"

霍希眸色有些沉，但也没说什么。乔羽继续说："你不要担心这些，好好养病，我有几个朋友是专门打绑架案官司的，名声很响，有他们出马，背景再大这件事也不会就此完事。"

盛乔轻轻点了点头："谢谢你啊，乔羽。"

他笑笑："等好些了给爸妈回个电话，他们都快担心死了。"

盛乔赶紧去摸手机："我现在就给他们打。"

电话是乔母接的，听到盛乔的声音，那头顿时就哽咽了，得知她没事才安心，又交代让她好好养病注意身体，等她回国他们就来看她。

有乔羽在，法律上的事儿她是一点都不担心了，接下来的时间就是把身体养好。

节目组的工作人员都已经回国，江导留了下来，毕竟是在录制他的节目期间发生的意外。几个艺人都有行程，确认她生命体征稳定就走了，只有赵虞等到她醒来，今晚也要走了。

贝明凡跟着乔羽跑案子，丁简语言不通，大多数时候是霍希在照顾她。

原来他可以温柔到一口一口喂她吃饭。

原来他可以陪着她一整晚不睡觉。

原来他爱她，不比她少。

原来退去爱豆的身份，私下生活里的他，一样闪闪发光。

这个人，她一定会对他很好很好。

第二十二章 剧组日常

按照原定行程，结束《世界那么大》的拍摄，盛乔就要进组开拍《愿逐月华流照君》了，结果发生绑架这档子事，到现在人都还在医院里躺着。

剧组那边也都知道她在国外发生了车祸，表示理解，但原定开机时间不能拖，于是按时举行开机仪式，公布了女主角缺席的其他角色定妆照。

每个剧组的风格不一样，《愿逐月华流照君》一直等到开机这天才官宣了各大主角，之前网上对饰演各角色的演员讨论得热火朝天，如今官宣一出，盖棺论定，才知道女主角定了盛乔。

乔粉本来因为爱豆出车祸的事悲痛消沉不已，超话广场天天都是祈福帖，突然看到剧组官宣，知道这部大流量古偶最终落到了自家爱豆头上，都赶紧收拾好悲伤情绪，恢复到宣传打榜中去。

乔羽那边的程序也走得很顺利。这次绑架案，是岳书彦、陆历、高美玲三人合谋，打的就是在国外实施绑架方便操作追查不到自己头上的算盘。

但总还是需要人盯着，出面交涉，岳书彦太想看到盛乔坠入深渊，居然自告奋勇跑过来，虽然还隔着一个中间人，但绑匪招供，顺水摸鱼，等他意识到不对劲想逃的时候，已经来不及了。

岳书彦几乎是第一时间就供出了陆历和高美玲，为了争取减刑，把这次合谋的计划交代得一清二楚。陆历和高美玲都在国内，其实实施跨国抓捕还有些麻烦，对方在很大程度上可以申请属人管辖，要求在国内审查。

这样一来主谋分开审理，是很不利于案件推进的。但没想到国内警方配合请求上门找人时，好巧不巧遇到陆历在家里吸毒。

都吸到精神恍惚了，疯疯癫癫地跑来开门，简直往枪口上撞。屋内居然还不止一种毒品，剂量不少，警方直接一锅端了，等陆历清醒过来，他吸毒被抓的消息早就传遍全网。

两国配合调查，不只主使绑架，还吸毒，够他受的了。陆历这才慌了，事到如今，能减一点是一点，他几乎把绑架的责任全都推到了高美玲头上。

一切都是她指使的，她安排的，她想毁了盛乔，她出的主意。

高美玲当然不会坐以待毙，两人互咬互推，到最后，陆历居然又供出一个人——师萱。

他是知道师萱的背景的，只要把师萱扯进来，师氏必不会坐视不理，只要师氏肯出面把绑架案压下去，争取到最低量刑，他也能借师萱这股东风为自己减刑。

警察上门抓人时，师萱正在拍广告，当着几十个工作人员的面被铐走。整个剧组都蒙了，助理冲上去拦，要警方给个说法，怎么平白无故抓人，警方说她涉嫌绑架，要带回调查，于是在场的人都听见了。

不到一个小时，师萱涉嫌绑架被捕的消息就上了热搜第一。

网友们："？？？"

平时都是小打小闹娱乐圈的瓜，你这咋还整出社会新闻了？

什么天方夜谭的绑架也敢来？热搜不是这么买的吧？

但师萱微博一直没动静，星耀也没辟谣，基本坐实了这一消息。网友和粉丝都炸了，平时的掐架都是瓜，绑架可是犯罪啊。

好好一个明星，怎么会犯这种罪啊？

绑架谁啊？

网上小道消息满天飞，娱乐圈发生这等影响恶劣的犯罪事件，几乎每个人都知道了。师氏虽然出面，但陆历和高美玲死咬不放，师萱参与绑架的嫌疑根本就洗不掉。

师氏联系业内最善打绑架案官司从无败绩的顶尖律师，重金相聘，结果对方说："抱歉，这个案子我已经接了，我是原告的律师。"

乔羽在旁边对自己的好朋友竖起了大拇指。

师氏想把师萱择出来，唯一的办法就是从绑架案上下手。从法律上来讲，绑架并未成功，也无人员伤亡，无重大财产损失，只要能将案件本身的性质从绑架降为绑架未遂，很可能争取为无严重恶劣影响的从轻判刑。

乔羽怎么会让这种事发生？你想把这起绑架案列为无严重恶劣影响，我就让你看看影响能严重恶劣到什么地步。

没多久，中夏官博发布官方消息：

“@中夏传媒：近日，我公司艺人盛乔女士在布拉格进行正常工作拍摄时遭遇绑架，绑架途中因与绑匪产生争执发生车祸，导致盛乔女士一度生命垂危。我公司在此对这种严重恶劣的犯罪行为表示强烈谴责，相信法律会对罪犯严惩不贷。在此，祝盛乔早日恢复，我们等你回来。”

网友：“？？？”

乔粉：“！！！”

原来不是天灾，是人祸。

联想前不久师萱和盛乔的那场掐架大战，明明最冤的就是盛乔，她什么话都没说，什么错都没有，先是平白无故被骂滚出娱乐圈，好不容易澄清，后面竟然又被绑架了！

这已经不是简单的掐架了，这已经上升到犯罪程度了。

布拉格那段车祸视频被网友翻了出来，是从后方车子的行车记录仪里调出的监控，画面里的商务车骤然转向撞上护栏，挂在了上面。

后面围观人员拍的视频就更清晰，车门突开，有人想逃，结果车子掉进水里，三个绑匪游上岸，车里的盛乔却缓缓下沉，直到被警察救上来，满脸是血躺在救护担架上，医生正在做心肺复苏，可她一点反应都没有，生死未卜。

尽管如今已从官博得知她醒了过来，看到这段视频，网友仍觉得后怕。车祸已经让人觉得可怕了，遑论还是绑架。

师萱这种人，已经不单单是人品上的败坏，能做出绑架这种犯罪行为，她就是这个社会上的危险分子，是穷凶极恶的罪犯。

身在布拉格的网友又爆料，根据警方的公示，绑匪招供他们绑架盛乔并不是为了杀人，雇主的要求是强奸她，录制视频。

国内网友真是震惊得话都说不出来了。怎么会有人坏到这种程度？

如果没有盛乔的拼命挣扎，没有那场车祸，他们现在嘲讽的，是不是就是那个无辜的受害者?

都不想让师萱滚出娱乐圈了，只想让法律制裁她，狠狠地制裁她，让资本无权干涉，让坏人得到应有的报应。

乔粉中不乏媒体从业人员、司法从业人员，自然知道该怎么利用舆论影响来减少师氏资本的干涉。你伤害了我们爱的人，我们绝不会善罢甘休。

各方压力之下，师萱招供了。她向陆历和高美玲提供了《世界那么大》节目组的拍摄时间表、人员住宿情况，等等，便于他们计划绑架。

从法律上来讲，她的这种行为只能算作参与，不算主谋，其实是可以从轻量刑的。但因为她和盛乔两人本身的名气，社会影响真的太大了，不判不足以平民怨。

师氏再想干涉，已经毫无办法。

法律为了显示公正，划清和师氏资本的界限，也绝不会从轻处理。

恶人自有惩罚，而还在医院的盛乔身体也一天天好转，在做完最后一个全面检查后，医生告诉她可以出院了。

一个月后还需要复查，但这些在国内也可以做，办完出院手续，丁简给她订了明天回国的机票。

虽然很想很想和霍希好好玩一天再回去，但《愿逐月华流照君》已经开机一周多，整个剧组都在等女主角，她必须得快点赶回去。而且霍希的进修也不能再耽搁了。

他陪了她这么多天，她已经知足。

拆线之后头部的伤口果然缺了块头发，她捂着头不撒手，霍希掰了几次都掰不下来，她还哭着嚷嚷道:“呜……太丑了，你不能看。”

他又气又好笑，转头就出门了，回来的时候手上拿了顶贝雷帽。

“过来，戴上看看。”

盛乔一手捂着头，小步跑过去。她头发已经长到肩膀的位置，发尾在下颌晃来晃去，可爱得不行。

霍希把帽子给她戴上，这才把她的手掰下来。

她左摸摸右摸摸，问他："好看吗？"

"好看。"

她还噘着嘴，小声说："霍希，你不要嫌弃我变成秃子哦。"

他笑起来，亲亲她额头："不嫌弃。"

酒店订在机场附近，两人都是明早的飞机，方便出发。丁简现在是半点不敢离身，盛乔这次被绑，她自责了好久，眼睛肿了好几天，这次房间也订了双人套房，时刻陪着才安心。

吃完晚饭，丁简联系美容师过来帮盛乔把头发洗了，小心避开伤口的位置。洗完澡吹干头发，盛乔顿觉活过来了。

一想到自己这么多天，又臭又脏，都被霍希看到了，盛乔简直要羞愤而死，不行，临走时必须给他留下一个香喷喷的印象！

她跑去隔壁敲霍希的门。

他还在房间里看教授发来的视频做作业，一拉开门，看到她穿着那套白色的小熊睡衣站在外面，头上还戴着刚刚让丁简去买的毛茸茸的兔耳朵帽子。

乖得要命。

他伸手把她拉进来，盛乔问："霍希，你在做什么呀？"

他牵着她手走到电脑旁边："教授布置了作业。"

电脑就搁在床边对面的案几上，她坐在床上，双腿一晃一晃："那你快做作业吧，我不说话。"

霍希看了她一眼，将目光移回电脑屏幕。空气里都是沐浴后的清香，她的小腿晃呀晃呀，连头上的兔耳朵都跟着动。

好半天，他把屏幕扣下来。

盛乔瞪了瞪眼睛："霍希，你做完啦？"

他抬头，朝她招招手："过来。"

她跳下床，嗒嗒嗒地跑过去，霍希伸手，一把捞过她将她抱坐在自己腿上，沉声问："故意的是不是？"

盛乔因为他突如其来的动作一下羞红了脸，结结巴巴地问："什么……什么故意的啊？"

她又小又软，在他怀里，手臂还搂住他脖子，真是不知道自己有多要命。

霍希不说话，只是眸色越来越深，她左右看看，小声说："好吧，我是故意的，我洗干净了，要趁你走之前挽救一下形象。"

他笑："怎么挽救？"

盛乔："就让你闻一下，我香香的。"

霍希："……"

他突然起身，将她打横抱起。盛乔被这个公主抱惊呆了，还没反应过来，人已经躺在床上，霍希压上来，手掌还托着她小脑袋，低笑着："光闻一下可不行。"

霍希低头吻住她的唇。

她脸色通红，可还是闭上眼，第一次去回应他。

怎么能这么喜欢一个人呢？好像连四肢百骸都浸入了爱。

半晌，霍希突然放开她，埋在她颈窝，嗓音喑哑："乖，回房去。"

她睁开眼，眼神迷蒙："霍希？"

他将她拉起来，压下心底的欲望，摸摸她的头："先过去，我一会儿过去找你。"

她愣愣的，他笑了一下，温柔地亲了亲她的额头："现在还不可以。"

盛乔连脖颈都红透了，瞬间跳下床跑了。

晚一点，霍希抱着电脑过来了。盛乔在床上玩手机，他坐在旁边打字，丁简觉得自己好多余，半晌，忍不住问："要不，我过去睡？"

霍希抬头笑笑："不用，我陪她一会儿就回去了。"

丁简："……"

盛乔趴在床上杵手机，杵了半天，突然说："霍希，你昨天没有帮我超话签到吗？！"

霍希："？"

她一下翻身坐起来："昨天的反黑也没打卡，势力榜也没助力，人气榜也没送花！"她委屈极了，"我说我自己来，你非不让，明明答应了我会连续打榜的，现在都断了！”

霍希：“……昨天在改论文，忘记了。”他伸手把她手机拿过来，“我来弄，断签了可以补吗？”

盛乔：“唉，开一个月会员领一张补签卡吧。”

霍希用她的手机点进自己的超话，把今天该做的数据都做了，又开会员帮她补签，搞了快半小时。

身残志坚盛小乔，住院之际仍不忘打榜，为了让她乖乖休息，霍希只能接过给自己打榜的任务，每天在她的口头指导下，一点点学会了打榜日常。

太不容易了。真数据比正主重要。

搞完之后，时间也不早了，盛乔是明早的飞机，霍希是临近中午的飞机。他收起电脑，摸了摸她的兔耳朵：“早点睡，明天我送你。”

她摇了下头：“白天人多，我自己去就可以了，有丁简陪着，没事的。”

他明白她的担忧。现在这个时间爆出恋情，绝对不是什么好事，这几天他也格外小心，好在外面的事都有丁简在，他露面的次数不多。

那今晚，就是告别了。

不想让她难过，他只笑笑：“好，路上要小心，回去了也要注意安全。”

她点点头，努力不流露出失落：“半年已经过去六分之一啦，我很快就可以再见到你了！霍希，我会很想你的。”

他俯身，吻了吻她唇角：“我也是。”

第二天一早，盛乔从酒店出发，前往机场，踏上了回国的飞机。

官方公布了她回国的行程，下飞机时盛乔已经预料到接机的粉丝以及记者会有多少，但一走出去，远比她想象的还要多。

这大概是乔粉接机人数最多的一次，放眼望去全是银色灯牌，每个人都担忧地喊着她的名字，举着特制的手幅，但很有秩序，因为知道她伤到头，怕挤到她，茶茶从几天前就开始安排接机事宜。

所有乔粉两边站，拉成人墙，在中间给她留出了一条畅通无阻的通道，连记者都只能站在人墙外，举着相机狂拍。

她戴着霍希给她买的那顶贝雷帽，脸上还有病色，但笑得明艳动人，一路走出去都在安慰粉丝："我没事啦，我已经好啦。"

方白开车来接她，贝明凡也在车上，等她上来，给了她一个大大的拥抱："欢迎回来。"

盛乔还有点不好意思："也没走多久。"

贝明凡叹了声气，驾驶座的方白眼眶都红了，哽咽着说："真的太吓人了。"

盛乔免不了又是一顿安慰。

她平安回国的消息很快就上了热搜，几个微信群的消息也是响个不停。圈内好友都知道她的遭遇，就等着她回国来探望。

她挨个儿回复了，紧接着又收到沈隽意的消息："兄弟，平安就好，我就不来探望你了，免得又给你招是非，毕竟你身上的是非已经够多了。"

盛乔："……好的，谢谢。"

梁小棠哭得叽哇乱叫，还说："乔乔你真是追星界的典范，打榜界的劳模。我看你连最近这段时间的数据都没落下，呜呜呜……真的为你落泪了。"

盛乔没敢告诉她那都是霍希自己打的。

在路上把好友消息处理了，车子也开到了疗养院，盛乔早早就跟盛母打过电话，一下车，就看见盛母站在门口等着，一看到她，眼泪顿时就落下来了。

盛母走得还不是很快，一瘸一拐，但还是疾步走到女儿面前，一把抱住女儿。盛乔替她擦擦眼泪，哽咽着安慰："妈妈，我没事呀。"

盛母哭得说不出话来。

这次的事让她身边所有人都担惊受怕了一回，方白都报了个武术班开始学格斗。盛乔见了钟深他们，又去探望了乔家父母，等把这一系列事情处理完，进组已经是四天后了。

七月盛夏，天热得要命，临走时盛乔又去医院做了个检查，确认无误才出发前往横店。

《愿逐月华流照君》已经开机十多天了，因为女主角不在，导演修改了拍摄计划，前半截基本都在拍配角戏。

剧组派车到机场来接她时，曾铭也在车上。

没错，这一次她搭档的男主角就是曾铭，不愧是传闻中的古偶王子，《愿逐月华流照君》刚传出改编拍剧的消息时，网友们呼声最高的就是曾铭。

他的形象气质太适合古装了，这些年拍那么多古装剧，网友好像看不腻似的，连视频大触都最是青睐他，每次拉郎群像里必有曾铭的存在。

曾铭这人，心思比较深，八面玲珑，情商也高，只要不存害人的心思，周围人都会很喜欢他。拍《逃出生天》时他在游戏里阴了盛乔几次，但录制结束后都会笑着来道歉，盛乔跟他关系还是不错的。

等盛乔一上车，他毫不客气地给了她一个拥抱："整个剧组的人都很担心你。"

盛乔大方地拍拍他的肩："我全好了，除了头上秃了一块儿，基本无大碍！"

曾铭笑着想去摘她的帽子，盛乔死死护住，大吼："敢看我，我就把你踢出群！我可是群主！"

曾铭这才算了。他把这段时间以来剧组的进度跟她讲了一下，她错过了开机仪式和开工宴，对整个剧组都不了解。

曾铭说："每个剧组的风格不一样，陈导的风格很硬，就是埋头拍戏，别的什么也不管，工作人员和演员在现场都绷得很紧，你做好心理准备。"

盛乔做了个害怕的表情。

曾铭又笑道："只要你每天按时按质完成拍摄任务，拍戏态度端正，陈导也不会说什么，你要是能一早上拍完一整天的戏，他下午还能给你放半天假。"

说了一路，到酒店下车的时候，盛乔算是对这个剧组了解了。放好行李，几个人又赶往片场。

正值盛夏，太阳又毒又辣，室内的戏还好，剧组会想办法安装空调，室外的戏那就只能顶着烈日，有时候一场戏下来能把人晒中暑。

盛乔过去的时候，正遇到他们在拍室外打戏，估计来之前已经拍了一阵了，男二号晒得不行，握刀的手都使不上力，陈导冷声说："咔！中场休息，重新找下状态。"

几个演员虚脱一样走过来坐下，拿水的拿水，打扇的打扇，果然如曾铭说的一样，气氛很严肃。

盛乔赶紧走上去跟陈导打招呼，他也早就看到她了，没有刚才喊"咔"时的那副冷怒，笑容还是很温和的：“小乔来了？来，先坐。”

盛乔在他身边的椅子上坐下来，陈导问：“身体都好了吧？”

她点头：“都好了，谢谢陈导关心。”

陈导满意地笑笑：“那就好，你的戏份拖了不少，接下来要赶戏，一旦开始就不能停下，做好准备。”

盛乔说：“我知道，陈导放心吧。”

他站起身来：“那行，那个小关，先带小乔去把定妆照拍了，晚上拍第一场戏。”他又回头跟盛乔说：“定了三套造型，你有什么自己的想法要提出来，让妆发老师及时改。”

她点头说“好”。

临走时，她又跟剧组的一干工作人员和演员一一打了招呼，之前吩咐方白买的饮料和零食也陆陆续续送到。

女主角终于回归，导演心情不错，大手一挥：“休息会儿吧，喝点东西，吃点零食，别辜负小乔的心意。”

剧组这才有了几分欢声笑语。

丁简跟在盛乔身边，低声说：“这个导演好凶啊。”

盛乔说：“严师出高徒，凶导出演技，挺好的。”

接下来三个月，估计是一番苦战了。

定妆照的三套服装都很仙，轻纱长袖，颜色素净，没有多余的花纹装饰，质感也很好，可见剧组在服装定做上是下了功夫的。

盛乔先换了那套浅粉色的纱衣，古代服装束身简洁，衬得她肩窄腰细越发标致，行走之时衣袂翩翩，水袖飘然。

就是头上那顶贝雷帽不伦不类的，等她坐下来，妆发老师就把那顶碍眼的帽子给摘了，然后身边的工作人员都看到她头上秃的那一块儿，憋笑差点憋疯了。

盛乔生无可恋，任由他们笑，好在妆发老师很快把发套给她戴好了，又修剪了刘海，化完妆，那种属于九重天上仙子的轻灵仙气一下就出来了。

妆发老师满意得不行，等她拍完这套定妆照，又换了一条水绿色长裙，这一套少了点少女的娇俏，多出一丝清冷之感，妆发老师修改了眉型和唇线，整张脸显得越发冷冽。

剩下的那套也是前期的造型，浅紫色长裙的日常扮相，盛乔觉得都好看，也没提啥意见。等拍完三套定妆照，后期直接开始修图，下午时分就上传了剧组的官博。

定妆照一发，评论里全是舔屏的。盛乔的古装造型太能打了，把这三套服装完全驾驭住，连书粉都说，符合他们心中那个古灵精怪又天真俏丽的女主角。

拍完定妆照，片场还没收工，盛乔把剧本和自己抽时间写的人物小传又看了一遍。

《愿逐月华流照君》是一部大型玄幻仙侠剧，改编自人气作者十四星早期的一部同名小说。故事放到现在来看其实并不算新奇，但当年连载时的点击量特别高，人气非常旺，每次提到仙侠小说《愿逐月华流照君》都会上榜。

而且它的人设实在是……怎么说呢？太敢写了。

女主角桃花拾是只猴子。

对，还是花果山的猴子，崇拜斗战胜佛孙悟空，以孙悟空为偶像、为榜样，每天蹲在向西的路上，企图等到属于自己的唐僧。

《西游记》的热度几百年不降，围绕《西游记》出的衍生同人作品，只要质量好，有的是人捧场。

盛乔本身就是《西游记》的狂热粉丝，不仅熟读《西游记》，对历史上真正的玄奘也做过大量研究，如今接到这个角色，也算是了了她的西游梦。

下午时分，剧组收工吃晚饭，导演把盛乔叫过去，一边吃一边跟她讲戏，讨论之下，发现盛乔对这个人设和剧情都了解得挺深的，导演很满意，吃完饭立刻开始拍女主角的第一场戏。

盛乔先去换上仙童的服装，长发在头顶绾了个鬏，用白色的发带缠起来，看上去眉清目秀，可爱得不行。

导演还在指挥调整机位，跟她演对手戏的小配角赶紧拿着剧本过来找她对戏。如今盛乔名气大、人气旺，搁哪儿都是大牌，以前也没跟她合作过，生怕踩了雷点。

结果盛乔特别亲切，温声笑语，对戏的时候哪里不对也很认真地去修改，完全没有他想的耍大牌甩脸色的情况，呜……真是好命，能遇到这么和善的女主角。

一切搞定，盛乔就位，抱着一根木柴躺在炼丹炉旁边，听到导演喊：“Action!”

她立刻入戏，闭着眼咂嘴，脸上的神态娇憨又可爱，配角从殿外一路跑进来，着急地大喊：“三拾！三拾！”

一路跑到盛乔面前，见她居然睡着了，配角气得去掐她的脸：“三拾！快醒醒！”

盛乔还在做梦，紧紧抱着那根木头，嘟囔：“桃子是我的！我的！不给你！”

配角一脚踢在她屁股上，怒吼：“桃花拾！”

盛乔一个激灵，登时从梦中醒来，大梦初醒，一双水灵灵的眼睛无辜又茫然，看了半天，像是反应过来，摇着头怅然地叹了声气。

她正要说话，配角一巴掌拍在她头上：“你又想诉说你的悲惨史是不是？你这见人就嚷嚷的毛病到底何时才能改掉？！”

盛乔委屈地摸摸头：“我哪儿有！”

“你没有？你知不知道你给师父他老人家造了多少谣，抹了多少黑？如今天宫一说起太上老君，开口第一句就是‘玉桥那里那个说书的猴子啊，就是被老君骗上天来的’！你是不是很以此为傲啊？”

盛乔撅着嘴道：“不是。”

配角叉着腰：“不是就赶紧给我起来！方才北斗宫进了偷丹贼，赶紧给我抓贼去！”

“什么？竟然有人敢来北斗宫偷丹？！”盛乔大喝一声，噌的一下从地上站起来，一脑袋顶在了配角的下巴上，“师兄放心！我这就去把偷丹的贼人捉来！”话落，她丝毫不做停留，拔腿就跑了。

配角疼得捂住下巴，怒不可遏地喊：“桃花拾你这个死猴子！你给我等着，哎哟，疼死我了……”

导演很满意：“咔，过了。”

第一场戏直接一遍过，片场的工作人员之前还很担心，盛乔可不是因为演技火起来的艺人，看了她最近正在上映的双男主剧，演技也很一般，根本就达不到陈导的要求，都觉得现场肯定会NG很多次，有他们受的了。

没想到一开拍，她立刻就演出了女主角那种天真憨厚又带点调皮的感觉，而且皮肤真的太好了，把一个从小吃桃子长大，浑身没有一点凡尘浊气充满灵气的小仙童演绎得活灵活现。

大家都松了一口气。

第二场戏，男主角和女主角的初见。曾铭已经换好衣服，一身骚气的紫衫，目如朗星，鼻若悬胆，将那天宫战神二皇子季玄既狂傲又俊美的形象展现得淋漓尽致。

盛乔看到片场不少小姑娘都在捂心口。

曾铭这场戏是受了重伤的状态，趁着盛乔拍个人画面，在宫殿内外四处寻找偷丹贼的时候，服化老师用血包把他胸前搞得血迹斑斑，化妆老师又给他化了重伤妆，嘴角还流着血，等他在规定位置坐好，又把长发拨乱一些，掠在唇角。

盛乔听到旁边那两个场记助理小声说："好想扑上去狠狠蹂躏他，呜……"

盛乔没忍住扑哧笑出来，那两个小助理发现被她听到了，赶紧说："小乔老师，千万别跟曾老师说啊！我们开玩笑的！"

盛乔一边笑一边点头。

走过去的时候，曾铭还好奇道："你笑什么啊？"

盛乔说："笑你好看。"

曾铭："……"

导演说："准备了，三、二、一，Action！"

盛乔拎着裙角一蹦一跳从外面跑进来，一边跑一边自言自语："根本就没看到什么偷丹贼嘛，这个三绝，肯定是故意不让我睡觉！"她话音刚落，一眼看到靠在炼丹炉边的曾铭，他捂着伤口低着头，发丝凌乱，紫衣被血浸湿，透出深色的暗黑。

盛乔惊呼一声，小跑到他身边，左看右看："你是何人？"

曾铭呻吟两声，虽是气若游丝，声音却半点不减气势："速取千真丹来予本殿！”话落，他又咳嗽两声，咬破嘴里的血包，吐出一口血来。

盛乔瞪大了眼，愣了愣才说：“本殿是何人？我没听说过。不过千真丹乃我北斗宫圣物，岂是你说取就取的。”

曾铭咬牙切齿地瞪着她，那目光似要将她剐了，但无奈身受重伤，只能咬牙道：“我与那魔君斗法，一时不慎被他所伤，你速取千真丹来，待本殿伤好，必有重谢。”

盛乔眼珠子转了一圈，若有所思：“前日我在玉桥，听见仙娥们说，二皇子季玄看上了魔君的小妾，提着他那把凭虚剑去魔界抢人了，你可就是那二皇子？”

曾铭的肩轻轻抖动了一下，冷笑道：“你这小仙童知道得还挺多，既知我是二皇子，还不速取丹药来？”

盛乔蹲在地上没动，继续道：“我还听说，二皇子乃是万年难得一见的破神之体，生来天赋极佳，仙术修为极高，一把凭虚剑斩尽四海妖魔，天宫中无人是他的对手，即便是那魔界魔君，也抵不过他。”

曾铭低吼：“哪儿来的那么多听说？你到底去不去？”

盛乔粲然一笑：“殿下稍等片刻，小拾这就取千真丹来。”

导演：“咔。两个人状态都不错，但还可以更好，再来一遍。”

于是两人又演了一遍，越磨合越有状态，导演频频点头，到第三遍的时候，才终于喊过了。

天色已经暗下来，殿内还是灯光大亮，不等盛乔休息，导演已经在喊演员就位了。她匆忙喝了口丁简手上的奶茶，提着裙角跑了过去。

这一场有无实物表演，导演又仔细跟她讲了几句，盛乔一边听一边点头。曾铭那头血迹都干了，服化老师继续往他身上泼血，曾铭一脸生无可恋，跟盛乔说：“一遍过啊。”

场记板敲下，盛乔手上拿着一个白玉瓶跑进拍摄画面。此时她脸上已经没有刚才那种娇憨了，眼睛里透着一股自以为是的小精明，一抬头一垂眸，使坏的小神情在镜头下清晰可见。

执行导演低声说：“眼神的小细节处理得很好。”

导演也点头。

画面里，曾铭接过盛乔递上的仙丹，一口服下，冷声道：“赠丹之情本殿记下了，改日来谢。”

话落，曾铭闭眼调息，身子突然猛地一震，倾斜倒地，在地上蜷成一团，眉眼间尽是痛楚。

盛乔背着手站在一旁，幸灾乐祸地笑出声。

曾铭猛地抬头，满是血污的脸上遮不住怒气：“你给我吃了什么？”

盛乔“啧啧”两声，在他面前蹲下来，拍拍他的脸道：“此丹名为化形丹，服者会显露真身，然后一直缩小，缩缩缩缩缩……”盛乔两只手在空中一合，“缩到我可以把你踩在脚下，抓在手上！看你这个偷丹贼还怎么逃出我的手掌心！”

曾铭怒吼：“谁说我是偷丹贼？”

盛乔咧嘴一笑，伸手在他头上拍了拍：“三绝师兄刚刚说有偷丹贼，我还以为是他瞧花眼了，没想到还真有。你这小贼，莫要唬我，你要是那二皇子，怎会被魔君伤成这样？哼，想偷丹，也不看看自己几斤几两。”

“本殿一时不察被他暗算，你……”

“停！”

盛乔伸手止住他的话：“解释就是掩饰，我不会听你这个贼人一派胡言的！”

曾铭刚想说什么，突然猛地缩身，然后导演喊“咔”，他赶紧跑了，只留盛乔一个人在原地，开始她的无实物表演。

只见盛乔狂笑两声，从空无一物的地上假装拈起一条东西，得意道：“你这小紫蛇，看你现在还有什么话说。区区一个蛇妖也敢来天宫偷药，你瞧瞧你，身为一条蛇，居然还长须子，真是个异类，看我怎么收拾你。”

导演喊：“咔，不错，这条过了。”

曾铭在旁边朝她竖了下大拇指，被催着去换下一场的服装了。

盛乔坐在旁边的椅子上休息，丁简一边给她扇扇子一边赞叹：“乔乔，你把这个女主角的智障感觉演得好传神啊！”

盛乔：“……”你到底是在夸我还是在骂我？

趁着工作人员调整机位的片刻，盛乔让丁简买了两根绿豆雪糕给她敷头。

刚才那两场戏，她用头撞了配角的下巴，又被配角拍了一巴掌，虽然力道都不大，但伤口还没完全恢复，现在隐隐作痛，只能先用冰敷敷。

丁简一边敷一边扒拉她脑袋，担心地说：“伤口可千万别裂了，应该再推迟几天进组的，要是出了什么问题，霍希肯定会打死我的。”

盛乔瞪了她一眼：“不准这么说他！你这个黑粉！”

丁简：“……”

导演也看到了走过来问她：“小乔，头没事吧？”

盛乔赶紧摆手：“没事没事。”

导演说：“你的表现很出乎我的意料，按照这个进度，戏份是没问题的，那今晚就不赶戏了，再拍最后一场。”他又转头跟曾铭说：“衣服不用换了，拍完小乔这场收工。”

工作人员都兴高采烈，毕竟累了一天，女主角不NG，顺利过，他们都可以提前收工休息。

那头配角已经就位，盛乔让丁简把冰袋拿开，妆发老师给她调整了下发套，这才赶紧上了。

站定位置，等场记板敲下，刚才被盛乔顶了下巴的那个配角怒气冲冲地从殿外走来，大吼一声：“桃花拾！你给我滚出来！”

盛乔一缩脖子，脸上露出闯祸后被算账的紧张，眼珠子一转，又计上心来，转头冲着空无一物的地上威胁道：“偷丹蛇，我一会儿再回来收拾你！”然后她一脸谄笑地跑出门去。

配角已经走到门口，见她露头，还不等她说话，一把捞过她按在门槛上，对着她提前垫了布包的屁股噼里啪啦一顿打。

“你这耍滑头的死猴子！叫你暗算我！一天到晚不学好，净给北斗宫丢脸，师父仁慈不愿罚你，你便四处撒野，我今日便要好好教训你！”

盛乔一边奋力挣扎一边哭得惊天动地：“三绝师兄轻薄我哇！师父救命哇！三清、三禁、三忘师兄快来救三拾哇！三拾要死在三绝手上了哇！谋财害命啊，非礼啦，死人啦……”

配角一脸抽搐憋着笑，盛乔还在卖力哭喊，配角扑哧一声笑出来了。

现场全都在笑，这台词实在太搞笑了，盛乔喊着喊着自己也趴在门槛上笑起来，笑是会传染的，整个剧组都快笑疯了。

配角笑完了赶紧说："对不起对不起，我的错，再来一次吧。"

于是又来。

接盛乔喊完台词那一段，盛乔象征性地哭喊了几句，配角一把把她掀翻在地，一脸痛苦地吼道："不过是打了你两下便要了你的命？我轻你什么薄，谋你什么财，非你什么礼？你有财有色给我图吗？啊？三实三实，老实、踏实、诚实，你说说，你和这哪一实有关系？"

盛乔趴在地上抽泣着说："不是这个实，是花拾的拾……"

配角气得又要抬手打她，盛乔赶紧捂着脸大声哭喊道："是老实的实，诚实的实，踏实的实，你说什么实便是什么实，师实使事，一、二、三、四声随便哪个音、随便哪个字，随你叫，我不犟了不犟了！"

配角的身体剧烈颤动着，脸色一阵青一阵白，连额头都暴出忍耐的青筋。

盛乔眨巴眨巴眼睛，一溜烟爬起来，一脸关切道："三绝师兄，你脸色怎么这么难看？你受伤了吗？"

他张了张颤抖的嘴唇，吐出两个字："内伤。"

听闻此言，盛乔一把扶住他，像是生怕他支撑不住晕过去，还一脸恳切道："师兄，快，进去坐着，小拾这就为你取丹药来！北斗宫不能没有你啊！"

配角身体猛地一阵颤，缓缓转过头来看着她，眼眶竟有些泪光泛动。

盛乔继续眨巴眼睛，一脸天真无邪："师兄，不必言谢，大家都是同门，本该相亲相爱。虽然师兄平日里又凶又烦，但大人不记小人过，小拾不会与你计较的。"

话音刚落，配角终于支撑不住，"砰"的一声倒在了地上。

"师兄啊！你可千万不能出事啊！"她号叫一声扑过去，配角动了动唇，盛乔小心翼翼地把耳朵凑上去，只听他断断续续地说道："遇见……你，是……我这……这辈子……最……最大的……"

"呜呜呜……我知道，最大的荣幸。"

盛乔一边抽泣一边接过了他的话，至此，配角白眼一翻，眼睛一闭，彻底晕了过去。

导演在旁边喊：“咔！过了，收工吧。”

盛乔赶紧把配角从地上扶起来，关心地问：“没摔到哪里吧？”

配角连连摆手：“没有没有，辛苦小乔老师。”

丁简在旁边看得都快笑断气了，一边给她递水一边说：“编剧也是个人才，就冲这智障台词，这部剧一定会火的！”

盛乔：“……”

第一天进组完美收工，盛乔给大家留下了一个不错的印象。最近这段时间传得沸沸扬扬的绑架案多少对她还是有些负面影响，用黑粉的话来说，能让别人动用绑架的念头，你又能是什么简单角色？这个社会总是存在受害者有罪论，也是无可奈何。

不过今晚这几场戏，盛乔已经成功用自己的演技和态度扭转了大家对她的印象，人云亦云，终归还是要亲自接触才能辨别是非。

跟剧组工作人员一一告别，丁简和方白就陪着她回酒店，丁简不放心，还想把她带到医院去检查一下，被盛乔拒绝了。

要是被拍到，说她进组第一天就进医院，不知道又会传出什么矫情言论来。

她回到酒店刚准备洗澡，就接到霍希的电话。他知道她今天进组，担心她伤还没好，问了几句情况，盛乔没提头疼的事，跟他撒娇：“这个剧本好搞笑啊，每次我都想笑场。”

霍希：“搞笑剧本有吻戏吗？”

盛乔：“……”你的关注点很刁钻啊。

盛乔赶紧转移话题：“霍希，你今天给自己打榜了吗？”

霍希：“……”

盛乔语重心长：“签到不能断啊！记住要在每天早上六点之后再签到，这样会随机赠送积分，每一分都是人气上升的基石！”

霍希：“……”

盛乔点开免提，又点开微博看了看，顿时惊叫：“天哪，超话排名都掉到第二啦！你看吧，签到任务得做啊！”

霍希：“你是在转移话题吧？”

盛乔：嘤嘤……

好在霍希把工作和生活还是分得很清，没揪着吻戏这个点不放，又交代她几句要注意身体，哪里不舒服及时上医院，直到他那边已经快到学校，盛乔才依依不舍地挂了电话。呜……异地恋好辛苦啊。异地地下情更苦。

第二天一早，盛乔和曾铭一起吃早饭。导演要把她的戏补上来，接下来这段时间她的戏份最重，跟曾铭的对手戏也最多，啃包子的时候，曾铭说：“昨晚经纪人跟我说，会炒一下我跟你的绯闻造势。”

盛乔一口包子差点喷出来：“不行！”

曾铭笑笑：“拍戏的常规操作，过段时间安排粉丝来探班再澄清辟谣就行了。最近开拍的古装剧不少，热度和话题度都不够。”

盛乔连连摇头：“不行不行不行。”

曾铭瞪着她：“你是不是对我有意见？”

盛乔：“没有啊！”

曾铭：“那你为什么可以跟霍希传绯闻，跟沈隽意传绯闻，就是不肯跟我传？”

盛乔：“……”

她艰难地吞下嘴里的包子：“不想让网友觉得我是绯闻体，要不你跟我炒兄弟人设吧？”

曾铭：“我不想跟智障当兄弟。”

盛乔：“？？？”好想一包子糊到他脸上哦。

去片场的路上，盛乔给贝明凡打电话，坚决否定炒绯闻的计划，看她这么排斥，贝明凡只得答应想别的话题造势，盛乔这才安心了。

跟沈隽意传了半天的绯闻，霍希飞机都不坐了，回头把她按在墙上亲，要再跟曾铭传，怕是这双腿就真的保不住了。

到达片场，导演居然已经在了。说他认真倒不是说说而已，一看到盛乔来了，赶紧招呼她过去讲戏。

等工作人员陆陆续续按时到场，各部门准备妥当，导演就喊男二号就位。

男二号跟盛乔一样，都是中夏的艺人，是个新人，叫李冠琪，虽然昨天已经跟盛乔打过招呼，现在要演第一场对手戏，还是跑过来跟她说："小乔师姐，一会儿请你多多指教。"

盛乔笑道："指教谈不上，一起加油。"

李冠琪有些害羞地挠挠头，跟他饰演的角色魔君墨凛有着巨大的反差萌。墨凛身为魔君，却是一身白衣，温润儒雅，相较于脾气火暴、嚣张狂妄的男主角季玄来说，他反倒更像是仙界仙君。

只不过温润都是表面上的，这是一个笑里藏刀、阴险狡诈的人物，也不知道李冠琪这个新人能不能驾驭好。

各方就位，场记板敲下，盛乔穿一身仙童服蹦蹦跳跳跑进殿来，嘴里还哼着"桃花殿里住了个桃花拾"，别提有多天真烂漫。突然，她吸吸鼻子，像是警觉到什么，大声问："是谁？！"

半晌，头顶响起一声轻笑："小猴子警惕性还挺高。"李冠琪一身飘然白衣，吊着威亚从房顶飞下来，然后一个踉跄，跪在盛乔面前。

盛乔："噗——"

导演："咔！"

李冠琪满脸通红："对不起对不起，没站稳。"

盛乔笑着去扶他，还说："魔君如此大礼，小拾受不起啊。"

李冠琪羞得不行，等重新吊好威亚，盛乔又从殿外跑进来，这次李冠琪总算站稳了。

他的人设是四海八荒第一美男，美得惊天地泣鬼神，连仙女都愿为了他坠魔那种。待他勾着唇角微微一笑，盛乔的神情也从警惕慢慢变为花痴。

她眼睛眨呀眨呀，好半天才问："你是谁？"

李冠琪又是一笑，一身白衣胜雪，眼角微挑，他本身长相就很俊美，这么一笑，还真有几分魅惑之感。

"你猜我是谁？"

盛乔被他的笑迷得晕头转向，本身就是个法术低微的小仙童，如何抵得过魔君的魅惑，傻乎乎道："你长得这么好看，我猜你是二皇子。"

李冠琪笑意更浓："对，我就是二皇子。"

盛乔一听自己猜中，顿时飘飘然，李冠琪说："小猴子，我来这北斗宫本是为讨丹药，结果被你殿前的艳艳桃花吸引过来，如今身子有些乏，你可否帮我去取一瓶千真丹来？"

盛乔扔下一句"等我回来"，掉头就跑出去了。她把那被美色迷惑得三魂丢了两魂的花痴模样演得惟妙惟肖。

导演喊了"过"。

之前还担心李冠琪驾驭不了人设，但中夏签的人岂会是平庸之辈？盛乔对这个新人的演技还是很佩服的。

紧接着又拍第二场，盛乔取了丹药回来，李冠琪摸摸她的头，小声说："小猴子真乖，下次本仙定要好好奖励你。"话落，他身子一蹲，猫着腰跑出画面了。

盛乔努力憋住笑，心想，后期也真是不容易。导演打算让这段画面一镜到底，等盛乔傻笑着跑到床上躺着，笑眯眯回想刚才和二皇子的相遇时，配角顺着导演的手势跑了进来。

他猛地推开门，冲向床边："三拾，丹房内的千真丹是不是被你拿走了？"

只听盛乔尖叫一声，猛地搂住被子，连连退到床角，做出一副我见犹怜的样子。

"讨厌啦三忘师兄，进女孩子的房间怎么可以不敲门？怎么可以这么粗鲁？要是我没穿衣服怎么办？人家还是一只黄花猴子，清清白白的身子被你看了去怎么嫁得出去……噗哈哈哈……不行了导演，这个台词太智障了！"

盛乔快被自己笑晕过去了。

导演："……"

编剧："……"

搞笑台词太多，演员频繁笑场，后面的戏基本都要NG两三次才能过。吃午饭的时候，导演招呼盛乔去他身边坐着。

本来以为严肃认真的陈导要骂人了，结果他态度倒还是很温和，一边吃饭一边问她："小乔，你知道桃花拾这个角色最后的遭遇吧？"

盛乔点头："知道，剧本我看完了。"

陈导说："那你觉得她为什么前期会这么搞笑？"

这倒把盛乔难住了，心想，难道这不是编剧给的人设吗？十年前的古言不都是这个风格？

陈导像是猜到她的想法，笑笑说："我们知道，桃花拾她其实并不是一只小猴子，她是天地戾气应时而生的魔，天帝拿她没有办法，便请了西天如来相助。如来把这团戾气拘在座下莲台之中，打算以西天梵音净化她的魔性。

"后来孙悟空遇到六耳猕猴，在如来那里进行真假美猴王之辨，西天一度混乱，她趁机分出一缕魔魂逃走，因为魂魄不全混沌不清，记忆中只有两只猴王打架的画面，于是魂归花果山，化形为一只小猴子。"

盛乔点头。

陈导把碗搁在一边："也因为魂魄不全，她心智未开，又无父无母，无师无友，无人教化，太上老君将她带上天宫，只是因为算出她命数独特，想留在身边看管。

"她全然不懂这世上的人情世故，率真任性，在花果山被猴子排挤，上了天宫更是被人轻视，你看北斗宫的那几位师兄，动辄打骂，虽无伤大雅，但也可看出他们是看不起这只野猴子的。太上老君是她的师父吗？不是，只是监视者罢了。"

盛乔有点明白过来导演的意思了。

陈导继续说："但在这样的环境里，她仍能活得自在快乐，自己给自己找乐子，她是真看不懂那些人对她的轻视，以为北斗宫就是她的家，因为到现在她都心智未开嘛，像个傻子一样活在虚伪的环境中。"

盛乔抖了一下，缓缓说："现在有多搞笑，等日后揭露真相，就有多可悲。"

导演笑了："就是这个意思。"

她不会再像个傻子一样模仿凡间戏文，不会再和她眼中的师兄斗嘴打闹，不会再每天乐呵呵无忧无虑了。

她被信任之人扔进炼丹炉，烧瞎一双眼，被心爱之人打下坠仙台，差点神形俱灭，而后携一身魔气满身血色归来，从此不再相信任何人。

再看曾经那只逢人便笑的小猴子，像一场染血的梦。

那时她是只猴子，他们看她，也像是在看猴戏。

后面几场戏，盛乔就没有再笑场了。

更深层次地理解了这个角色，后面拍起来就更加顺利，盛乔因为受伤欠下的戏份很快就慢慢补上来了。

天气越来越热，在横店拍戏的剧组也多，今天群演在这个剧组演侍卫，明天就去那个剧组演黄包车车夫了。

中午吃饭的时候，一辆救护车突然呜啦啦地开进来，几个工作人员在外边看，还说："是不是哪个演员中暑晕倒了啊？"

统筹老师立刻说："导演，我强烈要求再加一台空调，避免隔壁剧组这种中暑晕倒的事情发生。"

结果没多会儿看热闹的人就跑回来，一脸惊恐地说："死人了！"

另一个剧组的导演突发脑出血，直接倒在了机器前，等救护车赶到的时候已经没气了。整个剧组大乱，演员们又惊又怕，闹哄哄一片。

虽跟他们无关，但到底是同行，又发生在附近，陈导一脸沉重地说："要是哪里不舒服要提前说。"他又转头看盛乔："小乔，头没事吧？"

整个剧组的人都看过来，盛乔赶紧说："没事没事，我伤口都结痂了。"

陈导挥了挥手："下午放假，吃完饭都回去休息吧，我过去看看。"

虽不认识，但都是导演，病逝在工作岗位上，令人唏嘘又尊敬。

出了这档子事，搞得大家心情都很低落，回酒店的时候，丁简说："乔乔，你知道得脑出血的那位导演是谁吗？"

盛乔一惊："是我认识的人？"

丁简摇头："你不认识，但你还记得之前贝哥让你选的那几个剧本吗？你当时想选的那个民国剧《东风破》，就是这部剧的导演。"

盛乔眼睛都瞪大了。

算算时间，《东风破》和《愿逐月华流照君》基本是同时开拍的，也正因为这样，档期错不开，盛乔才会二选一。没想到还有这层渊源，她的心情更低落了。

快到下午的时候，《东风破》的导演突发脑出血身亡的消息就上了新闻，导演家人当然不会善罢甘休，剧组拍摄暂停，各方都焦头烂额。拍摄停了，但各项开销都还在走，总不能把场子、设备退回去，拖得越久，损失越大，又耽误演员的档期，没多久就有新闻说《东风破》剧组要解散了。

盛乔内心为这部剧惋惜了好久，结果没几天贝明凡突然来横店了。

盛乔回到酒店一看到他，还以为自己花了眼，更震惊的还在后面，孟星沉居然也在。两人脸色不太好，盛乔问："孟老师，贝哥，你们怎么了？"

贝明凡叹气说："《东风破》那个导演，是星沉的同学。"

盛乔眼睛都瞪大了。

贝明凡接着说："昨天投资商撤资了，剧组可能要散。星沉跟我商量了一下，决定带资重组，女主角之前已经跟剧组解约了。小乔，你不是一直对这部剧挺感兴趣的吗？"

盛乔："……"

孟星沉笑了笑："老韩以前帮过我不少，这是他生前最后一部作品，我不想让它夭折。小乔，你愿意接这部剧吗？"

盛乔："可我档期排不开啊！"

贝明凡："这个你不用担心，你也知道《东风破》的女主角戏份不多，我们可以跟《愿逐月华流照君》协调拍摄时间，两个剧组都在横店，错开拍是来得及的。就是你会辛苦点。"

贝明凡见她还在沉思，急道："星沉多少年不拍电视剧了，消息传出去，不知道多少女艺人抢着来拍，现在给你走后门，你还想什么呢？"

盛乔："……"走后门还可以这么用？

盛乔迟迟不作回答，贝明凡是个急性子，又想说什么，孟星沉拍了他一下，笑着问："你是担心轧戏的事吧？"

盛乔点头："陈导是个很有态度、很认真的导演，我不想辜负他。"

孟星沉笑笑，温声道："我先问你，如果你接下《东风破》，有信心高质量完成这两部剧吗？”

盛乔被他问得一愣。

看孟星沉神情认真不像开玩笑，她也就仔细地想了想这两个剧本，从剧情人设以及日程上来看，除了她会辛苦一些，其实是没问题的。

盛乔说：“可以。”

孟星沉不出意外地笑了，这才说：“那现在我来告诉你为什么明知道你档期冲突我们还是决定找你来拍。

“第一，从韩导过世到现在，剧组已经亏损了将近一百万元，昨天投资方正式撤资，男女主角分别毁约，如果现在不及时重组开拍，之前所做的努力就都白费了。

“第二，我和明凡在来之前其实已经算过你的时间，丁简说你在《愿逐月华流照君》剧组的拍摄很顺利，基本已经赶上推迟的戏份。《东风破》里女主角的戏份不多，你之前也看过剧本，女主角在剧情的中间部分就死了，前期我们先拍男主戏，你的戏份可以每天安排少一些，到后期等《愿逐月华流照君》收尾，你再赶戏完全来得及。

“第三，也是最重要的一点，《东风破》是一部大男主剧，你也知道现在的市场，很少有小花愿意到大男主剧里来当配角。但出品方为了保证收视率，女主角必须从当红小花里挑，既要有演技又要有热度，圈子里挑不出来几个，而且行程都满，没人愿意救这个场。”

盛乔听他说完了，又看看贝明凡，问：“有孟老师在她们都不愿意来啊？之前那个女主角呢？”

贝明凡说：“不负责任毁约就跑又吃回头草的人我们能要？现在愿意来的要么演技不行，要么人气不够，剩下那几个小花身上都有戏，选谁都得跑两个剧组，没差别。这是个机会，当然是先让你选择。”

和孟星沉搭戏，先不说戏会不会爆，光是影帝级别的表演技巧就不知能学到多少。而且本身盛乔对《东风破》这个剧本就很感兴趣，后来也是忍痛割舍了，一直都蛮遗憾的。

她想了半天，最后认真地说：“我愿意接，但是我得先征求陈导的同意。”

孟星沉说："他同意了。"

盛乔："啊？"

孟星沉："我们在老韩的葬礼上遇到了，我跟他提了这件事，他说你表现很好，如果能继续保持状态拍好他的剧，他不介意你来这边救场。"

盛乔心里这才松了口气，高兴地说："那现在先把拍摄日程表重新排一下吧，我也得抽时间准备人物小传。"

贝明凡唰地从包里掏出一张日程表："排好了！"

盛乔："？？？"怎么感觉你俩下好套来的？

孟星沉笑笑："虽然接下来你会很辛苦，但同时也能学到很多，强压之下见深浅，你会对自己有一个全新的认知。"

盛乔觉得他口才真好，估计是跟贝明凡从同一个传销窝点出来的。

事情商定下来，几个人的任务也瞬间繁重起来，贝明凡把《东风破》的剧本给她带过来了，让她先看着，临走时想到什么，又回头说："对了，忘了告诉你，接手剧组的新导演一听说我们在联系女主角，点名就要你，杨昀导演，你认识吧？"

盛乔想了半天，摇摇头："没印象。"

贝明凡说："你之前在星耀时，客串过一部古装剧叫《长安醉梦》，还记得不？"

盛乔一下反应过来："是那个导演啊！"

当初被星耀逼着去那个剧组客串男主角的师父，大冬天穿裙子吊威亚，差点把她冻死。杀青时那个导演专程过来等她，给了她一张名片，告诉她"好事多磨，磨过去了就是另一番天地"，还说期待跟她的合作。没想到合作来得这么快。

盛乔对这部民国剧越来越期待了。

第二天一早，她先去《愿逐月华流照君》剧组拍完了自己当天的戏份，又跟剧组的每一个工作人员认真解释一遍。大家这些天都在片场，陆陆续续听说《东风破》演员毁约、投资方撤资、剧组解散的事，现在盛乔要过去救场，大家都挺理解的。

陈导没什么异样，就跟曾铭之前说的一样，只要你把自己的戏份拍好，做什么他都不管，临走时跟盛乔说："晚上还有夜戏啊，别迟到。"

盛乔应了。

半个小时后，方白开车把她送到《东风破》剧组。剧组除了几个主要演员换了，其他的工作人员还是原班人马。

本来都已经做好各回各家的准备了，结果先是从天而降一个带资进组的影帝，影帝又拉来一个当红小花，这段时间以来大起大落跟做梦似的。

杨昀导演已经在片场了，盛乔赶紧过去跟他打招呼，杨导笑笑说："终于有机会跟你合作了。"

盛乔也笑道："谢谢杨导青睐。"

两人聊了几句，孟星沉也到了，主创团队全换，又跟现场各个部门的工作人员认识了一遍，打完招呼，盛乔先去拍定妆照。

两套造型，一套是民国学生装，另一套是军统制服，各有各的韵味，反正长得好看，穿什么都好看。

等她拍完出来，杨导正在跟孟星沉聊剧，杨导说："我就不跟你多讲了，以免扰乱你对角色本身的理解，就按照你自己的想法来。"看到盛乔出来，他又朝她招招手："来，小乔，我们说说戏。"

好的，影帝不需要说戏，她还是需要的。她坐过去，杨昀拿着剧本翻了翻，问她："都看完了吗？"

盛乔点头："之前看过，昨晚又仔细看了一遍。"

杨导说："熬夜了吧？看过就好，宋媛这个人物其实不难把握，我相信你可以驾驭。可能就是后期，她这个思想上发生了转变，需要你多下点功夫，揣摩角色当时的心境。特别是当她决定赴死的时候，你觉得她是为了爱人，还是为了革命大义？"

盛乔思索着说："都有吧，我觉得不能说她是为了什么去赴死，而是她只有死这一条路可以走。这是她的死路，却是她所期盼的一条活路。"

杨导赞许地点点头："就是这种感觉。她其实一直活得很挣扎，军统逼死了她的父母，是她的仇人，但为了活下来给父母报仇，她必须投靠军统。她想让自己变得强大，努力训练自己，却又因为这一身本领被军统派去执行任务，做着违背本愿的事。她一直都是被推着走，她没有自己的路。直到她发现俞东风就是军统在追查的地下党，她要保护俞东风，不仅因为她爱他，只有他活着，正义才能胜利，只有等正义胜利了，她才算给父母报了仇。

“从一个天真不谙世事的女学生，到中期的军统特务，再到最后慷慨赴死，她这一路走来，处处皆是死路，唯有最后赴死，是她唯一的活路。”

盛乔感慨：“俞东风救下她的时候，只是希望她好好活着而已。”

杨导笑笑：“那个时候，活着是最奢侈的事。”

等孟星沉拍完定妆照，后期修好图，已经下线多时的《东风破》官博终于再次上线了，发布了新的男女主角的定妆照，给了散布剧组解散传言的网友们一记重锤。

什么？男主角孟星沉？影帝又回来拍电视剧了？

什么？女主角盛乔？她又怎么抱上影帝大腿了？

再说了，盛乔最近不是在拍《愿逐月华流照君》吗？黑粉们立刻反应过来，一哄而上骂盛乔轧戏不敬业。

贝明凡早就料到这个情况，将《东风破》剧组这段时间以来面临的解散危机和盛乔救场之举通过各大营销号放出来。

盛乔的拍摄日程表也被公布了几页，网友一看那从早到晚密密麻麻的拍摄计划，简直头皮发麻。

辛苦是真辛苦。

黑粉说：“呵呵，辛苦有什么用？到时候因为赶戏导致剧质量不好，就是毁了两部剧。”

乔粉撑：“呵呵，你穿越的啊？还没拍完你就知道质量不好？人家两个剧组都协商好了，两方导演、演员都表示理解，需要你们这些杠精指手画脚？”

《东风破》官博也发布了官方说明，大概感谢了盛乔和孟星沉在剧组濒临解散之际挺身而出，大家一定会重振士气，完成韩导的遗作，不负众望。

导演现场突发脑出血病逝的新闻闹了很长一段时间，网友们也一直都在关注这件事，知道剧组能重组特别不容易，再加上团队和粉丝控制风向，“轧戏”的词条被压了下去，“盛乔救场”的词条却被顶了上来。

大部分网友还是能理解的，还有人说：盛乔能顶着压力拍两部剧，而且双方导演还都认可，是不是从侧面说明，她能力强、演技好？

黑粉马上把正在上映的《疯语》搬出来，就这马马虎虎过关的演技能叫好？

乔粉当即反驳：“那都是去年拍的了，你怎么知道她没有进步？”

两方正互撕，已经上映一段时间的网剧《长安醉梦》，最近更新的一集，客串角色盛乔上线了。

盛乔都没给这部剧做宣传，毕竟就几个镜头，女主角还是茄子精。还是《长安醉梦》官博自己发了条微博，@了盛乔，才被乔粉们看到。

哈？这就是那部把我们宝贝累到昏迷进医院的剧？

还有脸@我们宝贝？

还想要我们蹭热度？

乔粉派了一小部分先头部队去看剧，毕竟他们也不知道盛乔的镜头出现在第几集，先头部队每天生无可恋地追剧，眼巴巴等着爱豆出场，然后剪cut给大部队过瘾。

终于，在今晚更新的剧集中，男主角被追杀滚落山崖，相同的遭遇，不同的地方，他不由自主地回忆起自己的师父。

当一袭红衣的盛乔自冰天雪地飘然而下时，多少观众被那垂眸一笑所惊艳。

三千墨发，雪若珠花，她站在冰霜之上，俯视脚下犹如蝼蚁的小生命，半晌，勾唇一笑，笑从唇畔延至眼角，像攀着冰凌开出妖异带血的花：“你想拜我为师？你可知，当我的徒儿，要付出什么样的代价？”

绝了。乔粉倒地，捂心尖叫。

几分钟之后，盛乔超话就被这段画面的截屏刷屏了。

“呜呜呜……宝贝长大了，学会勾人了。”

“呜呜呜……红衣妖女在线要命。”

“呜呜呜……什么代价我都愿意付啊宝贝！”

“看看这眼神，品品这个笑，你摸着你的良心说，我家女儿演技不好？去你的吧。”

盛乔当时被冻得不行，那几个镜头超常发挥，确实表现得好。这段截屏被刷上热搜后，连路人都不吝赞扬。

黑粉灰溜溜地走了。不过我们还会回来的！反正我们总能等到黑你的机会！

网上热闹得不可开交，盛乔忙得连上网的时间都没有，每天两个剧组来回赶，每一场戏都要打起十二分的精神对待，连给霍希打榜的日常都交给丁简去做了。

最近霍希的新剧上映，她每天从片场回到酒店，还要打开手机、iPad、电脑三连播来增加收视率。

大多时候没怎么看，放着去做自己的事，等到要睡觉的时候瞄两眼，舔舔新剧的颜，然后睡觉，结果今天睡前就看到了剧里霍希和女主角在接吻。

呜……眼神好温柔。

盛乔委屈巴巴地看完他的吻戏，压住内心疯长的思念，以往都是一挨床就睡着了，今晚愣是被刺激得翻来覆去睡不着，最后忍不住爬起来给霍希打电话。

他那边还是白天，应该在忙，接了电话之后让她等等又挂断，过了会儿才打过来，低声问：“怎么还没睡？”

盛乔气鼓鼓地说：“我看到你亲别的女人了！”

霍希：“新剧吗？”

盛乔：“哼！”

霍希笑了一声，缓声道：“我还没找你算孟星沉的账呢，你倒还吃起醋来了？”

盛乔：“……”

霍希：“跟孟前辈合作，开心吗？”

盛乔：“……”唉，没事跟个醋王吃什么醋呢？

第二十三章

追星典范

醋王吃醋是有道理的，最近网上确实正在疯传她和孟星沉的绯闻。因为影帝真的很多年不演电视剧了，用圈子里的话来说，电影大咖又跑回来接电视剧，掉价。

绯闻也是传得叫人摸不着头脑，说什么孟星沉是为了盛乔才接的剧，引得两方粉丝一番大战。

还好贝明凡很快就安排了辟谣，营销号爆出了孟星沉是韩导的同学，还扒出两人当年的毕业合照，这才破了绯闻谣传。

之前贝明凡还担心拍剧热度不够，想传盛乔和曾铭的绯闻来造势，后来被盛乔严肃拒绝，一直焦头烂额想新话题，结果现在哪还需要新话题，救场和孟星沉这几件事把两个剧组的话题和热度都带起来了，简直解了他心头大患。

盛乔一般是早上在《愿逐月华流照君》剧组，这边的戏份重一些，有时候午饭也来不及吃，拿一盒盒饭上车，赶去《东风破》的路上两口扒了，在车上调换心情和状态。

毕竟早上刚拍完小猴子义愤填膺地说“空空师祖是我的偶像，是我们猴子的骄傲，你竟敢看不起我伟岸的空空师祖”，下午过去了就要拍——“这样苟且偷生地活着，跟死了又有什么区别？”

直到后期，《愿逐月华流照君》的剧情开始转虐，小猴子的心境也从之前天不怕地不怕的无忧无虑转为万念俱灰，颇有些《东风破》里宋媛孤立无援、四望无路的状态，才契合上。

两个角色都很惨烈悲壮，基本上后期都在用这种心态演戏，负能量的情绪对演员的影响很大，她每天投入太多心思和精力在里面，有时候情绪从角色里抽离不出来，久而久之，整个人都变得有些低沉，不爱说话。

她这个状态当然是适合演戏的，但会伤害到她本身，孟星沉每次下戏，都会故意跟她说些有的没的，将她从情绪里带出来。

但效果不大，丁简看在眼里简直急死了，生怕演完这两部戏那个活泼可爱的小乔就再也回不来了。

只有每晚跟霍希打电话通视频的时候，她才又跟之前一样，一点异常都看不出来。

丁简在旁边看得担惊受怕，完了，别是精神分裂吧？

盛乔明令禁止过她偷偷向霍希打报告，担心影响到霍希的进修学业，丁简也不敢跟霍希说，怅然若失刷手机的时候，看到今年的乐艺音乐之夜将于下周在杭州举办，赵虞也会参加。

丁简眼珠子一转，计上心来，给赵虞发微信，把盛乔这段时间的状态跟她说了，赵虞消息倒是回得很快，说："放心，交给我。"

没多会儿，躺在床上看剧本的盛乔就接到赵虞的电话。

"仙女在干什么啊？"

"仙女在背台词。"

"仙女想护法了吗？"

"仙女没空想。"

赵虞在那头插科打诨，最后笑说："下周我要来杭州参加音乐之夜，我给你弄张票，你来给我应援呗。"

盛乔有气无力地说："没时间啊，拍戏太忙了。"

赵虞："就晚上一两个小时怎么没有？你是不是不想给我应援？！"

盛乔："你的虞美人大军不缺我一个。"

赵虞："不来绝交。"

盛乔："……赵虞你知道你这种行为，跟女朋友一吵架就喊分手一样恶劣吗？"

赵虞："我不管，我就是这么无情无义、无理取闹，你来不来？"

盛乔："……行吧。"

赵虞这才满意了，最后挂电话的时候还说："我的应援色是粉色哈。"

电话一挂，盛乔继续看剧本，这一场看的是小猴子被关在炼丹炉里，四周熊熊烈火灼烧，她被烧得痛不欲生，满地打滚，一遍遍喊着她自认亲近的人的名字，求他们来救她，殊不知，她喊的那些人就在丹炉外冷眼看着。

与此同时，花果山惨遭屠戮，遍地哀号，她在大火之中看到这一切，任由她怎么挣扎撞击都逃不出去，身体一挨壁炉便被烫掉一层皮，她整个人被烧得血淋淋的，还是不停地去撞丹炉，最后万念俱灰，双眼流下两行血泪，自此瞎眼。

盛乔一边看一边默念台词，眼见着情绪又进去了，丁简一下把剧本抢过来："这会儿就别看了，你下周不是要去看赵虞吗？灯牌啊，应援棒啊，手幅啊什么的得赶紧准备啊！"

盛乔看了她一眼："你懂得还挺多。"

丁简说："跟在你身边，不懂也懂了。"

盛乔终于没再看了，拿出手机给赵虞定制应援物，还跟丁简讨论哪个字体好看，丁简这才偷偷松了口气。

拍戏时间总是过得很快，很快就到了乐艺音乐之夜那一天。盛乔提前跟两个剧组说了不要安排夜戏，白天戏份收工之后，方白带着她的应援物直接开车来片场接她，再送她去现场。

赵虞的票早已寄过来了，盛乔背了个白色的双肩包，戴着帽子和口罩，在车内等到临近开场才进去。

乐艺音乐之夜是每年夏季的音乐盛典，不仅会颁发各种音乐奖、人气奖，嘉宾还会表演。盛乔一进去就看见满场的红海和粉海，才知道原来沈隽意也在。

要是霍希没有出国，今晚估计就是三个神仙打架了。

她找到自己的位置坐下，在观众席的第一排，前面还有嘉宾席，坐的都是今晚的艺人。盛乔前方坐的居然是胡睿文，她趴在栏杆上，偷偷喊："睿睿，睿睿。"

后面粉丝多，都在喊自家爱豆的名字，盛乔也被当成粉丝中的一员，胡睿文估计没听到，一直没回头，盛乔只得坐回去。

旁边的小姐姐问："你是胡睿文家的啊？"

盛乔说："不是。"

小姐姐："那你喊他干啥？"

盛乔："……喊着玩儿。"

晚会还没开始，主持人和工作人员还在下面对流程，现场的记者就在嘉宾席各自采访啊，拍照啊，还挺热闹的。

盛乔百无聊赖地坐在位置上，东看西看，心里想着要是霍希也在就好了，她好想念他的舞台啊。

正走神呢，现场突然爆发出一阵尖叫，身边几个姐妹叫得尤为响亮，盛乔还以为开始了，抬头一看，主舞台的大屏幕上赫然是她的画面。

她明明戴着帽子和口罩，也不知道现场摄像师是什么火眼金睛，居然把她认出来了。

起先现场还不知道镜头怎么会一直停在观众席上，给这个包得严严实实的人这么久的镜头，看着看着才觉得不对，这好像是哪个明星混在观众席里啊。

有些人认出来了，顿时尖叫，其他没认出来的人跟着尖叫。盛乔眼见瞒不住，那镜头一直对着她也不离开，只得取下帽子和口罩，面带笑容朝镜头挥挥手。

于是全场都看到，盛乔坐在观众席里。

前方嘉宾席的艺人也挺意外的，胡睿文赶紧回头，一看到身后的她，唰的一下起身，两三步跑过来，小脸激动："小乔姐姐，你怎么来啦？你怎么坐在那儿啊？你是来看我的吗？"

盛乔身后坐着胡睿文的粉丝，差点疯了："啊啊啊……睿睿宝贝看看妈妈啊，妈妈在这儿啊！"

艺人区的记者闻风而动，很快就跑过来了，摄像机、话筒全部对过来，记者兴奋地问："盛乔，很意外在这里看到你，你是来看沈隽意的吗？"

盛乔："？"

旁边坐着的薏仁小姐妹："哼！"

盛乔默默把包里的灯牌掏出来，打开，粉色光骤亮，四个大字——虞虞仙女。

记者："……"唉，还以为抓到大新闻了。

现场虞美人们看到大屏幕上盛乔拿出的粉色灯牌，顿时惊声尖叫，啊啊啊……是我家的啊！全场虞美人都开始大喊赵虞的名字，气氛一时很火爆。

这场由盛乔引发的骚动直到主持人上台宣布晚会开始才结束，盛乔这边一直有人摸过来找她要签名，身边几个路人粉还跟她拍了合照。

晚会才刚开始，盛乔现身音乐之夜给赵虞应援的新闻就传遍全网了，跟记者一样，网友看见这消息第一反应就是："我×她是去看沈隽意的吧？恋情实锤！"

结果点进去一看，盛乔拿的是赵虞的灯牌。

希光："说好的唯粉呢？？？"

不过也有网友爆料，盛乔在拍摄《世界那么大》时跟赵虞关系不错，今晚估计是去看小姐妹的。

最后赵虞出场更坐实了这一点。等她表演完将要下台的时候，手指突然朝盛乔的位置指了一下，还特性感地挤了下眼。那一片没坐其他虞美人，她那一指指的只能是盛乔。

网友："等等，突然有点想吃这对CP……"

你在台上表演，我在台下应援，你朝我眨眼，我朝你微笑，我们彼此眼中，只有彼此。

"我×！太带感了！"

好好一对姐妹情，突然往邪教的路上狂飙，乔粉和虞美人扯都扯不回来。

等晚会结束，赵虞和盛乔又被拍到两人在后台拥抱，赵虞还摸她的头，其实是在看她头上的伤口怎么样了，被记者拍出来，那真是一脸宠溺的摸头杀啊。

网友："啊啊啊……仙女CP锁了！！！"

谁攻谁受？

这么明显看不出来吗！赵虞攻气十足啊！盛乔又软又糯只能在下！

不不不，盛乔这种默默在台下应援一脸温柔看着舞台上的她分明更像腹黑攻啊！

这对CP我可以嗑到天荒地老！！！

什么找马找头获胜统统毙掉！仙女只能跟仙女在一起！

我同意这门亲事！请你们立刻去丹麦结婚！机票我出！

虞美人："……"

乔粉："……"

至此，盛乔小同志终于集齐了娱乐圈的三座大山。

在多年以后，被网友戏称为——山的女人。

赵虞还想叫盛乔一起去吃个夜宵，结果经纪人在旁边掐着兰花指说："不行呀虞虞，飞机时间来不及了。"

赵虞比了个OK的手势："再给我十分钟！"她把盛乔拉到一边，八卦地问，"异地恋辛苦不？"

盛乔说："你可以自己试试。"

赵虞："不了不了，沉迷事业无心恋爱，我要当亿万人的女神，女神是不能要朋友的。"

她把老家的方言带出来，盛乔笑得不行，旁边突然冒出一个声音："要什么朋友？你跟谁要朋友？"

沈隽意不知道什么时候过来了，他刚从舞台上下来，满身的汗，赵虞一脸嫌弃道："口音学得四不像就不要学了好吗？"

沈隽意朝她撇嘴，又转头看盛乔："兄弟，你来都来了，只举她的灯牌，这不合适吧？"

赵虞："我觉得挺合适的。"

沈隽意："一边儿去！我跟我兄弟说话，闲杂人等还不退下！"

赵虞作势就要揍他，沈隽意一个箭步躲到盛乔身后，双手扶着她的肩，特欠揍地做了个鬼脸。

赵虞冷笑："真该让你粉丝看看你这副傻到地主家的蠢样。"

沈隽意："我什么样粉丝都爱看，就是这么人见人爱。"

盛乔："……"

她把他的手打掉，沈隽意扒拉了下她的头发："秃了没？我认识一个植发超级厉害的医生，要不要介绍给你？"

盛乔："……没秃，谢谢，不用了。"

沈隽意一脸受伤地看着她：“几日不见，兄弟你待我越发生分了。”他愤怒地一指赵虞，“说！是不是她分走了你对我的爱怜？！”

赵虞：“？？？”

盛乔：“？？？”

赵虞：“几日不见，她待你生没生分我不知道，你倒是越发智障。”

盛乔：“赞同楼上。”

沈隽意：“……”

兰花指经纪人在那边喊：“虞虞，真得走了。”

赵虞抱了下盛乔：“走啦，等你拍完戏我们再聚。”

盛乔点头，说：“我跟你一起出去，我也得赶回剧组了。”

沈隽意：“等一下！”两个人同时回头，他怒道，“难道我就不配拥有一个临别时的拥抱吗？！”

盛乔：“对。”

沈隽意：“？？？”

赵虞一脸嫌弃：“你一身臭汗，谁要跟你拥抱？走了走了，拜拜！”

盛乔扑哧笑出来，朝他挥了挥手。沈隽意叹了声气，同样挥手，道：“拜拜，有缘再聚啊。”

方白和丁简等在外面，盛乔在出口跟赵虞分别，坐上了回剧组的车。直到上车打开手机，她才知道就这么一会儿时间，自己又多了一个CP。

梁小棠愤怒的消息一条接一条：

“你怎么能举别家的灯牌呢？你对不对得起你老婆粉的身份？

“邪教党说的是人话吗？什么叫男人都是大猪蹄子，仙女只能跟仙女在一起？别的男人是大猪蹄子，你男人是仙子？！

“有一个太太CP还不够，现在又来一个仙女CP，你知道我们夹缝求生有多不容易吗？

“呜呜呜……跪求大大原地撒糖好吗？获胜党头头儿的心快要碎掉了。”

盛乔：“……获胜党头头儿，我有件事一直没有告诉你。”

梁小棠：“你是不是恋爱了？”

盛乔：“？？？”

梁小棠：“你是不是跟沈隽意在一起了？！你这个大猪蹄子！你背叛了组织和革命！！！”

盛乔：“……你嗑到真的了。”

梁小棠：“？？？”

盛乔：“婆婆好。”

梁小棠：“！！！”

啊啊啊……我原地死亡三百六十次然后升天！！！

盛乔隔着手机都能听到她的尖叫，忍着笑又交代她一定要保密，现在曝光对双方都没好处，恋情只有少数几个人知道，她是那少数之一。

梁小棠：“呜呜呜……儿媳妇你放心，只要你不红杏出墙，我打死都不会透露一个字的，呜呜呜……”

盛乔：“不会的！”

梁小棠：“呜呜呜……绯闻也要少传啊，我儿子现在身在国外，你要耐住寂寞啊。呜呜呜……不跟你说了，我要去冷静一下，我这辈子值了，没什么能再让我波动了。呜呜呜……”

有些人说话总是太天真。

有了赵虞和盛乔这波热度，没两天《世界那么大》节目上线时，不少网友都兴致勃勃前去嗑糖。

结果前两期都没有赵虞的镜头。

网友这才反应过来，哦，第一站嘉宾是那个绑架犯师萱啊。本来《世界那么大》上周就该上线，后期为了剪掉师萱的镜头，又推迟了一周。播出的时候，完全没有师萱的个人镜头，有些全员镜头没法剪，也被打了马赛克。

节目开头就是导演组到各个嘉宾家里去采访，盛乔被放在第一个。一开门，她发蒙的样子就被镜头记录下来了。她穿着家居服扎了个半丸子头，又亲切又可爱。

镜头先展示了盛乔的家，适合独居的房子，阳台的花生机勃勃，房间干净整洁，客厅的墙上还挂了幅山水国画。

行内的网友立刻认出来那是国画大师沈清韵的作品。

弹幕滚过一条消息：

“你们还记得盛乔的那个律师乔羽吗？沈清韵就是乔羽的妈妈。”

“我×，我好像知道了什么。”

“婆婆送给儿媳妇的礼物？”

“开局一张图，内容全靠编，脑洞这么大怎么不去参加《最强大脑》为国争光？”

“亲亲，这边建议不要头号绯闻呢。”

……

参观完，镜头又给了那扇紧闭的门一个特写，导演想要进去参观的画外音也被剪进去，结果被盛乔婉拒。

网友说：“既然是书房为啥不给参观？”

“可能放的都是《金瓶梅》吧。”

“《金瓶梅》文学巨著，这边建议你再去黑粉班进修一下。”

……

最后是盛乔给大家展示她的行李箱，其他都还好，直到那本“五三”和物理书被抽了出来。特别是盛乔还一脸不好意思地说：“我是个高三备考生。”

哈哈哈……你不提我们都快忘了你明年还要参加高考！

弹幕：

“那是我送给乔乔的‘五三’吗？”

“也可能是我送的！”

“我也送了！”

“我也……”

“做不完的‘五三’，望不到头的试卷，有你们这群粉丝，爱豆应该会哭。”

拍完这些，最后放了盛乔的采访，当她说出她最想去的城市是纽约时，获胜党顿时坐不住了。

“我知道！霍希在纽约！”

“呜呜呜……就算看不到爱豆，能和他呼吸同一个城市的空气也好啊！”

“呼吸同一个城市的空气也太甜了吧！”

“前面自我高潮个什么鬼？我和奥巴马还都是地球人呢。”

“奥巴马是你爱豆吗？不是就闭嘴，你管我们怎么高潮。”

“CP狗非要出来找存在感降低你xgjj（希光姐姐）对盛乔的好感？”

……

弹幕上CP粉立刻被两家唯粉嫌弃，又是一番唇枪舌剑，直到各位嘉宾的个人采访结束，画面一转到了机场候机厅，几位嘉宾会合，导演要求嘉宾交出钱包的时候，就有弹幕说：我打赌小乔藏了钱。

然后观众就看到导演果然从她身上搜出了两千，网友想起《逃出生天》里导演被哆啦乔支配的恐惧都快笑死了，弹幕上顿时出现一片逃生粉。

当盛乔被节目组安了个队长身份时，网友都怀疑她不能胜任，毕竟要研究路线还要制订计划，要负责整个旅行，需要极强的英语沟通能力。

虽然她在《逃出生天》里说了几句英文，但毕竟只有几句，有些观众还认为是节目组提前设计的台本，这也不能证明她英语好。

黑粉立刻在弹幕开启嘲讽技能，坐等伪学霸丢脸。

嘉宾到齐，登机出发，盛乔在飞机上做“五三”的画面也是十分搞笑，现在大家都知道她物理不好。

乔粉：“我现在就去淘宝给我女儿下单十套物理试卷！”

网友：“我猜你会被你女儿开除粉籍。”

飞机上的画面没有太多，两分钟就过了，待飞机落地，字幕打出飞行时长和当地时间。天微微黑，几个人都冷得不行，守着一大堆行李箱茫然四顾。

这时候被质疑、被嘲讽的盛乔，先是嘱咐大家穿好外套不要感冒，又独自前去租车，她按照路标一路找到租车场，然后向广大网友展示了惊人的英语水平。

口语流利，发音标准，用英语交流丝毫不露怯，还跟司机砍价，最后带领大家成功坐车到达酒店。

弹幕：

“刚刚嘲我乔的人呢？”

“脸都被打毁容了，哪儿还敢出来啊！”

“不行！我现在就要说！我乔不是学渣！不是！她就是学霸！谁敢再说我乔是学渣我用这个视频砸他一脸！”

“学霸过分了吧？就说个英语你还上天了？”

“是不是学霸我们明年六月见真章。”

“上面是什么柠檬精？盛乔没有留过学、没有上过高中，英语水平能达到这种程度，夸一句学霸也不为过，承认别人很优秀就那么难？”

“我读研一，我做不到，试卷做得飞起，一开口就磕磕绊绊，羡慕她的口语水平。”

“我住伦敦，她的发音真的很标准，还带一些当地日常的口音，怀疑她在伦敦久居过。”

“没有吧？她这几年的行程都是公开的，哪有时间去伦敦？”

“爱豆比我好看、比我优秀还比我努力，呜……看完这一集我就去写作业。”

……

盛乔的英语着实秀了一把，打肿了黑粉的脸，连弹幕都干净了不少，没想到让人更惊喜的还在后面。

第二天大家按照她熬夜做的攻略前往圣家堂时，祁连和梁丘玉因为请不请讲解员吵了起来，买水回来的盛乔直接说不用请，她来讲。

大家半信半疑，连观众都觉得她装得有点过头。

你懂什么啊？

没想到她真的懂。从设计师到建筑本身，从历史背景到风格设计，一路走来，她讲得头头是道，连观众都被吸引，不少没去过的网友都直呼今年“十一”预订圣家堂一日游。

弹幕都是赞叹和夸奖，脸还没消肿的黑粉又跳了出来：“这种查百度百科就能知道的东西，你们是不是吹得太过了？”

乔粉：“这种查百度百科就能知道的东西，怎么其他嘉宾都不知道，就她知道呢？”

黑粉：“……”你们粉丝的角度真是刁钻。

乔粉：呵呵，比起你们杠精的角度还是差了点。

盛乔以前录同居综艺的时候就说过一句自己是学建筑的，当时还被嘲了好久。而如今她对建筑所展现出来的兴趣和了解，终于让网友肯定，她是真的热爱这门学科。

第一期节目播完，大家虽然没有嗑到仙女CP的糖，但盛乔在里面的表现又吸了一拨粉。正片播出，大家才知道那时候师萱的诬蔑有多不堪一击，就算当时没有花絮、绑架一系列事情发生，等到节目播出，盛乔也能洗刷冤屈。

网友纷纷感叹，谣传不能信，以后真的不能被人带节奏随便黑盛乔了。

而依旧奔波在两个剧组繁忙拍戏的盛乔，每隔几天就会收到来自粉丝的亲切问候——整箱物理试卷。

盛乔微博上线啦，盛乔发博啦：

"@盛乔：我的物理已经补上来了，真的不用再给我买物理卷子了，求你们了。"

她最近太忙，学习任务被搁置一边，每天保证做一张卷子就差不多了。前几个月对于物理的突习起了作用，这几天做的卷子都能达到七八十分。

丁简兴奋地说："你如果能把粉丝给你买的卷子都做完，一定可以考满分的！"

盛乔生无可恋地看了眼堆成山高的箱子，义正词严地拒绝了。

一周之后，《世界那么大》第二期播出，大家期盼已久的赵虞终于上线，而刚好就是那么巧，寻找嘉宾时是盛乔第一个找到了她。

仙女党：看看，这是什么命定三生的缘分。

然后大家就发现，原来两人早在节目里亲手盖章了仙女CP！这一下可把仙女党激动坏了，两人在节目里的互动真是太可爱、太甜了。

一起牵着手逃跑是什么梦幻剧情？一支冰淇淋两个人一起吃等于接吻！敷着面膜缩在一个被窝一起追剧什么的也太甜了吧！！！

这一期节目的播出，让仙女教以摧枯拉朽之势迅速壮大。

获胜党眼睁睁地看着仙女教的超排行从最下面一路飞涨，超过太太党，最后稳稳停在了自己下面。

呵，本宫不死，尔等终究为妃！

梁小棠：你们这群无知的人类！现在尽管笑吧！现在笑得多开心，日后就有多痛苦！

仙女教日日高潮，眼见着排名马上就要超过获胜，终于，《无畏》定档了。

获胜党：啊啊啊……属于我们的春天来了！邪教退散！！让你们看看什么才是真正的爱情！！！

《无畏》定档十月国庆节，赶上了这个黄金周，在猕猴桃台黄金强档播出，三大网络视频平台同时上线。

获胜党、乔粉、希光三方开始铆尽全力为《无畏》做宣传，而霍希、盛乔这个组合本来就自带热度，让《无畏》的话题从开拍就没断过。

虽然有小道消息说盛乔在拍《无畏》时状态很好，但大家还是半信半疑。她至今没有一部代表演技的作品，客串古装剧里的昙花一现当然不算，而《疯语》已经播完，钟深和傅子清火了，盛乔落个被嘲笑的命，大家也没看出她演技有多好。

乔粉天天吹得那么厉害，不知道有多少人等着看笑话。一旦《无畏》里盛乔表现平平，她将迎来铺天盖地的嘲讽。

乔粉悬着一颗心，连希光都说，可别连累我哥被嘲。

还没等正片播出，剧组连放两支预告片，彻底粉碎了黑粉打算看她笑话的心态。

盛乔被剪入预告片的镜头有打戏、哭戏，情绪激烈的场景很能直观展现演技。大家发现，她真的不一样了。

她有了灵气，眼睛里有戏，她短发俏丽，神态却清冷，握一把手枪，穿一身警服，不知俘虏了多少人的心。

这部剧的台词是她自己配的音，丝毫不让人出戏，预告片最后，她中弹倒地，画面染上一片血色，她的低声含着苦涩：“许陆生，我回不来了，别等了。”

真是心都被揪紧了。看不出来这还是个BE？？？

乔粉一边哭唧唧一边冲预告片转发量。他们天天虽然各种花式夸爱豆，但就如同黑粉说的那样，盛乔没有一部代表演技的作品，她始终是个演员，没有作品，夸上天了别人也不认。

跟盛乔同期的那几个小花，特别是风格类型一样被双方认为是对家的傅雨川，今年两部电视剧都大爆，估计年底就要拿这两部剧去评选年度人气最高奖和最佳女主角奖。

对家每次嘲盛乔，都说她代表作是《逃出生天》，气得乔粉咬牙切齿又无可奈何。

终于迎来了咖位、热度、制作、演技都一流的《无畏》，简直像久旱逢甘霖，他乡遇故知，洞房花烛夜，金榜题名时！

老母亲熬出头的感觉。哭了。

九月底，《愿逐月华流照君》杀青，办完声势浩大的杀青宴，盛乔连夜收拾行李，第二天一早就赶去了《东风破》剧组，继续拍剩下的戏份。

《无畏》上线那天，应剧组的要求，盛乔和霍希微博还互动了。

“@盛乔：@霍希，许律师，初次见面，下手有点重，您海涵。”

“@霍希：@盛乔，聂警官，我劝你最好不要对一个律师使用暴力。”

获胜党：我劝你们最好原地结婚。

两人的互动中规中矩，网友看着好笑，粉丝看着也不觉暧昧，而且播剧期间这种互动必须一直保持，戏内CP是要炒的，只要不上升真人，大部分粉丝还是能接受的。

主要问题是两人本来就有一大撮CP粉，一互动他们就过年。

唯粉：天天都过年，年住你家了啊？

不管粉丝内部怎么吵，对外的宣传数据还是搞得风风火火，《无畏》首播收视率破1，拉开同期电视剧一大截，而盛乔的演技在这部剧里得到了广大网友的认可，比起前不久刚刚结束的《疯语》，不知道上升了几个层次。

《无畏》这种把刑侦、法律、言情糅合在一起的题材在如今的市面上还是少见的，聂倾和许陆生的人设很带感，剧情也紧凑不拖沓，大爆是必然的事。

收视率一路高涨，稳居第一，每更新一集就上一次热搜，之前只是获胜党的狂欢，现在因为聂倾和许陆生感天动地的绝世爱情，又多了一批深情夫妇党（生倾）。

获胜党说：你戏内CP都嗑了，还差个真人CP？戏内戏外都嗑到真的岂不美滋滋！来来来，快加入我们感受一下美梦成真的滋味。

仙女教：你们搞什么CP啊？这么会洗脑，不如去搞传销？

获胜党：邪教就是嫉妒我们。

太太党：呜呜呜……有生之年我们还能等到正主的合作吗？仿佛嗑了个假CP。

不行！我们要改名！我们要正式更名为兄弟CP！就算嗑不到糖，也要嗑一嗑社会主义兄弟情！

CP狗永不认输！

随着《无畏》的剧情推进，获胜党能用来剪辑的素材越来越多。算一算，盛乔和霍希一共同框三档节目：《二十四小时同居》《逃出生天》《无畏》。

三档节目各有各的特色，再加上盛乔和霍希各自主演的电视剧也不少，混剪下来简直可以组成无数个剧情，甜的、虐的、暗黑的、相爱相杀的，大师一出手，就知有没有。

盛乔和霍希的剧情自制视频满天飞，获胜党产糖又产刀，刷B站的路人看多了，还真觉得这两人挺有CP感的。特别是《逃出生天》里的世纪一抱，《无畏》里的吻戏片段，成为每一个视频的必剪素材。

只要有粮，我们就可以嗑到天荒地老！

而你们连正主同框的机会都没有，哈哈哈……嗑个屁的CP啊，趁早散了吧。

仙女教：……

兄弟党：……

真想把你们这些得志小人按在地上摩擦。

《无畏》的收视率一路高涨，监制在剧组群里发消息美滋滋地说：“预定今年年度人气剧大奖。”

场记：“@小乔要努力变强；@希，斩个视帝视后回来！”

盛乔：“不敢想。”

场记："人有多大胆，地有多大产，想想又不犯法，我看好你哟。"

盛乔："……"

霍希在群里聊了几句，切出来拨通盛乔的通话视频。他那边还是上午，坐在书房的电脑前，身后几缕阳光从窗户透进来。那句广告词怎么说来着——"逆光也清晰。"

盛乔趴在床上捧着手机，还乐呵呵地发花痴呢，就听到他问："怎么又瘦了？"他们是有一周多没视频过了，霍希盯着她，"是不是又没按时吃饭？"

盛乔一累就吃不下饭，这是她一直以来的毛病，之前在《无畏》剧组，霍希每天拉着她早、中、晚按时吃饭，好不容易纠正过来，现在他一走，她又犯了。

盛乔被戳破知道躲不过，眼神东瞟西瞟，小声说："太累了没胃口呀，等拍完戏就胖回去了。"

霍希说："回来收拾你。"

她眼睛一下就亮了："你要回国了吗？！"

他无声笑了笑："嗯，下个月。"

盛乔差点蹦起来尖叫，趴在床上的两只小脚都快踢飞了："我月底也要杀青了！"

呜呜呜……她终于可以结束这痛苦的异国恋了。

霍希等她激动完了，才继续说："王导之前跟我提过，年后要拿这部剧去金视节冲奖，会给你提名最佳女主角奖。"

盛乔想起刚才群里场记姐姐的玩笑话，连连摇头："不不不，我不行的！"

"只是提名。"他笑道，"不一定能拿，不要有压力。"

盛乔这才松了口气，又问他："你回来就要去拍王导的电影了吗？"

他点头："对了下行程，大概过完年就进组。"

一旦电影开拍，估计又很忙，盛乔扳着指头算了算，离过年还有三个多月的时间，那他们还有差不多两个月的时间可以见面，希望那段时间两人都不会太忙吧。

她终于明白为什么好多圈内的恋人分手，原因都是聚少离多。这样几个月或大半年的不在一起处，不分手才怪呢。

呜……她会不会某天也跟霍希以同样的理由分手啊?

霍希在那头看她算了半天，小脸突然苦闷下来，低声问：“怎么了？”

她委屈巴巴的：“霍希，我们要是哪天分手了，我还可以当你的粉丝吗？”

霍希：“不可以。”

盛乔：呜。

霍希：“所以你最好趁早打消分手的想法。”

她噘着嘴：“万一哪天你不喜欢我了呢？万一是你想分手呢？”

霍希都要气笑了。恋爱中的女孩都这么爱乱想吗？但看她蔫蔫儿的样子，又气又心疼，他只能安慰道：“不会有那一天的，乖。”

她撒娇似的威胁：“反正我那么多CP，你哪天要是不要我了，我就去当别人的粉丝，给别人应援，也不帮你修图了，哼。”

霍希气得头疼：“回来再收拾你。”

整个夏季盛乔就在剧组中度过了，第一场寒流降临的时候，《东风破》也终于杀青。来时酷热难耐，如今羽绒服裹身，剧组拍戏真的是不容易。

盛乔的表演技巧基本都是跟孟星沉学的，这一次跟他搭戏更是学以致用，孟星沉现场指导，每场戏都会告诉她用什么样的表演方式能更好地呈现，就这么跟他手把手地学了两三个月，演技上的进步可以说是惊人的。

杀青宴结束，大家在宴席上举杯敬韩导，洒洒黄土，回想起当初，每个工作人员几乎都哭了。

我们终于不负众望完成了你的遗作，可你永远看不到了。

第二天下午，盛乔回北京，丁简已经提前一天回来，找保洁帮她打扫了房间，又去帮盛乔把她的快递取了。

提前给盛母的疗养院医生打过电话，那头回复盛母已经可以出院，她买了不少床上用品和生活用品，让丁简把盛母的卧室整理好，等她一回北京就去接老人回家。

去疗养院的路上，贝明凡突然问：“你打算什么时候买房？有考虑的话提前跟我说，我有几个朋友是做房地产的，可以帮你预订好地段。”

房子是大头，如果想选好点的地段和环境更贵，她就一个人和妈妈，暂时没必要。盛乔摇摇头："先租着吧，我现在比较急需的是车子。"

方白说："你急需的是驾照。"

盛乔一拍脑门儿："那帮我报个驾校吧，我先把驾照拿了车买了，不然每次出行都要人来接，太不方便了。"

贝明凡当即就开始联系驾校："事不宜迟，争取在年前把证儿拿了。等过完年，你就安心在家复习三个月，别被其他事干扰。"说完他又叹了口气，"感觉像在提前演习女儿高考。"

方白："你女儿还有十几年才考呢，现在演习是不是太早了点？"

贝明凡："安静开你的车！"

到达疗养院，盛母已经收拾妥当。不再用轮椅代步，每走一步都是开心的，她一看到盛乔就说："怎么又瘦了啊？"

盛乔在她怀里蹭了半天："就等你做好吃的给我补回去呀。"

医生交代了一些注意事项，方白把盛母的行李都搬上车，一行人又将盛乔送回家。

房间收拾得很干净，窗帘大开，冬日薄薄的暖阳照进来，盛母一进去就说："这房子好，亮堂，宽敞。"

盛乔说："以后这就是我们的家啦。"

盛母高兴得眼泪都快出来了，一会儿摸摸墙，一会儿摸摸沙发，心里真是感慨万千。等她往衣柜里挂衣服的时候，盛乔突然磨磨蹭蹭地过来，欲言又止地说："妈妈，我有件事要告诉你。"

盛母看她那眼神，自己的女儿能不明白，含笑问："是不是交男朋友了？"

盛乔有点不好意思，又重重地点了点头，把手机里的照片拿出来给她看。盛母一看："欸？这不是跟你一起演电视的那个小伙儿吗？那个律师，许陆生？"

"对！他叫霍希。"

盛母接过手机左看右看，坐在床上把她相册里上千张照片翻了个遍，丈母娘看女婿越看越好看，还没见着人呢，已经高兴得合不拢嘴了。

"你喜欢就好，妈妈没意见。"

盛乔抱住她亲了一口。

盛母又问："我什么时候能见见他呀？"

盛乔忸怩道："还没在一起多久呢，现在见家长会不会太快了呀？"

盛母想想觉得也是，笑说："也对，那我就在电视上看看。他在电视剧里对你很好，现实里肯定更好。"

盛乔重重地点了点头。

下午，丁简过来带着盛母去熟悉了下周围的环境，还买了不少菜回来。晚饭是盛母做的，见不得女儿太瘦，恨不得一顿饭就给她补回来，做了一大桌子菜。

三人都没吃完，最后丁简还打包了一份青椒肉丝回家。

第二天起床的时候，盛母又把早餐给她做好了，盛乔觉得自己简直可以当个米虫了。当然只能想想而已。吃完早饭，她就拿着准备好的礼品出门，去拜访乔父乔母。

昨晚打了电话，乔母让她过去吃午饭，盛乔打算早点过去，跟乔母聊聊天，下午她还要赶个通告，估计吃了饭就要走。

离开前，怕盛母无聊，盛乔还帮她把电视打开，教她怎么选节目调频道。盛母说："我又不是小孩子，都晓得，你去忙你的事吧。"

盛乔又交代几句，在盛母的催促下提着礼盒出门了。

方白开车来接她，一听她报的地址就问："霍希哥又不在你去干吗啊？睹房思人啊？"然后他被盛乔狠狠瞪了一眼。

车子开到车库，是乔羽来接的她，方白一看到乔羽，眼珠子都瞪大了，视线在两人身上来回扫，盛乔还说："你先回去吧，下午给你打电话。"

方白吞了口口水，探出脑袋压低声音说："乔乔，可不能脚踩两只船啊！"

乔羽："？？？"

盛乔："请你立刻圆润地滚出我的视线。"

方白：嘤嘤……

等方白开车走了，乔羽才问："脚踩两只船是什么意思？你恋爱了？"

要不说是律师呢，真是会抓主次。被自家老哥逼问，盛乔心里还有点紧张，假装若无其事地说："啊，咋啦？"

乔羽又问："谁啊？"

盛乔结结巴巴地说："我告诉你，你先不要告诉爸……叔叔阿姨啊。"

乔羽微笑："好。"

盛乔迟疑了半天，才小声说："霍希。"

乔羽："？？？"

他盯着她看了好一会儿，神色精彩至极："老婆粉变老婆？刺激。"

盛乔抬腿就想踢他，乔羽一个箭步躲开了，笑嘻嘻地说："恭喜你如愿以偿、美梦成真。"

两人进屋，乔母已经在玄关等着了，看到盛乔高兴得不行，拉过她的手往里走，乔父也从沙发上站起来："小乔来啦。"

乔羽："爸，妈，小乔谈恋爱了。"

盛乔："？？？"乔羽你这个王八蛋！！！

乔父乔母都被惊到了，盛乔真是又气又羞，恨不得一脚把他踢出去，半晌，乔父才试探着问："对象是谁啊？"问这话时，他们满眼期望地看着乔羽。

乔羽微笑："就是你们每晚看的那部电视剧里的许陆生。"

乔母："那个律师啊？"

乔羽："什么律师？人家演的律师，本职是明星。"

乔母拉着盛乔的手，真是百感交集："你们……假戏真做啊？"

盛乔硬着头皮点头。乔父在那边重重叹了声气，狠狠剜了一眼乔羽，话都不想说了。到手的儿媳妇飞了，生气！

盛乔赶紧转移话题："叔叔阿姨，这是给你们的礼物。"

乔母让乔羽接了，温声道："不用每次过来都带礼物，叔叔阿姨什么都不缺，你能过来看看我们就够啦。"

她拉着盛乔在沙发上坐下，旁边乔父拿起报纸，又放下，拿起来，又放下，盛乔忍不住问："叔叔，你怎么了啊？"

乔父顿了顿，说："你跟那个律师谈多久了？"

乔羽在旁边："说了不是律师，是明星！"

乔父："你闭嘴！没出息的东西！"他又转头看盛乔："那个明星对你好吗？"

盛乔莫名其妙有点想哭，努力让自己笑着："他对我特别好，人也特别好，有机会我让你们见见他。"

乔父一摇头，又拿起那份报纸："不见不见，他对你好就行，不好就把他甩了。"

盛乔又想哭又想笑："嗯！"

知道盛乔今天要过来吃午饭，乔母吩咐张妈准备了不少菜，在厨房端菜的时候，盛乔趁没人在，狠狠踩了乔羽一脚。

乔羽差点把盘子摔了，瞪她："你干吗？！"

盛乔快气死了："说好不告诉叔叔阿姨，你嘴上没门儿啊？进屋就说，还问我干吗？！"

乔羽看了外面一眼，压低声音咬牙道："我爸有事没事就撺掇我来追你，还跟他那群老哥们儿说我有未婚妻了，不要再给我介绍对象！这不断我桃花吗？！趁早告诉他，让他死了这条心！"

盛乔："？？？"

哎哟我的老父亲啊，你差点铸成大错了啊！

这还真得庆幸乔羽对她没意思，要真有那么点意思，她怕是连想死的心都有了。

吃饭的时候乔父接了个电话，那头不知说了什么，他脸色有点沉，只说："知道了，我下午来公司。"

乔羽皱眉问："是不是又是——"

乔羽话没说完就被乔父打断："吃饭，天天话多。"他又笑眯眯地看盛乔："小乔，多吃点，你太瘦了。"

盛乔看了一圈，什么也没问，笑着点点头。吃完饭乔父就走了，看上去还有点急。盛乔下午还要去赶通告，方白给她打了电话，现在出发来接她。

乔羽送她离开，半道上，盛乔问他："叔叔怎么了？是不是公司出什么事了？"

乔羽笑笑说："没什么，一点小问题。"

盛乔脚步一顿，严肃道："有什么事要提前跟我说，我如果能帮上忙就最好。”

乔羽扑哧笑了：“你能帮什么忙啊？”顿了顿，他叹了声气，才又说，“说大不大，说小不小，不告诉你是不想让你愧疚。”

盛乔皱了皱眉，试探着问：“是师萱的事？”

乔羽还挺惊讶于她的聪明，点点头：“自从师萱出事，师氏好像把我记恨上了，爸最近好几个项目都遇上他们恶意竞标，不过问题不大。”

盛乔真没想到师萱的事还能带来这些后续影响，真是脸都气红了。乔羽拍了下她的肩：“不想告诉你就是怕你这样，别担心，我爸什么人啊？20多岁独自打拼白手起家，还对付不了那些人吗？”

盛乔气得不行，但自己又帮不上什么忙，最后只能小声说：“对不起，都怪我。”

乔羽瞪了她一眼：“你再这样我以后什么事都不跟你说了。”

盛乔抿唇笑了下，这才没说什么。

接下来几天她都在忙，赶通告、拍广告，贝明凡让她把这段时间堆积的行程都赶了，然后就可以在家安心复习。她高考前不会再给她接剧进组，可能年初会接一档比较轻松点的综艺节目，其他也就没什么了。

时间已近元旦，霍希工作室终于官宣了他即将回国的消息。

整个超话都疯了。半年啊！足足半年没见过新鲜的宝贝啊！思念的泪水每天都放肆地流啊！

紧接着工作室又官宣了他将在回国的第二天在上海参加他代言的那款轻奢新品发布会，回国会直接落地上海。

上海粉丝后援会立即组织接机，全国各地基本金钱、时间上无压力的希光都同一时间赶往上海，先接机，给宝贝一个隆重的欢迎回国仪式，再去发布会给他应援，让他知道我们一直都在。

应援群里三分之二的人在晒机票，订酒店，准备应援物。

情书：“阿福，一起去啊！我们订的家庭套房可以睡很多人！”

福所倚：“阿福去不了，阿福哭了。”

霍霍：“你太惨了阿福，这么重要的时刻，你却不能见证。”

福所倚："别说了，泪腺要崩溃了。"

水水："阿福不哭！我们给你拍视频！第一时间让你看到新鲜的哥哥！"

福所倚："姐妹们！阿福就靠你们的视频活着了，在看到宝贝的时候不要只顾自己，一定要想起千里之外还有一个崩溃的阿福在默默等待啊！"

太惨了，真的太惨了。

男朋友回国，她却不能第一时间看到他。他还要去上海，还要参加发布会，在发布会上还有舞台表演，而她全都看不见。这是什么倾世虐恋？

梁小棠发消息过来："乔乔，去不去啊？"

盛乔："你这问的不是废话吗？！去哪儿？去接机还是去白天室外的发布会？！想让我被xgjj原地踩死吗？！"

梁小棠："哈哈哈哈哈哈哈哈哈哈！！！"

盛乔："自闭了。"

梁小棠："要想CP搞得好，自闭吃亏少不了。"

盛乔："？"

梁小棠："那我就不等你了，我要愉快地飞去见我儿子了。"

盛乔：忍不了！

盛乔小同志哭唧唧，一整天心情都不好，但是跟霍希打电话的时候还要若无其事，毕竟恋爱归恋爱，工作归工作，不能因为自己的个人私欲影响到他。

霍希说："发布会结束我就回北京，很快。"

盛乔表面："嗯！我等你。"

盛乔：呜呜呜……不能第一时间接到你的我跟咸鱼有什么区别！

很快就到了霍希回国那一天，她天天刷超话，看着大家开开心心在上海机场打卡，好像全世界就她没去接机，简直抓心挠肝，好想他好想他好想他，忍不了忍不了忍不了。

盛乔给梁小棠发消息："你到了吗？"

梁小棠："到了啊，在酒店呢，儿子晚上的飞机，还早呢。"

盛乔："你说我要怎么出现才不会引起注意？"

梁小棠："？？？"

盛乔：“呜……理解一下一个半年没见到男朋友的小可怜吧。”

梁小棠：“哈哈哈……那你快来，我帮你想办法！”

盛乔：“真的？！”

梁小棠：“媳妇想见儿子，我这个当婆婆的还能不让？你麻溜的，我把酒店地址发给你。”

盛乔：嘤嘤……

说走就走，接他回国这么富有仪式感的重要时刻她绝对不能缺席！盛乔跟盛母打了招呼，当即订机票，让方白偷偷摸摸把她送到机场，马不停蹄赶了过去。

霍希飞机落地是晚上八点半，飞机滑行的时候造型师就开始帮他整理妆发，助理说：“接机的粉丝特别多，一会儿我们走常用通道，要跟粉丝打招呼。”

他点点头，手机开机，给盛乔发了条他到了的消息。一直到下飞机，他都没等到她的回复。

一出去，入目是金海，人多但不乱，后援会组织能力很好，粉丝两边站，每个人都乖巧地举着手幅和灯牌。他取下帽子，眼神温柔，一路过来都在跟希光招手微笑。

好多人都哭了，这种喜极而泣的心情，他如今已经能体会。

他一路低声交代：“回去的时候注意安全。”

走到门口的时候，他看到粉丝最后面站了个皮卡丘。

穿着金色的皮卡丘玩偶服，乖乖站在最后面，等他一出来，两只毛茸茸的手不停地挥。因为人群拥挤，它有些站不稳，身子东摇西摆的，看上去又蠢又萌。

小蛋在旁边笑说：“现在的粉丝为了吸引注意力还挺会想办法的。”

皮卡丘旁边站了个扎马尾的女孩儿，像怕它摔倒，一直扶着它，霍希看了几眼，觉得那女孩有点眼熟。

快要上车的时候，他才突然想起来，那个女孩他见过的，在盛乔的酒店，是盛乔的朋友。

霍希脚步一顿，又转身看过去。皮卡丘还站在原地，远远看着他，见他回头，这边的粉丝又是一阵激动，皮卡丘也飞快地跟他招手。

他眼神微凝，有那么一瞬间，想冲过去。

周围粉丝越聚越多，都围到门口来了，保安正在维持秩序，小蛋催他：“快走了。”

他最后看了一眼那又蠢又萌的皮卡丘，终于回头上车。

车子发动，渐渐驶离机场，他给盛乔打电话，一直没人接。过了十分钟，才接到她的回电，听筒里嗓音开心得不行：“霍希！”

他垂眸低声问：“你在哪儿？”

盛乔顿了一下才说：“我在家呀。”

他无声笑了笑：“皮卡丘的衣服穿起来暖和吗？”

那头顿时没声了，好半天才听到她小声问：“你怎么认出来的啊？”

他责备：“不是让你乖乖在家等我吗？穿着那种玩偶服不安全，乱跑什么？”

她委屈得不行：“我想你啊。”

他心尖颤着疼，半晌，低声说：“住在哪儿？我过来接你。”

她报了个地址，霍希又交代她不要乱跑，挂了电话让司机开车去接人。小蛋在旁边目瞪口呆：“那皮卡丘是老板娘啊？”

霍希现在回想，又有点想笑：“嗯。”

小蛋感叹不已：“你们在搞什么绝世地下情？”

车子先开到了盛乔住的酒店，打了电话没多会儿，就看见一个戴着帽子、口罩，背着双肩包的人匆匆跑了下来。

车子鸣笛，她还吓了一跳，转头看过来，透过半开的车窗看到霍希，眼睛都亮了，嗒嗒嗒地跑过来。

霍希拉开车门，伸手把她拉上车。

盛乔把帽子、口罩取下来，小蛋坐前边，回头跟她打招呼，车上还有别人在，她也不敢太放肆，只嘿嘿地笑。

她头发长长了不少，比之前拍戏的时候胖了一点，眼睛又大又亮，看他时，满满都是掩饰不住的欢喜。

他摸了下她的头：“胡闹。”

她噘了下嘴，小手在他手掌里动啊动，霍希吩咐司机：“回酒店吧。”他又问盛乔："肚子饿不饿？下午吃饭了吗？"

"跟小棠一起吃过了，不饿！"她眨眨眼，想到什么，"你是因为小棠才认出我的吗？"

霍希点点头，她眼睛都笑弯了："要是小棠知道你记住了她，一定很开心的。"

霍希捏了捏她的手，沉声说："以后不准这样了，不安全。"

她乖乖"哦"了一声。

车子一路开到霍希下榻的酒店，小蛋为了安全起见，把房卡交给盛乔让助理陪着先上去。等她进屋助理就走了，她在房内四处看了看，过了会儿霍希才来敲门。

拉开门，霍希走进来，房门啪嗒一声合上。

她说："霍希，这……"她话没说完，腰间一紧，他伸手将她捞进怀里，转瞬就将她按在了门后，俯身吻下来。

狂风暴雨似的一个吻，带着这半年来无尽的思念，疯狂地攻城略地。身体紧紧相贴，她小手抱住他的腰，每一寸肌肤都滚烫。

她几乎被吻到晕厥，忍不住伸手去推他，他却还不放过她，手臂突然环过她的腰，将她打横抱起，大步走回卧室。

盛乔缩在他怀里，小脸都红透了，晕乎乎地喊："霍希……"

身子一轻，他将她放在床上，俯身压下来，又堵住她的嘴。盛乔全身一点力气都没有，连回应都无法，只能任由他侵略，半晌，腰间感受到他拂上来的滚烫的手掌。

她被烫得一惊，神志稍微清明，睁眼时，看到他情动的眼睛，心跳如擂鼓。她屏住呼吸，感觉自己几乎快要死了。

他却没有继续，唇齿离开，他呼吸粗重，狠狠咬了下她的唇："CP多？"

手掌在她腰间掐了一把："当别人的粉丝？"

腰间肌肤敏感，她忍不住颤抖。

他埋在她颈窝，唇齿在她大动脉处又亲又咬："给别人应援？"

酥麻感自动脉传遍全身，她脚背都绷直，呜咽着喊："霍希……"

他低笑一声："你再说啊。"

盛乔脸色潮红，这时候知道认㞞了，抿紧唇一言不发。

外套的扣子不知道什么时候已经被解开，他的手握住她盈盈一握的腰，大拇指轻轻摩擦，每过一寸，都带起她身子一阵颤抖。

他却始终没有往上，又低头狠狠咬住她的唇，趁她意识迷乱，轻易撬开她的牙关，她半张着嘴，本能地去回应他，可他的侵犯太过猛烈，几乎让她晕厥。

她快喘不上气来，一声呻吟自唇间溢出，下颌微微抬起。他的手握着她的腰，将她狠狠贴紧自己，唇却一路往下，吻过她下颌，吻过她喉咙。

盛乔几乎快哭出来，手指紧紧抓着床下被单，半晌，听到他哑着声音问："害怕吗？"

她小声啜泣着，神志早已迷离，点点头，又摇摇头。

他没有再继续，好半天，重重叹了声气，埋在她颈窝，胸膛微微起伏，喘息着低声说："我让小蛋给你开了隔壁的房间，你先过去自己玩一会儿。"

她双手搂着他，小声问："你呢？"

他把手从她衬衣底下拿出来，在她鬓间摸了摸："我去洗澡，乖，过去吧。"

话落，盛乔身上一轻，他已经起身，飞快冲进了浴室。

水流声很快传来，她还保持相同的姿势躺在床上，神志渐渐回归，回想刚才的一幕，越想脸越红，都快滴出血来了。

她慢腾腾爬起来，全身软得无力，看了眼浴室，磨砂玻璃透出里面冲水的身影，依稀可见劲瘦的身材。

呜……不能想，一想就充满了罪恶感。

她赶紧捂着脸跑了。

回到房间赶紧拿出手机打开微博转移注意力，首页和超话全是今天的接机图和视频。半年不见，总觉得他更帅了，沉静内敛的气质也越发浓厚，视频里他声音温柔，交代他们回家要注意安全，听得人心都要化了。

就像离家出走半年的孩子终于回家了，整个超话都在过年，想到明天白天还有舞台可以看，都激动得不行。

各大站都在出图，不少希光@福所倚问：“阿福你的图呢？”

福所倚：“阿福太忙没去，明天修小姐妹的图过过瘾。”

应援群里已经发了好几个压缩图包过来，她没带电脑，回复说明天修。

过了大概一个小时，霍希才过来敲门。

他头发没吹，换了身家居休闲服，像漫画里的小哥哥，帅得要人命。盛乔跑去找了条干毛巾过来：“你怎么不吹头发呀？”

霍希说：“等你给我吹。”

“好呀！”她把他拉到床边坐下，又找来吹风机，先用毛巾把水擦了擦，然后跪坐在他身后，温柔又小心地扒拉他柔软的黑发。

沐浴后的香气散发在空气里，他身上的味道干净又舒适，盛乔吹着吹着就开始走神。

她心里想着，自己这是走了什么祖宗十八代的狗屎运，能跟爱豆在一起？自己在他身边坐着，真的不会压到他隐形的翅膀吗？她上辈子是不是也是个神仙，今生下凡历情劫，才有了这一丝机会跟仙子谈恋爱？

呜……她幸福得想哭。

吹干之后，她的手恋恋不舍放开他的头发，霍希撩拨了两下，转头奖励似的在她额头亲了亲，然后拿过吹风机去浴室放好。

盛乔跟着跑过来，扒着门问：“霍希，我明天可以继续穿那套玩偶服去现场看你吗？”

他放好折身回来，在她头上揉了一把：“不行，容易摔倒，不安全。”

她不开心：“那我就看不到你回国后的第一个舞台了。”

霍希说：“那我现在给你跳一段？”

盛乔：“……不，不用了。”

他也是逗她玩，一下笑出来，牵着她去客厅坐下。窗外霓虹灯璀璨，还能看见东方明珠塔。室内有些干，他倒了杯水过来，想了想说：“实在想看的话，明天跟我一起过去，可以在后台看。”

盛乔一惊，连连摆手：“不了不了，其实也不是特别想看，要是被发现就惨了。”

他低头喝了口水，手指摩擦水杯，低声问：“乔乔，偷偷恋爱和公布恋情，哪个让你更累一点？”

她摇头：“跟你在一起，怎么样都不累呀。”

他笑了笑，伸手把她抱在怀里，下颌搁在她头顶：“那我们公开好不好？”

怀里的小东西顿时奋力挣扎：“不行啊！会影响到你的！”

他搂着她不准她动：“一直瞒着，对粉丝不好，对你也不好，总要公开的。”

她还是连连摇头：“不行不行不行，现在还不到时候。”

就知道她是这个反应，霍希叹了口气，盛乔趁机从他怀里钻出来，拿遥控器按开电视：“霍希，今晚《无畏》大结局，我们看电视吧！”

他终于没再说什么。

第二天早上，霍希先打电话叫她起床过来吃早饭，她下午的飞机，不出门衣服也没换，穿着小熊睡衣趿着拖鞋就跑过来了。

助理买的是上海的特色小吃，摆了满满一桌子，他拉着她在桌边坐下，看她还一副没睡醒打哈欠的样子，先倒了杯牛奶让她喝：“一会儿我让小蛋陪你回北京。”

盛乔舔了舔唇边的牛奶：“我自己可以回去。”

“他已经买好同班的机票了，你有什么需要都跟他说，他会陪着你。”他把剥好的鸡蛋放在她碗里，又给她夹了一个小杨生煎包，“今晚回北京有点晚，就不过去找你了。”

她小口咬鸡蛋，腮帮子鼓鼓的：“我明早要去学车，一大早就要起床。”

“学车？”霍希笑笑，“要考驾照买车了吗？”

盛乔连连点头：“嗯！到时候带你去兜风！”

他笑着伸手摸摸她的头：“好，学车要注意安全。”

吃过早饭，主办方那边派来接他的车已经到了，他把盛乔送回房间，又亲了亲她充满牛奶味儿的唇，把她亲得大脑缺氧才放开，看她晕乎乎的样子心情就很好。

盛乔慢腾腾地在房间洗澡、换衣服、化妆，快到中午的时候小蛋来敲门，先接她去吃了午饭，然后两人一同去机场。

盛乔在车上还跟他说："一会儿我先走，你后面跟上，别被人看到了。"

小蛋跟在霍希身边很多年，粉丝都认识他，也是因为霍希足够信任，才会让他陪着盛乔。自从布拉格那件事发生，他断然不会再让她一个人了。

小蛋点头应了，看看身边的女孩，再想想以前，真是唏嘘世界之大无奇不有，谁能想到，当初他那么厌恶的倒贴婊，会成为他的老板娘呢？

还好他当年没有当面骂过她，不然可就惨了。

盛乔在这头候机，那头霍希也已经入场开始参加发布会，前线梁小棠发来高清现场图，然后问她："我儿子脖子上的草莓是你种的吗？"

盛乔："不是我！我没有！别胡说！"

梁小棠："那这是哪个野女人种的？？？"话落，她发了一张脖子高清截图，有一块小红印。

盛乔："应该是蚊子咬的，昨晚我房间也有。"

梁小棠失望无比："半年不见，干柴烈火，这么好的机会，你居然不种草莓？"

盛乔："我总觉得好罪恶，下不去手。"

梁小棠："我儿子30岁了！你要憋死他吗？！我命令你们马上履行繁衍人类血脉的义务和责任！"

盛乔："……"她突然想起以前上大学的时候，室友某一天从她发的朋友圈里Get到了霍希的颜值。以前对她的推荐视而不见，如今主动前来跪舔。

室友："以前是我瞎了！我错了！你老公真的好好看！我疯了！"

乔乔："是不是？是不是？啊啊啊……真的逆天颜值帅爆了！"

室友："是的是的！想睡！"

乔乔："睡我！不准睡我宝贝！！！"

室友："？？？"

乔乔："有什么让我来扛！！！"

室友："？？？"

呜……宝贝是仙子，任何人都不可以。

我也不行啊。呜……

梁小棠能发现霍希脖子上的蚊子印，其他希光当然也能发现。现场图上传超话后，很快就冒出不少关于“草莓印”的讨论帖。

“我的妈呀宝贝这是恋爱的信号吗？”

“啊啊啊……我也想在他身上种草莓！”

“化妆师怎么回事？也不遮一遮，公开场合这样影响不好吧？”

“离家出走半年，带回来一个女朋友，心碎了。”

……

恋爱的传闻一经传开，不少女友粉、老婆粉都大呼心碎，有些极端的粉丝甚至开扒霍希在国外时发的微博，企图从中找到一丝女方的蛛丝马迹。

本来开开心心的表演，被这所谓的“草莓印”搞得乌烟瘴气，后来有医学生粉丝跳出来怒吼：“有毒吗你们？蚊子印和草莓印都分不出来？”

破案了，女友是只蚊子！

刚才还哭唧唧的粉丝这才转哭为笑，但之前整个超话都是“嫉妒”“吃醋”“被绿了”的言论，这种风向断不能在圈子里蔓延，有几个位高权重的七年老粉都发帖怒撑。

“有些女友粉是不是过分了？他30岁了，你打算让他娶你是吗？有本事你就让他娶了你，我绝对屁话不说鼓掌欢呼。没本事你就闭麦，说什么嫉妒脱粉的屁话呢？要脱粉就早点滚，不缺你这种精虫上脑的粉丝。”

“我们爱他，当然也希望这世间一切的美好他都能拥有，这其中就包括恋情甜蜜，家庭美满，儿女成双，这才是真正的爱。又不是用你一己私欲去束缚他，难不成真的让他孤独终老？请记住一句话，‘我是爱你的，你是自由的’。”

“我儿子从出道到现在，除了几个绯闻，恋情史清清白白，对得起你们这些老婆粉、女友粉了吧？出国进修是什么信号看不懂？转型了解一下？你还指望他为你守身如玉吗？谁敢指责我儿子谈恋爱，本亲妈第一个掐死她。”

老粉的言论引起不少粉丝的共鸣，大家都说，他在30岁之前做到了粉丝想要的完美人设，三十而立，30岁之后，无论是恋情还是转型，作为粉丝都该试着去接受。

真正爱一个人，一定是希望他一切都好的。就算陪在他身边的那个人不是我，可是只要他开心，只要他喜欢，我也会流着泪祝福。

福所倚默默看着这一切，不敢说话，老老实实传图。

已近年末，各大门户网站的投票再掀高潮，除去个人人气榜，还有今年一年各大综艺、电视剧的人气投票，值得一提的是，《逃出生天》和《无畏》都在各自的领域杀出一条血路，人气和票数遥遥领先。

当然是因为霍希和沈隽意各占一头，盛乔简直捡到大便宜了。

月初的时候盛乔收到几家电视台的跨年晚会邀约，因为《无畏》在猕猴桃台播出，所以她最后还是选择了猕猴桃台，本来那边建议是她和霍希一起表演，来个情歌对唱什么的，被盛乔严肃拒绝了。

后来那边就单给她设计了一个唱歌节目，选了首甜美简单的歌，她在音乐这块儿真的是没啥天赋，练了好久的歌，一上舞台简直是车祸现场，最后只能提前去录音棚录好，到时候半开麦，对口型。

霍希今年的跨年演出也在猕猴桃台。他已经有两三年没参加过猕猴桃台的跨年，今年也是因为剧播，台里和工作室联系频繁，关系还不错，递邀请函的时候他就接了。

每年的跨年晚会，简直就是粉丝应援战场。

基本上一年内最火的流量和冒头冒得非常快的新人都会出现在同一个舞台。大家默认，谁的应援色最多、谁的应援声最大，谁就最红。

关键是，跨年晚会它还不公开售票，就跟录综艺节目一样，门票不售，会拿很小一部分给各家后援会，让粉丝内部根据投票打榜的记录来选择赠送。剩下的一部分给各大媒体抽奖攒热度，一部分给黄牛进行盈利。

每年的门票之争也是很激烈。粥少僧多，谁都希望自家人能多去一个，多一块灯牌就多一分人气啊。

盛乔因为要练习彩排，最近都没怎么上微博，直到梁小棠给她打电话，说后援会根据打榜记录，五张门票其中有一张赠送给了福所倚。

她这才赶紧登录微博，发现官博@了“福所倚”，希光比她还激动，都在恳切交代：“阿福你一定要多拍图、多拍视频，你的视频非常稳，我们就靠你活着了。”

福所倚：“……对不起，要辜负大家了，跨年那天我有工作无法到场，让能去的希光代替我吧。”

她联系了后援会，让他们把门票收回去重新转送，希光哭唧唧地说，大概只有等到演唱会才能再看到阿福的图了。

正式彩排在跨年的前一天，艺人会陆陆续续到场进行彩排，盛乔的时间安排在傍晚。提前吃了晚饭，方白就开车来接她，贝明凡和丁简也在，陪着她一起过去。

到达表演中心的时候，刚上电梯，后面一行人叫着“等一下”，盛乔伸手按住将要合上的电梯门，她的对家——傅雨川，跟在经纪人和助理身后走了进来。

同类型同期的小花傅雨川，上半年主演的都市情感大剧和宫斗剧都大爆，直接蹿为当红花旦，没作品的盛乔本来是比不上的。无奈盛乔综艺大爆，热搜不断，倒是比傅雨川话题度还高。

同期同类型产生的问题就是代言、杂志、剧本资源都要抢，傅雨川的粉丝看不上盛乔，说盛乔的代表作是《逃出生天》，盛乔的粉丝也看不上傅雨川，说她成天端着，剧能爆靠的又不是她的演技，有什么好得意的？反正撕得天昏地暗。

傅雨川的经纪人是她表姐，叫傅红，性格很强势，天天把傅雨川护在身后跟护小鸡崽似的，贝明凡偶尔提到，说最烦的就是跟傅雨川的经纪人撕资源，那张嘴能把人烦死。

看到里面是盛乔，他们也有点意外，傅雨川微笑着点点头，盛乔也回应她的招呼。

傅红笑着说：“贝哥，听说你们小乔已经提前去录音棚把歌录好了？”

言外之意，假唱呗。

贝明凡笑笑：“小乔在音乐上没什么天分，平时时间也都花在表演上，只能出此下策，让你们见笑了。”

傅红了然，点头："也是，演员嘛，歌唱得好不好无所谓，还好我们雨川从小学跳舞的，有一技之长可以撑场子。"

贝明凡："是呀，看到好几次雨川跳舞了，跳得是真好。不像我们乔乔，打过两次架子鼓就不愿意再打，非要尝试下新的舞台，说不能让观众审美疲劳。"

傅红："……"

方白在后面差点没憋住。姜还是老的辣，这损人的功夫真厉害，自己还得学。

好在电梯很快到了，傅红吃了个哑巴亏，带着傅雨川先出去了，等他们走远了，贝明凡才翻了个白眼说："德行。"

彩排只是看舞台效果和走位，不用做造型，盛乔在后台休息了十分钟，工作人员就在喊她准备上台了。她唱的歌曲是甜美风，舞台也以白粉色主打，有白雾、有樱花、有伴舞。

正式彩排跟她之前的不一样，舞台已经成型，除去观众，其他都跟明晚的直播没什么区别。这是她第一次参加跨年晚会，又是个人舞台，上台的时候看看台下一脸严肃的导演，手心都在冒汗。

傅雨川在她后面，也已经在候场了，等她上台的时候，微笑着说："加油哦。"

压力更大。

结果一上去，她才唱了两句，导演就喊停了："位置不对，你回头看下你身后的伴舞，你要站在他们中间，不能偏，走位要灵活一点，别僵站着。"

盛乔点点头，又重新站好位置，等旋律再次响起，她因为时刻去注意伴舞的位置，一紧张，居然进错拍了。

导演又喊了停。

下面好几个艺人看着，都是后面等着彩排的，低头说说笑笑。其实也不是在嘲笑，就讨论几句，傅红站在傅雨川边上冷笑："一无是处的花瓶。"

盛乔背在身后的手捏了捏，深呼吸，尽量不让台下的目光和窃窃私语影响到自己，长呼一口气，正要说"再来一次"，前面的舞台突然纵步跳上来一个人。

舞台有一米多高，他长腿一跨就跳上去了，戴着黑色的棒球帽，帽檐下五官淡漠，透着生人勿近的冷峻。

他朝导演比了一个暂停的手势，然后走到盛乔身边。

台下一阵惊呼。

盛乔愣愣地看着他，等他快步走近，手忙脚乱地把话筒关了，小声问："霍希，你怎么来了啊？"

他笑笑："我一会儿也要彩排。"

她有点不好意思："我再试一次，下次肯定不会出错了，你快下去，大家都看着呢。"

他伸手把她话筒拿过来，用不同于她的姿势握在手里："这样拿话筒会轻松一点，也会更好看、更自然一点，手指这样，看到了吗？这个舞台虽然很大，但是你只需要在这一圈活动，这是中心点，你不是唱跳艺人，不用去其他范围活动。镜头在这个位置，看到我指的了吗？看着这个地方就行。"

他一点点指给她看，一步步教她怎么做到导演想要的走位灵活。他对于舞台的掌控力炉火纯青，只需告诉她一些小技巧，就足够让她完成这场表演。

过了十分钟，霍希转身朝导演比了个OK的手势，用手压了压帽檐，又从舞台上跳下来。

所有人都看着他，而他目不斜视，只看着台上的女孩。音乐声起，她的表现果然好了很多，完美完成了彩排。

他笑了笑，这才转身走了。

台下的人还是一脸蒙。

傅红问傅雨川："他俩啥情况啊？"

傅雨川想了想说："朋友吧？他们一起合作了电视剧，关系应该挺不错。"

傅红若有所思地点点头。

旁边的新人压着声音尖叫："霍希好帅啊！居然还亲自指导盛乔舞台，我嫉妒了。这也太宠粉了吧！"

几个人都笑。

盛乔很快从舞台上下来，过来跟大家打招呼，礼貌地说："不好意思，耽误你们时间了，希望大家彩排顺利。"

几个人都摆手说“没事”。

回到后台，从走廊经过的时候看到门上贴着“霍希”名牌的房间，周围都是工作人员，她目不斜视地走过去，贝明凡憋着笑，扔给她一个奖励的眼神。

回到自己的休息室，导播又过来跟她讲了讲明天的直播流程，她一一记下来了，等结束之后，贝明凡说：“那走吧。”

盛乔磨磨蹭蹭，在贝明凡疑惑的眼神下讪笑：“我……想看霍希的彩排舞台。”

贝明凡：“你是不是特别想恋情曝光然后被他的粉丝踩在脚下摩擦？”

盛乔：“我也是他的粉丝啊，粉丝去看爱豆的彩排有什么不可以吗？”

贝明凡：“……”

盛乔嘿嘿笑了两声：“我就在旁边偷偷看一看就好了，不去前面！”

丁简说：“让她去吧，霍希哥回国后第一个舞台她没看到，念叨了好久。”

贝明凡恨铁不成钢地瞪了她一眼，烦躁地挥手：“去吧去吧，注意点仪态影响！”

盛乔心花怒放，赶紧拖着丁简出去了。

舞台那边已经传来霍希“喂喂”的试音声。盛乔蹲在左手边的通道处偷看，舞台上戴着帽子、穿着常服的霍希跟导演说了句“OK”，音乐骤然响起。

灯光聚焦，半年不见，他的肌肉控制得更好了，每一个动作都帅到炸裂，盛乔简直双眼放光，眼睛里的星星都要跳出来了。

舞台表演结束，霍希拿着话筒说：“现场音响可以再调低半个度。”

其他没什么问题，彩排一遍过，盛乔还意犹未尽，丁简就把她拖走了。刚上车，她就接到霍希的电话，问她：“走了吗？”

盛乔看了眼贝明凡，捂着话筒小声说：“刚走，我看到你的彩排啦。”

那头笑：“躲在哪里的？我没看到你。”

盛乔得意扬扬：“我藏得可好了，没人发现我。”

话音刚落，她就听到贝明凡说了句：“我×。”

吓得盛乔赶紧转头：“咋了？”

贝明凡恨不得把手机摔她脸上：“藏得好？你被拍了你知道吗？”

盛乔瞪大眼睛看着营销号发的一条微博："偷拍到一个偷看爱豆彩排的迷妹"。

配图里的盛乔探出一颗小脑袋，缩在通道口的幕布后面看着舞台的方向，眼睛发光，嘴巴微张，满脸满眼都是一副花痴样。

评论全部在"哈哈哈……"，说盛乔的表情真是太真实了，简直就是追星女孩本人。也有希光留言说羡慕嫉妒恨的，试问谁不想看看爱豆的彩排舞台呢?

乔粉：爱豆这么花痴还能怎么办？宠着呗。

吃瓜路人就喜欢这种爆料，这张图片到晚上就传遍微博了，盛乔两只小手拽着黑色的幕布偷偷摸摸探出脑袋的画面真的太好笑了，被网友制成了不少表情包。

"我的眼神已经锁定你了""让我看看是谁在装×""我猜一定没人发现我"，表情包满天飞，要多"沙雕"有多"沙雕"。

盛乔："……"呜……追个星是有多难。

第二天吃过午饭，盛乔就被方白开车送到表演中心，要开始准备晚上的直播了。

因为表演的歌曲风格和舞美都很甜美可爱，周侃今天给她做的造型也是甜美公主风，台里又让人来跟她对流程，还有表演结束后跟主持人的对话互动，要跟电视机前的观众说的祝福以及要对粉丝说的话，全部对一遍确认无误。

她出场时间在中段，当红流量会更靠后，霍希倒数第二个出场，最后一个节目是歌舞合唱。

丁简还打趣她："乔乔，去不去霍希的休息间呀？"

贝明凡吼她："她的心、她的魂儿早就飞到那边去了，就留了个空壳子在这里，你还撺掇她！"

丁简笑得前俯后仰，盛乔暗自撇嘴。傍晚时分，台里送了晚饭过来，吃完之后丁简陪她出去走走消消食。后台工作人员人来人往，已经在准备粉丝入场。

经过楼道的时候，有个穿工作服的年轻男人从楼上下来，边走边打电话说："来了来了，马上把门票给你们拿过来。你们别在门口杵着，霍希的粉丝也在那儿，别被看到了。到后门左手边的报亭那儿等我吧。"

盛乔慢悠悠的脚步一顿，朝着他急匆匆离开的背影看过去，丁简一听“霍希”这名字就知道完蛋，这可是自家艺人的命门啊。

果然，盛乔朝着那背影一指：“过去看看。”

丁简说：“你不冷啊？外面风更大，我们回去吧。”

她里面穿着今晚表演的裙子，外面罩了件白色的羽绒服，但腿还是露着的。盛乔已经抬步跟上去：“就看看。”

丁简无奈地跟上去。

下楼了，一路走到大厅，再往前就要出去了。盛乔抬眼看去，出口的玻璃门那里围了一圈人，每个人身上都有金色的应援标志，一看就是希光。

刚才打电话的那个工作人员被他们围在中间，语气不善地大吼：“再不放开我叫保安了啊！”

为首的女生一脸怒气：“你怎么能这样呢？我们早就把钱转给你了，你临到进场才说没票，早干吗去了？！”

工作人员说：“不是把钱退给你们了吗？！还想怎么样？”

“我们不要钱！我们就要票！我们要进场！”

那男人被拽着走不掉，怒吼：“没有就是没有！我又没骗你们的钱，赶紧走！保安，保安呢？霍希的粉丝就这素质啊？！”

他吼得大声，周围路过的人频频看过来，其中有几名女孩都要哭了，突听身后传来笑吟吟的声音：“什么素质？我们素质怎么了？”

一群人同时看过来，盛乔裹着白色羽绒服站在后面，脸上笑吟吟的，眼神却冰冷，看到男人目瞪口呆的神情，又弯了下嘴角：“叫什么保安啊？要不我帮你叫台长？”

那男人嗫嗫嚅嚅说不出话来，盛乔看向那个高个子女生，温声问：“什么情况？”

在场的希光都蒙了，高个子女生真是愣了好久才找回自己的声音，盯着她干巴巴地说：“我们跟他买了门票，早就谈好价把票钱转给他了。今天来取票，他说没有，又把钱退给我们了。”

另一个希光接口道：“早点说没票我们就去买黄牛的了，现在开始入场了才说，我们要钱有什么用？我们都是从各个城市赶过来的，只想进场啊。”

盛乔点头表示知道了，又看向那工作人员：“真没票啊？”

男人梗着脖子说：“没有！”

盛乔笑：“刚才听你打电话可不是这么说的啊。”她转头看丁简，疑惑道：“咦，他刚才在电话里怎么说来着？”

丁简：“他说马上把门票给你们拿过来，别在门口杵着被霍希的粉丝看到，到左手边的报亭等他。”

盛乔点点手指，笑起来：“左手边的报亭，要不要我陪你一起过去啊？”

工作人员脸都涨红了，想发火又不敢，高个子女生扯了他一下：“原来你有票啊？！快点拿出来！”

男人不说话，身子绷得紧紧的，盛乔说：“我不管是谁家的粉丝后面又跟你高价买了票，做生意，就要讲诚信。门票，你先卖给了我家，收了钱，就代表交易成功。演出马上开始了，别搞得最后谁都讨不了好。”

“就是！快把票给我们！”

“我们把钱转给你！”

“把票拿出来！”

事到如今，他再想赖是赖不掉了，又羞又恼，从内兜里慢腾腾地摸出一沓门票，高个子女生赶紧拿着手机把他刚才退回来的钱再次转了过去，一把把门票拿过来。

盛乔笑笑，转头对她们说：“快去进场吧，应援加油呀。”

一群希光面面相觑，像是想说什么又开不了口，最后还是拿了票的高个子女生率先说：“谢谢你！”

其他的希光都向她道谢。

盛乔摆手：“都是一家人，快去吧。”

一群人这才走了。

那卖票的工作人员还站在原地，盛乔把手机从外套里掏出来，走过去问：“差价是多少？我补给你。”

他一惊，缩着脖子抬头看过来。

盛乔还是笑着，笑容却柔和不少："知道你们也不容易，我把差价补给你。霍希的粉丝，从来不占人便宜。"

他低声报了个数字，盛乔拿手机扫了二维码，把钱转给他，又笑着拍拍他的肩："快回去吧，再见。"

她揽了揽羽绒服，小跑着朝内走去。

丁简跟在她身边，直到上了电梯才问："为什么补给他？明明就是他恶意加价！"

盛乔叹气："也没多少钱，用这点钱买希光的一个正面印象和封口费，挺值。"

丁简想了想，点头："也是，不然由得他出去乱说，败坏你们的名声。"

盛乔冲她挤了下眼。

回到休息室，贝明凡已经准备给她打电话了，看她进来，吼她："又跑哪儿去了？是不是去找霍希了？！你能不能给我省点心？！"

盛乔说："没有，就是下去走了走，透透气，我有点紧张。"

丁简在旁边附和，贝明凡这才没说什么。

粉丝入场，现场就位，直播很快就开始。盛乔紧张地在房间里转圈圈，拿着矿泉水瓶当话筒一直在练习。

快到她上场的时候，房门突然被推开，霍希穿着舞台服走进来。

贝明凡噌的一下就站起来了，千防万防，男方难防。

盛乔一看到他，眼睛顿时放光。穿着舞台服加化了舞台妆的霍希真的真的真的太帅了，她几乎可以想象到他在舞台上跳舞时荷尔蒙爆炸的画面。呜呜呜……想……

不！你不想！

她小步跑到他面前，手里还紧紧握着矿泉水瓶："霍希，你怎么来了呀？"

他抬手摸摸她的头："来给你加油，紧张吗？"

她点点头："有一点。"

霍希笑："不怕，乔乔唱歌很好听。"

他把矿泉水瓶从她手里拿出来放在桌上，牵着她的手甩了甩："放松点。

我就在后面看着，别紧张。”

她果然没那么紧张了，想扑在他怀里蹭一蹭。

贝明凡说：“打完气就赶紧走，一会儿工作人员要来了。”

霍希笑了下，又轻轻摸了摸她的头，才转身离开。

很快就轮到盛乔上场，她已经提前候场，等主持人报幕后，导演在耳机里指挥她上场。盛乔深吸一口气，踩着银色的高跟鞋走了上去。

现场响起欢呼，满场都能看见银色灯牌，乔粉来的人不少，一直在大喊她的名字给她加油打气。

舞美光亮，音乐声起，她闭了闭眼，露出自然的微笑。

一首甜美轻快的歌曲完美呈现给了观众。

音乐声结束在她提着裙边欠身弯腰的时候，现场掌声雷动，主持人走上台来，将最后的对话祝福流程走完了。

下台的时候，盛乔终于长舒一口气。

丁简把外套给她披上，搂着她走回休息室，先把衣服换了，出来的时候手机上收到霍希发来的消息：“表现很好。”

盛乔回复：“我要奖励！”

他说：“好。”

她开心得不行，贝明凡在旁边说：“脸都要笑烂了。走还是不走啊？”

盛乔眨眨眼，讪笑着说：“彩排都看了，不差一个现场吧？”

贝明凡：“呵。”

于是一行人又等到直播最后，霍希出场。

盛乔趁灯光暗下来，猫着身子跑到舞台左边工作人员聚集的地方，站在最后踮着脚往舞台上看。正式舞台比彩排更炸，现场尖叫不断，灯牌全部打开，全场金海熠熠生辉，美得耀眼。

霍希表演的是新专辑里的一首歌，她早就会唱，捡了根不知道谁甩到前面来的荧光棒，一边跟唱一边挥，像只兔子似的一蹦一跳，然后那天杀的摄像师突然就把镜头给到她身上了。

大屏幕突然出现她疯狂挥荧光棒的画面，盛乔盯着舞台也没注意，还跟唱应援得旁若无人，丁简一把把她拽过来，指了指大屏幕，盛乔扭头一看，又惊又羞，一脸不好意思地背过身去。

全场爆笑。

这一段镜头也不过几秒钟，很快又切回舞台上的霍希身上。但盛乔在台下应援那段画面已经被全国观看直播的网友看到了，还不等霍希表演结束，截屏就已经满网飞。

彩排时偷看，直播时应援，她追星真的追得很认真了。

瞧瞧她挥荧光棒时那用力的劲儿。我打赌明天她的胳膊会肿。

第二十四章

视帝

跨年晚会结束，“盛乔台下应援”的词条直奔热搜第一。好了，这下全网都知道她发花痴的时候是什么样子了。

不少追星女孩都说：这不就是我吗？太真实了。

因为这个热搜，连带盛乔和霍希的个人表演视频点击量都比其他艺人多了不少，“盛乔 霍希”双人热搜也不断攀升。

有部分希光就不满意了，你怎么又开始捆绑炒热度呢？

乔粉说：谁炒了？要不是摄像师，我乔还在开开心心看表演呢，招谁惹谁了？

希光冷嘲热讽：买通了摄像师故意表演给观众看也不一定啊，成天到晚炒粉丝人设，是不是真粉还不一定呢。

乔粉：呦，我们多大脸啊，还能买通台里的摄像师，也太看得起我们了。

网友吃瓜：获胜过年，两家唯粉掐架，好不热闹。

粉丝是很容易被掐架带节奏的，双方都有理，各自截图对方不好的言论来力证对方的无理取闹，粉丝护主心切，一看到截图，先入为主，很容易就加入到掐架大战中去了。

霍希的超话开始冒出不少内涵盛乔的帖子，眼见着风向要偏，一个霍希的七年唯粉突然发了条微博：“我相信sq是希光，希光不内战，各自理智点。”

欸？你一个唯粉，说这话合适吗？

大家不明所以，都冲上来问她怎么会突然帮盛乔说话，但这位博主发完这条微博后就再也没回复任何评论。

希光一脸蒙，又往上翻了翻她之前的微博，就看见跨年晚会开始前，她连发三条微博，控诉台里出票的工作人员临场反悔不给票，她们一行大概二十个人，站在瑟瑟寒风里，又可怜又凄惨，但后面从她拍的视频来看，她是成功进场了的。

这时候，有人发出了一张聊天记录截图，说：“我大概知道什么原因。”

聊天记录里写着：

“我们今晚被台里的票贩子放鸽子了，临场反悔退钱不给票。”

“啊？？？我×，这么惨？”

“你一定想不到是谁帮了我们。”

“？？？宝贝？”

“你……清醒一点！是盛乔。”

“？！”

“唉，要不是她我们就进不去了。她怼那个票贩子怼得好爽啊，我对她有点好感了怎么办？”

“你不能当CP狗啊！！！”

“那是你不在现场。好多人都在哭，票贩子都在叫保安了，要不是盛乔突然出现，我们肯定被赶出去了，还进不了场。”

“……”

“呜呜呜……她当时真的好温柔，还让我们应援加油。”

“你完了，你要背叛组织了。”

“我完了……”

希光：？？？还有这档子事？

这张聊天记录截图一发，当时在场的希光纷纷现身说法，从大家的微博里基本还原了当时的情景和对话。

要不是盛乔无意中听到票贩子打电话跟了下来，她们还就真的束手无策。

如果不是真正的粉丝，一定不会这样为她们出头。

假如她真是装出来的，那她们也感谢她能装得这么好。

有了这件事，再去看看她在台下躲在工作人员背后应援的画面，突然就觉得，她好像和她们一样，真的很喜欢很喜欢台上那个发光的人。

掐架撕到一半的乔粉，突然发现，敌人撤退了。

唉，赢得越来越容易了。

无敌是多么、多么寂寞。

晚会结束之后，盛乔在车上等霍希，正在超话看饭拍呢，一辆轿车开到旁边，按了按喇叭。贝明凡看到开车的是霍希，又看了眼迫不及待就要下车的盛乔，哼了一声。

霍希笑笑："贝哥，我送她回去。"

贝明凡怪不情愿地说："开车小心点啊，别被拍了。"他又恨铁不成钢地瞪了盛乔一眼："给我争点气吧你！"

盛乔笑了两声，下车跑了。

霍希已经卸了妆，换了衣服，穿了件黑色的高领毛衣，灰色大衣搁在副驾驶座位上。盛乔上车把大衣抱在怀里，自己身上又穿着羽绒服，鼓鼓的，都动不了。

霍希俯身过来帮她系好安全带，又在她唇上亲了一下。

她还是会不好意思，耳根发红。车子驶出车库，深夜的街道已经安静下来。

盛母自从被盛乔接回家，基本上就没怎么出过门，除了每天去超市买点菜。大都市人生地不熟，四周高楼林立，左邻右舍被一扇防盗门隔绝，盛乔一旦工作忙起来，她连个说话的人都没有。

以前在小镇住，有街坊邻居热热闹闹，在疗养院的时候，也有病友聊天开玩笑，现在可真是孤孤寂寂一个人。

前不久被盛乔发现她的郁闷，二话不说给她报了个什么老年人文体中心，就在楼下的公交车站坐两站就能到，她这才知道原来还有这么个地方。

她因为义肢腿脚不方便，广场舞、交际舞什么的是跳不了了，但文体中心琴棋书画样样都有，盛乔陪着她去了几次，她倒是对围棋产生了兴趣，像个小孩儿似的跟着围棋班的老师学，生活总算多了些乐趣，也认识了不少棋友。

盛母昨天还跟着围棋班去邻市参加什么老年围棋交流赛，要明天才回来，走之前给盛乔做好饭放在冰箱里，让她自己热着吃。

霍希回国后就没再去过她家，一来是还没做好见老人的准备；二来是工作的确很忙，进修半年推掉的行程都快堆成山高了。昨天彩排之前，两人都足足半月没有私下见过面。

晚饭是下午台里统一发的，现在已经临近十二点，盛乔觉得自己有点饿，偏头问他："霍希，你肚子饿不饿？"

他把着方向盘："有一点。"

盛乔问："那我们去吃点夜宵吧？你想吃什么？"

霍希说："炸酱面。"

她扑哧一声笑出来："你怎么对炸酱面这么情有独钟啊？"

霍希笑了下："你手艺好。"

想吃你亲手为我做的饭，可是又不忍心让你麻烦，所以每次都选择最简单的炸酱面。

盛乔被夸赞，含笑的眉眼涌上小骄傲："那好吧，我们回家吃！"

于是车子一路开到她家，霍希穿好外套，她又把帽子给他扣上，自己摸出口罩戴好。一下车，冷空气瞬间贴上裸露在外的肌肤，冻得人发抖，霍希锁好车，伸手去搂她，结果盛乔一个箭步跳远了。

霍希伸出去的手就这么顿在半空，她结结巴巴地说："万一被拍到就不好了……啊，电梯来了！"

霍希："……"

上了电梯，霍希看她小手冻得通红正在搓手，想去牵她的手给她暖暖，又被她飞快躲开，还讪笑着指了下电梯里的监控，简直要把他气死了。

出了电梯，开门进屋，盛乔还没来得及去开玄关的灯，就被霍希搂着腰按在了门板上，在她唇上狠狠亲了一下，低声威胁说："你再躲啊。"

他整个人贴上来，将她压得死死的，带着这许多天未亲近的欲望。盛乔双手下意识抱住他劲瘦的腰，小声撒娇："不给我奖励，还凶我。"

"想要什么奖励？"他低笑在她嘴上亲一下，"这样？"他又亲一下，"这样？"

盛乔简直要被他撩得支撑不住，呼吸都开始急促，黑暗中突然传来啪嗒一声门响。两人都还没反应过来，紧接着，客厅的灯亮了。

盛母睡眼惺忪站在卧室门口，待看到玄关处抱在一起的两个人时，顿时睡意全无，目瞪口呆。

盛乔："！！！"

霍希："……"

啊啊啊……妈妈你不是去邻市了吗？你这是做什么啊？！！

腰上一松，霍希放开了她，居然还有心思替她理了理衣角，然后转身礼貌微笑："伯母好，初次见面，有失礼仪。"

盛乔："？？？"

你告诉我你是怎么做到这么云淡风轻好像什么事都没发生过一样的？我腿软得都快站不稳了啊！！！

盛母："……你好你好。"她神色无比复杂，看了眼满脸通红几欲滴出血来的女儿，又好笑又尴尬，好半天才稳住心神，露出一个亲切的笑来，"是叫小希吧？"

霍希拉过盛乔还在发抖的手，走到客厅："对，我叫霍希。"

盛乔终于能挤出一句话了："妈……你不是去邻市参加交流赛了吗？"

盛母："……比赛因故取消了，改到下周。我今天在家等着看你的晚会，忘了跟你说。"

盛乔欲哭无泪。

盛母试图让气氛不这么尴尬："小希喝不喝水呀？肚子饿吗？"

霍希继续礼貌微笑："不了，谢谢伯母，我就送她回来，马上要走了。"

盛母说："也是也是，都快十二点了，那伯母就不留你了，下次再来玩儿呀，伯母给你做好吃的。"

霍希点点头："好的，那我就走了，伯母再见。"他又转头看还没缓过来的盛乔，摸摸她的头："我走了，早点睡觉。"

盛母一路把他送到电梯口，等电梯关闭往下，才折身回来。

盛乔已经跑到卫生间了，里面传来哗啦啦的水声，盛母站在门外忍着笑说："乔乔，妈妈回去睡觉啦？你洗漱完了早点睡，别玩手机。"

盛乔不好意思的声音从里面传出来："你去睡吧，我知道了。"

盛母应了，正要转身，顿了顿又说："乔乔，妈妈什么都没看到，放心吧。"

盛乔："……"啊啊啊……请问世界上还有比被父母撞到自己跟男朋友亲亲更尴尬的事吗？

直到确认盛母回到自己房间锁上门了，盛乔才磨磨蹭蹭地出来，回到卧室往床上一躺，拽着被子无声尖叫。

睡是不可能睡着的，算着霍希到家的时间给他发消息："到家了吗？"

过了几分钟才收到他回复："刚到，怎么还没睡？"

盛乔："呜呜呜……好尴尬，都怪你！"

霍希："嗯，怪我，下次去我家。"

盛乔："……"为什么这句话旖旎味道这么浓厚？

啊啊啊……我不是这个意思啊！

霍希大概也猜到她现在面红耳赤，没再逗她，笑着发了条语音过来："乖，睡觉吧。"

盛乔还不死心："我的奖励呢？"

霍希："下次补给你。"

她这才心满意足地去睡觉了。

年底活动多，光是红毯就走了三个，《逃出生天》获得了全网人气综艺大奖，盛乔的票数虽然也很多，但到底是跟顶流没法比，最后由沈隽意赢得了综艺人气王。

不过令人最期待的，还是一年一度的金视节颁奖典礼。

金视奖的入围名单早就在网络上曝光了，今年的电视剧市场比起往年较为萧条，但入围作品仍有十几部之多。

其中《无畏》亦在其内。

早前王导就说过，要拿《无畏》去冲奖，无论是粉丝还是全组工作人员都充满了期待和信心。

如今无论是对家还是黑粉说起盛乔，都不会再说她的代表作是《逃出生天》，《无畏》成了她最直接、最有力的作品，如果能再在金视节上一举拿下最佳女主角奖就再好不过了。

当然也就是粉丝想想而已，此次提名最佳女主角奖的，不仅有同期的小花傅雨川，还有几个出道多年的大咖前辈，“视后”这个名头可不是那么好拿的。

金视节设有走红毯的环节，盛乔接到的邀请函是要跟霍希携手走红毯。两人目前是网络上男女主角奖呼声最高的一对，主办方为了话题和热度肯定会安排他俩一起走。

盛乔惴惴不安，偷偷摸摸用福所倚的账号逛了一圈超话，看到她和霍希一起走红毯这件事好像并没有引起希光大范围的反对。

也是，毕竟电视剧、综艺都一起拍了，吻戏都有了，还纠结一个红毯吗？

希光的承受力已经在一步步加强。盛乔这才放心了。

等到了金视节颁奖典礼那一天，贝明凡带她去周侃的私人造型室做造型。礼服和首饰早就有赞助商提供好了，按照她的尺寸改好收好，到了之后就直接换上。

这次的礼服是一套白色的手工缝制纱裙，细碎绣花从胸前一路延伸至裙摆，后背开V字，露出她漂亮的蝴蝶骨。

周侃用一根白色蕾丝纱带把她的头发蓬松系在背后，脸颊两侧却垂下两缕柔顺的长发，清丽之中多了一丝媚态。裙摆垂下遮住脚背，只有行走时会露出镶满水钻的鞋尖。

盛乔以往对自己的红毯造型都没啥意见，这次因为要和霍希一起走，生怕自己衬不上他的美貌，问周侃：“会不会太素雅了？口红要不要换个颜色？要不要戴条大一点、闪一点的项链？”

周侃：“请不要质疑我的业务能力！”

盛乔：“……”她又转头问丁简和方白：“好看吗？”

丁简：“仙女下凡！”

方白：“艳压全场！”

贝明凡："来，看镜子，对自己的长相有点信心。"

没多会儿，霍希来接她的车就到了。贝明凡正带着她下楼梯，霍希已经推门走进来，抬眼看到楼上穿白色礼服的女孩儿，一贯淡漠的眼神顷刻化作温柔。

他穿了套深色的西装，肩宽腰窄，犹如衣架子一般的存在。盛乔虽然在拍《无畏》时见惯了他穿西装的造型，但每每看到还是会被他浑身上下的禁欲气息撩拨到。

她提着裙摆快走两步，只剩最后两级时，霍希也已经走到跟前来。她做了个要跳的姿势，霍希果然张开双臂，等她轻轻一跃，稳稳当当接住，将她抱在怀里。

贝明凡在后面：……没眼看！！！

她搂着他脖子笑了一阵，霍希才把她放下来，替她理了理垂在脸颊的发丝，牵住她的手往外走。

贝明凡："放开！霍希你给我放开！外面蹲着狗仔的，我跟你们说！"

盛乔一听这话，赶紧把手抽出来，霍希有些不悦，但也没再做什么。

一行人上了保姆车，等车子出发，贝明凡在前排转过身来一脸严肃地交代："一会儿走红毯给我规规矩矩地走，不准牵小手！不准对视！不准搂腰！"

霍希："那还一起走什么？不如各走各的。"

贝明凡："？？？"

盛乔赶紧打圆场："好好好，一会儿我就挽着他的胳膊，保证不搞小动作！"

贝明凡哼了一声，透过后视镜，看到霍希牵过盛乔的手，还亲了亲她的额头。而自家那个扶不起来的阿斗，羞得小脸都红扑扑的。

这个狐狸精！

车子一路开到晚会现场，还不到他们入场的时候，车子在后面排着，等到他们的排号车会直接开到红毯入口处，下车就走。

盛乔趴在窗户上，双手挡在眉骨上方往外看，四周全是记者和粉丝，此时正在红毯上的是傅雨川。

贝明凡也看到了，在前面说："她的两部作品都入围了，输给前辈不要紧，输给她你可得做好被踩的心理准备。”

对家向来是踩来踩去，比来比去，两人同时入围、同时提名，要是都没拿奖就算了，要是其中一方拿奖另一方落选，估计会被对方的粉丝踩一年翻不了身。

盛乔一直也不是很在意能不能拿奖，此刻听贝明凡这么说，还是忧心忡忡地叹了声气。

霍希伸手把她抱过来，不准她再看，低声说：“不用管他们。”

停了大概十分钟，就快到他们了，周侃跨到后面来给两人补了补妆。前方调度员正在招手，车子缓缓朝前，停到了红毯入口。

主持人的声音响起来：“接下来要走上红毯的，可不得了。这一对戏内CP在网络上的呼声可谓是概日凌云，今年一年，他们在各自的领域也成就非凡，让我们欢迎，霍希！盛乔！”

现场乔粉和希光同时尖叫，紧接着保姆车的门滑开，穿一身西装的霍希先走下车，他扣好西装纽扣，绅士地递出手去，一只纤细白皙的手伸出来，被他半握住，盛乔弯腰走下来。

霍希握着她的手放到自己胳膊边，盛乔趁势挽住他胳膊，两人踩着红毯朝前，微笑着向两边的记者、粉丝打招呼。

虽然已经走过好几次红毯，但此刻挽着霍希，盛乔还是有点紧张。她听到现场粉丝不停地呼喊她和霍希的名字，甚至看到了举着获胜灯牌的CP党。两人走走停停，让各方记者能拍照，现场气氛十分火爆。

走到中间上台阶的时候，霍希细心地提起她一边裙摆以防她绊倒，走上主持台，先各自签了名，工作人员递上来两个话筒，主持人说：“两位，先给现场的朋友和电视机前的观众打个招呼吧。”

霍希率先开口：“大家晚上好。”

盛乔不知道说啥，重复道：“大家晚上好。”

主持人：“没了？”

霍希：“没了。”

盛乔：“没了。”

主持人笑着圆场："小乔你是复读机吗？"

盛乔说："太冷了，我的思维已经被冻住了。"

主持人说："是的，我们女明星在这一点上很吃亏，礼服都太不保暖了。像霍希，这一身西装看着就很暖和。"

霍希笑了下："是的，所以为了不让大家继续挨冻，我们就先进去了。"

主持人本来还想再跟他们聊几句，毕竟这两人同框的热度很高，结果霍希让她一句话没法接，只能说："好的，祝两位今晚都能取得理想的成绩。"

霍希把话筒递给工作人员，牵过盛乔的手下台。手指相触，她小手冰得一点温度都没有，他轻微皱眉，手掌将她紧紧包住，加快脚步走完了剩下的红毯。

两人进入内场，气温总算回升了一点，但盛乔还是冷得发抖，被霍希一路牵着到指定的位置坐下。

周围都是艺人，彼此点头招呼，盛乔搓搓胳膊、搓搓手，又捂捂脸，霍希偏头问她："还冷吗？"

盛乔见他似乎要脱下外套给她披上，赶紧摇头："不冷了！"

他知道她的担忧，尽管心疼，但总归没有再做让她不适的事情。艺人陆陆续续进场，现场一片热闹，网上有关金视节的话题讨论度也在不断攀升。

除了讨论今年的视帝、视后将要花落谁家，还有关注各个艺人的红毯造型。谁艳压啦，谁得罪了造型师啦，红毯图满网飞。

直到霍希和盛乔入场，两人的颜值和造型都够打，特别是盛乔一身雪白的纱裙，虽然素雅简单，但轻灵脱俗，绝对能排上今夜红毯造型前三。

获胜党简直要疯了。

姐妹们！看看这套礼服，像不像婚纱？！

我×？？？

西装配婚纱，挽手走红毯，官方结婚啊！！！

今天就是获胜夫妇的结婚纪念日！！！

戏内结一次婚，戏外结一次婚，这对CP嗑得值了！！！

路人起先还不觉得这一对有多般配，毕竟电视剧是电视剧，代入了背景和剧情，真人比不了。结果今晚红毯一起亮相，这么站在一起一对比，呜……真的好配啊！

听到盛乔说冷，霍希连话头都不给主持人留，握着盛乔的手就走了，剩下那段红毯走得跟身后有狼追似的。

呜……嗅到了恋爱的酸臭气息。

路人吃瓜不嫌事大，双方唯粉当然是坚决否定，纷纷手撕CP狗，又是一场混战。

随着时间推进，红毯环节终于结束，晚会正式开始。开头两位主持人用的是双语，宣布开场介绍特邀嘉宾，进行一系列官方的流程后，又有艺人唱歌表演，搞了十几分钟，总算进入颁奖环节。

颁奖嘉宾是影视圈的老前辈，最先颁发的是年度品质剧奖，盛乔竖着耳朵听，霍希凑近低声说："这种奖一般会颁给父母一辈的年代片。"

话落，颁奖嘉宾宣布的获奖名字果然是一部年代片。

她跟着全场鼓掌，内心开始隐隐期待《无畏》能获奖。

奖项一项接一项地颁发，慢慢到了重头戏，盛乔也开始紧张起来，第一个重头戏就是年度人气大剧。

这个奖代表了口碑、人气、收视率，是电视剧里最重要的奖项之一。有五部电视剧获得了提名，其中就有《无畏》。

盛乔握着拳头一动不动地盯着台上的颁奖嘉宾，直到《无畏》这两个字从他嘴里说出，拳头一松，开始激动地鼓掌。

有了开头，后面就没那么紧张了，《无畏》紧接着又斩下最佳导演奖、最佳配乐奖，可谓是出尽了风头。

到后半截的时候，万众期待的最佳男主角奖和最佳女主角奖也即将揭晓。这两个奖项，就是网友统称的视帝、视后，摘下此桂冠，就是对实力和地位的肯定。

最先颁发的是最佳男主角奖，大屏幕上依次播放提名名单，出现"霍希"时，盛乔手掌心都快拍红了。

霍希站在顶流巅峰这么多年，早已被网友贴上流量的标签。虽然这些年他一直在进步，在电视剧里的演技也可圈可点，但总差那么一点，来扭转人们对于他的定位。

今夜是最好的机会。

盛乔后背都绷直了，两只手搁在膝盖上紧紧握着，连嘴唇都抿紧了。颁奖嘉宾还在台上故弄玄虚，每念一个名字，镜头就会给到被念名字的艺人身上，到霍希的时候，旁边的盛乔自然也入镜了。

观看直播的网友说："哈哈哈……她看上去怎么比霍希还紧张啊！"

终于，颁奖嘉宾念出了那个名字："获得年度最佳男主角奖的就是，《无畏》里许陆生的扮演者，霍希！"

全场掌声雷动，直播前粉丝尖叫，盛乔脑子里砰的一声，像有一朵烟花炸开。

她一下捂住嘴，眼泪差点流了出来。

是她的爱豆呀，是她一路相伴走了七年的人啊。

从一开始站在舞台上连镜头都没有的练习生，到后来成为受尽嘲讽的流量小生，再到最后舞台实力被认可的顶流，至如今的视帝。

他一步步走来，外人只看见光芒，唯有他自己和粉丝，知道他所背负的万般艰难。

他从未让粉丝失望。

他当之无愧。他是她此生的王。

霍希站起身，扣好西装纽扣，朝四周和镜头点头微笑，然后俯身抱了抱眼眶涌上泪的盛乔。很轻的一个拥抱，手掌只落在她肩头拍了拍，绅士又温柔。

只是凑近的时候，在雷鸣般的掌声中，他用只有她能听见的声音说："乖，别哭。"

她眨眨眼，果然没让眼泪掉下来，目光一动不动地落在他身上，看着他一路往前，走上舞台，拿到了那座属于他的奖杯。

他一贯喜怒不形于色，拿到视帝也并未见得有多激动，还是那副风轻云淡的样子，就连发表获奖感言的时候，言语里也只是表达了对艺术的尊重和还要继续努力的谦虚。

镜头几次给到台下的盛乔身上，而她一次也没有看向镜头，她的眼里只有台上那个人。

网友都被感动了，她好像真的真的很爱霍希啊。

眼神是作不了假的，那满眼的爱慕和崇拜，他一定是她全部的信仰。

都这样了还不在一起吗？

场外观看直播的希光都泣不成声，一边哭唧唧，一边还不忘辟谣：粉丝就是这样的啊，那就是粉丝对爱豆的爱啊，什么在不在一起的，不要玷污了这份纯粹的粉丝情！

网友：你们就那么确信，你家爱豆每天被一个漂亮女孩用这种眼神看着，他不会动心？

希光：……我×？！

霍希说完获奖感言，又在满场掌声中走下舞台，走回盛乔身边坐下。两人相视一笑，获胜党从这一个对视中简直脑补了十万字的小作文。

颁完最佳男主角奖，接下来就是最佳女主角奖。颁奖嘉宾先公布了提名名单，说到盛乔的时候，镜头给到她身上。这次她倒大方得体地在微笑，一丝紧张都看不出来。

网友乐死了，爱豆获奖比自己重要。

等五个人都被提到，现场给出五个分镜，分别落在五位提名者身上。吊足了观众的胃口，颁奖嘉宾才终于笑着开口："获得年度最佳女主角奖的就是，《艳后传》里夏姬的扮演者，傅雨川！"

五个镜头里，傅雨川惊讶地站起身来，另外四个人也大方微笑鼓掌，屏幕前的乔粉纷纷骂了句"我×"。

尽管没抱什么期待，但盛乔心里多少还是有些小失落，霍希偏头看了她一眼，拍了拍她搁在膝盖上的手背，以示安慰。

镜头刚好给过去，观众看到霍希在安慰她，而盛乔摇了摇头，看口型是在说"我没事"。

傅雨川斩获视后，接下来这一年她的粉丝估计会跳着脚把盛乔踩进地缝里。此刻观看直播的乔粉都在咒骂，输给另外三个前辈没什么，但是输给她绝对不服。

黑幕！傅雨川那演技也配得上视后？德不配位！黑幕！

傅雨川的粉丝也嘲讽：呵，输不起的跳梁小丑。

这才刚一宣布呢，傅雨川还在台上发表获奖感言，乔粉和雨点已经撕起来了。不过欲戴王冠必承其重，傅雨川打败前辈和在《无畏》里演技出色的盛乔，就要做好被网友群嘲的准备。

当然，如果今晚是盛乔拿了这个奖，她一样会被嘲。

重头奖项全部颁完，后面几个奖项观众也就有些意兴阑珊，等整个颁奖典礼结束，霍希和盛乔去后台跟王导见面。

王导今晚拿了最佳导演奖，也是美得不行，先拍拍霍希的肩大肆赞扬恭喜一番，又过来安慰盛乔不要灰心再接再厉，等盛乔去换了衣服，一行人一起离开。王导居然已经订好了庆功宴，剧组的重要工作人员几乎都来了。

到酒楼的时候，阔别大半年的剧组再次重聚，每个人脸上都洋溢着笑容，今晚《无畏》收获丰盛，除了盛乔没拿到视后让人略感遗憾，也算对得起那个夏天所有人的付出了。

盛乔被这热闹喜悦的气氛一感染，心里的一点小失落也没了，再看看如今已是视帝的爱豆，心都要飞上天了，再不管什么陪跑落选，高高兴兴跟大家玩闹起来。

霍希因为要和王导讨论接下来的那个电影剧本，没多久他就会进组，估计年都没法过，席上没喝多少酒，反倒是盛乔一杯接一杯的，喝到最后还跟人在那儿划拳。

霍希把她从椅子上拎上来，一个没注意她又爬上去，撸着袖子吼："五魁首啊！六六六啊！七星高照八仙寿哇！"

这都什么跟什么。一屋子酒疯子，没几个清醒的。霍希哭笑不得，拦腰把她从椅子上抱起来，眼见时间也不早了，跟王导道了别，抱着她离开酒楼。

起先她还在怀里挣扎，一出去，冷风一扫，顿时打了个哆嗦，也不闹腾了，双手搂住他脖子，埋在他颈窝汲取热量。

小蛋已经开车来接他们了，一上车，空气里都是酒味，小蛋回头看了眼："老板娘喝醉了？"

霍希坐在后排半抱着她，手掌轻轻抚着她脑袋："嗯，一会儿看到药店停一下，买点解酒药。"

小蛋发动车子，又问："回哪儿啊？"

霍希说："去我家。"

时间太晚，她喝得这么醉回家，老人又要照顾又要担心，估计整晚都睡不好。

小蛋意味深长地笑了笑，开车上路，途经药店时又去买了解酒药回来，等一路开回小区，霍希先下车，弯腰将她抱出来，小蛋把药袋子挂在他手指上，听他说："回去吧，路上小心点。"

夜深人静，小区里一个人都没有，只有路灯无声而亮。盛乔搂着他脖子，在他耳边吹气："霍希，我们去哪儿啊？"

他低头亲亲她："我们回家。"

她乖乖地"哦"了一声。进屋之后，霍希先抱着她上楼，将她放在自己床上，帮她脱了外套和鞋，盖好被子，又下楼去倒水给她冲药。

进屋之后暖气充足，温度攀升，喝酒之后热气满身窜，她热得不行，迷迷糊糊爬起来，东拉西扯地脱衣服，霍希一进来，就看到她整个脑袋被毛衣包住，半天扯不出来，在里面憋得快要哭了。

他忍住笑，帮她把毛衣脱下来，只余一件黑色的小吊带，大片锁骨暴露在空气中，肌肤都透着薄薄一层粉红。

霍希眼眸深了深，将目光移开，手臂环过她肩膀将她搂在怀里，哄她吃药。她酒品好，醉了之后不闹不哭，乖乖把药吃了，又缩回被窝去。霍希又去洗手间用热水打湿毛巾过来给她擦脸、擦手。

他突然想到，有一次醉酒，她也是这样照顾自己的。

那天晚上，她就在床边趴着，守了他一整晚。

她从来没掩饰过她对他的爱。

那样热忱、浓烈，像是将心掏出来给他看，而她一点也不觉得疼。

她看向他时，眼里永远有最炽热的光，他被那抹光照耀，连心什么时候被融化的都不知道。她捧一颗真心来到他面前，他也一定会回她全部的爱。

霍希替她擦干净小脸和小手，掖了掖被角，起身要走。盛乔嫌热，胳膊从被窝里伸出来，拽着他手指迷迷糊糊地撒娇。

他凑近一些，将掠在她脸上的发丝拂开，低声问："怎么了？哪里不舒服吗？"

盛乔晕乎乎地说："口渴，想喝水。"

他又把她抱起来，让她脑袋枕着自己的肩，端起水杯小口喂给她喝。她只喝了两口就不要了，抱着他脖子不撒手，使劲往他怀里钻。

霍希手指所及，全是她滚烫泛红的肌肤。她上身只余吊带和内衣，轮廓清晰地映在他胸口，霍希手指紧了又紧，将她往外推了一点，低声说："乔乔乖，睡觉了。"

她还是不撒手，小脸贴着他脖颈，感受到这具紧绷的躯体传来的阵阵热度，酒精作用下大脑放肆，伸出舌头在他滚动的喉结上舔了一下。

霍希身子一僵，抱着她的那只手差点将她骨头捏碎，她吃痛挣扎，下一刻，整具灼热的身体狠狠压了下来。

她微眯着眼，像是不明白发生了什么，晕乎乎地小声问："霍希，你要干什么呀？"

他俯下身来，声音几乎沙哑到极致："我要你。"

床头灯映照她绯红的脸。他手肘撑在她脸颊边，尽量抬起自己的身体，克制忍耐着，又哑声说了一遍："乔乔，我想要你。"他吻吻她的眼睛，"好不好？"

她像清醒了过来，睁开的眼底闪过一抹慌乱，被霍希捕捉到。

还是不行，她还是怕。他撑在她脸边的手握成拳，手背青筋几乎都暴起，可声音还是放得又低又轻："那你乖乖睡觉。"

他亲了下她的唇，撑直身子要离开。

她手臂突然环上来，搂住他脖子，将他半离的身体又拉了回来，然后吻上他的唇。

霍希有一丝错愕，她却已经主动伸出舌头，笨拙又小心地触碰他的唇齿。淡淡的酒香像轻纱将人裹住，他无声笑了，啪嗒一声，光线消失，整个房间暗下来，只有半拉的窗帘透进一缕月光，又轻又薄，连他的眉眼都看不清。

她闻到属于他的味道，欲望、悸动、汗意，裹满令人疯狂的魅力。

脑子里突然走灯似的，闪过每一个舞台上的他。刚出道时不爱说话站在最边上的男孩，拥有了发光的实力却仍然神情淡漠的少年，挥洒着汗水与泪水最终走上神坛的男人。

每一个他都充满了无尽的魅力，让她深爱到骨子里，就算有一天死在他手上也甘之如饴。而如今，那许多的影像重叠，白光乍尽，只有眼前人，是她心上人。

从未想过有一天，她能拥有他。

他珍重地亲亲她的眼睛，嗓音低哑："乖，我爱你。"

像山风呼啸，海浪交叠。像白光撕裂夜幕，整个世界轰然透亮，却看不见一切。

眼泪流向鬓间，脑间嗡鸣不断，她感觉不到这个世界，只能感觉到他。

她爱他。

后半夜，盛乔全身瘫软无力缩在被窝，她听到霍希起身，然后啪的一声按开了壁灯。她一下用被子捂住头，整个人羞得快哭出来："不要开灯！"

他低笑，取下衣架上的睡袍穿好，去浴室放了热水，又从衣柜里拿出一条干净的浴巾，蹲在床边低声哄道："我抱你去洗澡好不好？"

她颤抖的声音从被子里闷闷传出来："我自己洗。"又是啪嗒一声，光线再次暗下来。

霍希隔着被子摸摸她的头，低声说："乖，我抱你去，灯关掉了。"

她这才磨磨蹭蹭把被子揭下来，知道这下是怎么都躲不过的，任由霍希掀开被子，用浴巾裹住她，然后抱向浴室。

热水已经放好了。没开灯，浴室更黑，但他熟门熟路，小心翼翼把她放进浴缸，问："水温合适吗？"

她小声应了，又重复一句："我自己洗。"

眼睛适应黑暗，霍希渐渐能看清泛动的水纹，还有她露在空气中的上半截身子。

哗啦一声，盛乔还没反应过来，整个人已经被他捞起来，半抱着抵上了湿滑的墙壁。

她只来得及哭喊一句："霍希你过分！"

唇被封住。

盛乔一直睡到第二天下午，睁眼的时候，全身的酸疼和不适叫嚣着冲入大脑。她一把用被子捂住头，干号了一声。连翻身都困难，她撑着身子坐起来，床边摆了套白色的睡衣，看样子还是新的，跟她以往穿的那套小熊睡衣很像。

她吃力地穿好衣服下床，每走一步腿根都发软，想骂吧，那又是自己的宝贝爱豆，舍不得骂，最后只能自己懊恼。

好不容易走出门，走到楼梯口，她就听到楼下霍希在接电话："对，乔乔她昨晚喝醉了，吐得厉害，还在睡，嗯，伯母放心，已经吃过药了，晚一点吃完饭我送她回来。"

盛乔："……"他再也不是以前那个高高在上出尘脱凡的爱豆了。

她把仙子扯到了人间。

霍希挂了电话，回头看到楼上的她，温柔笑道："醒了？"

盛乔噘着嘴不说话，他走上楼来，俯身亲亲她额头，然后伸手将她打横抱起走下楼梯。他一抱她，属于他的味道又沾满全身，就这么一会儿她脸又红透了，慌忙转头看向窗外。

这才发现下雪了。

白雪皑皑覆满枝头，屋内却暖气十足，霍希把她放在沙发上，手指摸了摸她脖间被自己种满的草莓印，忍住笑说："熬了粥，马上就好，坐在这儿别乱动。"

她发现自己完了，他一摸她，身子立刻敏感得战栗，简直要命。

她忙将他的手推开："好！你去吧！"

霍希笑笑，转身去了厨房，没多会儿就端了粥和菜出来放在了茶几上。等粥晾凉了，他才端给她，看她小口喝粥，突然问："还痛吗？"

盛乔差点被粥呛死。霍希又是抽纸巾又是拍背，一抬头就看见她又羞又恼地控诉："你说呢？！"

他眼里有笑，嗓音却低："对不起，下次轻一点。"

盛乔简直羞得想遁走了。

吃完饭，霍希不准她动，打开电视让她看，自己去收拾了厨房，出来的时候听到盛乔在接电话："今天不行，我昨天喝多了，现在脑袋还是晕的，嗯，脸色也不好，拍出来肯定不好看，推到后天吧。"

说了几句挂了电话，她抬头看见霍希似笑非笑地看她，小声解释说："贝哥让我去拍杂志。"顿了顿，她又鼓起勇气凶道，"笑什么笑？还不都怪你！"

"嗯，怪我。"他走过来，伸手把她拉到怀里抱住，"看会儿电视，晚上送你回去。"

窗外的雪还在无声下着，窗帘半拉，屋内暖和又温馨，她缩在他怀里，有那么一瞬间，几乎怀疑这一切是梦。

太过美好，总担心失去。

可他的怀抱那么真实，气味那么真实，嗯，腹肌也很真实。

她隔着薄薄一层布料偷偷摸，摸了半天，听到头顶呼吸急促，霍希咬牙说："不痛了是吗？"

盛乔一下把手缩回来，委屈巴巴："我就摸个腹肌，怎么了吗？"

霍希面无表情在她胸前揉了一把。盛乔目瞪口呆。

霍希："我就摸个胸，怎么了？"

盛乔："……"爱豆变坏了。

看她噘嘴假装生气的模样，霍希忍住笑把她搂进怀里，用下颌蹭蹭她的脸。盛乔被他刺刺的胡楂蹭得疼，用手摸摸他的下巴，小声嘟囔："你该刮胡子了。"

霍希笑着松开她，起身去洗手间。

盛乔在沙发上躺了一会儿，还是忍不住爬起来，小步蹭去洗手间，扒着门框看。

他正在清洗刀片，脸颊一周抹了剃须膏，透过镜子发现她在门口，笑问："看什么？"

盛乔也见过乔羽和乔父刮胡子，都是用的电动剃须刀，他却握着一把刀片，看上去就很危险呀！

她问："霍希，你为什么不用电动的？这个容易刮伤的。"

霍希说："不喜欢电动的。"

盛乔一指洗漱台："那你牙刷是电动的呀！"

霍希对着镜子开始用刀片刮脸颊，白色的泡泡一路被刮落，很快就恢复清清爽爽的模样。洗好脸，走到门口，他一把抱起她，用下巴去蹭她的脸："我就喜欢手动刮胡子，电动刷牙，你有意见？"

盛乔："……"

好吧，没意见，爱豆有点小癖好什么的，还挺可爱的。

她大着胆子搂住他，在他下巴咬了一口。霍希脚步一顿，低声威胁："不要闹。"

抱着她走回沙发，把她圈在怀里，按开了电视，屏幕里正在播一部纪录片，看了一会儿，霍希低声问她："看过吗？"

她点头："看过。"

霍希："那怎么不剧透了？"

她一下想起那一次被他捡回家，自己剧透的事情。这么久了，他竟然还记得。盛乔有点不好意思："你不是不准我剧透吗？"

他失笑，亲亲她额头："现在准了。"

于是盛乔开始兴致勃勃给爱豆剧透。

霍希："……"

是他多嘴了。

他关了电视，连上游戏机，朝她扬了扬游戏手柄，"会不会？"

还有她不会的游戏？红白机可是她的游戏启蒙！刚上小学那会儿，乔家还不算富裕，乔爸爸的事业也还在拼搏中，她收到的最好的礼物就是红白机。

那时候乔羽也还小，正是叛逆的时候，还不懂得礼让妹妹，总是跟她抢游戏机玩。明明可以调双人模式，他偏偏要霸占着玩单人，让她在一边眼巴巴看着。

于是小盛乔趁着小乔羽不在家，苦练技术。

某一天，机智的小盛乔向小乔羽提出比赛邀约：来一把双截龙对打，谁赢了，今后游戏机的主导权就归谁!

小乔羽果然没把她放在眼里，欣然应约，然后被小盛乔吊打到怀疑人生，惨不忍睹地输了比赛。

从此盛乔就获得了游戏机的主导权，不过她不像乔羽那么霸道，懂得分享，经常调出双人游戏让他也一起玩。

不过后来她就不爱跟乔羽玩了，他技术不好，每次死了都要借她小人儿，给她心疼坏了。

电视机里传出熟悉的BGM，盛乔握着手柄蓄势待发，开始跟霍希在游戏里并肩杀敌。结果才打了两关，霍希就没命了。

盛乔大义凛然：“借我的命！拿去！”

打了一下午游戏，霍希充分了解到自己女朋友在游戏方面的天赋，傍晚的时候，盛母的电话又打了过来，问她回不回家吃晚饭。

盛乔转头问他：“霍希，我们一起回家吃饭吧？”

盛母在那头也听到了，温声说：“叫小希也过来吧，我买了很多菜。”

盛乔撒娇似的扯了扯他的衣角，他笑着点头应了。

接下来还要上楼换衣服，盛乔正要下地，霍希已经伸手把她搂到怀里，抱着往楼上走。她有点不好意思，小声说：“我自己走。”

他没说话，只是低头亲了下她鼻尖。把她放回卧室床上，又把衣服给她拿过来，霍希就转身出去了。等她换好衣服出来，他也已经收拾妥帖。

到车库上车之后，盛乔才有时间摸出手机玩一会儿。

用福所倚的账号上微博看了看，一上去就发现首页全是紧急战备状态，她赶紧往下翻了翻，看了超话和广场，才知道因为昨晚霍希拿到视帝，被有预谋、有团队的水军黑了。

其实很容易看出是专业职黑还是路人网友。

对比一下傅雨川就知道了。

大多数网友还是认可霍希的实力的，他在《无畏》里演技精湛，表现出色，比起另外四个提名也不遑多让。但职黑杠精的角度向来刁钻，居然说因为这一届的提名作品都不咋样，所以霍希才乘机捡漏，他不应该叫视帝，应该叫捡漏帝。

把希光给气得，大好的日子本该拿来庆祝，结果全浪费在跟职黑掐架上了。

尽管希光一再控评反黑，“霍希捡漏”这个词条仍然一路飞升上了热搜，很明显是有团队砸钱买热搜黑他。

不过霍希工作室出手也快，不到一个小时就花钱把这个热搜撤了下来。两方都有团队下场，还不知道对面是谁在暗箱操作，撕到现场都还不见消停。

盛乔向来战斗在第一线，这次因“故”缺席，再看职黑那些恶心人的言论，真是气得太阳穴突突地跳，撸了袖子就开干。

霍希察觉她突然的气愤，不解地问：“怎么了？”

盛乔：“你安心开车！不用管我！我要把这些跳梁小丑一个个踩死！”

霍希：“……”

福所倚上线，拿出大杀八方的气势，从首页那些哭唧唧的小姐妹微博摸到大放厥词的职黑首页，不带一字脏话，抓逻辑漏洞反斥无脑黑，努力扳回风向。

希光：呜呜呜……阿福真厉害，能文能武，今年的三好粉丝标杆奖我们一定投给你。

福所倚先是手撕八方黑粉，占领评论高地，以不带一字脏话条理清晰的逻辑反驳将跳脚的职黑打得哑口无言，接着又发布了一篇看上去非常具有影评专业水准的长微博——《浅谈霍希演技的蜕变》。

洋洋洒洒几千字，从霍希出道后第一部电视剧作品讲起，从分析角色人设和剧情本身下手，剖析了霍希在初涉影视圈时演技上的不足，接着是第二部、第三部，每一部，他于演技上的进步都是显而易见的。

她丝毫不回避霍希在初期的缺陷和不足，甚至单拎出来打趣，但话锋一转，在下一部作品中，你会发现这一点缺陷已经被弥补上来，就像蜜蜂筑巢，最后密不透风。

到最后，让他获得视帝的这一部作品《无畏》，她更是深入剖析了许陆生这个人物的性格和背景，列举了剧中不少片段来证明霍希对这个角色炉火纯青的把控。

“我不用回避他的不足，也不吝于对他的赞美。”这篇长微博写得非常中肯专业，对霍希所有作品包括MV、音乐剧都如数家珍，七年老粉几乎能从中看到属于自己这些年不断追逐的影子。

老粉一出手，就知有没有。福所倚这条微博一经发出，迅速被希光们捧上了热门，各大营销号纷纷转载，之前职黑博人眼球的文章都被这一篇压了下去。

当然路人是没那个闲心看完她这篇论文般的长篇大论的，不过福所倚很有一套，在开头精准简要地抓了几个重点，路人只需要看个开头，基本对霍希就会有一个正面的改观。如果感兴趣继续往下看，那就更不用说了。

能文能武的阿福发完微博还不够，还给自己买了个热门推荐，于是这条微博的传播范围更广，到最后都出圈了。

车子开到地下车库，小蛋的电话打了过来，兴奋地说：“老板，你的粉丝真牛×，我们工作室写的公关帖都比不上，要不我私下联系一下，把她挖到工作室来？”

霍希看了眼旁边还在猛点手机的盛乔：“不用，离粉丝的生活远一点。”

小蛋：“……”

盛母已经做好一大桌子菜。

抛开上次那一晚被撞到，这次算是他们第一次正式见面。霍希之前听盛乔说盛母喜欢下围棋，提前就买好了一套玉棋。刚才出门的时候提上，此刻进屋递给盛母，一切礼数都做得周到。

盛母真是越瞧越喜欢，看女儿小脸红扑扑的样子，望向霍希时眼里都是化不开的温柔爱意，心里感叹，女儿是真的长大了，今后把她交到霍希手上，自己也算放心了。

吃完饭几个人又聊了一会儿，霍希才起身告辞，盛乔把他送到电梯口，等电梯的时候听他说：“过几天我就要进组去拍王导的戏了，剧组在云贵那边的山里，通信估计不太方便。”

她早就知道他不等过年就要进组的事，虽然早有准备，想到几个月又见不到人，心里还是闷闷的，低头说：“嗯，那你要照顾好自己。”

霍希伸手揽过她亲了亲，安抚道：“你乖一点，好好复习，等你高考完我就回来了。”

听他说这话，盛乔感觉自己跟个没满18岁的小孩子似的，不想再矫情，趁电梯来了，赶紧把他推进去：“我知道，你开车小心点，到家给我发消息。”

霍希摸了摸她的头，这才转身走了。

没几天时间就过年了。

盛乔赶在年前拍完代言广告，上了一个访谈，上半年的行程基本就结束了。贝明凡本来打算年后再给她接一档一周一录的轻松综艺节目，保持曝光率，但是最近这几天《愿逐月华流照君》开播，话题热度都飙高，想了想，最终还是推了她的全部行程，让她能安心准备高考。

《愿逐月华流照君》作为一部古偶仙侠剧，在后期上下了很大的功夫，无论是场景、服装，还是往常最容易被人诟病的特效，水准都高于以往的仙侠剧一大截。

盛乔所扮演的小猴子桃花拾古灵精怪，语不惊人死不休的台词被追剧的网友做成了不少表情包，路人被表情包一吸引，哈哈大笑的同时都在问这是什么剧，为何如此智障，就这样口耳相传，《愿逐月华流照君》从开播时的收视率平平到后面暴涨，最终甩开了寒假档同期的几部大剧。

古偶仙侠剧的市场向来很广，老少通吃，再加上有曾铭这个古装小王子带，话题热搜不断。盛乔的演技也没有让人失望，将前期桃花拾的天真调皮和后期成魔的阴狠古怪演绎得十分到位。

自此，盛乔也终于用自己的演技俘获了一批影迷，而不再单单有之前的综艺粉。事业水涨船高，学业当然也不能落下。

前不久盛乔已经通过了北影的专业考试，接下来就是高考，贝明凡感觉自己仿佛化身高中班主任，恨不得每天住在盛乔家监督她学习。

盛乔刷题简直要刷疯了，每天贝明凡和家教都一左一右把她看着，不准她玩手机就算了，居然还不准她看霍希。

贝明凡还说：“走得好！走得越远越好！省得一天到晚迷惑你。”

盛乔想用卷子砸死他。

贝明凡这么焦虑不是没有原因。如今盛乔在演技上已经挑不出什么大毛病，黑粉想黑演技也无从下手，现在最好黑的当然就是她高考这件事。

万一考砸了，估计又是一波全网黑嘲，对事业上升期的盛乔来说绝对要命。

贝明凡每天愁啊，睡不着觉啊，头发一缕一缕地掉啊，苦口婆心劝她把放在霍希身上的所有心思都收回来放在学习上，一定要考出好成绩打烂那些准备看她笑话的人的脸啊。

盛乔被这位老父亲念叨得真的没空再去想霍希，做梦都在刷题。

就在盛乔全力备战高考的时候，霍希工作室终于官宣了他即将出演王鑫导演第一部转型之作《盲枪》的消息。

电视剧导演转电影导演，绝对不是一件轻松的事情。希光们在兴奋爱豆终于转战大银幕的同时，也在担心这部转型之作的质量和水准。

自从霍希出国进修，半年不见行程，圈内人就隐隐嗅到他要转型的意图，毕竟对于一个流量来说，闭关半年无异于自杀。如今官宣第一部电影，算是彻底坐实了转型之事。

而前不久他才拿到视帝，这位舞台上的顶流，如今已用自己的实力撕掉了流量标签，让广大网友开始重新正视他的存在。

有营销号爆料说，《盲枪》这部电影是王鑫导演为霍希量身定做的，一年前就屡次邀请霍希出演，但霍希不为所动，直到今年进修回国，才终于接下了这个剧本，又是一则伯乐寻千里马的美谈。

希光们都在为迎接首部电影的降临而努力宣传，而盛乔因为手机被没收，除了以死相逼让贝明凡每天帮她去超话签个到，再无法加入到数据大军中去。

乔乔：从来没有想过有一天，我和霍希之间的阻碍，不是父母，不是粉丝，不是社会舆论，而是，这该死的高考。

啊！碾碎它！！！

逐渐入夏，盛乔和霍希通电话的次数屈指可数。《盲枪》的故事背景设定在民国军阀混战时期，霍希饰演的角色千人屠是个土匪头子，剧组的取景基本都在深山老林里，信号弱，别说通视频，打个电话都时常中断。

盛乔还是上厕所的时候偷偷把手机带进去，蹲在马桶上刷了刷超话，才通过工作室的微博看到了霍希最新的剧照。

他晒黑了很多，寸头利索，脸颊线条越发坚硬，五官透出几分血气，若说他以前像仙子，现在就像魔王，帅得很有男人味。

盛乔差点溺死在他冷冰冰的眼神里，然后听到家教在外面跟贝明凡说：“小乔已经在厕所里待了40分钟。”

贝明凡：“盛乔！你是不是又在里面玩手机？！”

盛乔：“……”

飞快把堆积的私信回了，又乘机看了几条官博表示期待，几个月不发微博的阿福终于活了，希光们纷纷评论：“遁入古墓的阿福只有在哥哥有消息的时候才会现身哪。”

福所倚：“阿福心里苦，阿福忙到连玩手机的资格都没有，六月即将回归，大家等我！”

梁小棠当然知道她在备战高考，发私信催她：“别刷微博了，快去做题！”

盛乔：“……”

就在这紧张严肃的气氛中，时间一天天逼近，高三学生放假的时候，贝明凡也带着盛乔飞去了她参考的城市。

临行时官宣了行程，到机场的时候，来送机的乔粉举的手幅和灯牌都是“高考加油”“乔乔冲呀”“满分不是梦”。

路人都说：“这是哪家的明星要去高考了啊？”

高三党放了假，也有空来送机，隔着人群喊：“乔乔，我们考场见！千万不要输给我们啊！”

盛乔：“和自己的粉丝一起考试，压力好大。”

高考的前一天，贝明凡领着她去看考场，又在学校引起了一波小骚动。盛乔担心高考当天再出现会影响考生状态，看考场这天墨镜、帽子都没戴，就这么大大方方进去了，让考生一次性看个够。

还遇到好多乔粉，跑来找她要签名，盛乔一一签了，告诉他们要好好考试，千万别被自己影响。

大家都是看了考场就走，盛乔为了给同教室的考生一个心理准备，一大早就去了，来一个打一声招呼，一直待到傍晚，基本整个教室的考生都见过了，最后才离开。

当晚住在酒店，贝明凡给她买了清淡的饮食，也不逼她看书，把考试需要准备的东西一一检查一遍，让她调整心态好好休息，还把手机留给了她。

丁简和方白看上去都比她紧张。

看她躺在床上玩手机，他们忍不住催她：“乔乔，睡觉吧，养好精神。”

盛乔看看时间，才九点多，叹气问：“你说霍希会给我打电话吗？”

丁简说：“到现在都没打，估计不会了。我前两天看剧组官博发的日常，那边山里下暴雨呢，信号更差。”

盛乔有点失落，没再说什么，把手机放到床头柜上：“那我准备睡了，你也回去休息吧。”

丁简点点头，帮她把灯关了，掩上门走了。四周暗下来，她翻来覆去了一会儿，还是睡不着，又拿起手机，想了想，登录认证大号发了条微博：

“@盛乔：高考，我们一起加油。”

评论很快就破万，都是让她不要紧张考试加油的，刷了会儿微博，时间已近十一点，她才终于放下手机，闭眼酝酿睡意。

没几分钟，手机突然振动起来。

盛乔唰地睁眼，飞快拿过手机一看，来电显示：我的宝贝。

呜呜呜……终于等到了。

她有点小委屈：“你怎么现在才给我打电话？我都要睡了。”

听筒里有信号不好的电流声，伴随他断断续续的声音：“山里信号……不好，我刚……下山，你……”

又是一阵嗞啦的电流声，隔了会儿，她听到他问："乔乔，能听到吗？"

她想起丁简说那边在下暴雨，信号弱成这样，几乎可以想象他拍摄条件的艰苦，心里那点小委屈霎时就没了，赶紧说："我能听到。"

那头声音还是时有时无："……好好考试，我陪着你。"

明明隔着十万八千里，但听到他这句话，好像他真的在她身边陪着她一样，她莫名其妙有点想哭，低声说："霍希，我好想你啊。"

他隔着电话亲了她一下："很快就可以见面了，现在乖乖睡觉，明天放松心态去考试，好不好？"

"好。"

"乔乔乖。"

挂了电话，夜色更浓，但再不似刚才那么翻来覆去，她闭上眼没多会儿就睡着了。

第二天一早，丁简按时来敲门叫她起床，吃过早饭，三个人把她送到学校。校门口人山人海，全是送孩子来考试的父母，一年一度的高考就这么拉开了序幕。

同一考室的考生昨天都已经见过她，兴奋劲儿过去了，都没受到什么影响。倒是监考老师第一次见她，还有点意外，目光时不时地落在她身上。

她今天没化妆，全素颜，扎了个马尾，穿着也很简单，虽然还是很美，但身上丝毫看不出属于明星的光环。她只是千千万万考生中的一员。

接下来两天时间就在考生们的奋笔疾书中平静地过去了。

之前担心影响到考生状态，学校和公司都跟记者联系好，禁止到学校里来采访盛乔，如今考试终于结束，盛乔刚一出校门，就被等在四周的记者围堵了。

家长们这才后知后觉地发现有个大明星也在这里考试。

贝明凡赶紧挤过来护着她往外走，边走记者边问："盛乔，你觉得自己考得怎么样？"

她一脸轻松笑意："还行吧，上北影的录取线应该没问题。"

"跟小朋友们一起考试，感想如何？"

盛乔："终于圆了高考梦，我很高兴。"

"接下来有什么工作计划吗？是安心上大学还是继续拍戏？"

盛乔："到时候会协调吧，争取两方都不耽误。"

考完试浑身舒爽，心情也好，回答了记者不少问题，上车的时候还礼貌地跟大家挥手告别。

这段采访视频很快就在网上发布，看她一脸轻松地说应该没问题，黑粉又趁此嘲讽她狂妄自大，别最后公布成绩的时候被打脸。

一回到酒店，贝明凡就把从校门口书店买来的试题答案拿给她，催促："快对一下答案！估一下分数！"

盛乔扫了两眼，说："五百分应该没问题。"

贝明凡一脸惊喜："真的？哎哟，我们小乔真棒！"

她眨眼笑："我考得这么好，是不是得有奖励？"

贝明凡狐疑地看了她两眼："你想干什么？"

盛乔说："我想去贵州探班。"

贝明凡咬牙切齿："我就知道！"他用手指在她脑袋上狠狠杵了一下，"不行！剧组人多嘴杂，你一去肯定传绯闻，而且现在考试结束，你以为你很闲吗？知道这几个月堆了多少工作要赶多少行程吗？"

盛乔："你不应该姓'贝'，你应该改姓'黄'，黄世仁的'黄'！"

贝明凡："你这小白眼狼，我还不是为你好！前段时间那剧组的女主角跟霍希才传了一天的绯闻，就被希光撕了个稀巴烂，你不……"话没说完，他就看见盛乔眼睛一下瞪大了。贝明凡这才反应过来说漏了嘴。

他一下闭嘴了，拿起桌上的试卷："欸，你要不再对对答案？"

盛乔咬牙："什么绯闻？什么时候的事？"

贝明凡："……"

眼见躲不过去，他干咳一声："绯闻嘛，又不是真的，他工作室也辟谣了。这不是不想影响你的状态嘛，就没告诉你。"

盛乔懒得听他糊弄，自己拿出手机搜。

已经是一个月前的新闻了，也不知道是谁传出来的片场剧透，霍希和饰演女主角的秦盼坐在一起看剧本。

秦盼就穿了件红色的肚兜，外面罩了件白纱衣，两人挨得近，从图片上的角度来看，姿势相当亲密。

通稿里说，霍希在片场十分照顾秦盼，秦盼扮演的角色是风尘妓女，在剧里的穿着也很暴露，霍希好几次都把自己的外套给她穿上。

贝明凡在旁边眼见盛乔脸色越来越难看，赶紧说："这一看就是女方发的通稿嘛！炒绯闻、蹭热度这些手段见怪不怪，当时新闻一出来就被霍希的粉丝撕了，工作室也立即辟谣说是正常合作，那片场剧照估计是女方找人拍的，故意选的角度。"

他一脸严肃："你难道不相信霍希吗？"

盛乔从网页退出来："相信。"

贝明凡一拍大腿："对嘛，恋人之间彼此的信任还是要有的，欸欸，你干什么？"

盛乔在打电话，打了两遍才接通，温声说："王导，我是小乔。对，嗯，考得还不错，谢谢王导关心。嗯，是有事，我想来探班，您能安排一下吗？"

贝明凡："……"

盛乔："对，剧组人多嘴杂，我不想让别人知道。嗯，对，也别跟他说，嗯，谢谢王导，那我们微信联系。"

贝明凡："祖宗啊！！！"

盛乔："别拦我。"

贝明凡："……"女朋友要去找男朋友算账，他能拦得住？

第二天一早，盛乔直飞贵州，只有丁简跟着，行程隐蔽，没被人发现。

到了贵州机场，丁简提前联系好了车，根据导演提供的地址开了六个小时，弯弯绕绕来到一座山的山脚下。

最近这段时间下暴雨，山里的路崎岖泥泞，又加了一笔车费，司机才肯往里开。丁简看着窗外的自然风光，心有余悸地说："王导真会挑地方。"

盛乔有点晕车，恹恹地靠着，丁简问："乔乔，你见到他要怎么做？一哭二闹三上吊吗？还是直接分手？”

盛乔：“……啥也不做。”

丁简：“那你这气势汹汹的，是来干啥？”

盛乔：“我不假装很生气要来找他算账的样子，贝哥肯定不放我走。”

丁简：“？？？”演技真他妈好，早上出门的时候连我都被骗了，还以为你要过来扇霍希几巴掌然后跟他闹分手呢！

盛乔拍拍她的手：“我睡会儿，到了叫我。”

丁简：“……”为了见男朋友，真是不择手段哪。

《盲枪》的拍摄已近尾声，几个月下来，剧组几乎每个人都瘦了。大山里的条件是真苦，剧组在山腰租了几户农家的房间当下榻之处，每天在山里拍完戏份，赶得回去就下山去农户家睡床，时间太晚就在山里睡帐篷。

盛乔高考的前一天晚上，剧组一直拍到晚上十点才收工，一般这种情况就要在山里睡了。结果那晚霍希非要下山，导演都劝不住，毕竟山里开夜车不安全，但霍希说什么也要下山，自己开车走了。

今晚又是一样，拍到临近十点才收工，霍希揉着酸痛的脖子准备进帐篷休息了，结果王导过来说：“小希，你下山去睡吧。”

霍希看了看时间：“太晚了，就在这儿睡。”

王导：“明天你的戏在下午，戏份也累，我担心你在这儿休息不好，影响明天的状态，还是下山去睡吧。好好休息一晚，我让小李送你下去。”

霍希还想推托，王导已经转身招呼司机：“小李，你开车送霍希下山。”

小李应了，就去发车，秦盼在旁边说：“那我也一起下山吧，我想洗个热水澡。”

王导回头说：“你明早的戏份，哪儿赶得上？就在这儿睡吧。”

秦盼撇了下嘴，看霍希在收拾东西，走过来柔声说：“霍希，你明天回来的时候可以给我带瓶花露水吗？蚊子好多啊，你看我胳膊。”

霍希头也没偏，淡漠地说：“剧务那儿有，你去找他要。”

秦盼委屈地说：“剧务那儿的喷了没用。”

小蛋在旁边忍不下去了："我们住的那地方你又不是不知道，去哪儿买花露水？难不成还要我们下到山脚吗？"

秦盼："……"

霍希收好东西，提着背包站起来，扫了她一眼："怕蚊子咬就多穿点。"话落，他抬步走了。

秦盼在后面气得跺脚，她助理从帐篷后绕过来，低声说："看样子他还在为上次传绯闻的事儿生气。"

秦盼咬牙道："没传绯闻之前他也这样，你说他是服了什么灭情绝欲丹吗？怎么钓都不上钩，我看他注定孤生！"

助理说："说不定喜欢男的。"

秦盼："我也没见他对哪个男的多热情，淡得像碗白开水，烦死了。"

这头还在议论，那头车子已经发动，车灯在夜里打出一束尘土飞扬的光，摇摇晃晃朝山下驶去。

一个多小时后，才终于到了他们租的农家小院。

主人家养的土狗大黄在夜里吠叫，等看到是霍希过来，又摇着尾巴凑上来。他俯身跟大黄玩了一会儿，等小蛋从灶房打了热水出来，站在院墙下面简单洗漱一番，才各自回屋了。

他一进门，手还没摸到壁灯，突然闻到屋内有熟悉的淡淡清香。

他手一顿，借着窗外月光看向床上。

罩着蚊帐的床上侧躺着一个人，身子蜷成小小的一团，长发散在枕边。

他呼吸一紧，在原地站了好半天，才缓步走过去。离得近了，熟悉的气味越发清晰，她翻了个身，小手去揉被枕巾压出几道红痕的脸颊。

霍希静静看着她，良久，轻轻叹了声气，小心翼翼躺上床，伸手把她揽到了怀里。

她醒过来，嗓音嗡嗡的，小声喊："霍希。"

他手臂微微颤抖，低头亲亲她的脸："嗯，是我，睡吧。"

她往他怀里钻，胳膊环过他的腰，整个人都缩进他怀里，刚睡醒，还迷迷糊糊的，声音又软又小："霍希，我好想你。"

他差点疯掉。

屋外的大黄又低声吠叫起来，夜风拂过枝头，沙沙地响。

怀里的身子又香又软，他手臂绷得很紧，怕弄疼她，亲亲她乌发，又吻了吻她的耳垂。盛乔贴在他胸膛，听到激烈的心跳声。

她伸手按在他心口，小声说："霍希，你心跳得好快。"

他绷得更紧，可欲望压不住，盛乔一下感觉到了，顿时不敢再动，只听到头顶呼吸渐渐粗重，却没有下一步动作。她能从他紧绷的身体和低沉的呼吸感受到他的克制，她向来是舍不得他难受的，忍住害羞说："霍希……我，可以的……"

他低笑了一声，手掌抚着她脑袋，轻轻摸了摸："这里条件不方便。乖，睡觉吧，我没事。"

盛乔收回搂着他腰的手："那我去里面睡，不挨着你了。"

他一下把她拽回来，比刚才抱得还紧，低声道："就这么睡，我想抱着你。"

她又重新搂住他，隔着薄薄一层布料，感觉到他腰腹肌肉更硬，瘦了一些，但身材更好，忍不住摸了摸。

霍希好不容易压下去的欲望又高昂起来。

他嗓音沙哑又无奈："你是故意来惩罚我的吗？"

盛乔脸上一红，将小手慢慢拿出来，不敢再乱摸，在他胸口埋了一会儿，突然想到什么，哼了一声："就是来惩罚你的。衣服怎么回事？绯闻怎么回事？"

霍希笑了一声，低头咬她的唇："你就是为了这个千里迢迢跑过来的？"

她回应他的吻，嗓音被他唇舌堵得闷闷的："不是……我就是太想你了……"

他没忍住，一手揽过她的腰将她放平，翻身压上来，疯狂索取她的唇。她被他亲得早已缴械投降，意乱情迷之际，身上一轻，霍希跳下床，丢下一句"我去洗澡"出门了。

盛乔一个人呆呆躺在床上，低喘着气，半晌，拽过被角踢脚无声尖叫。

太过分了！！她也想洗澡！！

半个小时后霍希才回来，手臂坚硬又冰冷，抱盛乔时她都打了个战，问他："洗澡水是不是太凉了？"

他闷声说："凉才有用。"

盛乔这下真的不敢乱动了，小声说："对身体不好，你不要再亲我了。"

他果然没再亲，只抱着她，下颌搁在她头顶，低声说："只有一次。那天在山顶对戏，她穿得太少，我让她回去把外套披上，她说懒得跑。助理也没跟上来，对戏有肢体接触，我才把外套给她。"

她其实根本不在意，霍希是什么样的人，她比谁都清楚。但听他耐心解释，她心里还是甜甜的，假装说："衣服呢？我要把它扔掉！"

霍希笑："已经扔了。"

女方的通稿自然会夸大其词，片场都知道，一下戏霍希就会变回那个淡漠话少的顶流，礼貌又疏离，眼睛里从来不会有多余的情绪，所以秦盼才骂他服了灭情绝欲丹。

他手指有一下没一下拂过她柔软的黑发："你怎么找来的？王导安排的？"

盛乔得意扬扬："对呀，我还跟王导说不要告诉你，要给你一个惊喜。"

难怪王导今晚催他下山，不知不觉就欠了一个大人情。霍希在她头顶亲了一下："明天我请假，陪你玩一天。剧也快杀青了，我很快就回去。"

盛乔雀跃地应了一声，他低声笑："睡觉吧。"

以前他明明是有环境选择症的人，屋子里多一个人都睡不着，遑论床上多一个人。如今抱她在怀，他睡得却比以往任何时候都要好。

第二天睡到自然醒，夏日的山里天光放晴，不过八九点钟，光线已经挤破窗棂充斥室内，晃眼得很。

盛乔昨天长途跋涉累得不行，趴在霍希胸口还没醒，他小心翼翼托着她的脑袋放到枕头上，起身出去给王导打电话请假。

那头倒是很理解，一口就应允了。

小蛋正穿着拖鞋蹲在院坝边边上刷牙，听他打电话，含着一嘴的泡沫好奇地问："为什么要请假？那我们今天去哪儿？"

霍希："随便你去哪儿。"

小蛋："？？？"然后他就看见霍希的房门被推开，盛乔揉着眼睛走出来。

小蛋："……"他明白为什么老板昨天半夜出来洗澡了。

丁简也起来了，一行人收拾完毕，吃过农户做的小米粥早饭，小蛋和丁简随便找个借口就溜了。

盛乔兴致勃勃地问："我们去哪儿玩呀？"

霍希说："山里风光好，想去看看吗？"

于是盛乔在小背包里装了点水果和零食，被霍希牵着手去游山玩水了。

王导找的这个地方很是偏远，山里未经开发，只有山腰还有几户农家。人烟稀少，老树参天，明明是炎热夏季，山风却透着清凉，还有不知从哪处源头流下来的潺潺山泉。

盛乔很少来这种地方，就是以前，出去旅游也多是去旅游胜地，她偏爱热闹的大都市，如今才体会到山里清幽别是一番景致。

这头玩得悠闲自在，那头片场却早已紧锣密鼓地开始新一天的拍摄。

快到中午的时候，秦盼还没看到霍希，去问王导："导演，霍希人呢？"

王导说："他今天请假了。"

秦盼一愣："那我下午怎么拍？"

王导看了她一眼："没霍希你就拍不了？下午补你的单人戏。"

秦盼碰了个钉子，心里烦得不行，闷闷地走回去，坐在帐篷里玩了会儿手机，突然把助理叫过来："你下山去，看看霍希在做什么。"

助理虽然不解，但也知道她说一不二的脾气，点头去了。

车子一路开回山腰的农户小院，除了那只见人就叫的大黄，再不见其他人影。助理又在周围找了一圈，看到在院子后面的地里刨坑的主人家，赶紧走过去问："爷爷，我们组里长得最帅的那个男演员你看到了吗？他昨晚回来了。"

老人拿锄头刨坑，叼着一根烟管含混不清地说："他出去了。"

助理一脸蒙："什么？"

老人拿下烟管儿，在锄头上敲了敲："他跟一个女娃儿出去了。"

助理想了半天，才终于明白过来："你是说，他跟一个女孩子出去了？"

老人点点头，继续刨地。

助理又问："什么样的女孩儿？"

老人不耐烦地看了她一眼："撑抖得很。"

助理："……"救命，听不懂啊。

她还在这边软磨硬泡，最后还把手机拿出来，直接搜索国内女艺人，网页跳出大片女艺人的照片，她一张张翻给老人看："是这个吗？还是这个？"

老人今天要把地刨完，被她缠得活儿都没法干，气得不行，正要吼她走远点，身后突然传来冷冷的声音："你在这里做什么？"

助理一回头，才发现是霍希的助理小蛋。

她赶紧把手机收起来，笑笑："没什么，跟老人家打听点事。"

小蛋狐疑地看了她两眼，见她目光一直在往自己身后瞟，冷笑："找什么呢？"

助理眨眨眼："霍希哥呢，今天怎么没见他？"

小蛋冷哼："有你什么事？"

助理知道霍希身边这个助理比霍希脾气还大，讪讪地笑了一下没再说什么，还要往里面走，小蛋没好气道："你还不走，想干什么？"

助理说："我进去休息一下。"

小蛋："你们的房间在三岔路那个农户家，要休息回自己的房间。"

助理被他堵得脸一阵青一阵白，咬牙看了他两眼，愤愤地转头走了。小蛋一直盯着她，看她走远了，才给霍希打电话："秦盼让她那个助理下山来了，不知道都打听了些什么。"

霍希在电话里吩咐："乔乔没带什么行李，你让丁简收拾一下，到山潭这边来找我们。"

刚才他和丁简一起回来，远远就看见那个助理，他让丁简先进屋了，以免被看到。挂了电话回到房间，转述了霍希的话，两人稍微收拾，提着包离开了农户。

秦盼的助理不死心地偷偷摸摸跑过来时，只远远看见一个短发背影，已经走远了。

她给秦盼打电话："农户主人说，霍希跟一个女孩子出去了。"

秦盼在那头惊得半天说不出话来，急声问："是谁？"

助理说："不知道，我没看到他，被他助理赶走了。"

秦盼咬牙："原来是去会情人了。"

她一想到在片场，霍希对她那副淡漠疏离的模样，本以为他对谁都那样，她心里还好受些，结果现在知道他也会为了陪那个神秘女人而请假，胸口顿时堵了一口气，上不去又下不来，真是难受死她了。

助理小心翼翼地问："那我先回来吗？"

秦盼顿了顿才说："你联系一下谢哥。"

昨天送盛乔进山的司机又开车来接她，她心里万分舍不得，但是也没办法。

霍希现在人在剧组，万一真的爆出恋情绯闻，他都不方便处理，只能先把她送走。看她强忍着不舍，还仰脸跟他笑，他心疼得不行，低头亲亲她，柔声说："还有十多天就杀青了，我很快就回来。"

她点点头。

远远听到车子的声音，霍希最后抱了她一下，跟着小蛋离开了，一直走到山路拐弯的地方才停下来，转过身去，看到车子已经停在她身边。她抬步上车，又转头看了看他的方向，似乎察觉他的视线，露出大大一个笑容，轻快地挥了挥手。

小蛋叹气："两情若是久长时，又岂在朝朝暮暮。"

等车子掉头离开，霍希转身就走，回到农户家，提前打了电话的司机已经开车下来了，将他们送回了山上片场。

霍希一下车，片场的工作人员就感觉到不对。以往他周身气质虽然淡漠，但终归是柔和的，可今天那浑身不加掩饰的冷冰冰的杀气是咋回事？

秦盼头一遭见到这样的霍希，心里知道多半跟自己有关，对戏的时候都有点心虚，结果NG了好几次，霍希头一次发了火。

秦盼气得一下戏就哭了，霍希看都没看她一眼，进了帐篷。

快到晚上的时候，网上突然爆出一条新闻——霍希片场私会神秘女子。

新闻里把他昨晚连夜下山、今天又请假的事情夸大好几倍，还配了一张模糊不清的背影照。

希光们看了半天，这照片里不是我家爱豆的助理小蛋吗？

蛋，你咋冒充你老板啊？

霍希工作室也很不客气，直接回撑："请各位演员专注自家，好好拍戏，有这闲心不如钻研下演技。一场戏NG七次，老板真的很辛苦。"

这撑的是谁，就再清楚不过了。

哟嗬，又是你在搞事啊？

希光们怒不可遏，一拥而上，撕得秦盼团队赶紧把通稿撤了。

小蛋捧着手机咋舌，老板很生气，后果很严重。

护妻护得太霸道了。

第二十五章

黄泉

盛乔一回到北京，就被贝明凡丢去了驾校练车。她科目一二都考过了，就差一个科目三，虽然她向教练展示了一个500米连续换挡飙车急刹稳当靠边，但一丝不苟的教练还是照样让她按照流程来练。

会开车的人真的开不了慢车，速度二十迈，人都要开到自闭了。就这么折腾了一周，终于迎来科目三的考试。盛乔实在不想再在那个慢性子教练手里练车了，一鼓作气满分通过，最后轻松通过科目四，拿到了驾照。

本本有了，就差车了，接下来两天她都在选车，为了熟悉手感，选来选去，还是决定买她以前开的那款玛莎拉蒂。

与此同时，《盲枪》终于杀青了。官博公布了一张整个剧组的合照，霍希站在中间，穿着戏里的那套服装，寸头刺刺的，五官冷硬，满身匪气。

连路人都被这前后气质的变化惊呆了。不少网友转发评论，霍希的转型之路看来是走成功了，接下来就是期待电影上映，深浅到时便知。

霍希回北京那天，首都机场里外都是接机的希光，等盛乔赶完通告已经是晚上了，一上车就迫不及待地给他回电话。

他像是一直守着，接得很快："工作结束了吗？"

明知道他看不见，盛乔还是边点头边说："结束了。霍希，你回家了吗？"

那头低笑："没有，我在你家车库等你。"

盛乔一听，赶紧催促方白开车。一路开回家，她跳下车，看了一圈，没看见那辆熟悉的轿跑车，正要打电话，正前方的一辆银色的兰博基尼突然闪了两下车灯，按了按喇叭。

她下意识地看过去，借着光看清坐在驾驶位的霍希。

朝方白挥挥手，赶紧跑了过去，她拉开车门坐上去，迎接她的是他绵长的一个吻。盛乔被吻得晕头转向，手臂搂着他脖子，小声问：“霍希，你换车啦？”

他松开她，把车钥匙递过来：“给你买的。”

盛乔：“！！！”

他笑着摸摸她的头：“不是欠你一个奖励吗？”

那都是多久前的事了，她早就忘了，他竟然还记得。

而且这个奖励也太贵重了吧！

呜呜呜……换成钱拿来打榜能打多久啊。

她果然开始败他的家了。

盛乔迟疑着说：“这个太贵了……”

霍希笑：“你男朋友很会赚钱。”

她左摸摸右摸摸，心里还是蛮开心的，霍希推开车门跟她换了位置：“开一开，试试手感。”

这么贵，还是定制的，手感当然好。她开着新车出了车库，越开越满意，最后速度也飙起来了，一路开到了霍希的家，兴奋地说：“以后我就可以送你回家啦。”

他笑着点点头。

第二天，盛乔就开着高定版的兰博基尼一路飙去公司，惊吓了贝明凡的心脏。他围着车子转了个来回，痛心疾首道：“小祖宗，你就算现在有钱了，也不能这么乱花吧？房子还没着落呢，这够买套大别墅了。”

盛乔：“霍希送我的。”

贝明凡：“……”行吧，有个有钱的男朋友了不起呗。

距离高考出成绩还有一周的时间，他每天都悬着一颗心，比盛乔还紧张。到办公室之后把接下来的工作行程表拿给她。

“《逃出生天》第二季后天就开始录制了，等你录完节目回来差不多就能查成绩了。刚好，找点事做分分心，就不那么紧张了。”

盛乔翻了翻，问：“嘉宾还是上一季那些人吗？”

贝明凡点头：“对，嘉宾不变。这一季的赞助和投资比上一季更多，毕竟上一季大爆了嘛，你好好表现。”

盛乔看到接下来密密麻麻的行程基本都是《逃出生天》，贝明凡解释：“节目组想赶七月暑假档，所以这一季六期连录，基本半个月录完，不再像上一季一周一录了。”

盛乔咋舌：“那多累啊。”

贝明凡又抽出一沓剧本：“哪个行业赚钱不累？集中录制挺好的，毕竟你七月就要准备进组了，选吧，看看喜欢哪个本子。”

盛乔：“你到底什么时候改姓‘黄’？”

贝明凡冷笑：“不趁着你恋情曝光前多出点作品、多积攒点人气，你就等着被他的粉丝撕成两半吧。”

盛乔：“……”认命地拿起本子翻了翻，两部古装剧和两部现代剧，她都挺喜欢的，觉得现在接的剧本质量越来越好了。她又问贝明凡：“你推荐哪个？”

他拎出一个本子来：“《愿逐月华流照君》把你年轻人的市场打开了，现在要着重攻略中年人市场，我比较看好这个。”

盛乔接过来一看，剧名叫《红玉传》。

盛乔：“红玉？谁？梁红玉？”

贝明凡：“Bingo！这算是一部大女主戏，角度选得很不错，以往这类历史剧都是以岳飞为主角，但这部剧里岳飞是配角，主要讲述了梁红玉和韩世忠的故事。剧本我看过了，里面表现出来的民族大义很符合主流市场，肯定会火。制作团队的水准也很高，不出意外的话，能成为你的代表作。”他给她分析了目前她的情况，“霍希凭借《无畏》拿了视帝，所以那只能算是霍希的代表作。《愿逐月华流照君》虽然是女主视角，但毕竟是网剧，《东风破》就更不用说了，大男主剧没你啥事，你还需要一部真正的大女主正剧来坐稳你四小花旦的位置。”

盛乔大吃一惊：“四小花旦？谁封的？”

贝明凡：“我。”

盛乔：“？？？”

贝明凡：“早晚的事。”

盛乔："……"她又低头翻了翻剧本，看了一遍大纲和人设，发现这个剧本里梁红玉的设定和性格她都蛮感兴趣的。贝明凡作为金牌经纪人，眼光自不会错，想了想，她直接拍板了："那就这个吧。"

贝明凡笑逐颜开："行，明天就把合同签了，等你录完《逃出生天》回来就进组。"

盛乔点点头，拿着剧本回家了。

梁红玉是历史人物，著名的抗金女英雄，文学界关于她的传奇话本很多，真正以她为主角搬上荧幕的电视剧却很少。

盛乔到家就开始上网查资料，却发现能知道的东西少之又少，包括"梁红玉"这个名字都是后来的话本作者杜撰的。

在这次的《红玉传》剧本里，编剧给梁红玉取的名字叫"梁栖"，意为一生不必漂泊，能安稳栖居。梁红玉的生平却完全与"栖"字无关，最后更是战死抗金前线，名垂青史。

盛乔关了电脑，接下来两天基本都在家研读剧本。正剧不愧是正剧，编剧功底深厚，一会儿看得她热血沸腾，一会儿看得她泣不成声，脑子里渐渐也有了那个凛冽冷然的形象。

录《逃出生天》的前一晚，盛乔正在家里收拾东西，接到了霍希的电话。他杀青回来之后没日没夜地赶了几个行程，这才有时间联系她。

结果盛乔说："我明天要出国录综艺了。"

霍希问："去多久？"

盛乔："大概一周，会录两期，然后会回来待两天，参加一个颁奖典礼，接着又要继续录，一共半个月左右。"

霍希："……"贝明凡故意的吧？

电话那头声音低沉："把行李收拾好，我过来接你。"

盛乔："……"

霍希："不想见我？"

盛乔："想！你到了给我发消息！"

挂了电话，她磨磨蹭蹭走到还在帮她收拾行李的盛母身边，干咳一声，一本正经地开口："妈，刚接到节目组的电话，说今晚就要出发，我一会儿就走了。"

盛母习惯她工作繁忙，不疑有他："这么快啊？那你快看看，还要带什么吗？没有我就把箱子拉起来了。"

盛乔说："都带了，我来吧。"

收拾好行李，又玩了会儿手机，就收到霍希的消息，她跟盛母告别，拖着行李坐电梯下楼。霍希的轿跑车停在电梯口，见她出来，下车帮她把行李提上车，然后一路开回家。

他家里的东西都变成了双人份。水杯、牙刷、拖鞋、毛巾、睡衣，所有的生活用品，不知道什么时候他全部准备好了。

这里好像成了她的家。

盛乔给方白发了条消息，让他明天到霍希这儿来接她，并且严肃警告不准告诉贝明凡。

方白："乔乔你悠着点，《逃出生天》可累了，你留点体力。"

盛乔："……你滚蛋。"

霍希已经帮她放好洗澡水，等她进去洗澡的时候，顺手拿起她刚才在看的剧本翻了翻。纸面已经布满了她做的记号，看着这些笔迹，几乎可以想象她认真的模样。

看到一半，他听到她在浴室里喊："霍希，我扎头发的皮筋放在床头柜上了，帮我拿一下。"

他拿过黑色的皮筋，走了两步，又折回来，拉开床头抽屉。

盛乔只把浴室门开了很小一条缝隙，水蒸气顺着缝隙溢出来，她一只手按着盘在头顶的长发，另一只手从门缝伸出去。

霍希稍稍使力一推，磨砂玻璃门就被推开了。

她吓得连连后退，在缭绕雾气中匆忙背过身去，声音又羞又恼："皮筋给我，你出去！"

话音刚落，她一丝不挂的身子被扯到他怀里，听到他低笑："偏不。"

盛乔差点虚脱在浴室，她手臂攀着他的肩，啜泣着小声恳求："霍希，我明天还要录节目，求你……”

他笑了笑，朝前一撞，她后背抵上墙，余下的声音全部破碎。

一直折腾到后半夜，盛乔一躺上床就背对着他，完全不想跟他说话。

霍希伸手抱她，她还躲开。

他关了灯，凑近她耳边低声威胁：“再闹就继续。”

盛乔哭唧唧转身钻进他怀里，呜……爱豆太过分了。

第二天早上盛乔听到闹钟声响爬起来时，霍希已经在楼下准备好了早饭。洗漱的时候她对着镜子仔仔细细检查了一下脖子，还好没有留下什么痕迹，霍希都避开了裸露在外的部位。

盛乔心里松了一口气，嗒嗒嗒地跑下楼，看他还在厨房忙，从身后抱住他，在他背后蹭了蹭。

他柔声问：“收拾好了吗？”

“嗯。”

“那吃饭吧。”

他的厨艺日益精进，盛乔还在橱柜上看到了两本美食书，仙子不仅下凡，还为她染上一身油烟，想想都觉得罪无可赦。

吃完饭他想到什么，迟疑着问：“要吃药吗？”

她脸红了一下，摇摇头：“不用，这次还好。”

上次他承诺过轻一点，这一次果然温柔了许多，但还是很耗体力就是了，腰酸腿也酸。霍希看她在那儿揉腰，抱起她放到沙发上，看她瞪大眼睛瞬间紧张起来，笑了笑：“我帮你揉一揉，不做什么。”

他力度拿捏得好，缓解了不少酸痛感，但每次手指抚过肌肤，她都情不自禁地战栗，一直到方白给她打电话，才终于结束了这磨人的按摩。

霍希一直把她送到车库，没交代什么别的话，只是亲亲她的额头，低声说：“注意安全。”

丁简也在车上，自从绑架事件后，基本上都是方白和丁简两人跟行程，保证她身边随时有人。

盛乔向来不在分别上矫情，踮脚亲了一下他的唇，挥挥手，一脸笑意钻进车里。

车开出去很远，回头看，他还站在原地，她这才垂眸叹了声气。

一路到达首都机场，行程没有官宣，自然也没有组织接机的粉丝，只是蹲守机场的代拍和记者认出她，拍了不少路透照。

飞机直飞日本，登机之后，盛乔打算喝杯红酒补个觉，正起身招呼空姐，余光瞟到她一起身，隔着一条过道的斜后方座位的乘客猛地拿起杂志挡住自己，身子还掩耳盗铃地往下缩了缩。

盛乔假装没看到，等空姐送来红酒，端着酒杯在过道上走了走，自言自语道："坐得好累啊，起来活动一下。"

她边说边往后走，那人都快缩到座位下面去了。

盛乔一屁股在她旁边坐下来："别躲了，看到了。"

半晌，赵虞一脸讪笑地把杂志拿下来。

盛乔冷笑："可以啊你，看到我不打招呼还躲着，你躲什么啊？长胖了啊？"

赵虞平生最恨人家说她胖，顿时一挺胸："哪儿胖了？哪儿胖了？你好好看看，我还瘦了呢！"

盛乔："那你躲什么啊？"

赵虞："私人行程，不便暴露。"

盛乔盯着她看了几眼，恍然大悟："哦……我知道了。"

赵虞一脸警惕。

盛乔笑笑："跟我录同一档节目吧？神秘嘉宾？"

赵虞："……"

看她那样儿盛乔就知道自己猜对了，拍拍她的肩："这节目组可以啊，第一期就请了你这么大个腕儿。"

神秘嘉宾提前暴露，一点都不神秘了，赵虞顿时意兴阑珊："都怪节目组，订的这是什么航班？也不知道跟你错开。"

盛乔说："节目组本来给我安排的是下午的航班，我自己重新改签的上午，想着提前过去熟悉一下环境。"她凑近一些，笑眯眯地问，"神秘嘉宾拿到剧本了吗？提前透露点？”

赵虞：“没有，不知道。”

盛乔：“今天，我就要在这十万米高空，开除你这个左右护法。”

赵虞：“……”

有赵虞在，她也没补觉，两人玩了一路，下飞机的时候节目组分别派车来接，看见两人一起出来，工作人员的眼角有点抽搐。

上车之后，两辆车走的是不同的方向，跟拍导演让盛乔保密，不要告诉其他嘉宾还有神秘嘉宾的存在。盛乔点头应了，到酒店之后休息了一会儿，下午时分，嘉宾也陆陆续续到了。

除去沈隽意和曾铭，盛乔跟其他几个人基本都一年没见。纪嘉佑长大了一岁，模样比去年成熟了一些，身上故作的冷酷劲儿也少了不少。

方芷和洛清都没怎么变，方芷一来就抓着她又跳又叫：“我看你和曾铭演的那部电视剧了，曾铭太渣啦！气死我啦，我们一定要在节目里为小猴子报仇！”

曾铭远远听到，气得大喊：“关我什么事？你找编剧去啊！方芷你一来就搞事，我一会儿先弄死你。”

沈隽意最后一个到。他瘦了不少，五官轮廓越发清晰，脸色也有点憔悴，洛清关心道：“小隽怎么瘦了这么多啊？”

沈隽意看了盛乔一眼，连连叹气：“对家闭关半年突然转型，圈子里的重担不都得我一个人来挑啊？”他一脸感慨，“天将降大任于斯人也，必先变瘦。”

盛乔：“……”

嘉宾聚齐，叙完旧，导演组宣布：“吃完饭各自回房休息，晚上八点准时出发。”

众人：“不是吧？！第一期就来夜战啊？”

一直到出发，嘉宾都没收到台本，看来又要走一步算一步。节目组安排了大巴车，将众人拉到了录制地点。

一下车，众人就看到熟悉的遮天黑布。

众人纷纷想起上一季被《鬼嫁》支配的恐惧，都跑来问盛乔：“小乔，辟邪物带了没？借给我一个。”然后节目组就看见了令他们心力交瘁的熟悉的一幕。

盛乔从她那个皱巴巴的零钱包里掏出了五花八门的辟邪物，除了沈隽意每个人都拿了一个，沈隽意说：“我堂堂七尺男儿，正值壮年，阳气充足，不需要！”

盛乔：“要我也不给你。”

检查完背包里只能携带的五件物品，又搜身，正值夏季穿得薄，盛乔身上藏不了东西，节目组也没搜出什么来，总导演扫了一圈，指着盛乔说：“把鞋脱了检查一下。”

盛乔：“我有脚气！”

导演：“……”

最后盛乔被众人按住拔下运动鞋，从鞋子里搜出几张面值五百亿的冥币出来。

嘉宾：“？？？”

总导演：“？？？”

助理趴在导演耳边说：“她昨天跟赵虞同班飞机，估计赵虞跟她说了什么。”

沈隽意在旁边忍不了：“兄弟，你藏人民币就算了，你藏冥币几个意思？”

总导演心塞地捂住心口，吩咐场控员赶紧给他们安装生命值。这一安，众人就发现不对劲。以往的生命值都是100点，这一次仪表上显示的却是0点。

方芷说：“什么情况啦？我这就死啦？”

导演组一言不发，让工作人员用黑布蒙住他们的眼睛，押送着往里走。现场顿时一片哇呀乱叫，盛乔想起昨天在飞机上从赵虞口中套出的唯一的词——地府。

本来以为六个人会被分开押送到不同的地点，结果六人一直没分开，不知道经过什么地方时，一股冷冰冰的寒气迎面扑来，刚才还炽热的空气瞬间降温，几个人都打了个冷战。

手上一松，工作人员将他们放开，一言不发转身走了。

等了会儿，沈隽意试探着问：“可以摘眼罩了吗？”

没人回答，他干脆一把把眼罩摘下来，然后几个人就听到他喊了句“妈呀”，嘉宾接二连三摘下眼罩，看见四周场景，简直对节目组佩服得五体投地。

他们布置了一个地府。被黑布笼罩的场景望不见顶，只有人工灯制造出来的阴森幽绿的光芒。身边竖着一块黑漆漆的石碑，碑上刻着四个猩红的大字——阴司地府。

耳麦里同时响起系统冷冰冰的声音：

本期主题——黄泉。各位玩家目前为灵魂状态，生命值恢复为100才可以离开，请努力寻找恢复生命值的办法，我在人间等你们归来。

六人面面相觑，纪嘉佑说："所以我们现在是鬼？"

沈隽意："哈哈哈……你们辟邪物白拿了吧！辟自己吗？"

洛清奇怪地看了盛乔几眼："小乔，你怎么会藏冥币？你是提前知道了这期的主题是什么吗？"

盛乔正在纠结怎么解释，突听前面一阵锣鼓声，有人掐着嗓子喊："阎王驾到，闲鬼回避！"然后几人就看见前方走来一队人，前面牛头马面开路，身后两个绿面小鬼撑着华盖，中间的"阎王爷"踩着耀武扬威的步伐，昂着头走到几人面前。

盛乔扑哧一声笑出来了。

牛头："严肃点！笑什么笑！见到阎王爷还不下跪？"

马面："你们这些小鬼，在人间没学点规矩，到了地府我要好生调教！"

沈隽意："阎王爷怎么是个女的啊？"

阎王爷："尔等还不闭嘴！"

盛乔快笑死了，赵虞气得不行，威严大喊："牛头马面，给他们点颜色瞧瞧！"

盛乔赶紧举手做投降状："阎王爷、阎王爷，有话好说！"

赵虞哼了一声，捋了捋假胡子，开口道："尔等六人虽是新魂，却阳寿未尽，实乃一桩糊涂案。本王座下判官，虽握一把勾魂笔，却生得一副慈悲心肠，前两日看了部韩剧，哭肿了眼睛，是以下笔时勾错了魂，尔等需想办法还阳。"

众人："？？？"

沈隽意："你们工作失误，不是该由你们负责吗？凭什么要我们想办法？"

赵虞："牛头马面，给本王掌嘴！"

沈隽意掉头就跑，边跑边喊："你们工作失职，还滥用私刑，我要上天庭告御状！"

赵虞气得提着裙摆去踹他。

牛头马面拉住她："阎王爷，注意风度啊！"

赵虞哼了一声，理了理衣领，又继续说："尔等只有十二个时辰，十二个时辰之后管你是人是鬼，通通投入畜生道！若在规定时间内回满生命值，尔等便可通过轮回门返回人间。轮回门两个时辰开一次，一次仅容一人通过，若生命值不足一百进入轮回门，立即灰飞烟灭！"

盛乔掰着指头算了算："那不就是轮回门每开一次必须走一个人？"

赵虞："所以你们还要在这里跟本王浪费时间吗？本王倒是无所谓啦，多几个小鬼找乐子，美得很。"

沈隽意："这阎王陕西人吧？"

赵虞气得方言都出来了："老子四川嘞！"

场景的建筑仿唐式，被节目组用灯光特效搞得阴森恐怖。他们现在所处的地方是一大片草坪，地面杂草丛生，被隐藏在草丛中的灯光打得绿幽幽的，随风而动，乍一看像无数鬼爪。冷空气中时不时飘来各种瘆人的惨叫哭喊，倒真叫人生出几分身处幽冥的感觉。

就这么耽搁了一会儿，时间已经过去20分钟，两个时辰是四个小时，也就是说距离轮回门开还有三个小时40分钟。

盛乔赶紧说："我们先四处看看，找一下恢复生命值的办法，应该会有隐藏任务。轮回门只开六次，每开一次我们必须走一个人。"

赵虞走完自己的剧情，大手一挥："本王言尽于此，尔等好自为之。"然后领着牛头马面和随身小鬼转身走了。

几个人也开始往前去，没走多远便看见前方横着一条两米多宽的河流，河边立着石碑，刻着"忘川"二字。

河边架了好几口油锅，鬼差模样的人站在锅边，正把一个瘦骨嶙峋的小鬼扔进锅里。也不知道节目组从哪儿找来的群演，要多逼真有多逼真。要不是锅下面的火是用灯光特效搞出来的，还真以为是在炸小鬼了。

锅里的小鬼叫得凄惨无比，节目组真敢搞，众人走近闻了闻，锅里倒的都是真油。

鬼差用手中的铁叉去戳那小鬼，怒骂："你喊什么喊？"

小鬼掩面痛哭："我心疼我的衣服！上面人刚给烧的，才穿了一次，就裹了满身油！"

鬼差大笑："用立渍洗衣液，再多油渍也不怕！"

众人："……"老子信了你的邪！立渍是这一季的广告赞助商之一，这植入太溜了。

那鬼差见几人都在这儿看热闹，转头怒目圆睁道："你们可知这小鬼为何被油锅炸？"

盛乔试探着接话："为何啊？"

鬼差："就是因为在人群中多看了我两眼！"

盛乔："……"

众人转头就跑，跑到前面被忘川河拦住了去路，但河上架着一座木桥，不用想也知道是奈何桥了。

桥头站着个老婆婆，面前架着一口大锅，正拿着汤勺在锅里搅，见几人走近，面容可亲道："诸位，喝口汤吗？"

这便是孟婆了。

沈隽意凑近一看，锅里的汤又绿又稠，散发着一股怪味，当即捂住鼻子说："不喝！"

孟婆冷笑两声："不喝孟婆汤，不准过奈何桥。"

眼前就这一条路，主要场景都在奈何桥那头，孟婆从身后掏出一个碗，拿勺子舀了一碗锅里的汤，往中间一挡："谁先喝？"

方芷看了两眼碗里绿不拉几又浓稠的汤，差点吐了，用台湾腔说："好像浓痰哦。"

众人：“……”被她这么一说更喝不下去了。

沈隽意说：“跟她废什么话？我们人多，先把她绑了。”

纪嘉佑是个有礼貌的小孩子，迟疑着说：“这么对待一个老人家，不太好吧？”

曾铭笑着说：“老人家，我们有事好商量。你看不喝这汤能不能放我们过去？毕竟动起手来，也是您吃亏不是？”他话音刚落，只听孟婆冷笑两声，朗声道：“都出来。”

桥对面的树丛后顿时走出来四个彪形大鬼，一看就是时常健身的，肌肉暴起，一拳头砸下来能死人那种。

四人走过来，齐刷刷地往孟婆身后一站，孟婆冷笑着说：“现在谁吃亏啊？”她又拿眼一扫，“刚才是谁说要把老身绑起来的？”

沈隽意一脸痛心疾首地看着盛乔义愤填膺地说：“兄弟！你刚才为何要出言不逊？我们做小辈的，要尊老知道吗？”

盛乔：“？？？”

孟婆指着沈隽意：“去，把他给我绑起来，让他先尝尝老身用三千年的恶鬼脑髓熬制而成的浓汤。”

沈隽意：“呕……”然后几人就眼睁睁地看着沈隽意被四个彪形大汉按住，灌了一碗孟婆汤，真是惨不忍睹。

盛乔忍住嫌弃，用一根手指杵杵瘫在地上的沈隽意：“什么味道啊？”

沈隽意捏着脖子艰难出声：“太苦了。”

孟婆在一旁说：“苦就对了。人生在世，万般皆苦，孟婆汤是为人最后一苦，苦过之后，前尘往事皆化作云烟，无思无想，无识无常。”

沈隽意趴在地上哑着嗓子说：“我明白，植物人就这样。”

孟婆：“……”

盛乔走到锅边闻了闻，回头跟几人说：“应该是用苦瓜粉熬的，喝吧，就当清热解毒了。”

有四个肌肉男在这儿，不喝也得喝，几人捏着鼻子灌了一碗孟婆汤，这才过河了。刚一过河，肩膀上的生命值叮一声响，加了一点。

盛乔："早说会加生命值啊，那我再喝99碗是不是就可以啦？"

导演组："？？？"

孟婆冷冰冰道："想得美！老身这汤是用3000年的恶鬼脑髓熬制而成，便是那天庭的玉帝想讨一碗都不随便给，你这小鬼口气倒不小，还想要99碗。"

沈隽意："玉帝口味真重。"

孟婆："把他给老身绑起来，拿来熬汤！"

沈隽意拔腿就跑。

前方是一条鬼街，破旧的红灯笼在房檐轻晃，来往的鬼双脚之间都绑着铁链，满街都是铁链挪动时哗啦啦的声响。

街上的店铺还不少，每个铺子进出的群演都化得面色惨白，鬼气森森。盛乔四处看了看，沉思说："应该可以在这条街上找到任务点。"她刚说完，就听见前面有人喊："招工了招工了！有意者速来报名！"

几个人赶紧跑过去，只见一浓眉大眼的男人叉腰站在路口，见几人围过来，打量问："你们是来应聘的？"

盛乔："对！敢问大哥你这里招什么？"

大哥说："你看我这身装扮，像是做什么的？"

几个人一看他的穿着，头上包着一块白色的头巾，一身汗衫，腰间还系着一根红腰带，一股大西北味儿。

沈隽意胸有成竹地说："一看您就是扭秧歌的！这个我在行，我跳舞跳得可棒了，要不现场给你扭一个？"

大哥："？？？老子是打铁的！看到这街上众鬼戴的铁链没？都是老子打的！"

沈隽意："那你腰间系个红绸子干啥？"

大哥："本命年懂不？"

沈隽意："……"

街头还真有一家铁铺，四周都冷飕飕的，只有铁铺前暖烘烘的，几个人一路过来都被冻得起了鸡皮疙瘩，赶紧围过去烤火。

盛乔把手烤暖和了，问道："这儿应该是任务点，完成之后会加生命值，谁接这个任务？”

方芷赶紧举手：“我我我，我太冷了，我要在这儿烤火。”

几个人都没什么异议，于是方芷留在这儿，其他人继续往前。紧接着几人又分别在托梦店、寄信铺、冥行兑换处找到了工作。

最后只有沈隽意和盛乔两个人还没着落。

两人穿过鬼街，弯弯绕绕，来到一片开阔的花田。放眼望去，遍地都是红色的花盏，被藏在地面的红色灯光一照，更加恣意鲜艳。

花开百里，却不见一片绿叶，盛乔想起黄泉的一个传说。彼岸花开一千年，落一千年，花叶永不相见，想来这就是彼岸花了。

花田中有一间竹屋，窗边坐了个白衣白裙的女子，未见面容，只听声音道：“尔等是何人？为何在我花田边徘徊不散，是想偷花不成？”

声音听着怪耳熟的。

沈隽意：“呦，这不阎王爷吗？怎么还身兼数职啊？”

赵虞也不理他，沉浸在自己的角色中，慢条斯理地站起身走出来，轻声道：“我乃彼岸花田使者，已在此看守花田千余年，尔等若是为偷花而来，还是速速离去为妙。”

沈隽意：“你扮了回阎王爷就会发告示了？”

赵虞一脸蒙，问盛乔：“他说的什么鸟语？”

盛乔：“阎王爷发告示，鬼话连篇。他骂你呢。”

赵虞顿时大怒：“再多说一字，本使者便剁了你，给花当养料！”

盛乔忍住笑，问她：“敢问使者，这里可有什么活儿给我们干？浇浇花、松松土什么的？”

赵虞哼了一声，装模作样地理袖子：“浇花、松土倒是不用，但近来黄泉不知为何跑来许多鬼鼠，在这花田里啃食花根，尔等若愿意，便将这鬼鼠捉了吧。”

盛乔有点怕老鼠，知道多半是鼠类，赶紧推沈隽意：“这么轻松的任务我就让给你了，加油！”话落，她不等沈隽意反驳，赶紧跑了。

花田间就留下沈隽意和赵虞大眼瞪小眼，瞪了半天，赵虞吼他：“还不速去捉鼠？看着本使者干什么？没见过美人儿啊？”

沈隽意：“使者姓‘王’吧？卖瓜的那个‘王’。”

赵虞：“？？？”

跑出几米远的盛乔回头大喊：“他骂你王婆卖瓜，自卖自夸！”

赵虞：“？？？”几月不见，他从哪儿学的这么多骂人的歇后语？

沈隽意和赵虞还在花田互掉，盛乔已经跑远了。

穿过花田，越往前走越偏僻，四周布景阴森血腥，颇有些修罗场的感觉，盛乔有点怕，决定还是掉头回去，看能不能在鬼街上再找个任务做。

刚转身，她就看见阴影里飘出两个一黑一白的身影。说飘不正确，两人其实是踮着脚在走路，脚后跟不着地，姿势无比怪异。

两人分别穿一身黑、一身白，穿一身黑的那人头上的帽子上写着“正在捉你”，穿一身白的那人头上的帽子上写着“你也来了”，分明就是地府的勾魂使者黑白无常。

盛乔猝不及防被吓到，叫了一声“妈呀”，掉头就跑。

黑白无常也不踮脚了，在后面追得奔逸绝尘，盛乔回头一看，发现两人追了上来，吓得魂飞魄散，边跑边喊“救命”。

到底是跑不过两个年轻力壮的男子，很快就被追上了，盛乔捂着眼原地尖叫，把黑无常给气得，吼她：“你叫什么叫？能不能有点身为鬼的自觉？”

盛乔也吼：“鬼就不能怕鬼吗？你们追我干什么啊？！”

黑无常说：“那你跑什么啊？你跑我们不追？”

盛乔：“……”她被气得都不觉得怕了，拿下手气势汹汹地瞪过去，看到旁边那白无常伸着半截舌头在唇边，呜呜哇哇含混不清地说什么，双手还在比画。

盛乔摸不着头脑：“干什么啊？我看不懂手语。”

黑无常解释说：“他的舌头刚才不留意被哮地犬叼走了，你恰好在此，便去帮白兄做一条舌头来。”

盛乔：“？？？”

为什么大家遇到的任务都那么友好，只有她这么血腥？

盛乔认命地跟着黑白无常来到一间破旧的作坊，发现屋子里的案板上有面粉，红色的食用颜料，看来是要让她和面来做舌头了。

和面可不是什么简单活儿，又费力气又需要技术，一不小心要么干了，要么稀了，盛乔和得满头大汗，全身都是面粉，手臂都酸了。

做出来的舌头成品失败了好几条，还被黑无常在背后用拂尘抽，简直一把辛酸泪。

搞了一个多小时，她终于捏了一条完美的舌头出来，给白无常安上，两人这才放过她，又踮着脚飘走了。

盛乔累得往门槛上一坐，听到肩膀上的生命值叮响了一声，心想，这下可得加满了吧？结果她抬手一看，加了一点，现在的生命值总共两点。

而距离第一次轮回门开，还有一个小时。

这不玩我吗？？？

这么累的任务完成下来才加一点，十二个时辰都拿来做任务也不够啊！

盛乔坐在门槛上托着腮，一脸的面粉，沉思了半天，得出一个结论："导演组又搞我们。"

外面的总导演："……"

她看向镜头，哼了一声："如果我没猜错，其他人完成任务之后，也只会恢复一点生命值。我们根本不可能靠做任务来把生命值回满，一定还有其他的办法。我要去找一下。"

导演组："……"完了完了，脑力Bug又上线。

盛乔拍拍屁股站起来，加快步伐往回走。走到花田的时候，她远远就听见沈隽意和赵虞在吵架。

赵虞嗓门儿大得已经完全抛弃温柔的花田使者这个人设了，拿着一把扫帚追打沈隽意："滚！你马上给我滚！你给我滚蛋！"

沈隽意一边躲一边喊："我不走！我任务马上就完成了！"

赵虞快疯了："你看看你把我看守一千年的花田祸害成什么样了？还有一朵好花吗？啊？你别做任务了，你赶紧滚。"

沈隽意："我辛辛苦苦捉了那么多老鼠，马上就成功了！我不走，你是不是想要赖？你就是不想给我奖励！"

盛乔一看，刚才盎然恣意的彼岸花田，此刻全部东倒西歪，被踩得不成样儿。

沈隽意手上还提着一个笼子，装满了毛茸茸的仓鼠，还威胁赵虞：“你再动手，你再打！我用老鼠笼子砸死你，信不信？”

赵虞握着扫把噼里啪啦一顿狂打：“老子今天就要打死你，把你剁成肉酱，祭奠我这满地残花！”

眼见马上就要上演一场血腥暴力大戏，盛乔赶紧冲上去把两人拉开，沈隽意一看到她，顿时换上一副笑嘻嘻的神情：“兄弟你来啦？任务完成得怎么样？”

盛乔指了下自己的肩膀：“忙了一个小时，加了一点。所以你也别闹了，估计你也就加一点。”

沈隽意又跳脚骂赵虞：“你们地府的人怎么这么不讲道理？勾错魂就算了，现在还压榨劳动力，老子要上天庭告御状。”

赵虞“呸”了他一声，不想再跟他废话，清清嗓子，理理衣裙，又恢复使者人设：“你毁了花田，本使者心善，便不与你计较了，还不速速离去！”

沈隽意还想和她对骂，被盛乔拽走了。

离开的时候她回头看了一眼，赵虞正提着木桶拿着木勺，从边上的忘川河里打水，重新浇灌被沈隽意踩死的彼岸花。

一路走回鬼街，纪嘉佑和曾铭、洛清都已经完成了任务，果然和盛乔猜测的一样，大家都只加了一点生命值。

找到方芷的时候，她还握着一把锤子在狂打铁，之前是冷，现在是热，后背衣服全湿了，满面通红，听盛乔如是说，哐当一声就把锤子扔了。

“终于不用打铁了！我在这儿锤了半天，那个铁饼还是铁饼，根本就没有变成铁链啦！”

六人会集，蹲在街头围成一圈，商量怎么办。

沈隽意说：“回去把孟婆绑了，把她的锅抢了，我们一人再喝99碗。”

导演组：“……”他怎么老想绑孟婆？

盛乔懒得理他，随手捡了根树枝在地上划拉：“一定有什么线索被我们忽视了。这个场景我们没有走完，节目组不会浪费布景的，我的想法是，大家分头去找，看有没有什么跟地府本身格格不入的地方。”

方芷说：“什么意思啊？”

盛乔解释：“我们现在所处的是地府，地府里该有什么，不该有什么？就比如说，这里有鬼，有黑白无常，有孟婆、阎王，这是正常的。但如果这里出现了活人、神仙，那是不是就说明有问题？”

大家点头表示懂了，盛乔很欣慰：“那就各自出发吧，半个小时后再在这儿会合。”

导演组：“……”他们有一种剧情即将被破解的不祥预感。

六人分头行动，朝着刚才他们没去过的场景进行探索。盛乔沿着忘川河往下走，走了快有十分钟，前方出现一片湖泊，忘川河悉数汇入湖中，湖边立着一块石碑，刻着“往生河”三个字。

湖面白雾弥漫，前方一片模糊，什么都看不清，她蹲在湖边玩了玩水，正要起身往回走，却见白雾中隐隐约约出现一条小船。

此情此景真的只能用恐怖、诡异来形容。

盛乔一下躲到石碑后面，愣是咬着牙才没转头就跑。水声渐近，盛乔心跳加快，小船很快就划到了岸边。

盛乔悄悄探头出去看，一个穿着白衣的年轻人站在船头，腰间佩一把宝剑，端的是玉树临风。

他朝划船的老翁抱了抱拳，老翁慢悠悠开口：“此为往生河，我乃不归舟。公子一旦下船，可就没有回头路了。”

白衣公子嗓音沉稳：“我既选择至此，便没想过回头。”

话落，白衣公子从船头跳了下来。

老翁笑道：“公子手中的束魂链可得戴好了，莫被地府小鬼闻了味儿去。”

白衣公子再次抱拳表示感谢，然后一脸义无反顾朝前走去。

盛乔噌的一下从石碑后面跳出来：“站住！”

白衣公子吓了一跳，惊疑不定地看着她：“你是何人？藏于此地做什么？”

盛乔心想，现在的群演演技可真好啊，可不能让人家入戏太尴尬，于是学着他的口吻道：“你又是何人？为何从往生河来？”

白衣公子倒有几分脾气，甩袖就走：“不干你事！”

盛乔哪能放过这个明显的线索，小步跟上去，笑着问：“束魂链是什么东西？”

白衣公子闷声不吭，只大步朝前走。盛乔不知道要说什么才能触发他的剧情，只能一路跟着他用各种言语试探。

走到他们刚才说要集合的地方时，盛乔还是没能成功让白衣公子开口，第一道轮回门已经开过了，留给他们的时间已然不多。

盛乔也不管那么多了，一把抱住白衣公子的胳膊，大喊：“来人啊！我抓到线索啦！快来人别让他溜了！”

白衣公子：“……”你怎么不按剧情来呢？

其余几人闻声而来，看盛乔抱着人家胳膊缒在后面，都笑得不行，赶紧跑过来把白衣公子团团围住。

盛乔把在往生河看到的事情说了，众人都肯定线索在他身上，但是怎么让他开口呢？然后她就听到沈隽意凶神恶煞道：“你说不说？不说打死你！”

白衣公子：“？？？”怎么还威胁群演呢？

导演在耳麦里吩咐：“什么都别说，他不敢打你。”

白衣公子果然抿紧唇，一言不发，沈隽意瞪了他半天，发现威胁没用，眼珠子转了一圈，低头跟纪嘉佑耳语几句。

纪嘉佑点头跑了，没多会儿就端回来一大碗绿不拉几又浓又稠的孟婆汤。

沈隽意哈哈大笑：“来！给他灌！看他说不说！”

白衣公子：“？？？”群演挣扎着就想跑，被六个人按住，捏着下巴就要往里灌，再也撑不住了，赶紧求饶：“我说我说我说！”

沈隽意：“不见棺材不掉泪，你说你何必呢。”

白衣公子：“……我，我来黄泉，是为找彼岸花的。”

盛乔：“你找彼岸花做什么？”

白衣公子：“自有我的用处，你们不必知道。”

沈隽意说：“你来晚了，彼岸花都被我踩死了。”

白衣公子：“……世间传闻，真正的彼岸花只有一朵，开在世上最柔软的地方。只要你们帮我找到那朵真正的彼岸花，我就带你们回人间去。”

看嘛，果然是有隐藏任务。

盛乔问：“照你这意思，你不是鬼，是人，偷渡来黄泉找彼岸花的？”

白衣公子点头：“对，我由往生河而来，手中的束魂链可暂时隐藏我的气息不被阎王察觉，但束魂链只可压制两个时辰，所以你们必须在两个时辰之内找到彼岸花，不然我们都得死。”

沈隽意一巴掌拍在他后脑勺：“那你刚才还磨磨叽叽，不早点说？”

白衣公子：“……”呜呜呜……导演不让说嘛。

盛乔若有所思，问他：“你知道真正的彼岸花在哪儿吗？”

白衣公子摇头：“我只知它在黄泉，开在世上最柔软的地方。”

沈隽意说：“我们去问赵虞不就行了？她要是不说，就把她绑起来，灌孟婆汤！”

导演组：“？？？”这Bug这一季还升级了？

盛乔摇摇头：“彼岸花的剧情最关键，导演组肯定不会随便放出来，赵虞都不一定知道。就算知道，你敢绑她？你就等着节目结束被她弄死吧。”

沈隽意一想到她那火暴的脾气，顿时打了个战：“算了算了，那我们到处找找吧。”

于是一行人开始寻找彼岸花。

来到花田的时候，赵虞还在那儿浇水，看见沈隽意顿时把水瓢一扔，指着他骂：“尔等为何又至此？挨揍不够乎？”

沈隽意说：“说人话。”

赵虞：“再不滚老子弄死你。”

沈隽意哼了一声，故意用脚去踩田边的彼岸花，眼见赵虞就要用水泼他，大喊：“我都知道了！你这儿都是假花，踩死就踩死了，你有什么好护的？”

赵虞气得直接用水瓢砸他：“你说谁是假花？本使者辛辛苦苦养了一千年的花，怎容你随口诬蔑？”

看她那模样，不像作假。可能正如盛乔所说，她确实也不知道有关真正彼岸花的秘密。

众人在黄泉四处寻找，花田都来了五六次，还是不见一丝线索。盛乔跟着白衣公子，一路都在头脑风暴，走到一处空地时，突见此处竖着九口井。

这可真是新奇。盛乔在九口井四周来来回回看了一遍，发现中间那口井边的地上，有彼岸花花瓣的痕迹。

她蹲下去仔细检查，基本可以确定这些花瓣是沾着鞋底带过来的。谁的鞋底会沾那么多花瓣？只能是花田使者无疑了。

她喃喃道："九口井，九？含笑九泉？九泉？这里难道是九泉？"

白衣公子突然大叫："我想起来了！我还听到过一则有关彼岸花的传说！"

盛乔："？？？"你现在才想起来？

白衣公子："……"那不是你没触发九泉的剧情，我不能说嘛。

"我在一本上古秘书中看到过，说真正的彼岸花只能以高山之雪和九泉之水来灌溉！"

盛乔一下想起刚才离开花田时，赵虞在用忘川水浇花，说明花田里的彼岸花全都不是真的。而此地有彼岸花的痕迹，证明她是来过这里打水的。那她在九泉打的水，都去哪儿了？

唯一的彼岸花，开在世上最柔软的地方。

盛乔猛地抬头："我知道了！"

导演组："？？？"啥啊？你咋又知道了啊？

盛乔拔腿就往回跑，一路跑到花田，赵虞还在那儿跟沈隽意对骂，看见盛乔一路急急忙忙地跑来，其他几个嘉宾也都跟了上来。

盛乔跑到赵虞面前，气喘吁吁地问："你是不是去九泉打过水？"

赵虞一脸蒙道："是啊。"

盛乔："九泉的水，是你的饮用水是吗？"

赵虞："是啊，阎王说我体质异于常人，饮用九泉水才能在黄泉生存。"

几个人面面相觑。

盛乔缓缓开口："真正的彼岸花开在这世上最柔软的地方，只能用高山之雪和九泉之水灌溉。如果我没猜错的话，那朵彼岸花就开在……"

她用手指抵在赵虞的心口："她的心上。"

众人："！！！"

导演组："……"脑力Bug只会迟到，但永远不会缺席。

白衣公子大喜，一把拽住赵虞的胳膊："太好了！终于找到了！时间已经不多，我们赶紧取出彼岸花，离开这里！"

赵虞不明所以，导演组根本没给她这个隐藏剧本，此刻被众人围住，惊慌大叫："你们干什么你们？什么彼岸花？啊啊啊……救命啊！"

几个人笑作一团把她按住，白衣公子拔出腰间宝剑，盛乔一把握住他手腕："你干什么？"

白衣公子说："剜心。"

盛乔："？？？"

赵虞还在大喊："乔乔救我啊，乔乔！我不想死啊，乔乔！"

虽是剧本，大家也都在玩闹，不可能真的剜心，但盛乔心里还是有点不舒服，正想说什么，旁边一直没吭声的沈隽意突然暴起，一把夺过白衣公子的剑，怒道："不行！"

白衣公子急道："拿不到彼岸花，我们都得死在这里！"

沈隽意冷笑："所以就要杀害一个无辜之人，来换取自己的生路？"

几个人都一愣，连按住赵虞的手都松开了。

沈隽意说："小孩和铁轨的故事听过吗？一个小孩在废弃的铁轨上玩，三个小孩在正常使用的铁轨上玩，这时候一辆火车开来了。我们现在就站在铁轨的切换器旁，是不是应该为了救那三个小孩，而选择切换铁轨，牺牲那一个小孩？就因为那是三条性命，这是一条性命？"

他把赵虞从地上拉起来："数量永远不能成为估量生命价值的标准，更不能为了救一群人而选择牺牲某一个人。因为每一个生命都是独一无二的。"

盛乔说："对！"

另外几个嘉宾都赶紧站起来，挡在赵虞面前，怒视白衣公子。

白衣公子："……"我也不想拿反派剧本啊！

耳麦里叮一声响："守护彼岸花任务成功，全体生命值回满，请即刻前往轮回门，返回阳间。"

众人："！！！"我×，差点又被节目组摆了一道。

要是他们选择剜心，拿出彼岸花，NPC根本不可能带他们离开。

节目组自始至终，只是想让他们明白一个道理。

己所不欲，勿施于人，没有任何生命，是可以被拿来牺牲的。

每一个生命，都值得被尊重。

回酒店的路上，沈隽意一直缠着赵虞问："我刚man不man？"

赵虞被问得烦了，用方言骂他："你man个锤子。"

沈隽意气得翻白眼。

两人一路闹，车里也说说笑笑的，拐弯的时候，车子突然一个急刹车。几个人都被惯性带得朝前一撞，司机在前面骂了句脏话。

前面节目组的工作人员低头交涉，还回头看了一眼，本来说说笑笑的沈隽意脸色一下子沉了。

盛乔透过车窗朝外看，原来刚才转弯时旁边有辆面包车跟上来，想并排行驶，速度太快差点跟他们的车撞上，才导致司机急刹车。

工作人员最终没有下车去，而是让司机继续开车走了。

那辆面包车一直跟着，一路跟回了酒店。下车时沈隽意全副武装，戴着帽子、口罩第一个冲下车，头也不回地冲进了酒店。

盛乔听到赵虞低骂了一句。

下车后一行人进入电梯，沈隽意已经跑没影了，上电梯之后曾铭叹了两口气，说："他一直这么纵容私生饭，总有一天要出事。"

洛清息影多年，对现在的粉圈不了解，听曾铭解释了几句，连连摇头："现在的小粉丝，怎么极端到这种地步？"

几个人感慨几句，各自回房休息。盛乔正准备换衣服洗澡，赵虞来敲她的门，进屋就说："你看看你兄弟去。"

盛乔问："他怎么了？"

赵虞说："你去劝劝他。"

盛乔丈二和尚摸不着头脑："劝什么？怎么了？"

赵虞欲言又止，好半天，推着她往外走："你去问他，你问他私生到底是怎么回事，他会跟你讲的，你好好开导他。"

盛乔扒着门框："欸欸欸，为什么要我去问他？我什么都不清楚怎么开导啊？他也不会跟我讲啊。"

赵虞把她拉出门，低声道："只要你去问，他会跟你讲的。"顿了顿，又笑说，"因为你口才好呀。"

盛乔一脸无语。

赵虞好说歹说，她总算点头了，两人一路走到沈隽意的房门口，敲了门，赵虞说："我走啦，发挥你的口才，好好劝！"话落，转身就跑了。

沈隽意很快打开门，看见门外是盛乔，本来冷沉的神情转瞬就涌上笑意："兄弟，你怎么来啦？"

盛乔觉得牙疼，左看右看，尴尬道："我可以进去吗？"

沈隽意做了个请的姿势。

房间里行李都没动，卧室床上有点乱，看来他一进屋就在睡觉。

盛乔在沙发上坐下来，沈隽意倒了杯水给她，问："兄弟你怎么看上去吞吞吐吐的？这不像你啊。"

盛乔捧着水杯酝酿半天，才试探着说："刚才路上，是你的私生饭对吧？"

他神色僵了一下，又若无其事地笑笑："对。"

盛乔抿了抿唇，缓声说："你和霍希是对家，你们的粉丝构成其实也很像。但你知道，霍希的粉圈几乎没有私生饭的存在吗？以前也有，但是霍希明确表示过不喜欢，粉丝爱护他，就在圈内严厉禁止这种行为，到现在基本不再存在你如今这种情况。"

她抬头看着沈隽意："如果他们让你不开心了，你其实可以说出来，不用一直忍着。你并不欠他们什么，舞台上的你回馈给粉丝的已经足够了。"

沈隽意脸上没什么多余的表情，还是那副带笑的模样，只是沉默着。

盛乔等了半天，又回想赵虞的话，脑子里闪过一丝什么，皱了下眉，迟疑着问："是不是，以前发生过什么？"

沈隽意的身子微不可察地颤了一下。可他还是不说话。

盛乔一杯水喝完，感觉自己应该等不到回答了，正打算起身告辞，沈隽意突然低声开口：“四年前，是我私生饭追私最频繁的一年。”

盛乔静静看着他。

他垂着眸，连笑都隐去了：“跟车、跟私人行程、跟到我家、敲我家的门、打私人电话，什么我都体会到了，觉得快疯了。”

他眼底涌上不愿回忆的痛苦，缓声说：“那一天又是私人行程被跟，我实在忍不住了，让司机停了车，下车走到后面那辆面包车旁边，很愤怒地敲了车窗。里面有两个女孩，很年轻，我骂了她们，说了很过分的话。”

他双手撑着头，闭上眼：“我当时真的很生气，我真的没想到后来会变成那样。”

盛乔轻声问：“后来怎么了？”

沈隽意咬着牙，好半天，颤抖的嗓音才从齿缝中挤出来：“我回到车上，司机继续开车，上了桥，那辆面包车也跟了过来，行驶了几秒钟，还是十几秒，突然从桥上冲了下去，掉进江里了……”

两个年轻的女生加一个司机，三条命，全部葬送在那场车祸中。

谁也不知道当时车里发生了什么，为什么会突然出现这样的变故。没有人知道，她们是在追明星的行程中发生的车祸，包括家人。

沈隽意没有因这场车祸而受到牵连，可他亲眼看见了那辆车从桥上掉下去的全部过程，而就在前几分钟，他还冲着车上的人发了火。他觉得那是他的错。

如果当时再忍一忍就好了。

如果当时没有下车去骂她们，说那些过分的话，就让她们跟着他，又怎么样呢？

是他害了她们。

从此背负着罪恶和愧疚，他对所有私生行为视而不见。

忍一忍，又怎么样呢？他双手捂着脸，深深埋下头去。

盛乔久久说不出话来，她甚至不知道该怎么安慰他。赵虞说错了，她的口才并不好，这样的情形，她完全没辙。

好半天，她只能干巴巴说一句：“那不是你的错。”

他低笑了一声："所有人都这么说，可我无法原谅我自己。"

她努力组织语言："可能是司机突然发病，也可能是车子出了什么问题。你没有官宣行程，也没有逼她们跟车，这不是你的错……"

盛乔还在绞尽脑汁找借口，但其实心里清楚，这些理由，这四年来他一定听了很多次。

沈隽意突然说："小乔，肩膀借我靠一下。"

她起身走过去，在他身边坐下，还挺直了腰杆，想要他靠得舒服点。沈隽意却没有靠过来，而是伸手抱了抱她。

很陌生的男人的味道，她身子一僵，下意识想推开，又硬生生逼自己停下来。

沈隽意抱着她，下巴搁在她肩膀上，闷声说："谢谢你愿意来安慰我。"

她伸手拍了拍他的背："都是兄弟。"

他笑了一声，低声问："兄弟，是不是跟我对家在一起了？"

盛乔抿了下唇，轻"嗯"了一声。

他无声笑了笑，拍了下她的头："当兄弟的，要心胸宽阔，就不跟你计较了，对家要是对你不好，兄弟帮你揍他。"

他松手放开她。

盛乔有点不自在，东看西看，又问他："想不想喝酒？"

沈隽意眉梢一挑："好啊。"

盛乔给赵虞打了个电话，没多会儿赵虞就抱着一箱啤酒过来了。

沈隽意脸上已经看不出刚才的痛苦，跟赵虞在那儿碰瓶子吹得可欢了，盛乔本来不大喝酒，为了安慰他，也不住杯地喝，三个人喝得东倒西歪，赵虞掐着盛乔的脸说："知道我为什么让你来安慰他吗？"

盛乔傻笑："因为我口才好，我经纪人搞传销的。"

赵虞一挥酒瓶，指向沈隽意："因为他喜欢你，嘿嘿，沈傻子喜欢你，还以为自己掩藏得很好，早就被我发现了。"

沈隽意醉醺醺地吼她："胡说！不要侮辱我们这份纯洁的兄弟情！"

赵虞嘲笑："敢动心不敢承认，活该女人被抢。"

盛乔指了指沈隽意，又指了指自己，晕乎乎地说："可是我喜欢霍希呀，怎么办呢？"

赵虞也问："是啊，怎么办呢？"她看向沈隽意，傻笑："不如你来喜欢我吧？"

沈隽意醉醺醺打量她半天，很不给面子地拒绝了："不要，你太凶了。"

赵虞："呜呜呜……人家哪里凶？人家可温柔了呢。"

盛乔："就是就是，我们虞虞可温柔了。"

沈隽意梗着脖子："那也不喜欢！"

赵虞很生气："乔乔！搞他！"

盛乔："搞他！"

两个喝到左脚踩右脚的女生，一左一右扑上去，把同样醉得站不起身的沈隽意按住，盛乔撸着袖子吼："虞虞，把他上了！"

赵虞："好！"

各自的助理打开房门冲进来时，看到的就是赵虞趴在沈隽意身上正扒衣服，盛乔在旁边喊号子加油助威。而沈隽意，已经睡死过去。

助理："……"

再来迟一步，我家隽隽就要失身了啊！呜呜呜……

醉酒后的女人太可怕了。

三人各自被各自的助理架走。

盛乔一回房倒床就睡，基本已经醉到不省人事，第二天起来，果然也不记得昨晚自己都干了些什么。

几个助理为了维护各家的尊严，一致保持沉默。

午饭节目组安排了饭局，是本地一家非常正宗的日料餐厅，赵虞和大家一起吃完饭就走了，她只是第一期的神秘嘉宾，第二期另有其人。

在日本休整一天，六人继续飞往下一个国家录制《逃出生天》第二期，两期连录，都挺疲惫的，等两期节目录完回到北京时，正是出高考成绩的当天。

贝明凡一直忍着没查，要等盛乔回来一起。

在车上的时候贝明凡一直喋喋不休让她千万放宽心态，不管成绩好坏，结果已定，都要拿出最正常的心态去面对。

盛乔："我心态好得很，需要放宽的是你。"

贝明凡："……是的，是我。"

离查分时间越近，他越紧张。最近这段时间黑粉跳着脚嘲她，说要坐看伪学霸打脸好戏。虽然盛乔估分估了500，可最终结果没出来，他始终揪着一颗心。

特别是从今天凌晨0点就可以查分开始，大批黑粉涌入盛乔的微博和工作室官博评论区嘲讽为什么还没公布成绩，是不是分数太难看拿不出手。

从早上到现在，嘲了快十个小时，都上热搜了。

网友一看热搜，心想：也是，如果考得好，怎么到现在还没公布分数呢？

乔粉也急得不行，都在等结果。

盛乔看了看手机，问："你可以直接查啊，准考证号你都知道，干吗要等我回来？"

贝明凡咬牙道："毕竟是你人生中的一件大事，怎么可以借他人之手？还是得你自己来。"

难为他为她考虑这么多，盛乔感动地拍拍他的手。

车子一路开回公司，刚到办公室，贝明凡迫不及待地打开电脑，进入查分网页，然后让盛乔坐过来亲手输入。

他站在后面捂着眼，只听键盘嗒嗒嗒响了几声，心都提到嗓子眼儿了，紧张地问："出来了吗？出来了吗？多少分？"

盛乔半天没说话。

贝明凡心脏咚咚两声，心想：完了，是不是考得不好？

他也顾不了那么多，唰的一下把手拿下来，定睛看向电脑屏幕。

总分数：701。

他揉了揉眼，又揉了揉，跟盛乔一样，半天没说出话来。

丁简和方白在对面都要急死了："到底多少分啊？！你们怎么都不说话？！"

话音刚落，就看见贝明凡一把抱住盛乔使劲摇了摇，40多岁的人，手舞足蹈得跟个孩子一样："我的学霸啊！你太长脸了！你怎么这么牛×啊！"

盛乔这才笑起来。

方白和丁简都冲上来，看见701这个分数，眼珠子差点瞪出来。方白想到什么，赶紧掏出手机查了查，最后惊声大喊："省状元总分710！乔乔你就比状元少了九分！"

贝明凡顿时痛心疾首："九分，两道选择题。太可惜了！一举拿个状元多好啊！"又赶紧把分数截图，用工作室的官博发布消息：

"@盛乔工作室：恭喜乔乔在今年的高考中取得优异成绩，大学生，新旅程，从今天开始起航吧。"

配图高考成绩总分数。

网友们纷纷围观，待看见截图上701这个数字时……

乔粉："！！！"

黑粉："？？？"

网友："我×！牛×！！"

上一刻还在跳脚嘲讽的黑粉瞬间消失得无影无踪，乔粉扬眉吐气，爽得不行，一边追着黑粉骂，一边哭唧唧向爱豆表白。

爱豆比我好看，比我努力，比我优秀，还比我学习好。

绝了，这是什么神仙爱豆。

"盛乔高考总分701"瞬间登上热搜第一，全网爆了。

说她是学霸，她还真是个学霸啊。网友们很快发现，当地理科省状元总分是710，盛乔就比状元少了九分。

那些准备以此嘲讽盛乔的各家职黑，连拉踩嘲讽的通稿都写好了，看到这则消息时，只能灰溜溜撤走。

一时之间，盛乔成为多少网友口中"别人家的明星"，她这个分数简直让同批参加高考的粉丝汗颜。

炒了那么久的学霸人设，终于在今天坐实了。

今后再有人拿初中没毕业的哏出来挑事，就用这张高考成绩单砸他脸上，砸死他！

整个办公室都喜气洋洋，连公司高层都纷纷过来向盛乔表示祝贺，还说要亲自为她办一场升学宴。

应酬完来祝贺的人，盛乔躲到阳台去给霍希打电话。她的声音雀跃得像快要飞起来："霍希，你看到我的高考分数了吗？"

那头也笑意分明："看到了，我的乔乔真棒。"

她开心得不知道说什么才好，撒娇问："有奖励吗？"

霍希说："有。"

每一次她向他讨奖励，他都会给。这么宠下去，可怎么得了？

打完电话回到屋内，刚才兴奋得手舞足蹈的贝明凡，坐在电脑前一脸沉思。变化这么大，盛乔拿眼询问丁简怎么回事，丁简做了个摊手的动作。

贝明凡突然抬头，沉吟道："乔乔，我有个想法。"

盛乔："什么？"

贝明凡："我觉得你这个分数，上北影太亏了。"

盛乔："所以？"

贝明凡："我查了一下清华、北大往年的录取线，完全没问题！"

盛乔："……"

贝明凡眼睛发光："你觉得怎么样？"顿了顿，他又说，"当然，你的人生你自己来决定，不管你读什么大学，相信你将来都大有成就。"

盛乔略略思索："我回去考虑一下吧，什么时候填志愿？"

贝明凡回答："半个月之后。"

盛乔点头："刚好，等我录完《逃出生天》回来给你答复。"

贝明凡知道她大事一向能自己拿主意，关键时刻从不掉链子，放心由她去了，又交代："对了，《东风破》过几天就要播了，你这几天跟星沉多互动宣传一下。"

《东风破》接档《愿逐月华流照君》，盛乔的剧播热度就没断过，再加上高考分数的发酵，最近热搜话题不断，已然有一线小花的势头。

广告代言也是不断找上门来，去年还是卫生巾这种生活用品，今年已经开始接到奢侈品的代言邀约，前不久挤掉同期热度小花，成功拿下了某奢侈品的新品代言，不日将出席夏季新品发布秀。

贝明凡希望她不去北影而去清华、北大，就是因为她的路线越走越高端，自身格调也必须相应得到提升。他希望今后人们讨论起盛乔时，不再是那个拍过裸照的女艺人，而是那个考上清华、北大的学霸。

必须用一记重锤，让她跟过去彻底划清界限，才能在今后登顶娱乐圈的道路上畅通无阻。

唯一的问题就是学业和行程之间的冲突，但他相信以盛乔的能力，应该能将之平衡得很好。行程和曝光率会有所减少，但有舍有得嘛。

接下来的半个月，盛乔连轴转一般录完了剩下的四期《逃出生天》，感觉自己的脑细胞全部死在和导演组的斗智斗勇中了。

《东风破》已经开播一周，首播收视率并不是很高，毕竟谍战剧在如今的影视剧市场还是不占优势。但因为有孟星沉和盛乔两个人在，各方宣传之下，路人抱着随便看两集的心态点开剧，然后就一发不可收拾了。

《东风破》作为大男主剧，里面的每一个男性角色都充满了各自的魅力，连反派都让观众又爱又恨。女主角宋嫒犹如点睛之笔，在一众男性荷尔蒙中散发着温柔迷人的清香，可最终结局又壮烈至极。

这部剧后期基本都是靠网友自来水推出热度的。无论是演技还是颜值，剧情还是节奏都把握得很好，制作水平非常精良。

就算不喜欢谍战剧情，舔舔颜值也好呀。

呜……突然觉得孟星沉和盛乔也很配怎么办？两人穿着军统制服，孟星沉从身后拥抱盛乔教她打枪的画面简直太帅、太甜了。而且一想到最后这一对还BE了！现在吃的糖更加要珍惜啊！

获胜党本来只在提防随着《逃出生天》开拍又渐渐复苏的兄弟CP，没想到网上猝不及防冒出一群东嫒党，打了她们一个措手不及！

因为东嫒最后结局BE，所以CP大触们纷纷自己出手，重剪结局！产粮产糖拉动GDP，无法接受BE结局的观众们都来看自制视频，B站很快成为东嫒党的天下。

获胜党：“……”

你们变心是如此之快，明明前不久还说要把膝盖和硬币都献给博主和获胜，呜……都是一群负心汉。

多方CP党较量的同时，盛乔也在面临一件严肃的事情：填志愿。

清华or北大。That is the question.

曾经年幼无知的我们，也都为这个问题纠结过，后来发现，清华or北大，人家都不要我。

节目录制结束，盛乔在自己房间待了一天。

临近晚上的时候，她打开电脑，登录志愿填报网页，义无反顾地选择了清华大学建筑系。

她这一生已无法变更，总要用一些事，去提醒自己，她曾经是怎样的存在。

何况选择建筑系，也是为了平衡将来学业与工作上的时间冲突。毕竟国内外建筑系的课程相差不大，她已经接受过四年的专业课学习，而且在校时成绩优异，如今再次面对这个专业，学习起来算是手到擒来了。

盛乔给贝明凡打了个电话告诉他自己已经如他所愿填好了志愿，贝明凡一听她报的是建筑系而不是自己帮她挑的那几个相对简单的专业，又开始着急，感觉自己给自己挖了一个坑……

要是她把接下来这四年都花在学业上，事业可就全凉了啊。唉，早知道就让她去北影了啊，自己多什么嘴啊？要什么格调啊？

绝望。

第二十六章

恋情曝光

七月伊始，网上还在为盛乔的学神分数讨论得热火朝天的时候，盛乔本人已经收拾好行李，顶着骄阳一路来到了拍摄基地。

《红玉传》开机了。

早上举办完开机仪式，下午接着拍定妆照。导演是圈内很擅长拍历史剧的喻松，他这个人喜欢埋头干大事，事情没有完成之前从不声张，是个很低调沉稳的导演。

导演如是，整个剧组的风格便也是这样，其他剧一般都是提前几个月官宣主演，发布定妆照，《红玉传》却一直等到开机这天，才对外公布了消息。

下午时分，盛乔的定妆照就在网上公布了。

历史剧不同于偶像剧，穿着打扮都非常贴近史实，盛乔的几套扮相少了往日古装的仙气，但多出一分冷冽的利落来。

粉丝之前都没听到风声，突然冒出一个剧组官宣，搞得乔粉手忙脚乱从高考分数的沾沾自喜、耀武扬威中回过神来，开始着手宣传爱豆的新剧。

跟盛乔演对手戏的男主角吴孑然并不算流量咖，但演技非常出色，就是为人有些高傲，不过演技好嘛，有高傲的资本，大家也就随他去了。

早些年吴孑然经常在公众平台上批判那些只能称为明星不能称为演员的艺人，将自己的轻视和高傲展现得淋漓尽致，后来大概是被那些艺人的粉丝骂怕了，渐渐也就不再那么锋芒毕露。

不过内心对于所谓流量艺人的轻视至今也没变，看他对盛乔的态度就能看出来。

丁简把从剧组那儿听来的八卦跟盛乔说：“听说他知道女主角定了你的时

候，还要罢演来着，导演和公司好说歹说才劝住了。哼，有什么好跩的啊？他比得上霍希哥吗？就算比得上，那比得上孟老师吗？跩得跟二五八万似的，德行。”

吴孑然从早上到现在就没跟她说过一句话，盛乔跟他打招呼，他也只是略略点头，都不拿正眼看她。

盛乔脸上笑嘻嘻，心里骂骂咧咧，后来也就不理他了。片场见真章呗，谁怕谁啊！

开机第一天，第一场拍夜戏。

场景在湖边，湖面停靠一艘非常大的花船，四周花灯悬挂，将湖面照得透亮。盛乔本来已经换好了服装做好了造型，又发现衣服的腰身有点大，走起来不贴身，跟服装老师说了一下，服装老师把她带到试衣间，让她把衣服脱下来，帮她缝几针。

两人正在试衣间里忙活，外头化妆室又有人进来，是吴孑然换好衣服来戴头套化妆了。

他经纪人的声音响起来：“一会儿就要对戏，你别摆脸色了。”

吴孑然冷声道：“我是演员，分得清戏上和戏下，你与其担心我，不如担心一会儿对方接不住我的戏怎么办。”

经纪人说：“你也别对小乔这么大意见，我看了她的剧，不像你想的那么差。她和霍希演的那部《无畏》，霍希不是还拿视帝了吗？她也提名了最佳女主角奖，演技是过关的。”

吴孑然顿时冷笑：“是不是凭真本事拿的还不一定，影视圈就是被这些人搞得乌烟瘴气！”

里头，服装老师看了眼盛乔冷下来的脸色，心里真是“我了个大×”，两三下把衣服缝好给她穿上，飞快推门走出去。

经纪人和吴孑然这才发现里面还有人。看到盛乔面无表情地走出来，经纪人顿觉不妙，正堆着笑想过去缓和两句，却见盛乔径直朝外走去，看都没看他们一眼。

吴孑然冷笑一声。

盛乔走到门口的脚步一顿，又转过身来，透过镜子和他对视。那眼神太冷，倒是让吴孑然愣了一下。

她嘴角突地挑起一抹笑，嘲讽意味甚浓，缓声说："吴老师，送你一句话，不了解一个人就对其大肆评论，只会显得你很无知。"顿了顿，她又莞尔一笑，"霍希是不是凭真本事拿的奖，还轮不到你指手画脚，你要是不满意，大可去找组委会的人理论，在背后议人长短，可不是前辈该做的事。"

吴孑然被她堵得脸色铁青，正想说什么，她已经推门出去了。

经纪人在后面骂他："叫你改改你的脾气你不听！早晚有一天要毁在你这张嘴上！"

吴孑然还死要面子地反驳："你怕她，我可不怕！少拿人气咖位来压我！"

盛乔懒得听他们吵，加快步伐走了。

回到片场，盛乔喝了几口冷饮平复一下心情，没多会儿吴孑然也冷着脸过来了，导演察觉这两人状况不对，但也没说什么，只招呼说准备开拍了。

各方演员就位，场记拿着板子敲下，导演喊："Action！"

原本一脸冷怒的吴孑然瞬间变脸，一身如沐春风的温润，面上含着浅淡无奈的笑意，问身边饰演少年岳飞的演员："我们非得出席这种场合吗？"

少年岳飞沉声道："好像是非得不可。"

两人无奈对望片刻，叹着气踏上栈桥，将那无可奈何之态表现得淋漓尽致。

要不说吴孑然傲呢，演技是真的好。

只听夜空中传来一声尖叫："世公子落水啦！快，快把他救起来。还有那个贱婢，把那个打伤世公子的贱婢抓起来！"

吴孑然把手搭在眉骨，饶有兴致地围观了半天，在少年岳飞的催促下终于踏进花船。

第一幕戏一遍过，导演刚喊"咔"，吴孑然瞬间恢复冷脸，真真叫人感叹那变脸的功夫。

第二场戏紧接着开始。

觥筹交错的晚宴，鼓乐齐鸣，一名侍卫慌慌张张冲进来，跪拜道："童将军，方才杨世子被一名女奴折断胳膊，扔进江里去了。现已将那名女奴押下，请将军发落。"

饰演童贯的演员将酒杯一执，怒道："还发什么落！区区女奴竟敢伤人，杖毙！"

吴孑然指着酒杯，指尖漾出几滴酒水，偏着头似在思忖，片刻后恍然道："杨世子可是那位天生神力的杨芸世子？"

"回韩将军，正是他。"

他掸掸衣袖，温声笑道："杨世子天生神力，寻常人难敌一二，却不知这女奴是何人，竟能断他一条胳膊，韩某倒想亲眼见见。"

盛乔很快被两名侍卫押了上来。

她穿一身紫衣，清澈冰冷的一张脸，少了寻常女子的娇媚，眉眼间一股凛冽寒意。

她没有台词，单单是站在那里，挺直着单薄的背脊，便将梁栖虽身为女奴却不折傲骨的冷冽气质表现得入木三分。

接下来本该吴孑然说台词，结果他被盛乔的神情惊到了，一时没有反应过来。

片场见真章，身为演员，对演技的把握再了解不过。盛乔一出场，他就知之前的各种言论有失偏颇了。

导演喊了"咔"。

吴孑然暗自懊恼，收回心神，第二遍开拍，他进入状态，对身边的少年岳飞道："鹏举，你去试试她的身手。"

接下来就是盛乔的打戏。

下午时分，盛乔已经跟武打老师学过，之前本来想用武替，但盛乔身段柔软，跟着武打老师学得很快，导演检查之后，决定还是让她亲自来。

武打场面分了几个镜头来拍，盛乔表演得都很完美，无论是表情神色还是招式身段，都融入角色中，喻导在旁边看得频频点头。

吴孑然内心五味杂陈。

他突然想起之前盛乔说的那句话：不了解一个人就对其大肆评论，只会显得自己很无知。

看来是他无知了。

直到十点多，今晚的戏份才全部拍完，后面还有几场都是盛乔和他的对手戏，起先他担心盛乔接不住戏的情况基本没有发生。

虽然还是因为磨合不够NG了几次，但各自都有原因。

下戏之后，盛乔也是秒变脸，招呼也没跟他打，掉头就走。

吴孑然本来还想等着她打招呼的时候借坡下驴，缓和一下关系道个歉，结果盛乔看上去脾气比他还大。

经纪人走过来冷冷地说："也别怪人家给你脸色看，你多受点这种气也好，看你以后还改不改你那倔牛脾气。"

要不是这破脾气得罪了不少人，至于现在还高不成低不就吗？

吴孑然闷不吭声。

回到酒店，一进屋丁简就兴致勃勃地说："你看到那牛哄哄的脸色了吗？哎哟，真是爽得我差点笑出声来。乔乔，这脸打得好，打得太好了！"

盛乔倒了杯水喝，还是有些闷闷不乐。

丁简不解道："你不开心吗？"

盛乔叹气："以后还要跟他演感情戏呢，真是造孽。"

接下来几天，拍戏渐入佳境。

就是戏下片场男女主角的气氛有点僵。大家都知道起先吴孑然看不上盛乔，开机当天甩了一天的脸色，后来发现盛乔并不是他想象中的花瓶，打算重新认识缓和一下时，盛乔已经不给他机会了。

拍戏时是哭是笑都可以，但一喊"咔"，立马恢复面无表情。

统筹老师私下来找盛乔："孑然就是脾气坏了点，但人不坏，你别跟他计较，拍完戏主动说两句话，一起吃个饭，不就什么事都没了？"

盛乔笑笑："他做错了事，不主动来道歉，反而要等我先开口，这是什么道理？"

统筹老师讨了个没趣，转头就把盛乔的话转述给吴孑然的经纪人听了。经纪人跺脚说："我也说了让他去道个歉，他说他拉不下脸，他那性格你也知道，清高得很。唉，我这是造了什么孽！"

于是这么一直拖着，反正戏下谁也不理谁。

而且盛乔戏下也忙，随时都拿着图纸和铅笔写写画画，根本就没空搭理他。

月底，贝明凡带着清华大学的录取通知书来到剧组，交给盛乔由她亲手拆开。在这种人生大事上，他向来很有仪式感。

吃饭的时候，他兴致勃勃地跟盛乔说："我们拍照发条微博吧？"

盛乔想了想，摇头拒绝了："炫耀不是什么好事。"

也是，毕竟杠精角度刁钻，随时都在找机会黑她。贝明凡想到什么，又说："我查了一些关于你们学校的资料，也跟你校友打听过了，对于你这种特殊的学生，是可以跟老师协商课程的，不用每天都去上课。"

盛乔咬着筷子去卧室，拿了一沓图纸出来，贝明凡好奇地翻了翻："这是什么？"

"作品设计。直接去跟老师说不能按时上课恐怕不行，我准备了一些作业，如果能通过的话应该没问题。"

贝明凡简直惊掉下巴："这么复杂的东西是你画的？我的天啊，你脑子都装了些什么啊？什么时候学的这些？"

盛乔笑："可能是上辈子吧。"

上辈子做过的图和设计都不少，减轻了她不少负担。

几人刚吃完饭，贝明凡的手机就响了，是吴子然经纪人打来的，说要约他出去喝个小酒，吃点夜宵。

丁简早就把剧组的事跟他说了，吴子然经纪人打的什么主意再清楚不过。

贝明凡问："你就打算这么跟他耗下去？闹得太僵对之后的戏份还是有影响的。"

他是经纪人，凡事都考虑得周到，剧组传出男女主角不和也不是什么好事。盛乔明白他的意思，轻声说："那你去吧，听他怎么说。"

贝明凡拍拍她的肩："放心，贝哥不会让你吃亏的。"

也不知道当晚两人都说了些什么，第二天盛乔去片场，吴子然居然给她带了早饭，扭扭捏捏地说："小乔，别客气。"

贝明凡真担心她不接，还好她不是那种人，接了早餐，淡淡地说："谢谢。"

吴孑然吞吞吐吐，他经纪人在后面咳了一声，他像是下了好大决心似的，开口道："以前是我口不择言，我道歉，对不起。"

盛乔笑了笑："没关系，只要吴老师今后不再带着偏见看人，这个社会还是很和谐的。"

吴孑然脸色讪讪，但也没说什么。

这事儿就算过去了，盛乔也不是得理不饶人的人，在片场面子功夫还是做得很到位，只是像以往那样跟合作伙伴成为朋友是不可能了。

但剧组男女主角关系缓和，大家都挺高兴，毕竟渐渐就要进入感情戏，总不能让两个互相敌视的人互表衷情吧。

时间很快就到八月底，各大高校新生入学的时间。

对于北影来讲，今年最大的热度可能就是一线小花盛乔即将入学的新闻了。早在今年年初，盛乔就已经通过了北影的艺考，当时记者也是早早在校门口蹲点，蹲到了盛乔采访。

如今她高考结束，分数引起整个娱乐圈的震荡，进北影是板上钉钉的事，从报名第一天开始记者就在校外蹲守。

蹲啊蹲啊，蹲了好几天，记者愣是没看到盛乔的影子。

一向关注北影新生入校的网友们也觉得奇怪，咋回事啊？就算行程繁忙，那也得去学校报到吧？就耍大牌耍到这种程度，连报到都不露面？

黑粉见缝插针地冒出来，diss盛乔不尊重学校，光是报个到就如此做派，今后入学还指不定会给老师多少下马威。

这头正黑得起劲，社会媒体突然爆出一则新闻："当红小花盛乔惊现清华校园，疑入学报到"。

网友："？？？"

我们还在北影等你，你居然暗暗考去了清华？？？

刚才还在跟黑粉们掐架的乔粉连掐架都顾不上了，纷纷打探消息真伪。其他娱乐记者望风而动，赶紧从北影撤走，一窝蜂地奔向清华。

他们在教学楼前面发现了盛乔，她穿着简单，素颜，长发清清爽爽扎在脑后，看着过来的镜头，微笑道："是的，我入学清华了。"

视频采访飞速在网上传播，热度堪比她高考分数出炉那天。

网友们起先觉得不可思议，冷静下来想想，又觉得正常。谁家孩子考了700多分不去清华啊？去其他学校多浪费啊！

盛乔这一操作让网友们纷纷感叹：学霸的人生是我等凡人望尘莫及的。

黑粉酸啊，酸掉牙了，但越酸越要黑，就是这么执着：她是打算不当艺人了，还是半工半读？以为清华是什么地方？

乔粉：是你进不去的地方。

黑粉：……

乔粉虽然撑黑粉撑得起劲，但也担心自家爱豆就这么投身于学业退圈了，但乔粉中也有同校的学生，一边兴奋地大喊“乔乔是我校友啦”，一边跟乔粉科普：“我们学校的教务老师都很好说话，对于特殊的学生，学业和工作是可以协调的，只要期末不挂科就行。就隔壁系的围棋选手，一年到头到处参加比赛，都不见得来几次学校呢。”

听到清华校友如此科普，乔粉们总算放宽心了。

而此时，盛乔也正在为接下来的校园生涯和本系的教务老师协调。

当她拿出自己的设计作业时，老师们就知道这个学生并不单单是高考分数高。她对于建筑系绝对是熟悉并热爱的。

最后在双方商讨下，老师应允她不用每天来学校报到，但每学期必须有一半的时间在校上课，专业大课的作业要完成，并且期末不准挂科。

盛乔都一口答应了，等办完入学的事情，就返回剧组继续拍戏。

《红玉传》后期，女主角梁栖跟随男主角韩世忠四处征战，为了追求场景的真实性，导演没有将拍摄场景限于摄影棚内，而是带着剧组全国各地到处取景，山野草原，森林大河，虽然累，但一想到剧拍出来的效果，大家都累得心甘情愿。

梁栖战死那场戏，群演足足3000人。

这场戏之后，外景基本就结束了，剧组会撤回影视基地，补拍一些镜头，然后就杀青。

盛乔换上了一身黑色盔甲，持一把银色长枪，端的是英姿飒爽。之前已经拍了她上阵杀敌的戏，此刻着重拍最后一场擂鼓戏。

风吹起河边芦苇，犹如漫天白雪，两军交战，杀伐之声不绝，整个片场都透出一股肃然之气。

场记板敲下，盛乔持枪自营帐中走出，凛然道：“守住渡口，无论如何也要撑到将军赶回来！”

眼前已是修罗战场。

波浪汹涌，金军陈船于江面，箭雨似潮水而至，宋军寸寸后退，眼见不敌，盛乔命人在渡口架鼓，翻身跃上鼓架。

她眉目凛冽，神情坚毅，厉声喝道：“今我大宋子民，守我大宋江山，凡有后退者，上愧先皇，下愧宗亲！金人一旦渡江，万里河山不保，妻离子散难聚，你们还有什么理由后退！”

鼓声惊雷，似重棍一棒棒敲在他们心头。宋军士气尽起，纷纷向前御敌。在场所有人几乎都被她气吞山河的气质震惊到了。

那一刻，好像几千年前，那个击鼓退金兵的巾帼女英雄活了过来。最后敌人长枪捅穿她的心脏，她嘴中喷出一口鲜血，却大笑三声，立而不跪，至死，也不曾闭上眼睛。

公元1134年，韩世忠抵抗金军南下，重创金兵，史称大仪镇大捷。其妻梁氏遭金军围攻而死，尸身尽毁，只余一块红色玉珏。

因后世不知其名，便以红玉为名，史称——梁红玉。

十月底，《红玉传》终于杀青。

盛乔演绎了她的一生，从漂泊无依到战死沙场，从憎恨宋帝到守护大宋河山，但史上那个真正的梁氏，永远也无从得知她真实的模样了。

杀青之后，盛乔返回北京，第二天就去学校上课。

这还是她入学以来第一次出现在学校，照样引起了不小的骚动。系里老师都已经见过她的设计作品，无论是手绘图纸还是电脑建模都很专业，对于她缺半学期课也表示了理解。

刚拍完一部戏，贝明凡也没有给她接新戏，打算等过年的时候再看，刚好把寒假算在内。接下来这段时间基本就是周末工作，工作日上课。

她不住寝室，自然就没有室友，但同班同学都很友好，班上有一个男生还是她的粉丝，等她回来上课的时候，把从开学到现在的课堂笔记全部复印了一份交给她。

沉甸甸的，都是粉丝的爱啊。

霍希有时候会来接她，开着他那辆不起眼的黑色奥迪。盛乔每天放个学真是胆战心惊，生怕被蹲守的记者拍到了，跟演谍战片似的弯弯绕绕一大圈，才敢上车。

霍希冷眼旁观她鬼鬼祟祟的模样，等她一坐稳，把她按在座位上亲："公布恋情。"

"不行！现在还不行！"

"那什么时候行？"

"反正不是现在！"

以上对话，基本每天上演一次。

霍希也不生气，反正他有的是办法折腾她。呜……乔乔委屈。他现在正处于转型期，本来流量和粉丝都在递减，要是再爆出恋情，盛乔真担心爱豆直接从顶峰摔到平原。

唉，有时候想想，感觉自己跟个红颜祸水一样。

钟深听她如此感叹，冷笑："你？红颜祸水？红颜祸祸吧。"

盛乔："？？？"这种情况，只能哭唧唧找男朋友撑腰了。

男朋友最近正在创作新专辑，在钢琴前一坐就是一天，盛小乔嗒嗒嗒地跑过去一头扎进他怀里，委屈地把聊天记录给他看，然后钟深就被移除群聊了。

虽然过不了多久傅子清就会把他加回来，但有男朋友帮她出气嘛，还是很爽的。霍希把她拉到身边坐下，握着她的食指落在钢琴键上："会弹吗？"

盛乔老老实实摇头："全都忘了，连'一闪一闪亮晶晶'都不会了。"

霍希按了一个和弦："试试重复弹这几个音。"

虽然不会弹了，但指法还记得，纤细的指头立在琴键上，按照他教的和弦弹起来。第一个音落下的时候，霍希也弹起主旋律，一成不变的单调和弦突然就变得好听起来。

是她没听过的旋律，盛乔激动坏了："新歌吗？"

霍希说："嗯，好听吗？"

她使劲地点头，有一种自己参与了新歌创作的感觉："超好听！"

霍希笑了笑，弹完一段旋律，握住她的手："我教你。"

一段完整的曲子被她弹得磕磕绊绊，几乎已经听不出刚才的旋律，可这种感觉真的好奇妙。那个活在云端之上的爱豆，离她越来越近，越来越近。

她晕乎乎地，打了个哈欠。

霍希握着她的手一顿，低声问："困了吗？"

最近熬夜做作业画图，睡眠的确不够，她点点头，侧搂住他的腰，缩在他怀里。霍希亲亲她额头："我抱你去床上睡。"

盛乔不干，不知道想到什么，跑去楼下抱了个小凳子上来，搁在他脚边，然后坐下来枕在他腿上，从下面仰着小脸问："我这样睡会打扰到你吗？"

怎么不会？心思都乱了。

霍希摸摸她的头："不会，睡吧，我弹琴给你听。"

她乖乖地闭上眼睛，小手抱着他的腿，一动不动。他弹《小星星》给她听，降了一个调，哄她睡觉。

等她睡熟了，他才小心翼翼地把她抱回床上。

第二天贝明凡和方白开车来这里接她，晚上是国剧大赏颁奖典礼，她接到了红毯邀约。前段时间的国剧投票，《愿逐月华流照君》拿下了年度人气热剧奖，盛乔也获得了最佳人气女主角奖提名。

《东风破》虽然没有拿下人气投票奖，却斩获了年度品质奖，孟星沉和盛乔都分别提名了最佳男女演员奖。

公司还因为盛乔到底是跟曾铭还是跟孟星沉一起走红毯争论了半天，最后实在没办法，跟主办方商量之后，干脆让盛乔单独走。

贝明凡一等她上车就迫不及待地骂她："天天都往他这儿跑，我要是你妈，我得气死。"

盛乔："我妈出去旅游了。"

贝明凡："？？？"这就是你夜不归宿的理由？

到达造型室的时候，孟星沉也在那儿，等她做好造型，两人一同上车前往红毯现场。有孟星沉在，贝明凡总算没那么唠叨了，把获奖感言拿出来让她背："可别现场发挥，言语上捅了什么娄子，圆都圆不回来。"

《愿逐月华流照君》的最佳人气女主角奖是已经定了的，毕竟投票数最高，《东风破》的最佳女演员奖还要等现场才能揭晓。不过有孟星沉在，肯定是能斩获最佳男演员奖的，她能不能拿倒是无所谓。

不过为了确保万无一失，贝明凡还是准备了两份获奖感言。

到红毯现场，盛乔先走，进入会场之后，曾铭已经在了，就坐在她左手边。没多会儿孟星沉进来，位置在她右手边。

盛乔坐在他俩中间，真是羡煞旁人。

人气奖是网友投出来的，没什么悬念，但当盛乔走上领奖台，接过那座属于她的奖杯时，乔粉们还是激动哭了。这是她演员生涯拿到的第一个奖啊。

年度最佳人气女主角奖，人气足够说明一切。她再不是当年那个任谁都可以踩上一脚的全网黑女艺人了。这个奖项，是对她如今在圈内地位的证明。

接下来就是最佳男女演员奖，孟星沉不出所料地获得了年度最佳男演员奖，这是他重回电视剧后拿到的第一个奖，对于大奖傍身的他来说实在算不得什么。

轮到颁发最佳女演员奖时，他反倒有些凝重，镜头给到盛乔身上时，发现孟星沉正趴在她耳边说什么，还温柔地拍了拍她的手。

在圈内人看来，这当然只是前辈在鼓励安慰后辈，有不少人都知道盛乔在跟孟星沉学习表演，称他为老师。但对于记者和八卦的网友来说，这一举一动所代表的含义就没那么简单了。

最终最佳女演员奖颁给了另一部大女主剧的艺人，盛乔心里说不上失望，小失落还是有的。孟星沉看了她几眼，低笑说："明凡订了饭店，那里的甜品做得很好，听说多吃甜的可以使人心情愉悦。"

盛乔笑着点了点头。

颁奖典礼结束，两人一起离开，贝明凡开车将一行人送到了饭店。

虽然遗憾错失最佳女演员奖，但至少还有一个人气奖，大家都挺开心的，欢声笑语间，没人察觉下午从造型室就一路跟着的狗仔此刻还躲在外面。

临近晚上十一点，一行人才从酒店出来，上车之后，先送盛乔回去。贝明凡知道她最近住霍希家，跟司机报了那边的地址。

孟星沉问："搬家了？"

盛乔有点不好意思，贝明凡瞥了她一眼："霍希住那儿。"

孟星沉早就从贝明凡那儿知道两人交往的事情，听到他们已经住在一起，有些意外地挑了下眉，倒也没说什么。

到了晚上车流量减少，后面跟着他们的车子才终于暴露。

盛乔赶紧吩咐方白掉头，回自己家，不去霍希那儿了。

一路开回家，狗仔的车也跟了进来，盛乔跟车上人打了招呼，匆匆下车走进电梯。孟星沉盯着拐弯那辆车看了会儿，问贝明凡："怎么处理？"

贝明凡摇摇头："也没拍到什么，总不能上去让他们把东西交出来，还没走近他们肯定就跑了，算了，走吧。"

车子开离，盛乔也一路小跑回家，刚换了鞋就接到霍希的电话，问她怎么还没回去。盛乔心有余悸，把路上遇到跟车狗仔的事说了。

霍希说："那我过来。"

盛乔赶紧拒绝："别别别，万一他们还在楼下蹲着呢！"

今夜注定是无法拥有女朋友的一夜。

霍希很生气，没想到让他更生气的还在后面。

狗仔虽然没拍到什么，但他们编故事的能力强啊。第二天一段名为"孟星沉、盛乔同进同出姿态亲昵，疑恋情曝光"的视频就出现在了网络上。

视频还带解说，用一副八卦的语气介绍昨天孟星沉和盛乔从私人造型室出来，一起前往红毯现场，在现场又当着全国观众的面各种亲昵互动。

等颁奖典礼结束，热恋中的两人还一起去吃饭庆祝，晚上一行人驱车本打算前往孟星沉家过夜，但半途发现记者跟车，欲盖弥彰地掉头将盛乔送回了她自己家。

视频配音绘声绘色，明明视频中两人毫无亲密接触，但就这么几个同进同出的画面，配上这眉飞色舞的解说，简直令网友脑补了一场地下恋情的大戏。

“孟星沉盛乔恋情疑曝光”很快就登上了热搜第一。

两方粉丝简直吓愣了，手忙脚乱地点进去一看。

我×？不就是一起做了个造型、走了个红毯、吃了个饭？你这视频牵手也没有，拥抱也没有，直接盖章有恋情是不是太过分了？

粉丝不认，但网友认啊。本来昨天在颁奖典礼现场，孟星沉又是安抚又是拍手的画面就够令人想入非非了，现在再加视频一炒，还有不信的理？

不久之后又有不少爆料涌出来，说拍《东风破》时，在片场孟星沉是如何如何对盛乔好，手把手指导演戏，怎么不见其他与其合作的女演员有这待遇呢？

贝明凡一早就发了官方辟谣，否定恋情传闻。

但如今这世道，官方辟谣没用，今天辟谣，明天自曝，在众多吃瓜网友心中已经毫无公信力了。

盛乔还在学校上课呢。

刚上完一节中国古代建筑史纲，还在整理笔记，后桌两个女生磨磨蹭蹭凑上来，一副欲言又止的表情。

盛乔对这种情况习以为常，笑眯眯地问：“是要签名还是合照啊？”

两个女生对视一眼，鼓起勇气：“小乔，你真的跟孟影帝在一起啦？”

盛乔：“？？？”啥玩意儿？？？

看她一脸蒙瞪大眼的样子，两个女生也是哭笑不得：“你不知道啊？”

好吧，正主蒙成这样，看来是谣传无疑了。同学拍拍她的肩：“你快看看手机吧，营销号都说你怀孕了呢。”

盛乔：“？？？”

上次传绯闻说她领证，这次还进化了，跳过领证直接怀孕啦？

她掏出手机一看，原来是配了一张她昨晚走红毯的图，也不知道是从哪个角度拍的，小腹稍微有点突出。

盛乔低头摸摸自己的肚子，委屈极了。不就是最近跟霍希住在一起，每天被他逼着一日三餐按量吃饭，长胖了点嘛。

她赶紧走出去给贝明凡打电话，那头也正焦头烂额的：“还说等你早上的课结束了再跟你说，官方辟谣没用，还是要你自己想怎么发条微博澄清一下。”

盛乔：“呜呜呜……我先给霍希打个电话，不然今晚你将要推着轮椅来接我。”

结果打了好几遍，霍希都没接。盛乔简直要哭出声来，又给小蛋打，这下倒是很快接通，压低着声音喊：“老板娘？”

她问：“你老板呢？”

小蛋说：“刚参加完新品发布会，在接受记者采访呢。”

盛乔想了想：“他一早上都在忙？看新闻了吗？”

小蛋：“哪儿有空看新闻啊？手机都在车上呢，什么新闻啊？”

盛乔：“……没什么，等他结束了你让他给我回个电话。”

小蛋应了，挂了电话，回想老板娘刚才那急急忙忙的语气，总觉得有点不对劲。什么新闻？他决定上网搜一搜。

而此时，霍希已经来到媒体采访区，正在温声接受记者的提问。

小蛋在台下一边翻手机一边盯着，突然看到热搜第一：“孟星沉盛乔恋情疑曝光”。

小蛋：“？？？”

与此同时，他听到不知道是哪家看热闹不嫌事大的记者朗声问：“霍希，请问你有什么祝福的话想送给今早爆出恋情的盛乔吗？”

小蛋：“……”

原本笑意盈盈的霍希蓦然看向提问的那位记者，像是没听清楚似的，疑惑道：“什么？”

小蛋有种老板马上就要手刃那位记者朋友的预感。

那记者丝毫没察觉台上男人气场的变化，又八卦地问了一遍：“盛乔不是你的粉丝吗？如今她和孟星沉的恋情曝光，请问你有什么恋爱祝福想送给她吗？”

霍希的眼神以肉眼可见的速度冷下来，台上台下或多或少，终于察觉到他情绪的变化。

那记者也是一时八卦心态作祟，此刻看自己的提问得罪了对方，正想圆场把这个话题盖过去，就看到对方看着自己的镜头，冷声说：“没必要给假新闻送祝福。”

一众人：“啊？”

小蛋赶紧冲上台：“霍希的意思是，这种绯闻真假未明，拿到这种场合来提问很不合适，谢谢大家理解，今天的采访到此结束。”话落，他赶紧拥着霍希下台走了。

一到后台，小蛋就听见霍希冷声问：“我手机呢？”

瑟瑟发抖的小蛋：“在车上。那个，老板娘刚给你打电话了，急急忙忙的，估计就是因为这事儿……”

霍希说：“把你手机给我。”

小蛋把手机递上去，在心里默默为老板娘祈祷，结果电话一接通，嗯？？？老板的口气咋这么温柔啊？

他听到霍希问：“下午还有课吗？”

那头不知说了什么，他还温柔笑了一下，低声说：“放学来接你，好好上课。”挂了电话，他又恢复面无表情。

小蛋：“……”你有气，不对着让你生气的人发，你对我发？请问我做错了什么？！

而接到爱豆电话的盛乔，听他的语气好像并没有打断自己双腿的意思，她总算松了口气。这口气还没松完，她就接到贝明凡发来的视频链接。

视频里，刚刚还温声说放学来接她的爱豆，用能冻死人的语气帮自己否认了恋爱绯闻。

呜……温柔都是迷惑自己的假象，他一定是想等她放学后再打断她的腿。

贝明凡的消息紧接着蹦过来：“他怎么也跑来给我添乱？还嫌绯闻不够多吗？！”

这条视频的热度飞涨，很快网友们就从中嗅到不同寻常的味道。

盛乔恋情曝光，霍希怎么一副很生气的样子？我×，这连环瓜？

希光：你的新品发布会，记者问跟你无关的问题，你气不气？！

网友：你们的言论毫无说服力。

乔粉：连圈内艺人都说了是假新闻，还纠缠什么？都散了吧！我们女儿还在上学呢，学习为重，不准恋爱！

贝明凡简直要急死了：“他插这一脚，我这公关还怎么搞？”

盛乔咬住牙：“交给我来！”

贝明凡：“……”

自己的公关团队比不上自己的艺人，还是解散算了。

于是，接下来广大吃瓜网友看到这么一条微博：

“@盛乔：我毒唯，没爬墙，谢谢大家。今后一定努力减肥不贪吃，争取早日把小腹瘦下去。”

这条微博透露出三个信息：

1. 她毒唯，只喜欢霍希一个人。

2. 没爬墙，没有跟别人谈恋爱，毕竟是老婆粉。

3. 只是胖了，不是怀孕。

网友：哈哈哈……怎么从这条微博里感觉到了她㞞㞞的气息？爱豆一生气，赶紧申明自己没爬墙，简直㞞到正主跟前了。

正主都辟谣辟到这种程度了，谣传自然也就破了，现在热度都在盛乔那条微博和霍希的那段视频上。

乔粉：“？？？”这刚破了一个，又来一个？

女儿啊，你就不能安心在你的清华上学吗？你天天干啥到处散发魅力啊？男人都是大猪蹄子，只有学习能使你进步啊！

闹了一天的绯闻，到夜幕降临才终于淡了一些。盛乔背着书包从学校后门一路溜出去，找到了霍希的车。

一上车，不等霍希俯身过来给她系安全带，她扑过去一把抱住他，先在他唇上啄了啄，又在他颈窝蹭啊蹭，撒娇说：“我错了。”

霍希：“……”他真是忍了半天才没有把她就地正法。

“美人计没用，坐好。”

她搂着他脖子不放手，抬头在他嘴上亲一下，再亲一下：“真的没用吗？”

霍希：“……是想试一下车内？”

盛乔：“！！！”

她飞快坐回去，系好安全带，正襟危坐道："开车吧！"

他无声笑了一下，一路开回家，刚进屋，灯都还没开，霍希一把揽住她的腰将她压在了门板上。

她知道今天无论如何也逃不过这一劫了，特别配合，小手在他腹肌上乱摸："不生气了好不好呀？你知道都是假的呀，嗯……"

他狠狠堵住她的唇，亲咬了半天，发狠似的含住她的耳垂，沉声道："公布恋情，立刻，马上。"

她被他吻得气喘吁吁，衣服脱了一半，双腿都站不稳，还有力气拒绝他："不行……嗯……呜……不行啊。"

他再也忍不住，一把扛起她扔在了沙发上。

让你看看到底行不行。

最终结果表示，霍希行，她不行。任由他怎么折腾，她就是不松口。公布恋情这事儿，比让她主动都难，只得搁置。

考完期末考试之后，就将迎来她的第一个寒假。

贝明凡打算给她接一档综艺节目，毕竟寒假只有一个月的时间，刚开始半工半读，先给她一个适应期。

广告邀约倒是一直没断过，她之前代言的那个奢侈品，对方有让她继续代言下一季新品的意向。那个新品的设计理念叫"新生"，他们觉得盛乔的成长过程跟他们的产品理念很接近。

贝明凡拿着文件跟她说："傅雨川那边刚开始就在接触'新生'系列，之前对方也在考虑她，结果你牛×地考上清华，瞬间吸引了对方的视线，觉得你更合适。"

盛乔拿过文件翻了翻："那我这算不算截和啊？"

贝明凡冷笑："她截你的和截少了？而且这是品牌方主动联系你的，她自己没能力别人看不上罢了。"

没过多久，品牌方就官宣了新品"新生"的全系列代言人——盛乔。傅雨川失去这个新品全系列代言，但也拿到了品牌方的另一个单品代言，她的经纪人手段还是有的。

不过一个全系列代言，一个单品代言，两人又是对家，搁在一起自然就会被比较。两方粉丝也因此从年初开始掐架，就没断过。

盛乔最近倒是很少上网了，除了福所倚每天固定打榜。拍完广告、赶完通告，临近过年了，她跟霍希一起在家包饺子。

饺子馅儿是盛母剁的，霍希和盛乔都不会包，盛母挨个儿教，好在两人都聪明，试包了两个就会了。

盛乔又去洗了几个硬币包在饺子里，看谁能吃到福气。

盛母看了看一脸温柔笑意的霍希，温声问："小希过年不回家吗？"

他捏了捏饺子皮，摇摇头："我爸妈都在国外，而且我每年都有工作。"

盛母惊讶："大年三十也要工作吗？"

霍希笑笑："那倒不会，我今年没有接到春晚邀约。"

盛母怜爱地看着他："那跟我们一起过年吧。"

他笑着点点头。

吃饭的时候盛乔接到贝明凡的电话，提醒她不要忘记明天奢侈品牌方举办的场外秀，并交代："代言这个品牌的所有艺人全都会到场，你早点睡，不要熬夜水肿长痘，明天必须给我艳压全场！"

场外秀算是品牌方做的一个年度汇报，今年出了哪些产品找了哪些代言人，艺人会带着自己的代言产品走一下T台，在圈子里算是规模比较大的秀。

第二天霍希把她送到造型室，贝明凡一看他来了，顿时用一种看狐狸精的眼神看着他："你也去啊？"

霍希笑道："今天没什么事，陪陪她。"

场外秀圈内圈外的观众都多，他藏在台下人群里，就算被拍到了也可以借口是来看秀的。

贝明凡这才没有继续扮演拆散有情人的王母娘娘。

盛乔今天的造型是一套黑天鹅礼服，抹胸之上锁骨精致，下摆纱裙蓬松，长发绾起来，用一圈珍珠头饰箍住，看上去像一位高贵的公主。

霍希伸手把她抱过来，忍不住亲亲她的额头："真美。"

贝明凡在旁边：没眼看！！！

霍希没坐他们的车，自己开车去现场了，贝明凡掐着时间才带盛乔过去。品牌方给各位艺人都准备了休息室，没多会儿负责人就把代言产品拿了过来，全身首饰用的都是“新生”系列，又喷了她之前代言的那款香水。

这个T台就跟之前的红毯一样，艺人只需要走上去亮个相，然后走到嘉宾席入座就可以了。

在后台候场的时候，不出意料跟傅雨川遇到。

傅雨川走的是温柔女神路线，不管什么场合，不管对方是谁，总是一脸温柔笑容，两人的粉丝虽然因为代言撕得昏天黑地，但此时面对盛乔，她还是礼貌地微笑点头。

盛乔也回以微笑，两个人之间友好得像什么事都没发生过，倒是她身边的经纪人表姐傅红，眼睛不是眼睛，眉毛不是眉毛，一副没好脸色的样子。

盛乔假装没看到，她的出场位置靠后，周侃又给她补妆。傅雨川先出场，中间隔了三位嘉宾，才轮到她。

场控员很快来叫人。

盛乔提着裙摆走到幕后，等前台主持人点到她的名字时，展现出一个自然大方的笑容，从幕后款款走出。

满场都是相机咔嚓的声音，人头攒动，记者、观众、粉丝挤满了场馆，她有心找霍希在哪儿，几眼扫过去最终放弃了。

前台的主持人正在介绍她身上的代言产品，她也一脸微笑朝两边挥手示意。走到中段的时候，她突听台下有个男人吼了一句：“乔乔我喜欢你！”

这种场合，这样的喊叫明显是不合时宜的，也不知道是哪个不懂事的粉丝。她面上不做表露，微笑着继续朝前走，脚边的台下突然有个人扑了上来。

他动作太快，连周围的保安都没注意，T台下本就不设防，来人轻而易举翻上来，朝着盛乔就扑了过去，口中还大喊：“盛乔我爱你！”分明就是刚才那个声音。

盛乔吓得连连后退，本来就穿着高跟鞋，匆忙间踩到裙摆，一个踉跄就摔了下去。与此同时，男人已经扑到她面前，双手直接伸向她胸口，分明就是想把她的裙子拽下来，但盛乔摔了一下，刚好错开，两人都摔在红毯上。

她的脑海里一个念头飞速闪过：他不是狂热粉丝。

他是故意的，冲上台来，就是想扯掉自己的礼服，让自己在众目睽睽之下走光。

其心可诛！

意识到这一点，盛乔气得咬牙切齿，一边用手捂住胸，一边抬头恶狠狠地瞪过去。男人见一计不成，对上盛乔的视线，倒愣了一下，脸上闪过一抹慌乱，还想再有动作，已经被冲上来的保安扣住了。他只得继续假装狂热粉丝，大喊："我爱你啊乔乔！"

这一幕发生得突然，不过几秒，现场惊叫连连，保安拖着那个男人往外走，盛乔还摔在地上没站起来。

她本就穿着礼服，这一摔多少有些不方便，现场记者发疯似的拍照，要将她的丑态全部记录下来，几乎可以想象接下来网络上又是怎样一番风波了。

主办方的人赶紧跑上去扶她，还没走近，却见一个人影单手一撑跳上舞台，用手中的外套一把把盛乔裹住，然后打横将她抱了起来。

来人戴着黑色的棒球帽，身段笔直，饶是低着头，也无法忽视那一身的凛冽气场。

盛乔闻到熟悉的气味，刚才紧绷的身子一下就软了，鼻头一酸，眼泪就落了下来，哽咽着喊："霍希。"

他低头亲亲她，柔声道："乖，没事。"

主办方的人已经跑过来，惊疑不定道："你……你……"

霍希转头，冷冰冰的一张脸终于暴露在镜头之下。全场一阵惊呼，他朝着工作人员冷声道："刚才那个男人，扣下来，不准放走。"话落，他抱着盛乔大步离开了。

接下来的秀还有什么看头？所有记者的心思都在刚才那一幕上了。

霍希在现场，霍希冲上台，霍希抱起了盛乔，霍希低头亲了她。

我×！啊啊啊……

我们亲眼见证了一段恋情的曝光啊！！！

还看什么秀啊！！赶紧通知新浪微博的维护人员准备好迎接服务器瘫痪啊！

场外秀还没结束，国内所有媒体同一时间爆出同一段视频和照片，引发全网沸腾，微博程序瘫痪三个小时才恢复正常。

“霍希盛乔恋情曝光”这一个词条并不是第一次出现。

以前高美玲炒绯闻的时候经常用到，盛乔老婆粉身份暴露那次也上了热搜，可以说，全国网友对这个词条已经具有一定的免疫性了。

当他们又抱着吃瓜的心态慢悠悠点进词条时，才发现这次的瓜，是真的。

“盛乔现场遭袭胸，霍希现身相救。”

“霍希英雄救美，两人恋情曝光。”

视频里的盛乔惨遭狂热粉丝袭胸，狼狈摔倒在地，而霍希突然出现，用外套裹住了她。

其实视频到这里，粉丝都还可以洗。毕竟朋友遇难出手相助，都这么惨了，冲上去帮她披衣服我们也能理解，但接下来的一幕，让所有人都在那一刻屏住了呼吸。

霍希低头亲了怀里的女孩。

很温柔的一个吻，带着安抚的意味，轻轻落在她的额头。

粉丝和网友都疯了。

实锤啊！！！还怎么洗啊！！还怎么否认啊！！！这就是恋情曝光啊！真恋啊！！！他俩什么时候搞在一起的啊？！！狗仔都是吃屎的吗？！！

希光：全体自闭。

乔粉：说不出话。

网友：啊啊啊……明明我谁的粉丝都不是我怎么这么激动啊！

服务器瘫痪了将近三个小时，也无法阻止全国网友的热情。所有的朋友圈、QQ空间、某乎、某贴吧，等等，全都在议论这件事。

霍希压根儿不需要上微博承认恋情，他当着现场那么多记者的面亲盛乔，就是在向大家公布，怀里这个人，是我女朋友。

到休息室，贝明凡和丁简也急忙赶了过来。霍希把盛乔放在椅子上，蹲下身检查她有没有受伤。

她红着眼睛，瓮声瓮气地说："没事，就是被吓到了。"

除了膝盖磕得有些红肿，其他都还好，霍希总算松了口气，见贝明凡过来，沉声道："你去找刚才被主办方扣下来的那个人，别让他跑了，必须把背后指使人说出来。"

在场几个都是在圈子里摸爬滚打多年的人物，狂热粉丝这个理由明显骗不过他们。贝明凡确认盛乔没事，点点头，沉着脸去了。

霍希还在温声安慰盛乔，丁简赶紧拿出手机看了看，倒吸一口凉气道："恋情曝光了，微博瘫痪了，网友都疯了。"

盛乔："……"她还没来得及说什么，主办方的人也匆匆跑来了，还带着医生，又是道歉又是检查的，乱了好一阵子。

小蛋打电话过来问："老板，开始执行恋情曝光的预案吗？"

霍希小声道："嗯。"

小蛋乐呵呵地唱起来："等了好久终于等到今天！"

霍希："送你出道？"

小蛋："不用了！我这就去开始公关！"

网上还处于群情激奋状态，微博在瘫痪的边缘来回试探，维护人员一动不动地盯着霍希和盛乔的账号，生怕他们一个不注意再发条承认恋情的微博，程序怕是又要崩溃。

所幸两人的微博一直到晚上都没啥动静。震惊激动之后，已经接受这个事实的网友们开始兴奋地开扒两人的恋情史。

到底是什么时候搞上的？

哇，《逃出生天·末日》那一期好像就有迹可循了啊！摸头杀、拥抱什么的，那时候他们居然傻乎乎地认为是剧本！！！

难道是拍《无畏》时假戏真做吗？！突然觉得片花好甜啊！

《世界那么大》说去纽约真的是因为霍希啊！等等，那扇关起来的门，不会和霍希有关吧？！

一起走红毯的时候，提裙子、牵小手也太苏了！再回顾当时彼此的眼神，那都是爱啊!

欸?等等?霍希拍《盲枪》时,爆出的神秘女子探班绯闻!再看工作室当初的辟谣,只是让爆料人专注自家不要搞事,根本就没否认绯闻啊!

现在再仔仔细细一看,那张图上除了霍希的助理小蛋,另一个模糊的短发背影,好像就是盛乔的女助理啊!

天啊!我们在干什么?狗仔在干什么?竟然生生错过了这么大的瓜!这一届的狗仔太差劲了!激动过后,再仔细想想,两个人好像真的很配啊!

特别是霍希冲上台用衣服裹住盛乔又公主抱的画面,那温柔的一吻,呜呜呜……这恋情为何如此酸?!

最重要的一点!姐妹们!盛乔是霍希的粉丝啊!!!粉丝×爱豆,这是什么神仙组合?!疯了,九亿少女的梦。

我们就说嘛,你身边有一个漂亮又可爱的女孩子天天用充满爱意的热忱眼神看着你,你难道不会心动吗?!呜呜呜……获胜党也太幸福了吧?居然嗑到真的了。

获胜党:呜呜呜……我们已经甜晕过去了。激动已经无法形容我们此刻的心情了,我们只能翻来覆去看着那段视频,流下老母亲的泪水。

兄弟党:卒。

东媛党:卒。

仙女党:……我们还可以……再……抢救一下……

不管CP党怎么闹腾,那当然都比不上双方的粉丝。

几乎就在恋情实锤落下的那一刻,希光和乔粉两家各有不少人宣布脱粉。

无法接受就是无法接受,彼此都是各自眼中最憎恶的人,强求不了,一拍两散,眼不见为净。有回踩的,有直接开骂的,有默默删博的,有哭到无法自已的,都是常态。

希光像是迎来了有史以来最大的动荡。虽然早有心理准备,转型就意味着不再是流量爱豆,30多岁的男人,总有结婚生子的一天,可怎么也没想到,那个人会是盛乔。

那个曾经踢都踢不掉的狗皮膏药。

虽然最近这两年她口碑大好，整个人犹如新生，可那段捆绑霍希的黑历史永远存在。她所造成的伤害，也永远存在。

有希光说：谁都可以，盛乔不行。

梁小棠终于可以用自己云端站的大号光明正大地支持了：谁都可以，为什么盛乔不行？无论从样貌、人品、能力、学历各个方面来看，她哪一点不够优秀？更何况她是希的粉丝，她跟我们一样，了解希的一切，必定会像我们一样爱护他，从以往的节目你们应该也看出来了。除去被公司压迫蹭过热度，她做过什么伤天害理的事吗？这个儿媳妇，我喜欢，我认了！

是啊，为什么盛乔不可以呢？

如果不去看那段捆绑的黑历史，她的样貌在圈内是数一数二的，演技的进步也有目共睹，前不久刚斩获最佳人气奖，当红一线小花，还以优异成绩考上了清华。

主要是，她爱霍希，不比她们少。她了解他的喜恶，了解他的性格，她像粉丝一样支持他的一切，心里、眼里全都是他。

她们所求的，不就是这样一个能全心全意爱护他、照顾他的女孩吗？

何况，看看那段视频，那个画面里，是她们从未见过的霍希。

他爱她啊。

那是他喜欢的，他选择的，我们又有什么理由去反驳？既爱一个人，自然是希望他万事顺心，因一己私欲去要求他的，那不叫爱，叫占有。

应该开心啊。

我们的宝贝，也终于有了属于他自己的宝贝。

至此，关上那扇窥梦的窗，收起所有不切实际的幻想，仍用一腔孤勇爱意，陪你继续砥砺前行。

绝大多数追星女孩，是理智并善良的。

何况盛乔之前的一系列操作在希光团体中怒刷好感，不少粉丝对她早就是路人粉的状态。在大风向的带动之下，很多粉丝都接受了这段恋情。

但仍有一部分粉丝不愿意接受，整个希光团体吵了又吵，闹了又闹，各执己见，掀起了不小的风暴。

相对于差点分崩离析的希光，乔粉这边就相对平稳很多了。因为在那段视频里，自家爱豆是受害者，看她摔在台上惊慌又无助的样子，粉丝的心都要碎了。

可这个时候，在他们毫无办法的时候，是霍希挺身而出保护了她，给她穿衣服，把她抱在怀里，还给了她一个温柔又安慰的吻。

男方是流量，可他一点也不担心在那种情况下，恋情会曝光。

他应该很爱她。

乔粉对霍希本人是没有多少憎恨厌恶的，大多数不满是来自他的粉丝。毕竟出道这么多年，走上顶流巅峰，激流勇进之时又义无反顾地转型，无论是人品还是实力，在圈内都是有口皆碑的。

长得帅，家世好，实力强，学历高，这些年也没跟谁传过绯闻，配自家闺女，好像还不错?

何况那还是乔乔的爱豆。

乔乔喜欢他，他也喜欢乔乔，这门亲事，我们同意了。

有人欢喜有人愁，霸占了一整天的热搜，各种爆料帖真真假假、五花八门。黑霍希是gay，故意曝光恋情掩藏性取向的有，黑盛乔为了上位下药爬床的也有。

双方粉丝被这些职黑逼到了统一战线，反黑举报应接不暇。

而那头，那个袭胸的狂热粉丝到现在还是什么都不肯说，一口咬定自己是盛乔的粉丝，过于喜欢她才会做出如此行为。主办方没理由一直扣着他，男子已经嚣张地嚷嚷要报警，贝明凡冷冷扫了他几眼，出去拨通了乔羽的电话。

自从上次在布拉格遇险，乔羽就把自己的电话留给了贝明凡，告诉他如果盛乔再遇到什么麻烦，都可以找他。

乔羽还在律师所加班，看到是贝明凡的电话，下意识地感觉盛乔大概又出事了，赶紧接起来。贝明凡在电话里把事情说了，乔羽皱眉听着，最后道："把地址发给我，我马上过来。"

贝明凡问："他这种行为构成犯罪了吧？"

乔羽说："不构成，但我有的是办法让他开口。"

一个专业律师，随口几句法律条文，就足够糊弄一个什么都不懂的贪财小人了。

盛乔早就被送回了家，但场外秀还是得继续举办，一直持续到晚上才结束。回休息室的路上，傅雨川一直没说话，脚步匆匆，傅红在后面喊了她几声，她都置若罔闻。

一进房间，将助理关在门外，傅雨川就看着傅红冷声问："盛乔的事，是不是你安排人做的？"

傅红一愣，没想到她会如此直接。

看她表情，傅雨川就知道自己猜对了，沉声道："姐，我说过不要用这些手段去针对别人，你这不是在为我好，是在害我！"

傅红被她一骂，顿时咬牙切齿道："害你？这世上还有人像我这样希望你好吗？雨川，你是看着我长大的，我是如何待你你再清楚不过！那个盛乔一而再，再而三地踩在你头上，不把她毁了，你永远出不了头！"

傅雨川双拳紧握，像在调整呼吸，一字一句道："我知道你对我好，事事为我着想。我也讨厌她，也希望她摔到谷底永远爬不起来，可不是用这种办法。姐，你这样只会引火烧身。你不是在毁她，而是在毁我。"

傅红惊疑不定，迟疑道："那头我打点好了，我没有出面。而且他也没犯法，什么都没做成，他们应该查不到我们头上。"

傅雨川头疼地闭了闭眼，心想，是该找机会把这个跋扈惯了的表姐换掉了。她沉声道："马上回公司联系团队，对方如果查到我们身上，我们得有应对办法才行。"

两人匆忙离开。

就在她们走后不久，休息室里，面对气场全开的专业律师乔羽，男人很快招架不住，承认是有人塞了一笔钱给他让他干的这事儿。然而对方是谁他完全不认识，他也是道上混的，对方是在酒吧里找的他，除了一个手机号码什么都没留下。对方给了他一半的钱，承诺事成之后再补上另一半。

乔羽拨过去，显示那边已经是空号了。

事已至此，再也查不出什么。

贝明凡发布了一份官方声明，解释今早冲上台的男人并非狂热粉丝，而是受人指使，公司将保留追究法律责任的权利，尽早将幕后之人绳之以法。

起先就有网友怀疑狂热粉丝的说法，如今声明一出，得知是受人指使，纷纷猜测盛乔又动了谁家的蛋糕，竟引来如此针对，不少人开帖深扒，谈一谈娱乐圈里互踩互拉的手段都有哪些。

好在最后盛乔没有受到伤害，还“因祸得福”地曝光了恋情。

快到傍晚的时候，一直让程序员心焦的那两个账号终于有动作了。霍希微博上线，没有多余的字，发了一个爱心的表情，@了盛乔。

而盛乔很快也转发，回复了一个爱心。

正主官宣，恋情坐实，接下来的好几天，双方公司都在为这场波及甚广的恋情进行公关。这场震动整个圈内圈外的恋情，一有风吹草动立马上热搜。

有热度就有黑度，双方粉丝大方接受，跳脚的反倒是一些网友和职黑。盛乔势头太足，这两年一路过来不知动了多少人的蛋糕，能抓到黑她的机会，自然不会放过。

水军职黑操控之下，网上有关盛乔的黑料层出不穷。各种不堪言论都有，一半出自黑粉，另一半出自不接受恋情的粉丝，无非就是骂她倒贴上位，勾引爱豆手段下作，曾经拍裸照配不上霍希，心机深沉，就连那个上台袭胸的人，多半也是盛乔请的，自导自演。删都删不完，还都说得头头是道，仿佛亲眼所见。

贝明凡气到跳脚。

他就知道！！！沾上这个狐狸精准没好事！

恋爱一时爽，公关火葬场，路人好感直线下降，几个广告代言撤走，盛乔的事业一时之间遭遇重创，简直要命。

贝明凡愁啊，又开始大把大把掉头发啊。就在双方团队努力公关想办法拉回风向时，一份综艺邀约送到了各自团队的面前。

文件首页几个黑体加粗的大字：《你在我心上》恋爱综艺邀请函。

恋爱综艺？？？

《你在我心上》是菠萝台策划的一档明星恋爱直播节目，拟邀的四对嘉宾都是娱乐圈内公认的模范情侣。

第一对是有“金童玉女”之称的小生邹立扬和小花简兮。邹立扬算二线小生，人帅戏好不炒作，为人很低调，圈内圈外的口碑都非常好。

而简兮是星二代，她妈妈是影后苏虹，从小就在各大导演的片子里跑龙套，但是因为身高、长相都偏娇小型，官方身高是158厘米，戏路很受限制，将将能摸到二线小花的门槛。

邹立扬和简兮各自的人气不高，但CP粉满天飞，主要是两人太甜了。最萌身高差，随便牵手上个街都能上热搜，两人也因为恋情曝光涨了不少身价，现在各自的发展都很不错。

第二对是中国台湾鬼马主持人黄心妍和她的意大利老公，黄心妍在大陆人气还不错，主持风格古灵精怪，很有笑哏，在大陆市场还是比较受欢迎的。

第三对很值得说道说道。男方严轩，当年的金马影帝，夺奖后转战幕后，如今已是知名导演。女方阮风笛，当年TVB的当家花旦，跟严轩因戏生情，两人都是不婚主义，已经恋爱将近15年了。

第四对，节目组拟邀了好几对，还没定，这时候，霍希和盛乔恋情曝光了。

导演一看，我×，这还有什么好选的？有了获胜这一对，还担心节目没流量吗？赶紧把邀请函递过去了。

助理还很担心对方拒绝，总导演却胸有成竹。想扭转目前的风向，唯此综艺可破。

果然，两天后，节目组就收到了对方的答复：两人愿意参加这档节目。

总导演高兴极了，签完合约之后，立刻安排四对情侣拍了官宣照，赶在过年期间开始了节目宣传。

霍希和盛乔这一对果然吸引了所有人的目光。

目前网上黑粉的言论无非就是围绕女方倒贴上位，配不上男方来展开。而通过这档直播综艺展现两人的真实生活和相处方式，孰是孰非到时候便一目了然。

双方真爱粉虽然接受了爱豆的恋情，但对于对方是否适合自己爱豆，能不能照顾好自己的爱豆也是存疑的。如今有这么一档综艺，能够让自己亲眼确认爱豆在这段恋情中是否幸福，大多数粉丝还是表示接受和期待的。

而且直播做不了假啊，不会故意剪辑引导风向，是什么就是什么。

当然也有粉丝拒绝这口狗粮，直言“我不脱粉，但我拒绝看两人秀恩爱”。

最开心的还是获胜党，一个个都是人生赢家，每天嗑糖嗑到齁，看什么都在冒粉色的泡泡，连日常生活好像都顺心了不少。

别人的爱情也能使自己变得美好哪。

《你在我心上》每周录一次，周六、周日两天，每一次的录制地点都不一样，除了展现明星情侣的日常相处，还会让他们体验普通人的生活，类似将当下流行的慢综艺和恋爱综艺结为一体。

再加上霍希和盛乔这对刚曝光的情侣，自节目组官宣热度就一路飞涨，预约人数也是每天成倍增加，这还没播，已经引发全网讨论了。

年刚刚过完，万众期待的《你在我心上》就迎来了先导片。

先导片不是直播，是过年期间导演组去各个嘉宾家里拍摄的，主要还是向观众展示各个嘉宾的恋爱情况和性格。

先导片一共40分钟，霍希和盛乔的片段放在最后。轮到他俩时，后期文字标注的相恋时间是一年。这个时长是双方商量后给出的，既不会太短显得肤浅，又不会太长平添猜疑。

观众顿时震惊了：

"What？？？一年？？？狗仔吃了一年的屎吗？"

"居然已经一年了！是我小看这份感情了！"

"啊啊啊……原来一年前我就嗑到真的了！"

"崽啊崽，亏阿妈还为你白白操心了一整年。"

"骗了粉丝一年……"

"骗什么呢骗？明星有义务告诉你他的隐私吗？"

"我哥这一年多从来没在公开场合说过他单身，当然也没说他恋爱就是了，楼上阴阳怪气的，怕不是回踩狗吧？"

"你们是来嗑糖的还是来吵架的？安静嗑成不成？"

"我倒要看看这个女的凭什么上位！"

"嘴巴放干净点，其他三对的粉丝都看着呢，别给自家主子丢脸！"

……

果然一轮到这对，弹幕就开始吵了。

接下来就是各自的单人采访，盛乔还是坐在她家的沙发上，穿着很家居，导播问她："之前有跟男朋友出去旅游过吗？"

画面里的盛乔扎着丸子头，看上去乖巧又甜美，想了想道："没有。我们工作都很忙，一进组基本就三四个月见不到，而且之前……"她顿了下，笑道，"之前也不方便出去玩。"

此时飘过一条弹幕：

"聚少离多，迟早要分。"

"楼上我劝你嘴上积德。"

"算下他俩的行程差不多就知道他俩见面的时间了，搞地下情确实不容易。"

"霍希今天分手了吗？没有。"

"盛乔今天分手了吗？没有。"

"前面是不是有病？就这么见不得人好？分不分都轮不到你。"

"哪里来的柠檬精？不要打扰我嗑糖！"

……

导播继续提问："如果可以跟男朋友出去旅游，最想去哪里？"

盛乔说："都可以，看他喜欢哪里吧。"

弹幕：

"倒贴实锤。"

"舔狗，舔到最后一无所有。"

"老子真是想隔空把你们这些跳蚤一把捏死。"

"说倒贴的人到底怎么想的？我觉得很甜啊，恋爱中的小乔好小女人啊。"

……

导播又问："说出三个男朋友身上的优点。"

盛乔语气错愕："才三个怎么够？我可以说一百个。"

弹幕：

"哈哈哈……我×！笑死我了……"

"彩虹屁重出江湖。我知道她彩虹屁为什么这么溜了，一定是夸霍希练出来的。"

“真·追星女孩无疑了。”

“这花痴的样子简直是我本人。”

“呵呵，舔狗。”

“谁都别拦我，老子现在就要顺着网线爬过去掐死前面的柠檬怪。”

……

导播最后问：“期待这次的旅游吗？”

盛乔笑了笑，没正面回答：“希望一切顺利。”

镜头最后要离开的时候，导演突然将画面切到了那扇紧闭的房门上：“网友知道你要来参加我们综艺的时候，都说很想看看你家这扇门后面到底有什么。大家猜测跟霍希有关，你愿意给网友们展示一下吗？”

盛乔笑了下：“这是我的私人空间，抱歉。”

导播锲而不舍：“那能不能透露一下，是否跟网友们猜测的一样，跟霍希有关呢？”

画面里的盛乔看着镜头，无奈地叹了声气：“你们真的很八卦。”

弹幕：

“对，我们是八卦精。”

“生活这么无聊，就靠八卦活着了。”

“快！导播小哥哥！不要管她，冲进去！”

……

就在观众纷纷刷弹幕强烈要求一睹门后真相时，盛乔像是看到弹幕似的，笑着摇了下头：“算了，看看也没什么。”

导播大喜，赶紧招呼摄像师走过去。

盛乔握着门把手，正要开门，又转头看镜头娇俏地说了句：“一会儿不要嫉妒我。”话落，她推开房门，啪嗒一声，按亮了墙上的灯。

待看清屋内的陈设，弹幕齐刷刷地被“我×”刷屏。

嫉妒！！！

疯狂嫉妒！！！

嫉妒使我面目全非！！！

她怎么可以拥有这么多专辑、全套杂志、立牌人偶、广告代言纪念品，还有那些绝版精美的周边？！

书柜上那几套纪念品早就绝版了啊，她到底从哪儿收来的啊？！

呜……这也太幸福了，试问哪个追星少女不想拥有这么一个私人空间呢？她真的是真爱粉无疑了。

导播也是看得叹为观止，忍不住说："听说霍希出新专辑的时候，你买了一百张？"

盛乔朝书柜一指："对，都在这儿了，你想要吗？我可以送你一张。这张专辑一共收录了十首歌，包含了摇滚、雷鬼、爵士、说唱好几种风格，主打歌是这首《M》，还获得过年度最佳单曲奖，而且他这首歌的编舞，我跟你讲真的绝了，是由国内顶尖的街舞工作室DG编舞的……"

导播："……好的好的，送我一张吧！"

盛乔开开心心从书柜里拿了一张未开封的专辑递给他，还交代："一定要听哦。"

弹幕：

"哈哈哈……按头推荐。"

"导播小哥：我多什么嘴呢？我就不该问。"

"仿佛看到了给朋友推荐偶像的我自己。"

"全世界都必须听我爱豆的歌！！！"

"大嫂你看看我啊！我也想要一张专辑啊！！！"

"我×！前面，这就叫上大嫂了？为了区区一张专辑折腰？"

"儿媳妇！看看婆婆啊！婆婆也想要一张啊！"

……

播完盛乔的单人采访，接下来就是霍希。相对于盛乔小而明亮的房间，霍希的家就显得大而空旷，无论是窗帘颜色还是家具色调，都透出一股冷清。

希光第一次看到爱豆的家，这么空荡荡的大房子，连陈设都如此冷清，顿时哭唧唧开始心疼。

不知道是谁起了个头：

“有那么活泼热情的盛乔陪着，他应该不会孤单吧。”

“把盛乔家的那些花花草草、手办玩偶拿来一些放在这里，至少不会那么冷清。”

“他孤独30多年了，是该有人陪着，这么大的房子，一个人住太孤独了。”

……

导播照样问了他相同的问题：“之前有跟女朋友出去旅游过吗？”

霍希摇摇头，连回答都一样：“没有，工作太忙。”

导播：“如果可以跟女朋友出去旅游，最想去哪里？”

霍希垂眸笑了一下：“她喜欢热闹的地方。”

导播：“说出三个女朋友身上的优点。”

霍希：“她什么都好，三个不够说。”

导播：“期待这次的旅游吗？”

霍希：“嗯，希望可以好好陪陪她。”

弹幕：

“我酸了。”

“冷冷的狗粮在我脸上胡乱地拍。”

“盛乔上辈子是拯救了全宇宙吗？我真心哭了，这么温柔的哥哥，我又难过又开心怎么办？”

“宝贝，只要你喜欢她，我不会再骂她了。你喜欢就好。”

“像一把糖做的刀在往我心上捅。”

“心里堵得慌，但是我知道我应该祝福他。我会祝福他的。”

“好好爱下去吧，我们永远在你身后。”

……

先导片的收视率一夜之间超过同期综艺，直接登上排行榜第一，霍希和盛乔的片段也成为点播量最高的片段。

酸酸甜甜就是我了。

不过一个先导片而已，之前网上所谓的倒贴上位已经开始站不住脚了，黑粉还想通过霍希的表情、语气来强按剧本，广大网友的眼睛却是雪亮的。

就在这吵闹之间，年过完了，《你在我心上》也终于迎来了第一期的直播录制。

地点：厦门某海村。

北京还很冷，但厦门的气温已经持续在20摄氏度左右。一下飞机，阳光普照，盛乔睡了一路，脑袋还迷迷糊糊的，霍希边走边帮她把外套脱下来，丁简赶紧走上去接过外套。

因是直播，为了体现生活的真实性，什么事都要亲力亲为，这次只带了丁简和小蛋。节目组派了车来接，一上车，跟拍导演跟他们打了招呼，又说："今天的直播时间是从十点开始，我们现在直接去拍摄现场，下车就开始录制。"

盛乔终于清醒过来了，头一次在全国观众面前秀恩爱，多少还是有些紧张，迟疑着问："需要准备什么吗？有台本吗？"

导演笑笑说："不用，你们平时是什么样就是什么样，就当是和男朋友来度假的，放轻松点。"

她点点头，又看了眼旁边神定气闲的霍希，心里怅然地叹了声气。从恋情突然曝光到参加这档恋爱节目，这段时间她的心情像坐过山车一样。贝明凡不让她上网，说最近网上风向不好，不要看了平添烦恼，她也就真的没看。

只是每天用福所倚打榜签到的时候，会下意识刷一刷超话，没想到比她预想的要和谐很多。梁小棠每天都会截图支持获胜的言论发给她，让她不用担心。

她好几次在应援群里潜水，发现"情书"她们基本不在群里聊恋情这个事儿，大家默契地不去提，该做什么还做什么。

只是"情书"私下给她发过消息，问："阿福，你难受吗？"

福所倚："你呢？"

情书："有一点点，但是想通了就还好。"

福所倚："抱抱。"

情书："你不会脱粉吧？"

福所倚："不会，我爱他一辈子。"

情书："我也是！哎呀不想了，他开心比什么都重要。"

粉丝的愿望从来都是如此真切又渺小。

起初接到这档综艺节目，盛乔并不是很愿意参加，总觉得有故意秀恩爱的嫌疑。但在贝明凡和霍希的劝说下，她最终还是答应了。

但心里还是七上八下的，毕竟是直播，一言一行都没办法掩藏。何况两人以前是搞地下情的，这突然拎上地面，她还有点不习惯。

霍希在旁边看她一会儿叹气一会儿捂头的，忍住笑伸手把她抱过来，温声说："忽略摄像头，随便玩儿就好了。"

前头坐了好几个节目组的工作人员，盛乔怪不好意思地想挣开，被霍希按在怀里："提前适应一下。"

前面几个工作人员都在笑，盛乔脸都红了，一头扎进他怀里。

上午十点，直播正式开始，守候多时的观众已经挤爆了直播间。画面里是一片风景秀丽的村落，镜头以360度旋转的方式向观众展示了周围的环境，远远能看见海平面。

石子路尽头，一辆赞助商冠名的车子徐徐驶来，弹幕瞬间热闹，都在猜第一对到达的情侣会是谁。

车门打开，不婚主义情侣严轩和阮风笛走了下来。

两人都40多岁，但气质出众，阮风笛一身白色运动服，身材好到让年轻人都嫉妒。严轩器宇轩昂，不怒自威，大概是多年导演经验培养出来的气场。

两人各自看了看，严轩不怎么说话，阮风笛倒是用她的港普笑着跟观众打了招呼，又喊："老严，来打招呼。"

严轩背着手走了一圈，观察完了环境，走到阮风笛身边，眼角下垂看着镜头说："大家好，我是严轩，职业是一名导演，今年47岁。"

弹幕：

"哈哈哈……严导好像是来参加相亲节目的。"

"严导看上去好凶，不知道能不能跟另外三对小情侣相处好。"

"不不不，严导就是看上去凶，其实性格很nice。"

……

正聊着，另一辆车也到了，下来的是娱乐圈的"金童玉女"邹立扬和简兮。两人手牵手下车，简兮依偎在邹立扬怀里，小鸟依人一般，个头儿只到邹立扬肩膀。两人一出场，整个画面就开始冒粉色泡泡，不愧是最甜CP。

两对情侣互相打了招呼，阮风笛息影多年，又是香港艺人，还是第一次听说简兮和邹立扬，好奇地问："你的名字是《诗经》里'简兮简兮，方将万舞'那两个字吗？"

简兮娇俏地说："对，阮老师真厉害。"

严轩在旁边突然问："你母亲是苏虹吗？"

简兮点点头："严老师认识我妈妈？"

严轩说："合作过，你跟你母亲长得很像，就是个子矮了点。"

简兮："……"

弹幕：

"哈哈哈……严导直男无误了。"

"男孩子们记下来！这是错误示范，千万不要学！"

"简兮内心真是哔了狗了！"

"宝宝你那不是矮！是娇小可爱！"

……

严直男两三句话把气氛降至尴尬，好在第三辆车很快到了。中国台湾主持人黄心妍和她的意大利老公从车上下来。黄心妍不愧是专业主持人，一来轻松几句话就把气氛活跃起来，展现出了超强的控场能力。

像这种直播综艺，有个专业主持人嘉宾，遇到突发事故也能及时救场，在来之前黄心妍就已经收到过节目组安排的控场任务了。

黄心妍的意大利老公叫亚瑟，他用他不太标准的中文比画着说："就是《王者荣耀》里那个拿剑的亚瑟。"

很快，第四辆车也到了。弹幕瞬间热闹起来，一时之间都挡住了画面。

霍希先从车上走下来，去后备厢拿行李，盛乔紧接着从车上跳下来，穿了件黑色的连帽衫配牛仔裤、小白鞋，简单大方又充满青春活力。

霍希提好行李箱，自然而然朝后伸手，盛乔在后面握住他的手，被他牵着往前走。

弹幕上的获胜党都快叫成土拨鼠了。

四对嘉宾到齐，相互认识一番，导演说：“各位男士上前一步。”

几个人不明所以，都往前走了一步，工作人员分别递上四张图片，导演说：“今天的第一个任务是选房子。录制之前各位的女朋友已经选好了房子，现在你们要选出女朋友选择的图片是哪一张。选择正确就可以入住，选择错误要接受惩罚。”

四套房子各有各的特色，一间是视野开阔能看海的楼房，一间是花团锦簇的农家小院，一间是很有历史韵味的老院子，还有一间在深巷里面，位置隐蔽。

这几套房子环境都很不错，但各自女朋友会喜欢哪一套呢？

简兮和黄心妍在后面搞小动作，导演立刻阻止：“女生不准提示。”

弹幕说：“这考的就是对对方爱好喜恶的了解吧，相恋越久越了解对方，霍希估计要选错了。”

结果其他三人都还在思考的时候，霍希已经拿着一张图片说：“我选好了。”

导演说：“这么快？选错了有惩罚哦。”

霍希笑笑：“嗯。”

镜头给过去一看，霍希选的是那张不起眼的，隐藏在深巷中的小院子。

导演问：“为什么选这个？”

霍希垂眸笑了一下：“她会选我喜欢的。”

工作人员把之前采访时让盛乔选的图片拿了过来，果然是这张。

弹幕：

“她会选我喜欢的。我的天，这是什么神仙爱情！”

“呜呜呜……我们乔乔怎么这么好！”

“她真的很了解我哥了，我哥就喜欢隐蔽简单的环境。”

“霍希采访不是说盛乔喜欢热闹的地方吗？两人刚好相反欸。”

“感觉盛乔在这段感情里付出更多。”

“得千方百计讨好男方啊。”

“前面是哪里来的狗又在乱吠。”

……

选择结束，亚瑟和邹立扬两人选错了，亚瑟以为黄心妍会选海景房，邹立扬以为自家的小公主会喜欢花团锦簇的院子，结果刚好相反。

黄心妍选的是种花的院子，简兮选的是海景房，阮风笛选的是有历史韵味的老房子。

四人选房完毕，惩罚是选错了的男生要从这里把女生背回院子。房子在哪儿都不知道，这一段路估计不短，不过两位男生都欣然接受了这个惩罚。

盛乔有点雀跃，如果让霍希背她走这么久，她得心疼死。拿好各自的行李和图片，四对情侣开始出发寻找自己的房子。

此时主画面也就分成了四块，平台又切了四个单独的直播间，观众根据自己的喜好选择观看。霍希和盛乔这一直播间人气果然是最高的。

相对于另外两对年轻情侣随时随地的搂搂抱抱，霍希和盛乔到现在最大的亲密动作就是牵手。霍希一只手拖着行李，另一只手牵着她，盛乔左看右看，看到路边有一家小卖部，顿时说："我想吃个冰淇淋。"

她是看到太阳就想吃冰淇淋的人，而且临近中午，气温逐渐升高，她穿的衣服有点厚，走了一段上坡路已经开始热了。

结果霍希说："不行。"

盛乔停在后面不肯走："就吃一个。"

霍希看了她一眼："上次肚子怎么疼的不记得了是吗？"

盛乔噘嘴哼了一声。她大概还有一周时间就要来例假，他记她的经期记得比她还准。看她一脸不开心要小脾气的样子，霍希又好笑又无奈，妥协道："只准吃一个。"

她一下就开心了："好！"

霍希把行李放好："我去买，去树荫下等我。"

盛乔乖乖站到树荫下，霍希大步跑到小卖部，很快就买了一个巧克力味的甜筒回来。她眼睛都笑弯了。

霍希拖过行李箱，牵着她继续往上走，盛乔拿着冰淇淋边走边啃，马尾在空中左右晃。

两人这一幕并没有多亲密，没有亲昵的称呼，没有撒娇索吻，比起另外三对的欢声笑语和甜言蜜语，甚至连对话都显得平常无趣。可直播间里的所有观众，都感觉一口糖从嘴巴灌进喉咙，一直到胃里，甜得人窒息。

为什么会这么甜……

年纪轻轻，就因为看了场直播，得了糖尿病。

弹幕：

“好喜欢这一对的相处模式。”

“无形撒糖最为致命。”

“霍希也太宠了吧！说女方倒贴的睁大你的狗眼好好看看！”

“视帝演技真好。”

“总有柠檬酸成精。”

……

两人很快找到居住的房子。房门前有一棵两人合抱的樟树，枝繁叶茂，在周围投下大片阴影，使小院子看上去更加幽静。

屋主人是个60多岁的老奶奶，端着碗坐在房檐下吃饭，打了招呼，领着他们去看房间。到底只是情侣不是夫妻，节目组虽然将他们安排在同一间房，但房内又分了里屋和外屋，各设了一张床。

霍希打开行李箱，把她的小熊睡衣拿出来放在里屋的床上，又在床上坐了坐，试了试软硬度。

盛乔吃完冰淇淋跑去洗手了，回来的时候手上拿着节目组给的任务卡，边走边说：“霍希，节目组让我们去小露天广场集合，参加游戏赢取中午做饭的食材。”

霍希点了点头，指了下床上的衣服：“去把衣服换了，一会儿做游戏会更热。”话落，他又用帽子遮住屋内的摄像头，带着跟拍摄像师一起离开了。

盛乔很快换好了衣服，灰色吊带配白色衬衫，牛仔短裤修饰下一双笔直的大长腿，刚一出来，霍希又问：“防晒霜抹了吗？放在立柜上的。”

盛乔“哦”了一声，又乖乖回去抹防晒霜。

弹幕已经酸成山西老陈醋了。

“遇到会提醒你抹防晒霜的男孩子就嫁了吧。”

“霍希竟然是这么温柔细心的人，我现在入坑还来得及吗？”

“只要你不嫌狗粮齁得慌，随时欢迎入坑。”

“视帝演技真好。”

“总有老鼠屎不甘寂寞。”

……

收拾完，霍希把手上的棒球帽扣在盛乔头上，牵着她前往露天小广场，半路上遇到简兮和邹立扬，邹立扬把简兮搂在怀里，两人姿态亲昵，简直如胶似漆。

对比一下霍希和盛乔，又有观众觉得，他俩确实不太亲密。像邹立扬和简兮这样腻歪的状态才是真正的情侣啊，霍希那儿未免也太冷静平常了吧。

弹幕顿时又冒出倒贴论，说霍希的关心都是演出来的，气得双方粉丝都在跟黑粉互掐。掐了一路，四对嘉宾终于在指定地点集合了。

导演宣布完规则，这次的游戏叫作“默契大考验”。

一共有三轮，每一轮考验的题目类型都不一样，如果双方答案相同，就在中间的篮子里选一样食材，选完为止。

第一轮的题目是“你有多了解他/她”，嘉宾分为了解者和被了解者，由节目组出题，双方同时亮答案。

工作人员给四对嘉宾分别发了白板和笔，导演说：“请被了解者向前一步。”

其他三对都是女生朝前走了一步，由男生来猜，结果盛乔一把把霍希推了出去。

霍希：“……”

导演组：“？？？”

观众：“哈哈哈……试问还有谁比我更了解我爱豆？”

其实盛乔担心的是如果导演组的问题问到原主身上，她自己都不知道，这就很尴尬，还不如让她来猜霍希，更有把握一点。

游戏开始，第一个问题很简单：“对方最爱吃的食物是什么？”

盛乔：嗯？霍希最爱吃什么？他爱吃酱油煎蛋、烤红薯一类又软又糯的食物、鱼香茄子、水煮肉片，啊啊啊……这么多到底写哪一个才好？？？

开始倒计时。

盛乔拿着笔龙飞凤舞“唰唰唰”。

导演组：“时间到，请双方亮题板。”

其他三对都写对了，轮到霍希，他写的是炸酱面，而盛乔……她的白板上密密麻麻写满了菜名。

导演组一边憋笑一边念出她的答案，最后说：“你怎么不把满汉全席写上去呢？”

盛乔：“这都是他爱吃的啊！”

弹幕：

“本希光做证！这都是哥哥爱吃的啊！炸酱面是什么鬼啊！哥哥什么时候换口味了！”

“哈哈哈……爱豆坑我。”

“等等，我记得盛乔说过她最拿手的菜就是炸酱面！”

“我×！我记得，在《世界那么大》的时候，所以霍希才写炸酱面嘛！突然撒糖我酸了。”

第一道题结束，盛乔眼巴巴看着另外三组选好了菜，暗自握拳，下道题一定要答对！

导演组：“第二个问题，对方最喜欢的艺人是谁？”

盛乔：这个我知道！碧昂丝！他采访的时候说过很多次，这题稳了！

导演组：“时间到，请双方亮题板。”

镜头扫过去，另外三组的答案都是对方，霍希写的也是“乔乔”，只有盛乔，写了个“碧昂丝”。

霍希：“……”

导演组：“……”

观众：“哈哈哈……笑死我了。”

弹幕：

“你为什么不按常理出牌！”

“啊啊啊……哥哥说过很多次他喜欢碧昂丝啊，这答案没错啊！”

“你们能不能有点默契！我这个路人都看得着急！”

“这不是档恋爱综艺吗？为什么变成了搞笑节目？我要笑疯了！”

盛乔简直要哭出来了，再一次眼巴巴看着别人选好了菜，朝霍希投去一个幽怨的眼神。

霍希：“……”

导演组：“第三个问题，对方最喜欢的颜色是什么？”

盛乔：……我是写金色，还是写银色啊？救命啊！！！爱豆的心思你别猜，猜来猜去也猜不明白。

观众快被屏幕里盛乔纠结的小脸笑死了，她拿着笔拖啊拖，一直拖到倒计时才磨磨蹭蹭写下了答案。

霍希一直若有所思地看着她，等她落笔了，也才写下了答案。

导演组这下也发现笑点在盛乔身上，提示说：“霍希先别亮答案。”

其他三组再一次写对了，轮到盛乔的时候，发现她写的是：金银色。

导演组快笑死了：“金银色是什么色？”

盛乔强词夺理：“既可以是金色又可以是银色……”

导演组说：“那不行，金银色也算一种颜色，既不是金色也不是银色。好的，让我们来看看霍希的答案。”

霍希转过白板，上面的答案赫然是：金银色。

导演组：“？？？”

观众：“哈哈哈……我的妈呀！这对奇葩情侣……”

弹幕：

“他俩自创了一个颜色啊！哈哈哈……笑死我了。”

“金色是霍希的应援色，银色是盛乔的应援色，合起来就是金银色！”

“霍希刚才一直在观察盛乔，居然猜出她会写金银色，也太神了吧。”

“这才是真正的默契！”

……

盛乔看着霍希的答案简直觉得不可思议，半晌，眨巴眨巴眼睛，霍希冲她温柔一笑。总算答对一道题，她赶紧跑去篮子里选菜，但大菜基本都已经被选走了，最后只能先选一个可以饱腹的土豆。

毕竟，接下来能不能答对，全靠天意……

第四个问题：对方最擅长的一件事。

这个问题倒是让四对嘉宾都开始思索，毕竟这个范围太笼统了。但放在女生身上还是较为简单，比如严轩就写了“烹饪”，邹立扬写了“撒娇”，亚瑟写了“主持”，而且三人都写对了。

盛乔：霍希什么都擅长啊！唱歌好听、跳舞好看，演技也好，长得又帅还宠粉！呜呜呜……这个答案到底要怎么写啊？！

她偷偷摸摸看了霍希一眼，发现霍希也正看着她，两人目光在空中相触，霍希随意抬手在头上摸了摸，盛乔眼睛一亮，一副“我已接收到你的信号”的表情，然后埋头狂写。

等双方互亮题板，霍希的答案是：摸头杀。

盛乔写的是：帅。

霍希：“……”

导演组：“？？？”

观众：“哈哈哈……救命我要笑疯了！！！”

弹幕：

“最擅长帅，没毛病啊！”

“不行，盛乔真的太逗了，她的脑回路为何如此清奇？”

“我的快乐水喷了一屏幕，谁来救救我的电脑？”

“刚才霍希摸了下自己的头，就是在提醒她啊！她到底是怎么把那个动作理解成帅的啊！”

“她可能觉得霍希刚才那个动作是在耍帅吧。哈哈哈……”

好好一档恋爱节目，弹幕全部变成了“哈哈哈”。

盛乔抱着唯一的土豆，内心是崩溃的。

他们迎来最后一个问题：最喜欢对方身上的哪个部位？

盛乔：完了，完蛋了，我哪儿都喜欢，连头发丝、脚趾头都喜欢，这让我怎么写？

她噘着嘴，再次欲哭无泪求助地看向霍希，霍希见她那委屈的小表情不由得失笑，好笑地摇摇头，投给她一个鼓励的眼神。

两人之间的眼神小动作被镜头完整呈现出来，观众简直一边吼着好甜好甜，一边着急地祈祷盛乔这次千万不要再会错意了啊！

这一道题黄心妍那组错了，另外两对都写对了，轮到盛乔，她生无可恋地举起白板，上面写着：全身上下。

导演组已经快被她笑死了，又齐刷刷地转头看霍希，霍希笑了下，转过白板，答案是：全部。

盛乔一下蹦起来："哇！终于对了！"

第一环节结束，盛乔一共得到了一个土豆、一个红薯。她现在已经对接下来的环节完全不抱希望了，食材都尽量拿饱腹的。

饿谁不能饿爱豆。

"默契大考验"的第二个环节，你比我猜。很老套的游戏，节目组会给一个词，一个比画一个猜词，比画的人不能说话，只能用肢体表现。

盛乔顿时重燃信心，眼神灼灼地看着霍希："你猜还是我猜？"

霍希说："你想玩哪个？"

她想了想，让霍希站在这里比比跳跳地提示好像不咋美观，握拳道："我来比画，你来猜！"

霍希摸摸她的头："好，不要有压力，随便玩。"

弹幕：

"啊啊啊……果然是最擅长的摸头杀！这姿势、这力道，这胳膊肘弯曲的45度角！"

"我也想拥有这样一个温柔的摸头杀。"

"自己摸自己过过瘾吧。"

……

四组同时进行，同一个词，谁先喊出来谁就赢，各自就位，第一个词：《西游记》。

盛乔瞬间激动，立刻做了一个孙悟空反手搁在眉骨上，单脚站立远望的姿势，霍希立刻说："孙悟空，齐天大圣，美猴王，《西游记》。"

其他三组："……"你是连珠炮吗？

导演组："霍希答对了，下一题。"

下一题：《红楼梦》。

咦，节目组这是打算把四大名著全来一遍吗？

盛乔飞快揉了一把眼睛，硬生生把眼泪揉了出来，然后小手轻轻捂着脸，娇弱地"喀喀喀"，还假装吐了口血。

霍希："林黛玉，黛玉葬花，《红楼梦》。"

其他三组："？？？"

邹立扬在旁边夸张道："哇，霍希你也太厉害了吧！给条活路啊。"

霍希淡淡一笑："乔乔演得好。"

盛乔骄傲挺胸，观众快被她一脸小得意笑死了，弹幕问：

"请问盛乔是吃可爱长大的吗？太萌了！"

"刚才演林黛玉那个神态演得还真像，演技不错。"

"霍希也厉害，脑子转得飞快。"

"这俩一个出身哥伦比亚大学，一个出身清华大学，智商简直碾轧。"

"配一脸，我真香了。"

"呜呜呜……大嫂真的好可爱，连我都喜欢上了，更别说我哥。"

第三个词：布拉格广场。

每次反应最快的盛乔突然顿在原地，其他三组都已经开始表演，盛乔还是没动作。观众都不知道发生了什么，这时弹幕说：

"盛乔就是在布拉格被绑架的。"

"唉，生死一线，我看了那个视频，当时车子撞进河里，都沉底了。"

"勾起不好的回忆了，节目组怎么选的词啊？"

旁边简兮还在努力地扮演白鸽，挥舞着手臂背对着邹立扬在原地飞，霍希扫了一眼，又看了看还在皱眉沉思的盛乔，突然开口："布拉格广场。"

导演组："？？？"

观众："？？？"

这都能行?

弹幕:

“刚才是谁说我获胜没默契的!!!”

“霍希这是什么脑子?我也想拥有。”

“比起他的脑子,我更想拥有他的脸。”

“我想拥有他的女朋友!!!夺妻之仇不共戴天!”

“不准觊觎我儿媳妇,你们这群臭男人!”

……

霍希爆冷答对,简兮不开心地瞪了邹立扬一眼,盛乔从走神中回过神来,朝霍希眨眨眼,抿唇笑了一下。剩下来的两个词一个被严轩猜到,另一个被霍希抢答,上一环节落下的差距这一环节终于追上了,盛乔得到了四次挑选食材的机会,美滋滋地选了一篮子,终于不用担心爱豆被饿着了。

做完“默契大考验”游戏,每个人都获得了相应的食材,霍希一只手提着篮子,另一只手牵着盛乔回家做饭。

后两轮游戏领先,食材不少,盛乔一回去就钻到厨房,霍希在旁边洗菜帮忙,整个画面温馨得要命。盛乔这两年厨艺大长,两菜一汤盛出来时,色香味俱全,厨艺又拉了一波好感。

吃完午饭,节目组给了他们一个小时的午休时间,睡觉没啥好看的,不少观众都退出了直播间,但还是有不少观众表示对明星的睡姿也很好奇。

盛乔早上在飞机上睡了几个小时,没什么困意,但见霍希稍微有些倦,还是乖乖回里屋去睡觉了。

躺在床上玩了会儿手机,耳边蚊子嗡嗡地响,她一下翻起来,聚精会神地看了半天,然后一巴掌把蚊子拍死了,然后观众就看了十分钟盛乔打蚊子。

打完里屋的蚊子,盛乔又想到什么,蹑手蹑脚跑到外屋,霍希已经侧身朝内睡着了。她看了一圈,果然发现有蚊子在飞,担心吵醒霍希,把拖鞋脱了,光着脚轻轻走过去,手掌鼓起来降低巴掌声,开始小心翼翼地打蚊子。

观众都被这一幕感动了,都觉得好甜好暖,偏偏黑粉要跳脚。

“估计以前就是用这种办法勾引霍希的吧。”

“为了讨好对方，卑微到失去人格了。”

“粉丝还不承认倒贴吗？她这些讨好的行为真的太可笑了。”

“我×！打个蚊子就失去人格了？你们从小到大没打过蚊子？”

“粉丝别洗了，我都心疼你家主子这奴颜媚骨的样子。”

“霍希就是不喜欢她啊，说不定还是装睡呢，粉丝可醒醒吧。”

……

一只蚊子引发的血案，一直到午休结束都没结束。

下午的任务是男女方分开，男方在村里小学的篮球场通过2V2斗牛的方式来累积积分，女方则是通过做村里的一些手工活儿来累积积分。到晚上按照积分多少来获取节目组提供的熟食。

熟食当然也根据积分多少分为三六九等，节目组还故意透露，第一等是海鲜大餐。

其他三位女嘉宾都打算随便干点活儿，主要还是把希望寄托在男方身上，盛乔可不这么想，必须让霍希吃上海鲜大餐！

一下午忙下来，其他三位女嘉宾都只加了七八分，盛乔一个人加了15分。黑粉免不了又是一顿嘲讽，弹幕一下午掐架就没断过。

斗牛结束，霍希恰好因为这多出来的七八分，获得了这顿海鲜大餐，节目组通知他去指定地点领取食物。

三层红木食盒装得满满当当，简直羡慕死其他三位男嘉宾了，导演说：“小乔下午比你还拼。”

霍希皱了下眉，提着食盒快步回去的时候，发现她已经躺在里屋的床上了。

太阳西沉，余光斜斜打在门前的水泥地面上，他把食盒里的饭菜端出来摆了满满一桌子，除了海鲜还有几道炒菜，很是丰盛。

他没惊醒盛乔，坐在桌边开始剥海鲜。

弹幕：

“我×！都不叫盛乔起来吃饭吗？这么冷血？”

“我有点信他不是很喜欢盛乔了。”

“突然有点心疼盛乔。”

“舔狗，舔到最后一无所有。”

“你们可他妈闭嘴吧，说不定这是霍希给盛乔剥的呢？”

……

弹幕吵了一会儿，霍希已经剥好满满一碗的海鲜，镜头下，他的大拇指被刚才的螃蟹腿划了道口子，他起身去外面的洗手台把手洗干净，然后转身去了里屋。

盛乔还睡着，他坐在床边摸摸她的头，轻声说：“乔乔，起来吃晚饭了。”

盛乔在睡梦中嘟囔了一声，翻了个身。

他俯身过去，在她额头亲了亲，哄她：“乖，吃了再睡。”

她噘了下嘴，声音哼哼唧唧：“我好累，吃不下。”

她一累就吃不下饭的毛病还是没改。霍希手臂从她脖子下环过，一只手扶住她的腰，把她抱了起来：“晚饭要吃的，你之前答应过我什么？”

直播间观众眼睁睁地看着盛乔被他一个公主抱从床上抱到了饭桌前。盛乔鞋都没穿，光着脚坐在椅子上，迷迷糊糊地揉眼睛，霍希把装满海鲜肉的碗放到她面前，先让她喝了两口水，又把勺子放到她手里。

盛乔还怪不情愿的：“我一点都不饿。”

霍希说：“不饿也要吃。”

她哼了一声，舀了几勺子放进嘴里，囫囵吞了，霍希说：“细嚼慢咽。”她只能慢慢嚼。

好不容易把碗里的海鲜肉吃完了，霍希又盛了一小碗米饭过来，她顿时叫道：“我已经吃饱了！”

霍希说：“再吃五口。”

盛乔噘嘴：“不要。”

他置若罔闻，拿筷子夹菜放到碗里，混着米饭舀了一勺子：“张嘴。”

盛乔不情不愿地把嘴巴张开，被他喂了一勺饭，边吃还边说：“一口了！”

他“嗯”了一声，喂一口盛乔数一遍，五口吃完，她一下把碗推开：“够了！”

霍希这才把碗放下，摸摸她的头：“刚吃完饭不能躺，我去给你拿鞋，出去找简兮她们玩一会儿。”

他起身去里屋把拖鞋拿出来，盛乔穿好鞋，却没有出门，就在院子里走了一会儿，又跑回来陪他吃饭。

弹幕久久无声。

宠到他们连打字都忘了。

宠到他们无法呼吸。

怎么可以，这么宠？

柠檬树上柠檬果，柠檬树下你和我，今天，我们都是柠檬精。

“刚才说我乔倒贴的狗呢？说霍希不喜欢我乔的狗呢？说我乔奴颜媚骨的狗呢？都给我滚出来！”

滚出来是不可能了，这辈子都不可能了。

“喂，120吗？我糖吃太多，齁住了，麻烦给我打点胰岛素。”

霍希有夜跑的习惯，吃完饭休息一会儿，换了身衣服就要出门。盛乔坐在门槛上逗狗，看他要走出门，一把抱住他的腿，仰头问：“你要去跑步啊？”

霍希点点头，她在他腿上蹭啊蹭：“我也要去。”

霍希笑：“跑一半就坐在地上赖皮不跑的人不准去。”

盛乔斩钉截铁地比出三根手指：“我这次一定跑完！”

霍希：“你上次也是这么说的。”

盛乔：嘤嘤……

观众：“……”

“哈哈哈……哈，有前科。”

“盛乔蹭霍希腿的样子好像小狗蹭主人啊（不是骂人的意思）”！

“呜呜呜……酸了，我也想抱着我哥的腿撒娇。”

……

两人对峙一会儿，霍希最终妥协了：“去换衣服吧，我等你。”

盛乔顿时高兴了，蹦蹦跳跳跑回里屋换了一套便于运动的衣服。两个跟拍摄像师对视一眼，内心是绝望的。

嘉宾跑，他们也得跑，还是扛着机器负重跑，真是太惨了。

霍希牵着换好衣服的盛乔走到院外樟树下，原地站好，说："跟着我做热身运动。"

盛乔乖乖地点头。他抬手，她也抬手；他抬腿，她也抬腿。一大一小在银月清辉下做着拉伸，影子被月光拉得细长，投在斑驳的地面上，随着繁密枝叶一起摇晃。

做完拉伸，夜跑正式开始。风里有海的咸湿味，还有时而响起的狗叫，脚步踩在青石地面，嗒嗒的声音在幽巷中传开。

盛乔本来是跟霍希并排的，霍希步子放得慢，结果跑了一会儿，她还是落后了。霍希在原地跑着等她追上来，才又继续。

就这么一会儿等，一会儿跑，跑了才一半，刚才还信誓旦旦的盛乔果然一屁股坐在地上不跑了。

她气喘吁吁，两只手撑在地面，大长腿搁在地上，边说边喘大气："我……在这儿等你……你跑完了……回来找我。"

霍希："你刚才是发了誓的。"

盛乔："我上次也是发了誓的，又不新鲜。"

弹幕：

"盛乔耍赖的无耻神韵跟我家二哈一模一样。"

"这么可爱的女朋友试问谁不想拥有呢？"

"霍希是真的宠，盛乔这赖耍得太娴熟了，惯犯啊。"

"就是被霍希这么宠出来的吧！啊啊啊……嫉妒使我面目全非。"

……

霍希觉得无奈又好笑，早就料到这个结果，伸手把她拉起来："地上有热气，不要坐在地上，让摄像老师陪你回去。"

她乖乖点头，霍希转身就要继续跑，又想到什么，回身说："不准去买冰淇淋。"

刚才拐角的时候经过一家小商铺，她盯了那冰柜好几眼。

盛乔眼中闪过一抹被说中的慌乱，赶紧说："不会的！"

霍希狐疑地看了她几眼，想了想，总觉得自己一走，她肯定转身就跑去买冰淇淋，然后趁自己回来前吃完，毁尸灭迹。

他把她拽到面前，伸手去摸她的口袋，把钱和手机都掏出来放进自己兜里：“去吧。”他又转头笑吟吟地跟摄像老师说：“老师，麻烦一会儿不要借给她钱。”

摄像师点头。

盛乔：“……”

她索性耍赖，又一屁股坐回地上：“我不走了！我就在这儿等你！省得你还怀疑我！还收走我的钱！”

霍希忍住笑，垂眸浅声问：“不是没钱才不走的吗？”

盛乔痛心疾首：“还能不能给彼此多一点的信任了？！”

霍希也不跑了，在她面前蹲下来，耐心地跟她掰扯：“上个月肚子痛的时候医生是不是说要减少冷饮的摄入？”

盛乔的眼神顿时飘了，小声说：“你怎么翻旧账啊……”

霍希又说：“你是不是当着医生的面保证一个月只吃五个冰淇淋？”

盛乔：“……那我这个月还没吃够呢。”

霍希：“加上今早那个，已经是第三个了，这个月还剩14天，你能保证你接下来的半个月只吃一个吗？”

盛乔：“……”

霍希摸了下她头，声音低得像诱哄：“听不听话？”

她噘着嘴，好半天，鼻尖哼出一个音节：“听。”

霍希这才笑了，伸手把她抱起来，替她拍了拍身后的灰：“回去等我吧。”

她点点头，乖巧地笑了一下：“那能把钱和手机还我吗？”

霍希也笑：“不能。”

盛乔：“……哼！”她转头就走了。

霍希眼带笑意看着她气呼呼的背影，好半天才转身，继续自己的夜跑。

观众集体阵亡。

弹幕：

“这宠溺的眼神……我不行了……医生救命，我溺死在这眼神里了。”

“让我魂穿盛乔吧，就一天，不！一个小时就足够了！呜呜呜……”

“这是在谈恋爱还是在养女儿啊？我要报警了！”

“你们难道没听过，最好的恋爱就是把女朋友当女儿宠吗？”

“盛乔何德何能，我真的酸了。”

“盛乔长得漂亮，性格又好，学历高、智商高，撒娇都这么可爱，是个男人都会宠。”

“这辈子不可能了，下辈子好好投胎吧。”

“他们什么时候结婚？我想看《爸爸去哪儿》！”

“哈哈哈……想看《爸爸去哪儿》的是不是想得太远了！”

“我是从五年后穿越回来的，我剧透，获胜离婚了。”

“我是从六年后穿越回来的，我剧透，前面因说谎话被雷劈了。”

……

一直等到霍希夜跑结束，弹幕上的掐架才有所减缓。

回到小院的时候，盛乔已经洗完澡换好睡衣，借了丁简的手机趴在床上玩，霍希进去打了招呼又出门去洗澡，洗完回来拿着毛巾边走边擦头发，看她还保持同一个姿势趴在那儿，手指动得飞快，就知道她在做什么了。

他随口问：“榜还没打完吗？”

盛乔头也不抬：“快了，最后一个反黑。”她低声抱怨，“你的超话排名最近怎么又掉了啊？”

霍希又去外屋吹头发。

弹幕却因这两句对话顿时疯了：

“霍希说的打榜，是我理解的那个意思吗？”

“盛乔说的反黑超话，是我理解的那个意思吗？”

“所以盛乔每天都在专心打榜反黑做数据？”

“追星少女的日常！！！啊啊啊……盛乔也太真实了吧！”

“她连超话排名掉了都知道！她是不是每天也混在超话里？”

“细思极恐！我的追星小姐妹其中一个不会就是她吧！”

“连盛乔都这么努力，你们还有什么理由不打榜！超话冲啊！今晚一定要重登第一！”

“呜呜呜……这个大嫂我认了，会做数据的大嫂一定是个好大嫂。”

“更好笑的难道不是霍希知道盛乔在给他打榜吗？哈哈哈……”

“从霍希回来进屋到洗完澡，盛乔都没抬头看他一眼，专心致志打榜，笑死我了。”

“数据比真人重要，大嫂做到了，让我们给她鼓掌。”

“好想知道盛乔的小号叫什么，想偷偷跟她做朋友。”

……

只可惜盛乔打完榜就关了手机，从床上跳下来跑到外屋，霍希已经吹完头发，站在桌子面前点蚊香。

他在刚才跑步回来的路上买的，点好之后放到里屋去，还故意逗她：“用你买冰淇淋的钱买的。”

盛乔果然哼了一声。

他逗完她心情不错，伸手揉了把她洗过后清爽的头发，柔声问：“洗澡的时候看到院墙边有架梯子，要不要去房顶看星星？”

盛乔的眼睛顿时比星星还亮：“要！”

他忍不住俯身亲了下她柔软的唇。这是直播以来，两人第一次有除牵手外的亲密接触，弹幕简直成了土拨鼠的聚集地，快被这个低头吻甜疯了。

疯狂尖叫中，霍希已经牵着盛乔顺着梯子爬上了屋顶的平台，而且还细心地拿了一圈蚊香，等她坐下来就点好放在旁边。

临海的渔村，天和海一样澄净，向远处看，海平面和夜幕交叠，星光垂满大海。

她靠在他肩上，白色的小熊睡衣被夜风撩得轻轻摇晃，摄像头切远，像一幅海报，美得观众连弹幕都关了，生怕会打扰这么浪漫美好的一幕。

蚊香燃到一半，困意来袭，霍希带着盛乔回屋睡觉，等她躺上床，替她把被子盖好，手掌撑在枕边，俯身亲了下她的额头。

“晚安。”

虽然很想抱着她睡，但毕竟是直播，不能让黑粉找到机会诋毁她，霍希关灯退了出去，躺到外屋的床上。

摄像老师也退了出去，今日直播到此结束。

直播是结束了，网上的夜生活却才刚刚开始。吃了一天糖，现在就是回味的时候！获胜党全体出动，剪视频的、截图的、剪cut的，挤满全网。

一夜之间，获胜CP党大幅度增加。

霍希和盛乔在直播里的片段被剪成合集上了热搜，每一个点进去的网友都被塞了一嘴糖。

那不是演出来的甜。盛乔像太阳一样炽热真诚，她爱一个人，心里、眼里都是他，半点都作不了假，所以她竭尽所能地去对对方好，恨不得把所有的爱护都给他。而霍希像风，爱得并不明显，而你看不见的风，无时无刻不将你围绕，润物细无声，说的大概就是如此了。

他已经不只是宠，简直是宠溺了。

黑粉再怎么诋毁，也掩盖不了两人相爱的事实。

不过一天而已，倒贴上位论不攻自破。走了一批无法接受恋情的粉丝，来了一批羡慕神仙爱情的粉丝，风向总算渐渐回归正常，而这仅仅是撒糖的开始。

在遥远的将来，当市民王先生回忆起这段时间，这样说道："甜得嘞，都吃不下饭，人都瘦嘞。"

第二十七章 掉马

第二天早上八点，直播正式开始。本该睡懒觉的周末，观众愣是因为这个直播调了闹钟爬起来吃糖。

跳进获胜直播间的时候，观众发现盛乔已经起来了。她有早起的习惯，一只手端着杯子，另一只手握着牙刷，站在院子里的洗衣台旁边咕噜咕噜地刷牙，穿着白色的小熊睡衣，头发随手绾在头顶，脚还在逗狗。

洗漱完，她跑进屋，镜头扫到外屋的霍希还朝内侧躺着，她蹲在床边，用食指杵他的腰窝，霍希翻过身来，看见床边的小脑袋，初醒的面容露出一个安心温柔的笑，手肘撑着床铺前倾身子，在她额头亲了一下。

盛乔顺手搂住他脖子，甜甜道："早安。"

好的，一大早就吃到又甜又酸的柠檬糖了。

霍希起身洗漱，盛乔已经跑到厨房去做早餐，昨天的游戏她挑选了鸡蛋，做了两个酱油煎蛋，屋内有牛奶赞助商提供的牛奶，热过之后倒在杯子里，还顺便做了个口播。

弹幕里的希光又是一阵感慨，她跟我们一样了解爱豆的口味喜好，今后再也不用担心爱豆的一日三餐了。

吃饭的时候，节目组送来了今天的任务卡。

今天的任务都跟海有关，节目组在海边搭建了场景，又刺激又好玩，还要考验情侣之间的默契与配合。

玩了一天就撒了一天的糖，霍希和盛乔不是最有默契的一对，但绝对是最甜的一对，霍希的宠溺总是悄无声息，那种自然而然流露出来的温柔最是令人心动。

到下午六点，第一期直播结束，几对嘉宾各自赶往机场离开，到机场的时候，还遇到了来送机的粉丝。

盛乔还是第一次看到金海、银海这么和谐地混在一起，没有泾渭分明，也没有怒目而视，金银色彼此相融，竟然意外好看。

这个时候来送机的，都是接受了恋情的粉丝，霍希牵着盛乔一路走过来，粉丝也一路跟着。

希光：“大嫂，要照顾好哥哥啊！不要辜负他啊！”

乔粉：“霍希，乔乔就交给你啦，你要好好对她啊！”

双方粉丝真是操碎了心。

回到北京之后，又是各自繁忙的一周，年初开工，各种行程通告不断，盛乔这学期的安排是开学就去学校，上两个月的课完成老师的指标，接下来的半学期加上暑假差不多小半年的时间，可以再接一部戏。

霍希的首部电影《盲枪》也官宣了上映时间，“五一”黄金周，各大媒体播放了预告片，观众简直无法将电影里那个满身血气的土匪头子和现实中那个温柔淡漠的人联系起来。

可塑性真是太强了。

盛乔当然是第一时间用认证大号帮自家男朋友宣传了一波：“@盛乔：五一不要再去王者峡谷了，跟我一起去电影院看《盲枪》吧。”

然后她再登录福所倚的账号，开始跟随打榜数据组大肆宣传，刷话题、刷热搜。一直忙到周五晚上，即将出发前往伊斯坦布尔录制第二期《你在我心上》。

霍希此刻人在香港，两人分开飞，盛乔到达机场是凌晨，节目组派车把她送到酒店，让她再睡几个小时，早上九点开始直播。

盛乔眼巴巴看着导演：“霍希呢？”

导演：“你们要直播开始之后才能见面。”

盛乔：“……”于是她只能自己睡了。

也没睡几个小时天就亮了，丁简八点就叫醒她，起来洗漱化妆。伊斯坦布尔的天气跟北京差不多，已经开始回暖，但昼夜温差大，风过还是寒。

8点55分，跟拍摄像师和导演就过来了，盛乔还在啃面包，等他们调好机位，九点直播正式开始。

盛乔先对着镜头冲已经等候多时的观众打了招呼，然后问：“霍希呢？”

导演说：“今天的第一个任务，就是在异国他乡的茫茫人海中不靠任何通信设备找到彼此，时长越短，接下来的旅程就越轻松，来，上交一下手机，助理的也拿过来。”

盛乔：“？？？”

此刻在两个直播间来回跳的观众看到了另一边的霍希，他其实就住在盛乔隔壁，但是刚刚已经被工作人员带上车拉走了。听到导演如此安排，霍希总是淡漠的脸上也没有多少慌张，淡淡笑了下：“知道了。”

那头，盛乔可不像霍希那么好糊弄，拽着导演不准他跑：“不给通信工具就算了，照片得给一张吧？”

导演说：“你要照片做什么？”

盛乔面不改色地说：“我已经好几天没见过他了，忘了他长什么样。”

导演：“……”

盛乔：“我要一张他今天的现拍照，不然我就不出门了，在房间里给观众表演劈叉。”

导演：“？？？”

观众：哈哈哈……我们想看劈叉！！

连《逃出生天》节目组都无法抗衡的Bug，拿到这里简直就是魔鬼一般的存在，导演组拗不过，只能让那头跟着霍希的工作人员拍了一张照片传过来。

导演说：“拿去楼下打印一张。”

盛乔：“等下！生图不P怎么行？这光线暗得，这角度歪得，哎呀，快拿来我P一下。”

弹幕：

“哈哈哈……笑死我了。”

“哪怕在异国他乡哥哥也要保持美貌啊！”

“大嫂是颜粉没跑了。”

……

导演组生无可恋，只能看着盛乔打开酒店的电脑，下载了一个PS，开开心心地P起了图。其实也没花多少时间，就七八分钟，盛乔操作鼠标熟练无比，很快就把一张工作人员随手拍的生图修成了宛若专业街拍的美图。

观众简直跪服在她娴熟的P图技巧下了。

弹幕：

“跪求大佬给我P图！我要拿去相亲！”

“我记得盛乔以前自己给自己当后援会会长的时候，经常自己给自己P图。”

“所以是那时候练出来的吗？哈哈哈……好好笑啊。”

吃瓜路人都在“哈哈哈”，只有希光看着镜头拉近后电脑屏幕上的图蒙了一会儿：

“这个图……风格有点眼熟啊……”

“姐妹们，我也觉得，好像是……”

“不瞒大家，我现在打字手都在抖……”

“不可能吧？我×！这简直也……不是，再仔细看看？”

“前面的都在说什么啊？看不懂。”

“同不懂，求问，这图怎么了？”

……

没有人回答，觉得那张图风格眼熟的希光几乎都拉回进度条，定格在那一幕，拿出手机战战兢兢、仔仔细细地开始对比。

盛乔临时P的这张图并没有精修，只是调了光影和色彩饱和度，进行了简单的曝光和美化，比起福所倚花几个小时的精修图，还差些精髓。

但是风格太相似了，福所倚修图习惯的光影、色彩，甚至连那一份独有的禁欲气息，在这张临时P的照片上都有迹可循。

是巧合，还是就是她们不敢想象的那个答案？

超话开始蔓延一种诡异惊悚的气氛。

大家都不明说，而是发两张截图，战战兢兢地问：“像吗？”

“是吗？”

“不可能吧？”

“无法接受。”

“神级大佬。”

“要是真的，我给跪了。”

有按捺不住的希光跑去给福所倚发私信、发评论：“阿福你在不在啊？你在做什么啊？出来冒个泡啊，大家都想你了。”

阿福没有反应。

阿福工作一向很忙，很少追现场，只追演唱会，从来不面基，除了每天固定打榜做数据，很少像普通粉丝那样随时挂在超话。

以前以为阿福是类似在华尔街工作那样的精英大佬，如今心里隐隐有了猜测，竟然觉得，好像更加贴合。

没有人戳破，没有人直说，总觉得这个答案太荒谬，更像是巧合。

还是看直播吧。

注意力转回直播现场，盛乔已经拿着P过之后打印下来的大照片高高兴兴出门了。陌生的城市，陌生的街头，她左右看了一圈，叫住一个年轻的女孩，先用英文询问对方是否会说英文，得到肯定答案后，又询问了这附近的大型公园或者百货商场所在。年轻女孩给她指了个方向，是附近很有名的艺术公园，盛乔道谢之后快步朝前走去。

摄像老师跟在旁边，她拿着照片对着镜头扬了扬，像是调节气氛，笑着说：“知道我为什么一定要一张霍希今天的现拍照吗？因为外国人认中国人都脸盲，单看脸根本看不出来，所以要从头型、穿着上来辨认。”

观众一听，深觉有理。

她又说：“一会儿呢，我就去人流最多的地方，把这张照片拿给附近的人看，让他们帮我找找。节目组这样安排，我和他相隔一定不会太远，这样就很容易找到啦。”

说着话，她已经嗒嗒嗒地跑过马路，又快步走了十分钟，来到了人流聚集的艺术公园。

她在周围逛了一圈，来到中间的喷泉旁，喷泉四周都是街头表演的艺人。她长得漂亮，身后又跟着摄像机，自然而然就吸引了四周的目光。

有个吹萨克斯的老伯伯还朝她招手，盛乔笑眯眯地跑过去，老伯伯问："Show？"

盛乔点点头，把手里的照片拿给他看，用英文说："我男朋友走丢了，我正在找他，你能帮帮我吗？告诉大家，如果看到他，告诉他他的女朋友正在艺术公园的喷泉旁等他。"

老伯伯打了个响指，拿过照片给四周围观的人群看，用当地话说："这个小美人的男朋友走丢了，寻求大家的帮助。"

外国友人对于这种事还是很热情的，纷纷接过照片，盛乔拿着照片挨个儿交代、道谢。

观众简直要被她的机智折服了。

其他三组都还在漫无目的地找人，好几次都隔着一条街擦肩而过，只有盛乔选择原地不动，让对方来找他。

给喷泉附近的人都看过了，她又以整个公园为范围，发动热心群众，搞了快半小时，觉得应该差不多了，又跑回喷泉旁。

吹萨克斯的老伯伯听说她来自中国，居然还给她吹奏了一曲《茉莉花》，旁边还有拉小提琴的、吹笛子的、玩当地乐器的。盛乔不知道想到什么，眼睛亮了一下，观众一看她这表情就知道她又有什么奇怪的想法了。

果然，盛乔礼貌又真诚地询问老伯伯，是否可以说服另外几个音乐艺人，一起合奏一曲《茉莉花》。

几个人经常在这里卖艺，早就熟了，老伯伯一呼几个人就都过来了，《茉莉花》这种耳熟能详的曲子，一经这个临时组建的乐队演奏，音乐声很快就远远传了出去。

一曲还没结束，霍希就出现在镜头里。

盛乔还坐在喷泉边上托着腮欣赏，霍希也没打扰她，远远站着，摄像师悄悄退到一边将镜头拉远，两人同框，隔着不短的距离，你在欣赏风景，我在欣赏你，霍希温柔的眼神甜得观众差点发疯。

最后还是吹萨克斯的老伯伯最先看见霍希，一脸惊喜地指着远处说："There! There!"

盛乔一抬头，看见不远处双手插在大衣口袋正偏头看着她笑的霍希，尖叫一声，拔腿就朝他扑过去，霍希张开双臂一把搂住她，低头吻了吻她额头："真聪明，女朋友。"

调皮的老伯伯已经招呼哥们儿开始演奏婚礼进行曲了。

盛乔转身朝他们弯腰道谢，付了小费。

他们这组是最快找到对方的，霍希在寻找的路上遇到了不下十个人，兴奋地拉住他跟他说"Art Park""Girlfriend"（艺术公园、女朋友）这两个词。

他朝着公园找过来，远远就听到《茉莉花》的曲子，轻松完成了任务，接下来一天的行程果然要比其他三组轻松很多。

今晚嘉宾住宿的地方在一栋大房子里，四对嘉宾都住在这里，女生住一间房，男生住一间房，房间里放的是两张高低床。

床虽然小，但布置得很精致，粉色的地毯，毛茸茸的抱枕，环境还是很好的。在外面跑了一天多少还是有点累，晚上还要玩游戏，几个人都躺在床上暂时休息。盛乔趴在抱枕上玩手机，跟女嘉宾有一搭没一搭地聊天。

极其寻常的一幕，只有希光意有所感，悄悄拿出手机，点开了福所倚的首页开始刷新。

直播里盛乔正在玩手机，而福所倚的首页开始渐渐出现打榜记录。

希光：……

不！不可能！我们不相信！

我们舔了两年的阿福怎么可能是她！

这太魔幻了！！！她一定只是在玩手机而已！

希光纷纷给福所倚发私信："阿福，你现在在干什么啊？"

直播里，盛乔的手机开始不停地传出"叮叮叮"的声音，她赶紧设置了静音。她奇怪地看着这些私信，不明所以地抓抓头发，发了条微博："我在打榜啊，你们干吗都给我发消息？"

有希光留下一条评论："阿福，你看看镜头。"

盛乔下意识地抬头看向房间内的镜头，又一脸蒙地回复："看什么镜头？"

而看到这一幕的希光："……"

这不可能！！！一定是错觉！！！

有个狗胆包天的希光发出了这样一句话："阿福，你知道我们现在正通过直播看着你吗？"

只见节目里，随意趴着的盛乔全身一抖，手机像长了刺一样从手里飞出去，啪叽一声摔落在地，她一脸惊恐地看向墙上的镜头，眼珠子都快瞪出来了。

乔乔：见鬼了！！！

希光：见鬼了！！！

双方默不作声地对峙，谁也不敢轻举妄动。

只有不明所以的路人看着画面里突然面露惊恐连手机都摔在地上的盛乔，在弹幕上打趣："她是刷到什么恐怖图片了吗？"

希光："不！这简直比恐怖图片还恐怖！"

盛乔终于意识到发生了什么，她不知道自己到底哪个环节暴露了，小心翼翼地把手机捡起来，也不敢看镜头了，假装若无其事地趴回床上，手机却飞快地点进超话。

一翻，就知道怎么回事了。这该死的P图的手！

追星姐妹都是福尔摩斯吗？！这都能联系上？现在该怎么办？打死不承认？直接承认？啊啊啊……热搜是不是预定了？又要被贝明凡骂了！嘤嘤……

福所倚的私信和评论逐渐被挤爆，盛乔一条也不敢回，梁小棠的微信火速发了过来："我今天在加班，回来才看见超话爆了！你咋回事啊大兄弟？！"

盛乔："呜呜呜……我现在怎么办？自曝吗？"

梁小棠："稳住！现在还没有确切证据，我们再挣扎一下。"

盛乔："……看超话，他们查我IP了。"

梁小棠："？？？"

霍希超话热门贴："破案了，是同一个人，IP地址相同，我想静静。"下附IP截图。

刚才还在徘徊犹豫的希光顿时炸了。

实锤啊！！！福所倚是盛乔。我们的粉头是我们的大嫂。

P图小能手阿福，一掷千金应援大佬，打榜反黑一线战士，我们心中的华尔街精英，她！居！然！是！盛！乔！

算算时间，阿福刚开始冒头那会儿，两人还没有恋爱，她还是那个被希光骂出翔的倒贴狗，可那个时候，她就已经混迹在超话了。

她一定看到过那些骂她的帖子，一定遇到过那些一边骂她一边嗷嗷舔图的粉丝，可她还是顽强地站稳了脚跟！真是感人泪下。

整个超话都地震了，连只有演唱会才露面的古墓粉都爬上来说——什么？阿福是盛乔？

快！快去从头到尾仔细翻翻她的微博！

一翻，她修图，她打榜，她应援，她反黑，她还掐架，她就跟千千万万的粉丝一样，没有什么不同。但仔细去研究，也能看出端倪。

比如，她从来不参与有关“盛乔”的讨论，不转发有关CP的言论，公布恋情那段时间，每个希光都在发声，或哭或笑，或骂或祝福，爱豆恋爱了，你总要有点反应吧？

但福所倚没有。她还是一如既往地打榜打榜打榜，反黑反黑反黑。

那时候的打榜微博里还有希光打趣的评论：“阿福，你就像一个莫的感情的打榜机器。”

现在算是明白了。

她那哪是“莫的感情”？她是得了便宜不敢卖乖！

但也因为这一点，在有关盛乔的事情上，她从来没有站出来利用自己的粉头身份带节奏为盛乔拉好感，希光翻她的微博一路翻下来，居然还有点感动。

福所倚是一个有着20万粉丝的大粉，她的神仙修图和积极应援打榜让她在希光中很有公信力。恋情曝光的时候，圈里大大小小的粉丝都在各自发表感想，多少人为盛乔站街，支持恋情，如果那时候福所倚也站出来表明态度，一定会为盛乔拉更多的好感。

但她没有，她什么都没说，甚至因为她的沉默，一部分粉丝认为她是不支持恋情的。她没有利用福所倚这个号为自己做过什么事，福所倚的存在，只是因为霍希，从开始到现在，从来都没变过。

阿福的置顶微博，还是那篇转出圈的文章：《浅谈霍希演技的蜕变》。

那时候希光就讨论过，这文章低于五年粉龄绝对写不出来。那时候他们感叹阿福的才华和逻辑，为她摇旗呐喊，看着她将黑粉赶下高地，欢呼鼓掌。

如今再看这篇文章，看着直播画面里那个愁眉苦脸的女孩，希光突然有一种啼笑皆非的感觉。

“原来是她啊。是盛乔啊。”

“是那个以老婆粉自居最后成了老婆的女明星啊。”

“太荒谬了。可是震惊的同时又觉得很欣慰是怎么回事？”

哪怕如今两人已经坐实恋情，已经在直播里撒糖无数，可是仍有人黑盛乔炒粉丝人设，认为她就是以此为手段来接近霍希的。

这或多或少让粉丝心里有点小疙瘩。但如今福所倚掉马，这个疙瘩完全被抹平了啊！谁再说她炒粉丝人设？她就是粉丝好吗？！

福所倚这几年来所做的一切，大家都看在眼里。熬夜投票的记录还能翻到，集资应援更不用提，就连她出车祸住院的那段时间打榜都没断过！

人家超话等级都18级了好吗！！！

待人温柔又体贴，帮小姐妹修图从来都是无偿，做什么找她要授权她都会给，散粉找她帮忙，只要要求不过分她都会答应。

她出了三年的周边，可一次也没有赚粉丝的钱，每次都是抽奖转发送送送，一送就是500份起。

简直就是粉圈小天使一般的存在啊！

更不用说这些年她掐过的架……

哈哈哈……我×！福所倚掐架真是厉害到没有对手啊！！！不带一个脏字嘲讽黑粉，用逻辑语言打得对方原地跳脚，黑粉翻来覆去只知道骂“×你妈”“×你妈”，然后被投诉封号，笑死个人。

请问阿福你掐架的时候有想过自己是个女明星吗？

你说盛乔不是真粉，我们可能还会怀疑一下，你说福所倚不是真粉，我们跳起来打爆你的头！

现在你说盛乔就是福所倚……

啊，世界为何如此魔幻！

应援群差点爆炸，情书的消息一条接一条：

“阿福！！！是真的吗？！！”

“居然是真的！！！”

“阿福你这个骗子！！难怪你说你不脱粉！！！”

“你敢不爱他一辈子你试试看！！！”

“啊啊啊……我疯了！！！”

“呜呜呜……你怎么会是盛乔？你把我单纯的阿福还给我。”

“呜呜呜……阿福我不是那个意思，我还是爱你的。”

盛乔：“……等你冷静了我们再聊。”

IP实锤，想赖也赖不掉了，内心哭唧唧的盛乔抬头看向镜头，隔空对希光们露出了一个欲哭无泪的笑。

紧接着，福所倚发博：“好吧，是我。有什么话我们关着门在家里说好吗？千万不要转出圈啊，我不想上热搜。”

希光：“……”

怎么办？突然一下没办法把温柔低调的阿福跟那个可爱漂亮的大嫂联系起来。

某位反应神速的希光：“阿福！！！快把你的私房精修图交出来！！！私房的！！！”

我×！姐妹是个狼人。

于是评论瞬间被淹没：

“交图不杀！”

“阿福！监督哥哥自拍！”

“突然觉得以后的日子会很幸福？私图不断？”

“阿福，以后掐架反黑的事交给我们来，你好好照顾哥哥！”

“保护好阿福！不要让她上热搜！”

“看直播的希光们注意一下措辞，不要在弹幕上发这些。”

“自家的事关起门来解决，别被外人围观。”

……

心情犹如过山车，已经经历过恋情突然曝光的希光们对于这种突发事件已经有相应的心理准备和处理方式了。

福所倚在希光心中的分量，比盛乔想象的要重得多。

就拿最简单的来说，你可是免费拿了人家福所倚三年的PB（写真集）啊，不接受可以，先把PB还回去啊。

不！抱紧我们的绝版PB向大嫂低头！

霍希超话闹得这么厉害，尽管盛乔发博之后希光都一致闭麦，保护她不上热搜，但观看直播的路人都将盛乔的异常尽收眼底。

某些混粉圈的观众随手打开霍希超话翻一翻，就知道是怎么回事了。

不上热搜是不可能的。

只见“霍希福所倚”“盛乔小号曝光”“盛乔福所倚”“霍希盛乔”以不断上涨的热度爬上了热搜榜。

又一个前无古人后无来者的瓜。

盛乔上热搜的方式总是如此奇葩。

人在家中坐，锅从土耳其来的贝明凡，恨不得瞬移到盛乔身边手撕了她。但意外的是，点进这些热搜，除去几个营销号的热帖，下面清一色都是粉丝在清洗广场，而且还是希光在清洗！

那些乘机抹黑嘲讽盛乔的微博全部被举报，被带视频、带图、带文案的安利博刷了下去。

热搜广场几乎都被获胜的剪辑视频霸占了，不管点进和福所倚有关的哪一条热搜，看到的都是粉丝的安利图和安利视频。

而发出这些视频的，都是希光。

获胜党：“？？？”你们怎么回事？

为什么用我们CP狗剪辑的视频洗广场？

你们这是要跟我们握手言和的意思？

不！我们不接受！我们CP狗也是有尊严的！曾经的我你们爱搭不理，如今的我你们高攀不起！

落后一步的乔粉终于明白发生了什么，结合直播里爱豆的反应，哭笑不得地加入清洗广场控评的行列。

有史以来，希光、乔粉、获胜党三方最为和谐的一幕上演了。

发现自己最终还是上了热搜的盛乔哭唧唧抱着手机去找霍希。

霍希坐在二楼靠窗的沙发边正在翻当地的一本杂志，看到女朋友嗒嗒嗒地跑过来，小嘴噘得老高，好笑地摇了下头，把她拉到怀里坐下，低声问："怎么了？"

盛乔坐在他腿上，把手机递给他看："我小号曝光了，呜……"

霍希："小号？我帮你打榜的那个吗？"

希光："？？？"

你居然让爱豆本人给他自己打榜？！阿福！滚出来挨打！！！

盛乔小号的热搜还没降下去，"霍希给自己打榜"的热搜又火速蹿上来，与此同时关联热搜还有"阿福出来挨打""盛乔逼霍希打榜""又一个给自己打榜的明星"。

又一个？哦，上一个是盛乔本人。

掉马惊起千层浪，简直要把广大吃瓜群众笑死。双方黑粉嘲讽都没人理，大家都在"哈哈哈"。一跟盛乔沾边，热搜总是如此魔幻。

双方团队和粉丝趁此机会推荐新作品，算是免费搞了一波宣传，让《你在我心上》的直播收视率再次高涨，霍希即将上映的电影《盲枪》也一度被顶上热搜。

路人都跑来围观福所倚的微博，发现这就是一个尽职尽责、真情实感追星的小号，最新一条微博的评论里全是希光留下的"交图免打"，排了几百层楼。

简直丧心病狂！这谁顶得住？阿福很快发博了。

四张私房图，都是她私底下偷拍霍希的，一张是他写歌时弹琴的照片，一张是他在小区逗猫的照片，一张是他坐在客厅沙发翻杂志的照片，还有一张是他在飞机上睡觉的照片。

阿福问："可免？"

希光："免免免！！！"

掉马事件闹了很长一段时间，虽然免不了黑粉嘲讽挖苦，但总体来说还是利大于弊。一直到盛乔开学，掉马余波仍在，比如，班上同学不叫她小乔了，都叫阿福。

阿福委屈，阿福心里苦。

开学半个月后，《你在我心上》恋爱节目终于全部录制结束，获胜情侣成为全网人气最高的真人CP，吸粉无数，恋情刚曝光时的谣传不攻自破，盛乔萎靡的事业重新生机勃发，甚至比之前更上一层楼。

大多数人是向往爱情的，何况是获胜这样的神仙爱情。

CP可逆不可拆，黑我获胜皆滚蛋！

一切都美滋滋，连霍希来接她放学都不用偷偷摸摸了。盛乔跟着同班同学说说笑笑走出学校时，霍希那辆黄色轿跑车就停在路边，她跟同学挥挥手，一路小跑上车。

关好车门，霍希俯身替她系安全带，看她小喘的样子，在她脑袋上拍了一下："下次不准跑了。"

她看着他，眼睛特别亮："你有没有发现……"

"嗯？"

"每次来见你，我都是用跑的。"

霍希失笑，本来已经坐回去，又忍不住俯身过去亲了亲她。如今恋情曝光，在外面吃饭也不担心偷拍，反正最多就是上个热搜。两人订了一家私房菜，一直吃到夜幕降临才回家。

盛母最近又出去跟她的小姐妹春游了，盛乔这几天都住在霍希家，两人从车库上来，霍希揽着她往家走，拐弯之后，尽头的独栋别墅前有一点烟火在夜色中忽明忽暗。

霍希脚步一顿。

盛乔也远远看见门口有人，小声问："是谁在我们家门口啊？"

霍希没说话，只是更紧地把她搂进怀里，朝门口走过去，渐行渐近，透过路灯，看清门口站着一个身材高挑的女人。春夜的风还有些冷，她穿着却单薄，透着一股骨感美，桃花眼微微下垂，手指间夹着一根女士细烟，漫不经心地坐在一个红色的行李箱上，高跟鞋斜斜地撑在地面。

听见脚步声，她偏头看过来，眼角一挑，唇间吐出一个烟圈，笑了。

盛乔心脏咚咚两声，还没反应过来，就听见霍希缓声问："妈，什么时候回国的？"

妈？？？我×。盛乔全身都僵了，委实没想过跟未来婆婆的第一次见面，是在这种情况下，而且这未来婆婆，好像跟她想象的有点不一样……

她从来没打听过霍希的家世，她知道他父母久居国外，算是比较富裕的家庭，还没到谈婚论嫁的那一步，她也没那么多好奇心。

没想到第一次见面如此猝不及防。

霍希妈妈站直身体，手指掸了掸烟灰，一张漂亮得看不出年龄的脸似笑非笑，嗓音也懒懒的："刚刚，你密码什么时候换的？"

霍希没回答，手掌安抚似的拍了拍盛乔有些僵硬的肩，浅声说："这是我女朋友，盛乔。"他又偏头看盛乔，温声介绍："这是我妈，庄梦蝶女士。"

庄生晓梦迷蝴蝶，真是个好名字。盛乔从震惊中回过神来，礼貌地打招呼："伯母你好，我叫盛乔。"

庄梦蝶打量她几眼，笑了笑："你好。"她又看霍希："开门啊。"

霍希松开盛乔，走过去按了密码，庄梦蝶在旁边看，好奇地问："这个数字有什么含义？"

霍希推开门："女朋友的生日。"

庄梦蝶笑了一下。

进屋开灯，光线骤然大亮，在这样清晰的光照下，盛乔发现庄梦蝶真是好看得要命，比起早些年港台的女明星也不遑多让，难怪能生出霍希这么好看的儿子。

霍希倒了三杯热水过来，牵过盛乔坐到她面前，浅声问："你回国做什么？"

庄梦蝶还在打量四周，看到窗台的绿植、茶几上的手办、橱柜上的摆件，比起以前，多了不少生机和活力。

这对母子的相处方式，实在让盛乔疑惑。太生疏了。

庄梦蝶端起水杯喝了一口，懒洋洋地靠在沙发上："听说你交女朋友了，闹得满城风雨的，回来看看。”

她摸出烟盒，手指夹了一根烟出来，在桌面点了点，想到什么，又抬头笑吟吟地问盛乔：“不介意吧？”

盛乔赶紧摇头：“不介意。”

结果霍希说：“我介意。”

庄梦蝶意料之中地笑了笑，倒也没点，又放回烟盒了，往后一靠，淡淡道：“交女朋友了也不跟我们说一声，还要我们通过媒体才能知道？”

霍希语气比她还淡：“你们都忙，我的事不劳操心。”

听他这么说，庄梦蝶也不生气，只笑了一下，又将目光转到盛乔身上，问：“听说你也是个明星？你父母是做什么的？”

霍希皱眉：“妈。”

庄梦蝶挑唇：“我在国外待久了，有话直说，你见谅。”

盛乔摇了摇头示意没事，礼貌地微笑道：“我父亲去世了，母亲年龄大，在家休养。”

庄梦蝶了然一笑，看霍希在旁边已经抑制不住发脾气的模样，举了下双手：“OK，我不问了。”

霍希皱眉问：“你什么时候走？”

庄梦蝶哼笑：“我这刚回来，你就赶我走？不孝子。”

霍希：“我爸呢？”

庄梦蝶：“谁知道，我也两年没见过他了。”

盛乔：“……”

庄梦蝶捏了捏脖颈：“我累了，我睡哪间房？”

霍希一声不吭地去客房给她铺床，铺好之后又把行李给她搬进去，庄梦蝶站起身，笑吟吟地朝盛乔飞了个晚安吻，转身走了。

盛乔：“……”太魔幻了。

房门关上，霍希走过来，看她还呆呆地坐在沙发上，俯身将她打横抱起来，低声问：“吓到了？”

盛乔回过神，霍希已经抱着她在往楼上走，她生怕庄梦蝶突然开门走出来，脑袋埋在他怀里话都不敢说，直到走回楼上卧室锁好门，才缓缓松了口气。

她打量霍希的神色，迟疑着说："你妈妈，很有个性……"

霍希笑了下："离经叛道，从小就是。"他把睡衣、浴巾拿出来，"去洗澡吧，我下去给你热杯牛奶。"

盛乔乖乖点头。等一切搞定，她喝完牛奶钻进被窝，霍希关了床头灯，伸手把她抱到怀里，低声问："困不困？"

她摇头："不困，你要给我讲故事吗？"

霍希笑了下，手指有一下没一下地拂过她柔软的头发："我爸妈在我上初中的时候就离婚了。"

盛乔身子一震，着实没想到还有这么一出。

霍希拍拍她，继续说："但是我过得很好，本来也是寄宿学校，离不离婚对于我来说没有区别。我外公是华侨，中文系的教授，算是书香门第，只养了我妈一个女儿，却养得离经叛道，跟他们原先设想的大家闺秀完全不一样。"

书香门第很重门户之见，庄梦蝶却看上了一穷二白、漂洋过海来洗盘子的霍父，庄梦蝶长得那么漂亮，能吸引她的男人，必不是庸俗之辈。

冒着跟父母断绝关系的风险，庄梦蝶跟霍父私奔了，去了很多地方，经历了很多，也吃了很多苦。漂泊之际感情深厚，爱得死去活来，等霍父终于有所成就，没有后顾之忧地结婚之后，却反而渐渐淡了。

庄梦蝶骨子里就是不甘于平凡的人，家业越做越大的霍父，越来越像模板，跟她以前认识的那些成功人士也没什么差别了。

轰轰烈烈的一段爱情，死得毫无起伏，于平淡中终结。

年少的霍希被法院判给了父亲，母亲远走高飞，去追求她喜欢的刺激。霍父事业繁忙，霍希常年独居，养成这样一副淡漠的性子，既不像母亲，也不像父亲。

霍希的声音低低响在耳边："没有什么好抱怨的，起码物质上很富裕，比起大多数人，我要幸福很多。"

他见过因吃不上饭而抢劫面包店的人，也见过同时兼职无数份工作的留学生，比起他们，他觉得自己已经足够幸福。所以哪怕独自长大，他仍保持这样一份温柔，没有埋怨过任何人。长成这么好、这么好的样子。

可盛乔心疼得快哭了。

在父母、哥哥呵护中长大的她，几乎没办法想象他形容的那种生活。哪怕后来她成了盛乔，也还有一个视她为心肝儿的盛母。

没有父母关爱，独自长大的霍希，是真的不在乎，还是不得已而去习惯?

她紧紧环抱他，贴在他胸口，听见他沉稳的心跳。

这个人，她一定会对他很好很好。

这辈子，下辈子，下下辈子，永远永远，都要陪着他。

第二天早上，庄梦蝶女士吃完儿子亲手做的早餐，就准备走了。她说是回来看儿媳妇，但好像对儿媳妇是两条腿还是四条腿都无所谓。

盛乔全程几乎没跟这个未来婆婆说上几句话。

霍希问她要去哪儿，准备开车送她，庄梦蝶摆手拒绝："不用，有人来接我。"

霍希并不意外，和盛乔一起把她送到车库，来接她的男人开着一辆劳斯莱斯，下车后先跟庄梦蝶抱了一下，然后帮她把红色行李箱放上车。

庄梦蝶朝他们说了声"拜"，转身就要走，想到什么又回过头来，笑吟吟地问："你们打算什么时候结婚？"

霍希不语。她掸了下指尖，漫不经心地交代："需要我出席的话最好提前半年告诉我，我把时间空出来。"话落，她又朝盛乔做了个飞吻，钻进车里了。

霍希似乎早已习惯这种寡淡的母子关系，半点多余的神情都没有，搂着盛乔往回走，柔声问："下午想出去玩吗？"

盛乔观察他神色好像并不见难过，这才悄悄松了口气。

今天没课也没行程，好不容易撞到霍希也有空，当然要出去浪一浪，看部电影逛个街什么的。

恋情曝光最大的好处就是不用担心被偷拍了。拍，随便拍！我还冲镜头微笑呢！

她被霍希搂着也不担心路，埋头翻手机看最近有没有什么好看的电影，走回小区的时候，肩头突然一松，余光瞟到霍希身影一闪，冲到前面去了，伴随着低声道："小心！"

盛乔抬头一看，霍希从后面扶住了一把轮椅，轮椅的轮子卡在了石头缝里，朝后倾斜，要不是霍希那一下，估计就倒栽过来了。

盛乔一眼就看见旁边手足无措道歉又道谢的张妈，一个箭步冲过去："妈……不是，阿姨！没事吧？"

乔母盖在腿上的毯子滑落在地，她也吓得不轻，瞧见盛乔，神情才骤然温和下来："乔乔？你怎么在这儿？"

盛乔把毯子捡起来给她盖好，满脸担心："没磕到哪里吧？"

"我没事，多亏这个小伙子，欸，你们……"

盛乔愣了一下，有点不好意思，半天才小声说："阿姨，他是我男朋友。"

"就是他呀！"乔母又惊又叹，看了霍希好几眼。要不说是明星呢，看上去是要比自己那个吊儿郎当的小子有气质得多。

盛乔偷偷扯了下霍希的袖子，把他拉到前面来："这是乔羽的妈妈，上次你给我买的那幅画就是她画的。"

乔母惊讶地问："你还买过我的画？"

霍希礼貌地笑道："伯母好，我叫霍希。"

乔母左右打量两人，越看越觉得配，莫名其妙生出一种嫁女儿的心情来，赶紧移开目光，握着盛乔的手道："去家里坐会儿吧？"

盛乔点点头，接过轮椅，跟张妈说："我来推吧，你先回去烧点热水，泡壶茶。"

张妈应了，快步离开。她和霍希推着乔母往回走，乔母说："前几天你给你叔叔买的那根高尔夫球杆，他在家拿着打乔羽打到栏杆上，断了。"

盛乔扑哧笑出来："这得多大劲儿啊？乔羽又怎么了？"

乔母又笑又叹："前几天你叔叔的生意伙伴给他介绍了个女孩儿，乔羽那小子估计是不喜欢对方，但是又找不到理由拒绝，你猜他跟那女孩说什么？"

盛乔想了想："他不会说自己喜欢男的吧？"

乔母笑个不停："你怎么这么了解他呢？他还真就这么说的，把你叔叔气得，抡起棍子在屋里追着打，气头上也没发现拿的是你送的球杆，后来发现了，又气得不行，还不敢跟你说，又自己去买了一根一模一样的回来。”

盛乔快笑死了：“那我假装不知道。”

他们一路说说笑笑回到家，乔父和乔羽都不在，张妈已经泡好了茶，盛乔牵着霍希坐到沙发上，乔母就坐在旁边，温声询问了几句霍希的情况，他都一一作答。

不知道为什么，比起盛母，今天在这个陌生的妇女面前，反倒让他有种见家长的紧张感。

不过乔母也就问了几句年龄、工作之类的，便换了话题，留他们吃午饭，见两人点头答应了，才打电话给乔父。

“中午回家吃饭吧。”

那头不知道说了什么，乔母说：“乔乔来了。”顿了顿，她忍住笑，“还带着她男朋友。”

隔着听筒都听到乔父火急火燎的声音：“我马上回来！”

他非要看看，拐走自己儿媳妇的男人比自家那不成器的小子好在哪里！

等乔父风风火火地赶回家，一进屋，就看到经常在电视里看到的那个男人坐在盛乔身边，不知道乔母说了什么，他弯唇笑起来，偏头看向盛乔，目光里满满都是温柔的爱意。

好的，光是这眼神，自家小子就比不上。

那个不成器的东西！！！

盛乔看到他，赶紧拉着霍希站起来：“叔叔，你回来啦。”

乔父走近，霍希礼貌地伸出手去：“叔叔你好，我叫霍希。”

举止沉稳，气质出众，唉，乔父越看越觉得自己的儿子没出息。正在律师事务所忙碌的乔羽并不知道自己已经被自家的老父亲从里到外踩了个遍，接到乔母的电话听说盛乔带着男朋友到家里做客来了，处理完手头上的文件也赶紧回家去。

张妈去超市买了不少菜，做了一大桌子，一家人整整齐齐，头一次一起吃饭。

盛乔看看爸妈，又看看霍希，虽然她无法说出真相，可如今能以这种方式坐在一起吃饭，也算圆了她的心愿。

乔母没有过问太多霍希的事情，乔父倒是不客气，一边问还一边拿眼神怂恿乔羽给霍希灌酒，看样子是想试验一下酒品见人品，灌醉了再从霍希嘴里套真话。

盛乔真是哭笑不得，乔羽一灌酒她就在桌底下狠狠踩他的脚，乔羽都快被她踩哭了。乔父再使眼色的时候，他就假装看不到了。

到最后反倒是乔父自己喝得有点多，一直絮絮叨叨地跟霍希交代："我们乔乔啊，早早没了父亲，我算她半个爸爸，你要是欺负了她，我让我儿子告死你。"

乔羽："……爸！吃菜！"

霍希端着酒杯跟乔父碰了一下："叔叔放心，你儿子不会有机会告我的。"

盛乔垂眸微笑，掩去眼眶的酸意，在心里默默说：爸、妈、哥哥，他对我很好，你们放心吧。

吃完午饭，先把乔父扶上楼休息，乔羽也回律师事务所工作了，盛乔和霍希又在家陪了乔母一下午，快到傍晚才离开。登门匆忙，霍希也没来得及准备见面礼，好在都住在一个小区，两人答应乔母以后会经常过来，只能下次补上。

回去的路上，霍希若有所思。他想起曾经好几次见到盛乔情绪崩溃，似乎都跟乔家有关。而且刚才乔母轮椅侧翻的时候，她情急之下好像喊了一声"妈"。

他记得盛乔跟他说过，乔父乔母，是她的干爸干妈。

虽然总觉得哪里不对，但他也没有多想。盛乔有什么事一向都会告诉他，如果是她不愿意解释的事，他也从不会追问。

只是今天乔父看他的眼神……

太可怕了，好像自己抢了他的什么宝贝一样……

冬寒已经渐渐消退。

四月伊始，《盲枪》召开了电影发布会。

主演和导演团队都会到场，业内的记者和影评人都收到了邀约。毕竟是霍希转型后的第一部作品，又是王鑫导演的转型之作，大家都挺关注这部电影。

这种场合粉丝一般是进不来的，全场只混进来一个粉丝，就是盛乔。

早在来之前，希光们就纷纷在微博询问：“阿福你要去现场吗？”

福所倚：“要！”

希光：“我们的图就靠你了啊！”

于是“盛·福所倚·乔”，带着全村人的希望，抱着她的高价设备，坐在最中间的位置，全程比记者还专业，坐在那儿咔嚓咔嚓地拍。

她在拍人，人也在拍她，发布会还没结束，霍希的照片还没出来，她被媒体拍的图片已经满网飞了。

眼巴巴等图的希光们一遍又一遍刷新福所倚的首页。

发布会结束，霍希又跟剧组团队聊了一会儿，才带着已经开始选图、删图的盛乔回家。一到家，她就迫不及待地打开电脑，连上数据线开始修图。

等霍希洗完澡出来，她居然还坐在那儿，连姿势都没变，握着鼠标点得飞快。

霍希在她身边坐下，看了几眼屏幕上的图。今天会场的光线不好，她好多图都拍废了，还在努力地调色彩、调光影。

霍希在旁边坐了十分钟，她愣是看都没看他一眼，全部心思都在电脑上，他忍不住伸手抱了她一下，又亲亲她侧脸：“先去洗澡吧。”

盛乔头都没偏，身子还侧了一下，小声嘟囔：“别闹，我修图呢。”

霍希：“你放着我不管，修图？”

盛乔抱着电脑往旁边挪了挪，像嫌弃他捣乱似的：“我是能看到你，可我饭圈千千万万的小姐妹都等着我的图嗷嗷待哺呢，做人不能这么自私。”

霍希：“？？？”人不如图。

希光们最终如愿等到了图。阿福出品，必属精品！粉丝们转存舔的同时，晾了爱豆一个小时的盛乔被爱豆按在了床上。

只见盛小乔同志不慌不忙，从枕头边上摸出手机：“等等！先自拍一张发条微博。”

霍希：“？？？”

盛乔：“你已经一周没发博了！大家都很想你。”

霍希：“……”

霍希坐起来接过手机，三下五除二地自拍一张上传微博点击发送，盛乔在旁边："欸欸欸！先别发，我P一下啊！"

霍希："闭嘴！"终于惹怒爱豆的盛小乔身体力行地为今晚的所作所为付出了代价。

然而对于希光们来说，先有阿福精修图，后有爱豆自拍照，简直是一个非常美好的夜晚。这一份美好，是盛乔奉献自己换来的！

发布会之后，电影的宣传也开始进入白热化阶段。公交车站、地铁通道、各大App开屏，都在为《盲枪》的上映预热。

不仅是片方，粉丝也在集资，各大高校随处可见《盲枪》的宣传立架，公交车车身也贴满了电影海报。

就是在这样激烈的气氛中，希光们也迎来了霍希的生日。

生日当天，啃着早餐上班的希光们就发现，繁华地段的LED屏都被自家爱豆霸占了。特别是人流量集中的地方，四面八方全是霍希的脸。

有的在循环播放视频，有的是幻灯片，有的就是一张固定的大海报，除去"生日快乐"几个字外，每一张图都在为《盲枪》做宣传。

应援加宣传，一举两得，如此大手笔，再加视频图片鲜明的个人风格，不是官方就是阿福，不作他想。

这一天，没在网上看到过《盲枪》预告片的路人们都看到了，毕竟走哪儿都在放。放完预告片又放生日应援视频，放完生日应援视频又放预告片。

你家LED不要钱的是不?

希光们纷纷询问已经拥有百万粉丝的福所倚："阿福，你又败家啦？"

福所倚："怎么说话的？给爱豆花钱能叫败家吗？那叫必需消费！"

希光："是的是的，大嫂说话在理！大嫂记得监督哥哥今天发自拍哦！"

下午，"盛乔包屏生日应援"勇登热搜。

营销号根据福所倚的微博做了一个汇总，将这几年盛乔给霍希做的各种应援整理出来，网友们发现，盛乔在为爱豆花钱这件事上，真的是毫不含糊。

在这样大幅度、大面积、大手笔的宣传之下，《盲枪》的首映票房取得了一个相当漂亮的成绩。而在这之后，也没有出现后继无力的情况，除去粉丝的安利，路人观众们也给出了正面的评价——值得一看。

霍希饰演的土匪头子千人屠打破了他在外界的形象，而能拿视帝的演技，也再一次在这部电影中发挥到极致。

而且剧情本身是非常有趣的，讽刺性的灰色幽默让人在哈哈大笑的同时又备感悲凉和无奈，遇神杀神、遇佛杀佛的千人屠最后竟然死在懦弱的烧火仔手里，极具戏剧性。

当然也有人说故事空洞，为了格调而硬凹格调，整体剧情浮于表面，禁不起深挖。

不管怎样，《盲枪》的票房都在一路上涨，和同期电影相比位列第二，只低于另一部由笑星出演的喜剧片。

《盲枪》这个题材能取得这样的成绩，已经是市场对它的一种认可，霍希的转型之作可谓非常成功了。

电影上映的时候，盛乔圈内好友都收到她邀请看电影的消息，不用想也知道她肯定包场了，而且包的不止一场。

但是“五一”黄金周嘛，正是各路艺人工作繁忙的时候，谁有空去看电影啊？任凭盛乔威逼利诱，大家不为所动，最后盛乔领着丁简和方白两个人，抱着爆米花看了三场电影。

丁简和方白生无可恋。

盛乔连包了好几天的场，让梁小棠领着她的同事去看，让“情书”领着家人、朋友去看，还给乔羽发了消息让乔羽领着爸妈去看，中夏的员工们无一“幸免”。

等赵虞参加完一圈音乐节回来，发现盛小乔同志还在孜孜不倦地包场，大发慈悲地说：“那我去看一场吧。”

于是两人约了个时间，全副武装在影院碰头。盛乔是见识过赵虞粉丝的威力的，生怕她进来的时候后面跟着一群尖叫的虞美人，好在这种骚动并未发生，赵虞从头到脚包得严严实实，一进来就给了盛乔一个熊抱。

两人是有很长时间没见面了，赵虞今年暑假要开演唱会，最近一边忙工作一边为演唱会做准备，忙得脚不沾地，这种时候还能抽出时间来陪她看电影，真爱无疑了。

在最中间的位置一坐下，赵虞就掏出手机搂着盛乔拍了张自拍，然后发微博：

“@赵虞呀：仙女教重聚，听说《盲枪》很好看。”

还顺势给电影宣传了一波，盛乔感动无比，握着她的手承诺：“我把上次在十万米高空撤除的你的左右护法职位重新还给你！”

赵虞一抱拳：“多谢教主！”

电影龙标出现，及时阻止了两个二货的即兴表演。

哪怕已经看过很多次，在霍希出场的那一刻，盛乔还是立即投入到剧情中去。赵虞一开始还有一搭没一搭地跟她说话，到后来被剧情吸引，也就专心看电影了，看到最后霍希饰演的千人屠被菜刀砍死四仰八叉倒在空荡的寨子里，顿时悲从中来，居然还哭了。

盛乔表示很满意她的反应。

两人好久没见，看完电影又约着一起吃晚饭，刚刚点完菜，赵虞的手机就响了，她接起来说了几句，又说：“我跟乔乔吃饭呢。”

那头顿时大嗓门儿道：“让我跟我兄弟说几句话！”

赵虞把手机搁桌上，按了免提，盛乔顿时听到沈隽意的声音：“兄弟，你叫赵虞吃饭不叫我，过分了啊！”

盛乔说：“那你来啊，我们刚点了菜，还没吃。”

沈隽意叹气：“人不在首都，来不了，下次补上哈！”

盛乔：“过时不候。”

沈隽意：“你这人怎么这样呢！我为了你还去支持对家的电影了！你知道我偷偷摸摸看部电影有多不容易吗？要是让粉丝知道我去看对家的电影，脱的粉你给补上吗？”

盛乔：“……行行行，下次给你补上。”

沈隽意：“哼！这还差不多。那谁，赵虞还在吗？”

赵虞：“姑奶奶在呢。”

沈隽意：“你发来的编舞我看了，有几个地方要调整一下，过几天回北京了我们再排练，到时候我会给你买橘子回来的。”

赵虞：“？？？你不要以为我不知道你在骂我是你儿子。”

沈隽意：“明白就好。”

赵虞：“你……”

电话挂了。赵虞气得捶桌。

盛乔在旁边笑得不行，边笑边问：“你俩怎么搞上的？”

赵虞说：“这不是演唱会嘛，邀请了他当嘉宾。”

盛乔：“牛×啊！两座大山同台演出，票给我留一张啊。”

赵虞：“必须的，你不来我跟你绝交。”

吃完饭，来接赵虞的是经纪人，来接盛乔的是男朋友，赵虞对比一下这差距，默默叹气。

电影形势大好，霍希用这部作品打开了大银幕的市场，今后的路会通畅很多。而这头，由盛乔主演的历史剧《红玉传》也即将于暑假档开播了。

暑假流量大，但竞争也激烈，同期开播的电视剧都是当下的大热题材，唯独这部《红玉传》，带着历史剧的标签，虽然会在央视八台播出，但多少是不占优势的。

为此，贝明凡在这期间给盛乔接了不少综艺秀，今天在这档综艺里宣传一下，明天在那档综艺里宣传一下，最后还接了一档当下很火的直播访谈网综，叫《猜猜我是谁》。

这档访谈节目的爆点就在于观众都不知道每一期的嘉宾是谁，嘉宾会坐在幕布后面，声音也被变音，连主持人都不知道本期嘉宾是谁，全靠嘉宾和主持人的对话互动，来猜测嘉宾的身份。

这种盲猜的感觉就跟打麻将一样，有种吸引力在里面，所以收视率一直很高。

盛乔当然是带着宣传《红玉传》的目的来的，连她自己都不知道，霍希会作为神秘助场嘉宾出现在直播里。

这是贝明凡的主意。既然要宣传，干吗放着情侣档这个爆点不用？两人同框必上热搜，趁势宣传《红玉传》再好不过。

盛乔身份被猜出来，开始接受访谈的时候，主持人出其不意地把霍希请了出来，不只观众，连盛乔都有些发蒙。

明明今天下午他走的时候说他要去跟导演开会!

霍希一出现，热搜立刻安排，直播收视率持续上涨，主持人当然知道观众想看什么，等打完招呼就问一脸蒙的盛乔：“你不知道他要来？”

盛乔老实回答：“走的时候他骗我说要去跟导演开会。”

主持人笑，又问霍希：“那你今天是来干什么的？”

霍希：“来陪陪她。”

主持人说：“我们又不会欺负她。”

霍希：“怕她欺负你们。”

主持人：“哈哈哈……不会，小乔这么可爱，怎么会欺负人呢？”

霍希：“她会。”

主持人：“咦？这话说得，难道她经常欺负你吗？”

霍希：“对。”

盛乔：“我没有！”

主持人：“被告人无权发言，请原告现场说说她是怎么欺负你的。”

霍希：“修图的时候不准我跟她说话。”

盛乔：“？？？”

霍希：“每周必须发自拍。”

盛乔：“？？？”

霍希：“不打榜不给抱。”

盛乔：“？？？”

主持人：“我明白了，你今天不是来陪她的，是来控诉的。”

盛乔：“……”

啊啊啊……我没有！！！

今日热搜：“霍希委屈”。

盛乔：我是一个莫的感情的打榜工。

希光：一边心疼爱豆一边又享受着阿福带给我们的福利，呜呜呜……好难抉择啊！阿福你以后不准打榜了！把打榜的时间拿去抱爱豆！！！

观众：这酸掉牙的爱情。

有了霍希这一出，这一期的《猜猜我是谁》着实大爆了一把，对于《红玉传》的宣传也起到了立竿见影的效果——《红玉传》官博涨了几十万粉。

等赶完开播前的宣传通告，盛乔就要准备进组了，毕竟她现在拍戏的时间大多固定在寒暑假，没时间耽搁。

在贝明凡给她的几个剧本里，她挑选了一部现代职场剧。职场如战场，拍得好了，也是惊心动魄。

一走就是四五个月，盛乔不放心盛母一个人在家，打算请个保姆过来照顾。

结果刚跟盛母一说，就被她急急忙忙拒绝了："我又不是没手没脚，哪还需要别人伺候？以前我一个人住在镇上，条件还不如现在好，不还是过来了？"

盛乔以为她是舍不得钱，劝了半天："以前在镇上，左邻右舍都可以帮忙。现在我一走你就是一个人，你总不能天天住在文化宫吧？有个人陪你说说话也好。"

盛母还是拒绝，看着她欲言又止，盛乔多机灵啊，察言观色半天，试探着问："妈，你是不是有什么事瞒着我？"

本来只是随口一问，没想到盛母顿时避开她的视线，看那神情，还有点不好意思。

盛乔忍不住笑，拉着她的手撒娇："妈，到底什么事啊？你跟女儿说说啊。"

盛母扭扭捏捏半天，才不好意思道："本来不想这么早告诉你的，八字没一撇的事。"

盛乔："！！！"我好像猜到了什么？

盛母："我在文化宫学围棋的时候吧，认识了一个人，他围棋下得很好，有事没事都是他在教我，后来我才知道，他以前是国围的，还拿过冠军呢。"

盛乔憋住笑："所以？"

盛母："你那个叔叔性格不像一般人，别人都说他脾气古怪，但我瞧着还好，就是话少，所以妻子过世很多年，一直是一个人。他两个儿子都成家了，他也不愿意去儿子家打扰，就住在文化宫旁边那个小区。"

话说得这么开，盛乔再不明白就愧对她的智商了。

“妈，你喜欢那个围棋叔叔吗？”

盛母这次倒没回避，看着女儿的眼睛，真挚地说道：“我这把年纪了，谈什么喜不喜欢。就是合得来，他人挺好的，对我也照顾。老来有个伴儿，挺好的。”

盛乔点点头，心里当然为她高兴。那个欠了赌债抛妻弃女的人已经走了很多年，盛母一直是一个人，现在能遇到彼此都中意的伴儿，携手走过剩余的人生，也算圆满了。

她拉着盛母的手说：“妈，走之前我想见一见围棋叔叔。”

盛母愣了愣，倒也没拒绝，点头应了：“明天一起吃顿饭吧，我去跟他商量。”

于是第二天，盛乔见到了这位国围退役、脾气古怪的围棋叔叔。

一顿饭吃下来，盛乔顿时就为这位叔叔抱不平了。哪里古怪了？除了话少，明明很可爱啊！像内心住了个小孩似的，赤诚又好玩。

知道盛乔是明星，都不让服务员进来，自己跑出跑进地上菜端菜，拦都拦不住。也不爱说话，大概是职业习惯，做任何事都很专注，看着特别安心。

如果今后盛母跟他一起生活，自己也放心。

盛乔把自己要外出拍戏的事说了，拜托围棋叔叔照顾好母亲，他郑重其事地点点头，好像接受了什么特级任务一样，看得盛乔忍俊不禁。

安顿好盛母，盛乔总算能安心出发了。霍希最近几天没什么行程，一路把她送到剧组，还在片场陪了她两天，引起了不小的骚动。

毕竟女朋友拍戏男朋友在旁边陪着这种事情还是少见的，何况男朋友还是哪怕转型人气依旧不低于顶流的霍希。

连隔壁剧组的工作人员都跑来要签名、要合照，顺便表达一下对于神仙爱情的羡慕。

从严格意义上来说，这是盛乔拍的第二部现代剧，第一部是《无畏》，那时候还没有和霍希在一起，演技也没有得到认可，不管是口碑还是人气，都不如现在。

如今再拍现代剧，跟她对戏的演员都喊她小乔老师，似乎恍然之间，自己已经成长到被人仰视的高度了。

霍希在片场陪了她三天才走，如今恋情公开，只要有空他随时都能来探班，再也不用担心长时间见不到面。

六月初，《红玉传》开播。

首播收视率不错，毕竟是中央八套黄金强档，婆婆奶奶们都喜欢守着这个台，上了年纪的人对于跟梁红玉有关的戏曲也听过不少，一看主角是梁红玉，都兴致勃勃。

盛乔一出场，婆婆奶奶们就认出她来了：欸，这不是那个在卫生巾上跳舞的女明星吗?

不得不说，当初贝明凡打得一手好牌，这国民度真是杠杠的。

年轻观众对于这部历史正剧是没啥兴趣的，只有希光和乔粉每天在卖力宣传。

乔粉：看看我们女儿饰演的女将军吧!

希光：看看我们大嫂饰演的女英雄吧!

年轻观众的市场低迷，网络点播率平平，好在电视台的收视率一直持续上涨，《红玉传》在中年人和老年人市场受到了热情的欢迎。

希光和乔粉以及获胜党、仙女党毕竟是一批不少的人数，在这群人的大力推荐下，有些好奇的路人终于在播到一半的时候点开了这部剧。

一部制作优良的历史正剧无论从哪个方面都禁得起观众的考据，第一部以巾帼女英雄梁红玉为主角的大女主戏，没有玛丽苏、没有女主光环，她就像浩瀚历史中的一颗星星，倾尽全力发光发热后，于历史长河中黯然陨落，成为青史一札。

《红玉传》并没有像之前的《无畏》《愿逐月华流照君》一样引发全网关注，它的受众有限，收视率保持在中等偏上的位置。但在它有限的受众中，几乎有口皆碑，豆瓣评分高达9.0。

用贝明凡的话来说，盛乔终于有了一部独属于自己的高口碑代表作。

丁简每晚都会在她敷面膜的时候拿着手机给她朗诵网上对于《红玉传》的好评，除去剧情，她的演技当然也是广受好评，还有个网站居然将她评选为四小花旦之首。

丁简问："拿了视后的傅雨川被你压在下面，解不解气？"

盛乔：“解气！”

丁简：“带着这份解气，明晚去赵虞演唱会上好好看吧！”

翌日一早，盛乔跟剧组请了假，飞回北京，带着准备好的应援物品去看赵虞的演唱会。因为有沈隽意的加入，两座大山同台演出，威力岂止加倍，演唱会门票几十秒就售罄。

虞美人内部抢票就算了，还要跟横插一脚的薏仁抢，简直生无可恋。

临近开场盛乔才进去，坐在内场中间的位置，放眼望去，四周都是粉色灯牌，赵虞看上去大大咧咧脾气火暴，应援色居然是粉色，少女心简直爆棚了。

盛乔也打开自己的灯牌，“虞虞仙女”四个字伴着现场的尖叫声闪闪发光。

赵虞的唱跳功底在国内女艺人中绝对是首屈一指的，为了演唱会她最近又加强了体能训练，手臂、腰线性感得要命，跳起舞来像勾人的妖精。

两支舞下来，盛乔身边两个妹子嗓子已经喊哑了。

她回想自己看霍希演唱会时的表现，真是不同的爱豆，同一种演唱会体验呀。快到中间部分的时候，赵虞跳完一曲，靠着麦架微微喘气，拿着话筒说：“我不行了，得找个人来帮我跳。”

大家知道是嘉宾要出场了，潜伏进来的薏仁顿时大喊沈隽意的名字。

赵虞说：“欸？怎么回事？为什么我的演唱会你们喊另一个人喊得这么大声？”

虞美人顿时不甘示弱地为自家爱豆应援，两方粉丝竟然在现场Battle起来了。

直到音响里传出沈隽意的声音：“人家的主场，我们给点面子，稍微欢呼一下迎接我的出场就可以了。”

升降台缓缓升起，薏仁果然不喊了，开始尖叫。

沈隽意穿一身银光闪闪的演出服，先冲现场观众打招呼，赵虞倚着麦架啧啧两声：“我有点后悔请你来当嘉宾了，我的风头都被你抢了。”

沈隽意：“长得帅，在哪儿都是C位，没办法。”

这两人真是台上台下都不消停。盛乔正看戏看得开心，镜头一转给到观众席，抱着灯牌正乐呵呵在笑的盛乔就上了大屏幕。

现场又是一阵尖叫。

沈隽意说："你们在叫什么？"他回头一看，"哇，是我兄弟啊！兄弟，你是来看我的吗？"

赵虞："这是我的演唱会，你就是个伴舞，当然是来看我的。看到那灯牌上的四个字了吗？'虞虞仙女'！"

盛乔尴尬又不失礼貌地摇了摇自己手中的灯牌。

沈隽意："突然不想当这个嘉宾了。"

赵虞："那你走吧，我让乔乔上来表演。"

沈隽意："她？她会什么？上来给大家表演劈叉吗？"

盛乔："？？？"对家永远是对家！

两大顶流同台飙舞，不亚于一场视听盛宴，尖叫声从头到尾就没停过。

演唱会结束，赵虞发消息给盛乔，让她到后台来见一面。她在内场的出口等了一会儿，就有工作人员过来领着她去了赵虞的休息室。

赵虞已经换了衣服，化妆师在给她卸妆，看见盛乔进来，扑上去给了盛乔一个拥抱，笑嘻嘻地问："今晚怎么样？"

盛乔比了个手势："完美。"她怅然地叹了声气，"我快有两年没看过演唱会了，今晚这气氛真是陌生又熟悉啊。"

"两年？"赵虞被化妆师按回椅子上继续卸妆，闭着眼恍然大悟，"哦哦，霍希是有两年没开演唱会了，他这拍电影多忙啊，准备演唱会太费事儿了。"

虽然还是有商演、音乐节、跨年晚会等舞台演出，但跟个人演唱会没法比，转型有利有弊，也是没办法的事。

两人正聊天，休息室的门被推开，沈隽意探着脑袋问："听说我兄弟过来啦？"

看见房内的盛乔，沈隽意顿时挤眉弄眼地笑，快步走过来，看样子是想给她一个久别重逢的拥抱。

盛乔吓得往后一跳，躲在沙发后面："有话说话，别动手动脚的！"

沈隽意一脸受伤："兄弟，你待我越发生疏了。"

他转头看赵虞，赵虞赶紧举起双手做投降状："我没有！不是我！我可没抢走她对你的宠爱！”

盛乔：“……”

沈隽意哼了一声，又兴致勃勃：“兄弟，跟我们一起去庆功宴玩儿吧？”

盛乔摇头：“凌晨的飞机，还得赶回剧组，明早有戏。”

沈隽意：“你一年到头都这么忙，也没见拿个影后什么的啊。”

盛乔：“？？？”

她转头认真地问赵虞：“我可以把他乱棍打出吗？”

赵虞：“请便。”

盛乔四下找棍，沈隽意一蹦三尺远，拿赵虞当挡箭牌，藏在她身后：“兄弟，你有话说话，别动手动脚的。”

赵虞：“请把你的爪爪从我高贵的肩上拿开。”

沈隽意：“你俩叫什么仙女教啊，这么联手欺负人，巫婆教才对啊。”

休息室顿时鸡飞狗跳，赵虞拿脚去踹沈隽意，没注意倒把自己绊倒了，沈隽意本来在躲，见她要摔，只能折身去拉她，去势太猛，两个人都摔在地上，桌上的化妆品噼里啪啦滚了一地。

化妆师：“……”

盛乔：“……”

两人以一种诡异的姿势倒在地上，沈隽意摔得龇牙咧嘴，赵虞压在他怀里，半天没爬起来，沈隽意憋着气说：“赵虞，你怎么这么重！”他顿了顿，“欸？怎么脸也红了？”

赵虞手脚并用爬起来，咬牙切齿地在他屁股边踹了一脚。

沈隽意：“你这人怎么恩将仇报啊！我救了你你还踢我？”

赵虞：“这就叫救啊？那是不是还要我以身相许啊？”

沈隽意：“那还是算了，要不起。”

赵虞：“？？？”

眼见两人又要打起来，盛乔赶紧冲过去把赵虞拉开，沈隽意爬起来拍拍屁股，还嘚瑟地做了个鬼脸。

赵虞：“幼稚。”

来通知前往庆功宴现场的工作人员及时化解了一场血案，盛乔也要赶往机场，三人道了别，上车之后，盛乔听到两人还在互撑。

丁简在旁边幽幽说了句：“不是冤家不聚头。”

盛乔：“……”

凌晨赶回剧组，睡了不到三个小时就起床去片场拍戏，不过盛乔也早就习惯了拍戏时的繁忙状态，一直到金秋十月，这部戏终于杀青了。

太阳的余晖从枝头斜斜洒下来，四周景色都被夕阳渲染出几分曲终人散的落寞。杀青之后各奔东西，想要全部再聚是不可能的了。

大家都在互相道别，盛乔也跟工作人员一一打招呼，手机响起的时候，太阳刚刚没入地平线。

天空残留一点红，霍希的声音含着浅淡笑意，透过听筒传到她耳边：“杀青了吗？”

“嗯！明天就回去，你去机场接我吗？”

那头低笑：“不去。”

盛乔噘了下嘴：“好吧，那我自己回去。”

旁边突然有人惊呼，她偏头看了一眼，发现大家都拼命朝她使眼色。心里隐隐生出预感，她回头去看，霍希就站在最后一抹夕阳里，握着手机朝她笑：“不去机场，来这里接你。”

她朝他飞扑过去。

霍希一把接住她，在她下颌轻咬了一下，盛乔挂在他身上，小声嘟囔：“骗子。”

他笑：“这叫惊喜。”

收到惊喜的盛小乔同志终于露出雀跃的笑，引来片场一众围观人群的羡慕嫉妒柠檬酸。

有男朋友接下班，杀青带来的离别愁绪都淡了很多，连晚上杀青宴都吃得非常豪迈，此豪迈具体表现在敬酒来者不拒，不胜酒力的盛乔很快醉倒在男朋友怀里。她酒品一向很好，不吵不闹，蜷在他怀里，前言不搭后语地跟他聊天。

“霍希，你的新电影拍得怎么样呀？”

“还不错，导演和剧本都很好，票房应该不会差。”

“那道菜真的超好吃！下次还要去吃！”

“好，下次我们一起去。”

“我就跟她说啊，你不能这么演，你不能演你自己呀。”

“嗯，乔乔演技很好，可以指导晚辈了。”

丁简听得头疼，这牛头不对马嘴的，偏偏霍希还有耐心，每一句都认真地回答。快到酒店的时候，盛乔说起赵虞的演唱会。她搂着他脖子，在他颈窝蹭啊蹭：“我好想去看你的演唱会啊，霍希，你什么时候再开演唱会啊？我好想去看你的演唱会……”

方白把车停好：“到了，霍希哥，你一个人能行吗？”

霍希抱着她小心挪下车：“行，走吧。”

因为盛乔宿醉，第二天航班改签到晚上，等她睡醒已经是中午，霍希带着她去吃了她昨晚说的特别好吃的那道菜，盛乔还奇怪他怎么会知道。

回到首都，盛乔又赶了几个综艺和通告。入冬之后，她就背着书包回学校上课了，又从一个行程繁忙的一线小花变成了朴素的女大学生。

霍希不管工作多忙，每周都会抽出时间来接她放学，来的次数多了，路人、记者都拍到过很多次，网友说霍希这哪是在谈恋爱，分明就是在养女儿。

车接车送，还帮拎书包，可不是在养女儿嘛。

一直到大学放寒假，这场校园恩爱秀才终于结束，校友和路人纷纷表示，总算不用吃柠檬了！

寒假期限短，贝明凡只给盛乔接了一档简单的室内美食综艺，其余都是零散的行程和通告，这期间最重要的一个活动就是全国优秀电视剧节，又名——飞天奖。

盛乔的《红玉传》获得了最佳女主角奖提名。飞天奖在颁奖上一向比较偏重电视剧所传达出来的价值观和剧本身的质量，《红玉传》作为一部制作精良的历史正剧，它所表达的民族大义恰好符合这一点，会被提名也是意料之中。

盛乔这两年陪跑了好几个奖项，什么奖不奖的，已经免疫了。

不过这种大型颁奖典礼，能出席已经是对本身人气和实力的认可，盛乔还是拿出最好的状态走了红毯。

霍希没有电视剧作品，自然也没有出席，不过还是陪着盛乔一起来了，在后台休息室等着她结束。

进入会场之前，贝明凡还在交代："获奖感言记得背啊！"

盛乔翻白眼："我背了几年，没一次用上。"

贝明凡："那也得背，万一呢？"看盛乔怀疑的眼神，叹气，"好吧，我刚才打听到内部消息，这次又陪跑了。一会儿注意一下表情管理啊，别让黑粉又说你输不起！"

盛乔摆摆食指："输一次的人才会有这种心态，我这种输了三四次的，已经不存在输不起了！"

贝明凡："……"话是这么说没错，可是听着好心酸是怎么回事？

嘉宾逐渐入场，红毯结束，颁奖典礼正式开始。盛乔一坐下来，周围的艺人都在跟她打招呼，毕竟是四小花旦之首，人气如日中天，在哪儿都是焦点。

奖项一个一个被宣布，这种提前知道自己陪跑的颁奖典礼，没了期望就分外无聊，她面带微笑、坐姿标准，实则走神都走到外太空去了。还有一周就要开学了，她那张设计图是不是还得再改改？

她已经陪着盛母见过围棋叔叔的家人了，两方都很友善，叔叔的小孙子居然还是她的粉丝，因为喜欢她才去学了架子鼓。

最近收到了几个电影剧本，质量一般，虽然她也有点期待大银幕，但贝明凡让她再缓缓，不要急。

钟深的时尚资源好到爆，前两天说要带她去高定春季秀，到时候还要把时间空出来。

"盛乔！"会场突然响起她的名字，接着掌声雷动，她茫然抬眸，神思还没拉回来，旁边的艺人推了她一把，在掌声中大喊："小乔！愣着干吗？！"

她抬头看向舞台，大屏幕上正在播《红玉传》的片段。

颁奖嘉宾继续说："恭喜盛乔凭借《红玉传》获得最佳女主角奖！"

盛乔身体下意识地站起来，踩过一级级台阶，走上光芒万丈的舞台，但人还是蒙的。主持人也发现了，笑着问她：“没想到自己能拿奖吗？”

盛乔：“……毕竟大家都叫我‘陪跑女王’。”

台下一阵哄笑。

陪跑好几年，人送外号“陪跑女王”，终于在这一刻，粉碎了这个外号。

颁奖嘉宾将奖杯颁给她，直到冷冰冰的质感透过掌心传到心脏、大脑，以至全身，她才终于彻底清醒过来。

主持人问：“有什么想对大家、对自己说的吗？”

她接过话筒：“获奖感言我已经背了好几年。”

台下继续笑。

她也笑：“不过真的到了这一刻，好像完全不用照本宣科，因为自然而然有很多话涌出来。要感谢的人太多，就不一一提名了，在这里统一跟帮助过我的人说，谢谢你们，你们的每一个举动，成就了现在的我。”

她弯腰敬礼，现场掌声不断。

“这几年走来，像一个梦。一开始，我并不确定这是一个美梦还是一个噩梦，只能凭着本能往前走。但上天送了一个天使到我身边，他让我不再害怕未知的旅途，他把这一路荆棘都变作了玫瑰。”她看向镜头，眼眶有点红，但唇角的笑那么漂亮，“谢谢霍希。”

她摇了摇手中的奖杯：“谢谢大家对我的认可，谢谢粉丝的支持，这条路还很长，我会继续前进，努力必不负荣光。”

掌声不断，持续到她下台。

今晚全网所有的焦点都在她身上：飞天视后——盛乔。

接下来的时间，盛乔几乎是数着分秒度过。她迫不及待想飞奔到后台，奔向他怀里。颁奖典礼结束，又是合影又是采访，流程一一过完，她才匆忙往后台赶。

刚走到出口，她就看见霍希倚在墙上，静静等着她。走廊的光无声洒下来，发丝都根根分明。

盛乔扑到他怀里，手里还拿着奖杯，嗓音又软又甜：“看。”

霍希笑着亲了亲她的额头：“乔乔真棒。”

她仰着头笑，小声问：“有奖励吗？”

霍希点头："有。"

他把手机拿出来，打开微博，在她的注视下打字，发布了将于今年四月举办演唱会的消息。

盛乔眨了眨眼，看着那条官宣的演唱会微博半天没反应过来。

霍希伸手抱住她，低头吻她的唇："送你的演唱会。"

她闭上眼，心脏扑通扑通，差点跳出喉咙。

转型两年后，霍希终于再次举办演唱会，整个粉圈都震动，纷纷拿出六亲不认的姿势来抢票。什么姐妹基友小可爱，没有！这一刻，我们都是敌人！

霍希从去年十月就开始偷偷准备演唱会，盛乔每天上课学业繁重，周末还要赶通告，愣是没发现。

好在她寒假要录综艺，要做作业，马上开学又要回学校上课，忙起来时间就会过得特别快，不然掰着手指头数着时间等演唱会的日子肯定很难熬。

四月末，终于迎来了万众期待的日子。

演唱会前几天霍希一直在彩排，盛乔也在上课，都没时间去看。好在演唱会当天是周六，周五放学，小蛋开车来接她。

"老板还在现场彩排呢，让我陪你去吃晚饭，然后去现场看彩排。"

盛乔激动得不行，在微博上嘚瑟：

"@福所倚：今晚去看彩排！"

希光们嗷嗷乱叫，纷纷交代她记得拍视频给福利。

吃饭的餐厅是霍希提前订好的一家她爱吃的私房菜，味道好、环境好，服务也好，就是上菜慢，这顿饭一直吃到夜幕降下来，盛乔生怕错过彩排，一直催小蛋开快点。

一路开到体育馆，从外面听，静悄悄的，盛乔疑惑道："还没开始彩排吗？"

小蛋把她领到入口："你进去就开始了。"

她迟疑着往里走。场馆不太亮，只开了几盏灯，将将能看清路。场馆有点空，不远处的舞台也黑黢黢的，她隐隐闻到空气中有玫瑰花香，但四周太暗，什么也看不清，走到舞台前方时，忍不住喊：“霍希，你在吗？”

音响叮一声响，她听到他的声音：“我在。”

漆黑的舞台突然亮起一束光，打在坐在钢琴前的人身上。他穿着舞台服，所有装束跟正式演出别无二致，整个人好看得不行。

手指按下琴键，她听到他在唱一首她没听过的歌。

送给她的歌。

送给她一个人的演唱会。

她站在原地，仰头看着舞台上弹琴的少年。那是她爱的少年，这么多年，一丝一毫也不曾改变，一切都如当年。

她想起第一次去看他的演唱会。她千方百计地请假、抢票，从国外飞回国内，一路颠簸的辛苦，在看到他的那一刻，尽数消散。

那时候，她离他那么远，仅仅是一个随意的挑眉微笑，就够她疯狂尖叫。

她从未想过得到更多。只要远远地守护他，就像千千万万的粉丝一样，盼着他笑，盼着他健康，盼着他四周都是花与温柔，就已经足够。

是怎样走到他身边的呢？

音乐声止，霍希起身走来，跳下舞台，走到她身边。

四周骤然光芒大盛，她被光刺得闭了闭眼，再睁眼时，霍希像变魔法一样，将一枚闪闪发光的戒指举到她面前。她这才看见，满地的玫瑰花瓣。

她听到他说：“乔乔，嫁给我好不好？”

是怎样走到他身边的呢？原来是他走向了她啊。

——正文完——

番外1

婚礼

获胜夫妇晒证那一天，微博又崩溃了两个小时。

红底的证件照，将两人温柔又喜悦的笑容定格在九块九的红本本上。两个人颜值都高，证件照拍得像海报，羡煞旁人。

霍希发微博：“@霍希：霍太太，你好。”

她终于从他的老婆粉，成了他真正意义上的老婆，万千追星少女流着泪祝福。

之后就是万众期待的婚礼。

各方记者挤破头地打听婚礼的举办地，连无人机都准备好了，结果获胜根本就没去他们讨论的那些热门结婚地，而是就在首都。

因为盛乔两个妈妈的腿脚都不方便，不宜外出远行。

婚礼也没有办得大张旗鼓、极尽奢华，只邀请了双方的圈内好友和亲人，将将能把那个用金银色装饰的礼堂坐满。

赵虞和沈隽意分别抢到了伴娘、伴郎的位置，消息一公布，引起全网震动。

怎么也没想到，三座大山第一次同框，是在婚礼上。

山的女人果然名不虚传！

这婚礼就是再从简，凭这咖位也注定低调不了。听说有记者已经在联系酒店应聘，打算当天冒充酒店工作人员入内偷拍了。

以防狗仔当天为了拍到现场视频不择手段搞出什么幺蛾子，霍希和盛乔一商议，索性邀请了几方媒体，让他们大大方方地拍。

盛乔的婚纱是钟深利用自己在时尚圈的资源邀请国外知名设计师私人定制的，贴合她身体的每一处曲线。试婚纱那天，霍希看得眼眸都深了几分。

有些真相永远无法说出口，但盛乔想用自己的办法去圆满。送请柬那天，她邀请乔父在婚礼现场以父亲的身份出席，将她牵上红毯。

乔父激动得不行，儿媳妇变女儿，自己好像还赚了呢！

婚礼前夕，盛乔带着霍希正式给乔父乔母敬了茶，认了干爸干妈，乔羽在旁边非常欠揍地说："妹妹，妹夫，哥哥的茶呢？"

霍希："……"

盛乔："脚不痛了吗？"

乔羽顿时想起被她狠狠踩脚的恐惧，一蹦三尺远。

除了朋友、亲人，盛乔还给梁小棠发了请柬。收到请柬的那一天，梁小棠差点晕过去了。

她将要亲眼见证自己一手创建起来的CP走向婚姻的殿堂了！！！

一个人忍辱负重默默嗑糖的艰苦岁月再也不存在了！！！

现在全世界都知道，获胜是真的！她成功了！！！这是她一手打下的江山啊！

梁小棠眼含热泪握住盛乔的手："我还可以再带一个小姐妹吗？想当初，她跟着我一起打江山，一起熬过艰苦黑暗的岁月，我们互相扶持，彼此温暖，呜……真的太不容易了。"

盛乔："……好的，可以。"

梁小棠欢天喜地去给她的全网仅有的获胜小姐妹发消息，她心想，小姐妹看到这条消息一定是激动得晕过去了，不然怎么一直都没回复呢！

等啊等，婚礼前一天，小姐妹才终于回复了她："最近比较忙，刚看到，我会去现场的。"

梁小棠："姐妹你怎么一点都不激动呢？！你连感叹号都没有！！！"

姐妹："……"

梁小棠："那我们早上十点在酒店门口见，OK？"

姐妹："恐怕不行，当天我会很忙。"

梁小棠：“？？？姐妹，这就是你的不对了。这种大日子，再忙也要腾出时间啊！”

姐妹：“婚礼现场见。”

梁小棠有点失望，这么激动的事情，姐妹怎么能那么淡定呢？好半天，她才反应过来。不对啊姐妹，我请柬都没给你，你怎么进场啊？

她又急急忙忙发消息，姐妹已经不在线了。

梁小棠哭唧唧。

婚礼当天，风和日丽。

霍希不想盛乔太累，一切流程都从简。婚礼是属于她的礼物，而不是累赘，他只需要一个仪式，让所有人见证他拥有她的过程。

他看着她穿一身雪白婚纱，挽着乔父的胳膊一步步走向他。

她眼眶微微泛红，可笑容那么好看，眼里、心里都是想要给他的全部爱意。

他几乎等不及，一路跑过那条铺满玫瑰花瓣的红毯，从乔父手中接过他最为珍重的宝贝，完成了这世上最神圣的仪式。

根本无须言语。

他的眼神那样炽热，通过记者的一张张照片，向全世界的人宣布，他有多爱眼前这个女孩。

赵虞穿着粉色的伴娘服，站在台下差点把眼妆哭花了，接过沈隽意递来的纸巾，哽咽着说：“突然想结婚了。”

沈隽意：“想多了，没人敢要你。”

赵虞：“？？？”她咬牙切齿凑到他耳边：“到时候我嫁不出去，一定绑了你来跟我结婚！折磨死你！”

沈隽意：“你就算得到了我的人，也得不到我的心！”

赵虞：“那我就把你的心挖出来，卤了下酒！”

沈隽意：“呕……”

一旁的乔羽幽幽地道：“婚礼现场，你们聊这么血腥的话题真的好吗？”

梁小棠一直在礼堂中寻找疑似小姐妹的嘉宾，找来找去，谁都不像，给小姐妹发消息她也一直没回，难道是爽约了吗？

这么重要的日子，爽约就意味着脱粉啊。

呜……高处不胜寒，这天下，终归只属于她一个人啊。

梁小棠忧伤地喝了一杯酒，肩膀突然被人从身后拍了一下。回头一看，爱豆站在她身后，梁小棠差点被一口酒呛住："儿……不是！哥哥！你怎么过来啦？"

霍希把手机屏幕递到她面前："你不是在找我吗？"

梁小棠："……"

旁边人："欸欸欸，小姑娘怎么了？喝醉了吗？快快快，扶起来。"

婚礼仪式结束，霍希抱她回家。

盛母已经和围棋叔叔领了证，盛乔把之前住的那套房子买下来送给他们，如今两人已经住在一起，老来有伴，互相照顾。

霍希的家成了她的家，曾经冷清的房子，如今到处都充满属于她的痕迹。

墙上有乔母专为他们新婚画的画，屋后的露天小院种满了她在阳台上养过的花草，茶几、橱柜上摆满了她喜欢的手办，连独属她的"霍希小天地"也一并搬了过来，霍希专程打造了一个房间放自己的专辑，自己再往里一站，就完美了。

盛乔让他坐在椅子上，站在门口拍了一张照片，发微博：

"@福所倚：有霍希的霍希小天地。"

希光：把这个刚结婚就嘚瑟的阿福打死！！！

我们的"霍希小天地"里什么都有，就是没有霍希，哭唧唧。

阿福用一张婚纱照安抚了嗷嗷乱叫的粉丝。

最后还要用自己安抚这群粉丝的爱豆。

夜还很长。

番外2

沈隽意×赵虞

盛乔有小宝宝的时候，正在准备毕业论文，突然出现眩晕疲惫的情况，还以为是最近查资料写论文太累了。恰好乔母也在，把她扶到床上休息，还不放心，又把自己的私人医生叫来，给她检查检查身体。

这一检查才知道她是有孕了。

霍希在国外拍戏，接到电话后当即跟剧组请假，连夜飞了回来。

一系列检查做下来，又联系贝明凡给她的行程做了调整，只留了一些宣传通告，其他工作全都推了。

好在孕期有两部戏和一档综艺要播，不至于空窗。霍希的电影也临近尾声，杀青之后回国，除去必要的行程，其他时间都空出来陪她。

于是盛乔只剩下毕业论文和养胎。

最先知道的朋友是赵虞，她新专辑突破了最高销量，叫盛乔出去喝酒庆祝。盛乔说："你喝酒，我喝奶。"

赵虞："？？？"然后赵虞就拎着箱牛奶上门拜访了。

霍希给她煮好咖啡端过来的时候，她正把耳朵贴在盛乔的肚子上，神情惊讶得像是第一次知道孩子是从肚子里生出来的一样。

最后赵虞一脸严肃地说："孩子干妈的身份我预定了。"

盛乔问："单身狗还想当干妈？到时候孩子问干爸是谁怎么办？"

赵虞："你就告诉他是吴彦祖。"

盛乔：“？？？”吴彦祖不同意。

后来孩子五六个月的时候，盛乔小腹显怀，出席活动被记者拍到，爆出了怀孕的消息。盛乔也没否认，大大方方发了条微博：

“@盛乔：小宝宝还没降世，多给TA一些时间吧。”

这几年时不时就有新闻爆料盛乔怀孕，去一次医院，怀一次孕，这下终于坐实，倒是没有引起太大的震动。

毕竟网友们见证了获胜夫妇从恋情曝光到扯证再到婚礼，撒了这几年的狗粮，大家都习以为常了。但这次怀孕还是造成了微博瘫痪，原因不在盛乔。

她那条微博发出后，赵虞和沈隽意几乎是同时转发。

“@赵虞：干妈期待小baby的降世。//@盛乔：小宝宝还没降世，多给TA一些时间吧。”

“@沈隽意：干爸在此！//@盛乔：小宝宝还没降世，多给TA一些时间吧。”

网友：“？？？你俩什么时候好上的？”

薏仁：“我×？？？”

虞美人：“我×？？？”

赵虞：“……”

沈隽意：“……”

两人互相拨对方电话，结果占线，赵虞一个视频弹了过去。

屏幕里的赵虞龇牙咧嘴：“马上把你那条微博删了！”

沈隽意眉梢一挑：“凭什么？你为什么不删？”

赵虞：“我最先知道！干妈的位置已经被我预定了！你凑什么热闹？”

沈隽意：“你预定了就是你的？我兄弟的孩子就是我的干儿子，你凑什么热闹？”

“你删不删？”

“老子不删！”

笑话，有关尊严，谁删了谁就是认输！两人每次见面必互撑，向来不分高低输赢，怎么能在这件事上落下风。

赵虞冷笑：“有本事谁都别删。”

沈隽意：“怕你？”

双方经纪人：“……”

公关团队第一时间否认了恋情，并解释是因为双方和盛乔关系都好，才会出现此种巧合，实属乌龙。但闹了这么一出，网友们突然发现，两座大山合在一起的神谕CP，竟然好像很搭？

同为顶流，同为唱跳爱豆，年龄相仿、样貌相当，连智障的气息都如此契合！

我×！早些年怎么没发现这对CP这么好嗑？！

神谕党迅速冒出头。

已经死心多年的兄弟CP和仙女CP，突然觉得，我们可以互补一下？

一场轰轰烈烈的拆旧CP、组新CP活动就这么拉开了序幕。

而双方正主还在为干爸、干妈的身份斗争，一直争到霍小希出生也没分出输赢。

霍小希满月那天，赵虞和沈隽意各自提着礼物上门，势必让盛乔给出正式答复：到底选谁？！

盛乔一看见他俩就头大，在两人第九次开撑的时候，忍无可忍地拍桌子：“你俩就不能凑合一下谈个恋爱结个婚，各拿各的身份牌吗？”

她转头问霍希：“他俩的CP叫什么来着？”

霍希：“神谕。”

盛乔：“对！神谕！什么意思？神的口谕！上天安排的最大，你俩就不能把这个众望所归的CP变成真的吗？”

两人顿时不吵了，互相嫌弃地看了对方一眼。

满月宴结束，两人一前一后地离开。到车库后，沈隽意刚发动车子，副驾驶的门就被拉开，赵虞一屁股坐上来，动作麻溜地系好了安全带。

沈隽意：“你干啥？”

赵虞：“搭个顺风车，送我回家。”

沈隽意：“自己开车！”

赵虞：“我喝酒了！”

沈隽意：“你喝酒你还有理？”

赵虞：“嗯啊。”

沈隽意翻了个白眼，倒也没说什么，输入她家的地址开启导航，慢悠悠地驶出车库。赵虞偏头靠在背垫上，脸朝外，看着车窗外飞速闪过的街景。

好半天，她突然问：“看你今年的行程安排，是打算转型了？”

沈隽意目不斜视：“霍希走了，我也走了，就剩你一个，流量都是你的，开不开心？”

“开心个屁。”赵虞转过头来，“去年专辑不是还拿了销量第一吗？怎么突然要转型？”

沈隽意耸了下肩：“跳不动了。”

赵虞沉默了一会儿，叹了声气：“其实我也差不多。”

“爱豆”这个词，已经不属于他们这个年龄了。

她突发奇想：“要不我俩搞个组合转型去说相声吧！”

沈隽意：“？？？”

他伸手按了下按钮，车窗缓缓打开，瑟瑟寒风瞬间灌进来，冷得赵虞顿时哆嗦，大吼：“你开窗干什么啊？”

“让你清醒一点。”

“你看不起相声吗？”

“我看不起你。”

要不是看他在开车，为了安全着想，赵虞的拳头早已经招呼过去了。她把头朝外一扭，任由寒风把长发吹得张牙舞爪。沈隽意偏头看了一眼，又把车窗关起来。

赵虞生了会儿闷气，最后像是实在气不过，扭头恶狠狠地问他：“你真就这么嫌弃我？”

看那眼神，沈隽意觉得自己要说“是”，估计头要当场被拧下来。

于是他斟酌着说：“也没有。”赵虞一愣，他继续说，“你不说话的时候，还是挺招人喜欢的。”

赵虞：“你的意思是，如果我是个哑巴，就会喜欢我？”

沈隽意："？？？"我不是这个意思啊！！！

沈隽意再一次遇到私生那天，刚好跟赵虞参加同一档综艺。

自从前几年沈隽意在自己微博上公开表示禁止私生的言论，他的私生饭再不似之前猖狂，通过薏仁的监督打压，逐渐销声匿迹，但总有漏网之鱼。

赵虞刚从电梯出来，就看见有两个拿着手机的女生在酒店走廊鬼鬼祟祟地徘徊，走到沈隽意的房门跟前，把耳朵贴在门上状似偷听。

她抬手在走廊的挂画上狠狠敲了一下："干什么呢？！"

那两个女生被惊动，也不敢回头看，拔腿就跑了。

赵虞走过去敲门："是我，你在不在？"

没几秒，房门咔嗒一声打开，沈隽意一脸无奈地站在门后。赵虞恨铁不成钢地看他："你怎么不出来教训她们？"

沈隽意等她进屋，关上门："不想正面接触。"

那件事带给他的阴影不小，面对私生他还是在尽可能地回避。

赵虞知道他这心结三五年好不了，也没揪着不放，往沙发上一坐，大爷似的："给我倒杯水来。"

沈隽意白了她一眼："你再过几年手脚都会退化。"

话是这么说，看在她帮他赶走私生饭的分儿上，他还是给她倒了杯热水过来。

赵虞正半躺在沙发上跟盛乔聊语音。

"不来，不去，你最近太闲了是不是？"

盛乔的声音从手机里传出来："闲出花了。你就当过来陪我吃个饭嘛，我什么都不会说的，你就看一看？"

赵虞接过水杯喝了一口，懒洋洋地说："没兴趣。"

盛乔："我哥这样的好男人，打着灯笼都找不到！便宜了别人好可惜的！"

赵虞："你哥那样的好男人，配我太可惜了。"

盛乔："再见！"

赵虞："拜拜！"

语音挂了，沈隽意在她对面坐下来，一副八卦语气：“我兄弟在给你介绍对象？”

赵虞调整了下姿势：“嗯。”

“看来国民女神也避免不了相亲的俗套，那你怎么不去？我兄弟介绍的人应该不差啊。”

赵虞捧着水杯没说话，难得有这么安静的时候。就像沈隽意说的，她不说话的时候，其实挺招人喜欢的。

好半天，她抬头看过来，笑了一下：“因为我有喜欢的人了。”

沈隽意震惊到表情管理都失效了。

“不知道是哪个……”他差点把“倒霉蛋”三个字说出口，好在理智及时回归，立刻改口，“是谁这么幸运能得到国民女神的青睐？”

赵虞把杯中水一饮而尽，看都没看他一眼，起身就往门口走。

沈隽意在后面喊：“欸欸欸，别一言不合就甩手走人啊，我不问了还不行吗？”

赵虞拉开门，脚步一顿，又转过身来，勾着唇，笑出几分冷意：“一个傻子。”

沈隽意：“……”

接下来两天的录制，赵虞就不咋搭理他了。

沈隽意十分委屈，不就是探听了一下你的隐私？至于吗？

综艺录到一半，节目组要玩“心跳游戏”，女嘉宾会佩戴一个心跳测试仪，三位男嘉宾谁能让女嘉宾的心跳加速，取得最高值的获胜。

赵虞佩戴好心跳仪，起始心跳为80，两位男嘉宾轮番上阵，最多也只让她提升到85而已。

轮到沈隽意的时候，他看着对面面无表情的赵虞，内心是崩溃的。

面对面走近，主持人在旁边说：“隽意你要拿出你的招牌情话来！要不然给虞虞跳支舞也可以，你们就涨了五点，真的太丢男嘉宾的脸了。”

沈隽意叹气，跟赵虞说：“给个面子吧？”

赵虞翻了个白眼。

主持人："隽意！撩她，你撩她！"

沈隽意抓抓头发，沉思一会儿，突然一把握住了赵虞的手。赵虞波澜不惊的心跳顿时从80飙到了100。

主持人说："吓的！这是吓的！"

沈隽意抓着她的手，一点点十指相扣，朝前走了一步。

赵虞下意识地后退。他一把搂住她的腰，将她往自己怀里带了带。

赵虞的心跳几乎以坐火箭的速度飙升。沈隽意还沉浸在自己的任务中，低头看着她有些慌张的眼睛，低声说："当我女朋友好不好？"

主持人的尖叫在旁边响彻："160！170！啊啊啊……180了！"

赵虞一把把沈隽意推开了。

踉跄两步的沈隽意这才抬头看屏幕，被那个意想不到的高数值惊得一脸蒙。

赵虞已经把心跳仪取了下来。

主持人八卦地问："虞虞，有什么想解释的吗？"

赵虞把锅往沈隽意身上甩："他搂着我的时候掐我，肉都给我掐肿了！"

全场爆笑，沈隽意看了赵虞一眼，难得没有反驳，也跟着笑了笑。

综艺录制结束，以往都会跟他掰扯几句的赵虞招呼都没打，径直离开了录制现场。等他忙完给赵虞打电话的时候，是她经纪人接的。

"虞虞今天身体不舒服，已经睡了。"

沈隽意问："她怎么了？"

经纪人叹气："下午一直发着低烧录节目呢。"

他皱了皱眉，回到酒店后，想了想，还是先去敲了赵虞的房门。经纪人打开门看见是他还挺意外的，压低声音说："吃了药，还在睡呢。"

沈隽意蹑手蹑脚走过去，看到她嫌热将被子掀了一半，又轻轻走到床边帮她盖好被子，把她放在外面的手拿进去。

她手指突然拽住他不放。大概是他手腕太凉，她急求降温，指尖滚烫的温度通过手腕一路传到大脑，连他都莫名其妙燥热起来。

他俯身把她手指掰开放回被窝，这样离得近了，才看见她眼角润润的。

好像是在哭。这样无声又压抑的眼泪。

他像是惊慌失措的小孩发现了什么秘密，紧紧盯着她紧闭的眼睛，结结巴巴又像自言自语：“你哭什么啊？”

他第一次看见赵虞哭，手足无措：“是不是太难受了？要不要去医院啊？”

赵虞眼睑微动，像醒了，又像烧得迷糊，哑着声音喊：“沈隽意……”

他俯身过去：“嗯？”

赵虞说：“王八蛋。”

他在她脑门儿拍了一下：“都这样了还骂我。”

她蹭向他手掌，贪恋所有冰凉的温度。沈隽意的手就那么被她压在脸颊下，明明随便就能抽出来，他却没有那么做。

他头一遭跟赵虞挨得这么近，他第一次跟赵虞这么安静地相处。

他想起自己那句话：你不说话的时候，还是挺招人喜欢的。

她不说话的时候，像这样安静又温柔地蹭着他，莫名其妙让他心跳加速。如果现在有一个心跳测试仪，他想，他的数值一定超过了今天在节目里的赵虞。

被赵虞喜欢的那个人，会是谁呢？

一个傻子？

他才不是傻子呢，哼！

番外3

爸爸去哪儿

霍希本来是不想带儿子去参加这档全民皆知的亲子综艺的。一是因为如今的网络环境并不友好，稍不如愿就会引来骂战；二是因为霍小希这个小调皮蛋，人小鬼大，闹起来除了盛乔能哄，他有时候还真没办法。

导演第二次上门来邀请的时候，霍小希恰好在家，一个人坐在靠窗的玩具堆里堆积木。他又小又萌的一团，继承了父母的良好基因，长得又乖又俊，虽然才四岁半，已经会背上百首唐诗，九九乘法表，双语教学之下英语也说得好，此刻连复杂的积木也堆得井井有条。

导演是个爱小孩的人，看到他就挪不动脚了，趁霍希倒水的时候走过去逗他玩，问："霍小希，你在做什么呀？"

他奶声奶气地说："堆积木。"

导演拿起一块积木："一个人玩无聊吗？要不要我陪你呀？"

霍小希绷着一张小脸严肃地摇了摇头："不用了，我习惯了。"

导演被他的语气逗笑了："习惯了？难道你一直都是一个人玩吗？"

小奶娃像是被戳中心事，有点委屈地点头："爸爸要陪妈妈，妈妈要陪爸爸，没有人陪霍小希。"

霍希刚好端着水走过来，听儿子奶声奶气的控诉，简直气笑了："你妈妈只要在家都在陪你玩，连晚上睡觉都在你房间陪着你。说谎话的小孩没有牛奶喝。"

霍小希顿时眼泪汪汪："可是我有时候醒了妈妈都不在我床上！她都偷偷

去找你了！”

霍希：“……”

导演憋笑憋得好辛苦。

霍小希拿起最后一块积木，边堆边忧伤地说：“爸爸最爱的人是妈妈，妈妈最爱的人是爸爸，没有人爱霍小希。”

就是因为这句话，霍希才决定参加这档节目。

盛乔在外地拍电影，知道霍希要带着儿子去参加《爸爸去哪儿》，还专门抽时间回来了一趟。帮父子俩收拾了行李，搭配好了衣服，盛乔交代霍小希要听爸爸的话，在外面的时候不许随意哭闹。

霍小希在盛乔面前乖得就像之前控诉爸爸不爱他的人不是他一样：“妈妈你放心！我会照顾好爸爸的！”

临出发时节目组做了一个父子的单人采访，问霍希的问题基本就是有没有跟孩子单独出去旅游过，单独带过孩子，有没有信心之类。

到霍小希的时候，导演小心地把他抱到可以旋转的椅子上，霍小希穿了件蜘蛛侠的外套，两只小腿在空中晃啊晃，整个录音棚的工作人员都快被这团糯米萌哭了。

导演问：“霍小希，马上就要跟爸爸出去旅游了，开不开心呀？”

小奶娃说：“如果有妈妈就更开心了，你们为什么不带我妈妈呢？”

导演：“因为妈妈要工作赚钱给你买玩具呀。”

霍小希似懂非懂地点头：“那好吧。”

导演又问：“霍小希最喜欢爸爸还是妈妈？”

他眨巴眨巴眼睛：“都喜欢，妈妈说做人不能偏心。”

大家都笑了，导演又问：“妈妈还说过什么？”

霍小希掰着指头认真地数：“妈妈说，爸爸是这个世界上跳舞最好、唱歌最好、演戏最好、长得最帅的人。”他用小拳头抵住下巴，继续他奶声奶气的控诉，“有一次我在电视上看见有个哥哥在表演节目，我让妈妈带我去看表演，妈妈明明答应了，我还给那个哥哥买了一朵花，想要送给他。可是我去了，只看到爸爸在舞台上。”

霍小希非常委屈："妈妈说，爸爸的舞台最好看，看爸爸就够了。"

整个录音棚都快笑疯了。固粉，从小孩抓起。

出发录制那天，盛乔在家，给拍摄组的工作人员开了门，领着他们去霍小希的房间。小男孩的房间全部用漫威的英雄来装饰，连他睡的床都定做成了美队盾牌的形状。霍小希睡姿却很乖，侧压着一半脸，撅着小屁股，睡得正熟。

摄制组要拍霍希叫儿子起床穿衣服的画面。

小孩子赖床厉害，霍希抱都抱不起来，折腾了半天，霍小希哼哼唧唧："要妈妈亲亲我才起来。"

霍希问："爸爸亲不行？"

小奶娃把屁股朝向他："爸爸没有妈妈香。"

盛乔在摄制组的笑声中走过去，半跪在床上，温柔地把霍小希从被窝里抱出来，亲了下他肉嘟嘟的脸，轻声说："明天早上妈妈不在，霍小希要听爸爸的话，乖乖起床，知道吗？"

霍小希搂着她脖子又是蹭又是拱。小男孩知道承诺了就必须做到，但是他真的不知道自己明天能不能乖乖起床，撒着娇不说话。

盛乔继续说："妈妈会在电视上看着你。如果霍小希欺负爸爸了，让爸爸不开心了，妈妈以后就不给你讲睡前故事了。"

霍小希顿时猛点头："我一定听爸爸的话！"

盛乔抿唇忍住笑，朝对面的霍希挤了下眼。

霍小希身体力行证明自己会听话，乖乖穿好衣服，踩着小凳子刷牙、洗脸。霍希也站在旁边，父子俩同框刷牙，画面温馨得不行。

盛乔已经做好了早饭，当着镜头把奶瓶递给霍小希的时候，他居然还有点不好意思，绯红着小耳朵把奶瓶推开，奶声奶气地说："我长大了，不用奶瓶了。"

盛乔憋着笑把牛奶倒进碗里，又给他一个勺子："那你用勺子喝。"

他这才满意了。

吃完早饭，父子俩各自拖着行李箱出门，盛乔把他们送到门口，霍希回身搂住她的腰，吻了吻她额头。

迈着小短腿的霍小希吭哧吭哧跑过来，不满道："我也要亲亲！"

霍希："你起床的时候已经亲过了。"

霍小希："……"呜……爸爸欺负人。

盛乔好笑地把噘嘴的霍小希抱起来，小奶娃顿时得意地看了霍希一眼，炫耀似的抱住妈妈的脖子，在她脸上吧唧亲了一口。

霍希："……"小崽子天天跟他争宠。

门外停着节目组的商务车，放好行李坐上车，即将出发，霍小希扒着车窗眼泪汪汪："妈妈拜拜，我会想你的。"

盛乔挥挥手："宝贝拜拜，妈妈也会想你的。"

霍小希："要比想爸爸多才可以哦。"

霍希："？？？"

盛乔："一样多，妈妈说过不可以偏心呀。"

霍小希："那好吧……"小奶娃叹了声气，很是嫌弃地看了一眼旁边抢走妈妈一半宠爱的男人。

将这一切尽收眼底的霍希："……"请问小孩能退吗？

车子发动，驶入正路，开往机场。离开妈妈的愁绪很快就被他喜欢的大飞机冲散，霍小希一直坚信飞机能在天上飞是因为有隐形的超级英雄在下面托着。

所以他坐飞机的时候特别乖，不跳不闹，生怕超级英雄不喜欢自己，以后不保护他了。

经历四个小时的飞行，飞机终于到达目的地，下飞机之后，霍希父子也终于跟其他四对亲子嘉宾会合了。

加上霍小希，一共五个小朋友，两个小女孩、三个小男孩，霍小希最小。爸爸们彼此招呼介绍，小孩都有些认生，躲在爸爸身后探头探脑地打量。

大人介绍完了，又拉着各自的孩子互相认识，霍小希喊了一圈哥哥姐姐，发现自己在五个孩子中年龄最小，蔫蔫地垂下了小脑袋。

节目组安排了五辆商务车，载着嘉宾开往这一期录制的小山村。

上车之后，霍小希闷闷不乐地问霍希："爸爸，为什么我长得这么慢？坚果哥哥都七岁了，为什么我才四岁？”

霍希：“因为坚果哥哥乖乖吃饭不吃零食，所以长得快。”

霍小希大眼睛一瞪，握住小拳头，暗自下决心：以后一定好好吃饭！

车子一路晃晃悠悠开到了稻香四溢的村口。河里有野鸭，田里有水牛，霍小希长这么大，没去过乡下，瞬间就被田园风光吸引，瞪大眼睛看得目不转睛。

另外两个小点的孩子都在哭闹，衬得霍小希格外乖巧，那两个爸爸都羡慕地看着霍希：“你家小孩真乖。”

霍希：“那是他还没闹起来。”

果然禁不起夸。当节目组要求交出零食、玩具的时候，霍小希果然不干了，小小的一团趴在行李箱上，小指头紧紧拽着把手，说什么也不肯下来。

霍希讲了半天道理，他不听，只能用强，把他从行李箱上拽下来。霍小希号得惊天动地，一边号一边斥责节目组：“你们之前说过可以带玩具！你们欺骗小孩！你们不是好人！”

霍希指了下镜头：“妈妈看着你的。”

霍小希就跟卡碟似的，一瞬间收了声，脸上还挂着泪，神情紧张地小声说：“妈妈，我乖的哦。”

霍希把他抱在怀里，低声说：“等一会儿进去了，爸爸给你做新玩具。”

霍小希高兴地在他脸上亲了一大口。

收完行李就要开始抢房子。

五间房子各有特色，其中有四间是正常的房子，住宿环境一般，有一间是节目组搞出来的小破房，需要考验爸爸和孩子的适应能力。

把五张房间照片拿给孩子们看了，霍希问霍小希：“你喜欢哪一个？”

霍小希喜欢动物，立刻说：“有狗狗和小羊的那个！”

霍希摸摸他的头，本来打算为了儿子努力赢得游戏，结果节目组搞了个轮盘，是让孩子扔飞镖，扔到哪间就是哪间。

霍小希年龄小力气也小，三次脱靶。

看他快哭出来的样子，霍希安慰道：“没关系，这是遗传，你妈妈也经常脱靶。”

霍小希一听原来这是妈妈遗传给自己的“天赋”，这才高兴了一些，重振信心，第四次的时候终于戳中转动的泡沫轮盘，戳到了唯一的小破房。

霍小希嘴巴一扁，又要哭了。

霍希把他抱起来，问他：“这个飞镖是不是你自己扔的？”

霍小希哽咽着说：“是。”

“连累爸爸要和你一起住小破房这件事是不是你造成的？”

“是……”

“那你是不是该接受这个结果，并跟爸爸道歉？”

“爸爸对不起，是霍小希连累你了，呜……”

节目组：“？？？”

嘉宾：“？？？”

说得好有道理，但是好像哪里不对？

霍小希抽到的小破房是村里人外出打工离开后废弃的房子。院内杂草丛生，遍地砖瓦，门窗也都破损了，但好在基建踏实，没有变成危房。

怀着对爸爸万分愧疚的霍小希环视四周一圈，认命地垂下了小脑袋。

房间里已经放好了节目组准备的生活用品，只是没有打扫，到处都是灰尘蛛网。霍希里外看了看，把跟在屁股后面的霍小希抱到院子里的石磨上坐好。

“自己在这里玩一会儿，爸爸去收拾房间。”

石磨盘很大，霍小希盘腿坐在上面，瞅着石缝里开着的几朵小野花，奶声奶气问进进出出打扫卫生的霍希：“爸爸，如果今天晚上下雨，我们的房子会漏水吗？”

于是除了打扫卫生，霍希又多了一项工作：补房顶。

专程给爸爸找事的霍小希：我好像又做错了什么……

补了房顶补窗户，霍希就没闲下来过，百无聊赖的霍小希从石磨上跳下来，迈着小短腿跨过门槛跑进屋去：“爸爸，我来帮你吧。”

霍希从塑料盆里拿出一块毛巾：“那你去把桌子上的灰擦干净，可以用来放你的奶瓶。”

霍小希立刻领命，高高兴兴就去了。他人不够高，还要踩着凳子才可以抹，擦着擦着，空中突然掉下来一只蜘蛛，恰好落在他白白嫩嫩的手背上。

旁边的摄影师吓了一跳，飞快伸手一把把蜘蛛抓下来，生怕咬到孩子或者过敏，刚把蜘蛛扔出去，身后的霍小希像才反应过来一样，哇的一声哭出来了。

霍希回头问："怎么了？"

工作人员在旁边哄他："没事没事，蜘蛛已经被赶跑啦，不怕。"

霍小希从凳子上跳下来，一路哭着扑进爸爸怀里，声泪俱下地控诉："我失去了做蜘蛛侠的机会！呜呜呜……"

工作人员："……"

霍希用大拇指把他脸上的眼泪揩掉："地球上只能有一个蜘蛛侠，你要当新英雄，要去寻找新的机会。"

霍小希哽咽着问："那什么时候新的机会才会来？"

霍希站起身，在他头上揉了一把："等你不爱哭的时候。"

霍小希立刻不哭了，揉揉眼睛，又嗒嗒嗒地跑回去认真擦桌子，擦好之后把自己的奶瓶端正地摆好，奶声奶气地喊："爸爸，我完成任务了。"

霍希把他抱下来亲了一下："嗯，小希跟妈妈一样厉害。"

一听自己和妈妈一样厉害，霍小希乐不可支，感觉更有干劲了。在父子俩的共同努力下，小破屋总算被收拾干净。再把床铺好，虽是简陋了一点，但住人是没问题了。

霍希正打水洗脸，工作人员递来任务卡，午餐的领取要靠孩子独自前往指定地点，先到先得。

他把蹲在磨盘下玩蚂蚁的霍小希抱过来，把规则说了，问小奶娃："你可以单独去完成任务吗？"

霍小希："我可以！我一定让爸爸吃最好的饭！"

他要弥补让爸爸住小破屋的错误！

霍希笑："去吧，记得按照小红旗的标志，不要迷路了。"

霍小希握着小拳头斗志昂扬地跑了出去。

领午餐的地方在远处飘着红旗的小坝子里，过去的道路边插满了小红旗，孩子们只要按照红旗就能正确到达。

五个小朋友都出来了，你追我赶地往红旗飘扬的地方跑。霍小希年龄最小腿最短，跑不过哥哥姐姐，很快就落在后面。

难道要让爸爸吃他们挑剩下的残羹剩饭吗？！

不行！妈妈看到了会说我没照顾好爸爸！

霍小希小嘴一抿，停下来了。跟着他的工作人员还以为小孩又要闹脾气，正打算去哄，结果却看见小奶娃四周打量一圈，当机立断跑向旁边的岔路，偏离了小红旗指引的道路，从长满野花野草的田地里一路横插过去，赶在还在赛跑的四个小孩前第一个到达了红旗下。

他远远就喊："我要最好的饭！给我最好的饭！"

导演组都被小奶娃的机智折服了。

霍小希成功跟爸爸享用了最丰盛的午餐。吃过饭之后就是午休，霍小希在床上滚了一圈，非常浮夸地说："爸爸！这个床比家里的更舒服！"

霍希躺上来："那你以后就住在这里吧。"

霍小希立刻反应过来："可是这里没有妈妈呀！我要和妈妈住在一起，这么舒服的地方还是留给爸爸吧！"

霍希："……"为什么感觉自己被儿子反将了一军？

霍希："睡觉！"

霍小希："哦……"

午休过后就是做游戏。五队嘉宾集合，要和村里的村民一起参加运动会。嘉宾是一队，村民是一队。这个游戏的目的是让初次接触的孩子们和爸爸们产生集体荣誉感，加深感情。

有的小孩好胜心强，输了就哭；有的小孩内向羞涩，不愿意加入进来；有的小孩顽皮开朗，满场乱跑捣蛋。总而言之，现场一片混乱。

这种情况下，蹲在一只小羊面前试图跟小羊交流的霍小希简直就是小天使一般的存在。

"我叫霍小希，你叫什么？"

"咩……"

“你爸爸妈妈呢？”

“咩咩……”

“我在动物园看到的就是你的爸爸妈妈吗？”

“咩咩咩……”

蹲了半天，霍小希垂头丧气地回到霍希身边：“爸爸，我又失败了。”

霍希：“嗯？”

霍小希：“看来我的超能力也不能跟小羊对话，我还要继续找。”

运动会在吵吵闹闹中终于开始了，霍小希除了喊“爸爸加油”也做不了什么，在场边喊着喊着就跟另一个小孩Battle起来了。

两个小孩开始比谁喊“爸爸加油”的声音大，时间长，次数多。

四岁的霍小希活生生把六岁的小哥哥比下去了。

霍希不得不在比赛期间抽出空子吼他：“霍小希！不准喊了！”

嗓子都劈了！怎么跟他妈一个德行！

霍小希委屈得不行：“我给你加油，你还凶我！”

霍小希小嘴一撇，背过身不理他了。

等霍希比赛结束，走过来抱他，才发现小奶娃居然在偷偷抹眼泪。霍希简直又好笑又心疼，把他抱在怀里低声哄：“喊得太大声嗓子会坏，嗓子坏了以后就唱不了歌，六一儿童节就再也当不了领唱。”

霍小希被他哄得一愣一愣的，哽咽着说：“可是爸爸是最棒的，我要给爸爸加油。”

霍希亲了一下他肉嘟嘟的小脸：“你只要看着就是在给爸爸加油。”

运动会结束，嘉宾队胜利，每个小朋友都拿到了一块巧克力作为奖品。霍小希把巧克力分为三块，一块自己吃，一块给爸爸，还有一块放起来带回家给妈妈。

奖品要三个人分享才可以。

游戏结束，接下来的任务就是做晚饭，但是做晚饭的蔬菜要让孩子们单独去搜集，霍小希拿着任务卡问：“爸爸，你要做什么菜？”

霍希说：“你能拿什么回来我就做什么。”

霍小希："那我要是什么都没有拿回来呢？"

霍希："那就跟爸爸一起饿肚子。"

霍小希："不会的！我早上还偷偷藏了一包饼干在书包里，不会饿肚子的！"

霍希："……"

主持人："没想到霍小希连妈妈藏东西的天赋都遗传了啊。"

一直到太阳快要落山，霍小希才迈着小短腿拖着装满食材的袋子吭哧吭哧出现在路口，霍希早早就等着，赶紧走过去，一只手提起袋子，另一只手抱起儿子往家走。

霍小希收获不少，有蔬菜、有鸡蛋，还有肉，霍希把食材分拣出来，问他："做任务难吗？"

霍小希蹲在水桶边玩水："一点都不难，我要什么叔叔阿姨就给什么。"他忧伤地叹了声气，"可能是因为我太可爱了吧。"

一天的时光就在美味的晚饭中收尾了。

霍希的厨艺是五个爸爸中最好的，其他几位爸爸还在手忙脚乱地研究食材时，霍希已经领着霍小希把自家煮好的饭菜每样送了一些过去。

这间小破房不通电，父子俩早早洗漱完毕爬上床，桌边点着蜡烛，晃悠悠的烛光将整间屋子照得温馨又朴素。

节目组暂时把霍希的手机还给他，可以给孩子妈妈通睡前视频电话。

霍小希迫不及待地接过手机拨了过去。

视频通话很快接通，盛乔的声音从电话里传出来："哎呀，是霍小希呀。"

"是我！妈妈！"

他双手举着手机，脸上笑容灿烂，眼眶却开始泛红，哽咽着说："妈妈，我好想你。"

"妈妈也想你，你今天玩得开心吗？"

"开心。"

"有照顾好爸爸吗？"

"……没有，我连累爸爸跟我住这个小破房，呜呜呜……"他举着手机照了照四周，给盛乔看，“这里一点都不好，呜呜呜……”

盛乔温柔地笑：“怎么会不好呢？有爸爸在的地方就是最好的地方呀。”

霍小希眨眨眼。

霍希坐到儿子身后，看着镜头问：“吃晚饭没？”

屏幕里的盛乔眼神顿时有点飘：“吃过了。”

霍希一看就知道她在说谎：“霍小希都知道乖乖吃饭，你怎么不听话？”他拍了下霍小希的头：“告诉妈妈，你今天晚上吃了什么。”

“我吃了好多好多！炒鸡蛋、土豆丝，还有鸡肉！”霍小希做出跟爸爸一样的表情，“妈妈，你怎么又不听话呢？要乖乖吃晚饭啊。”

盛乔被父子俩逗笑：“好，我会听话的。”

霍希低声道：“乖一点，我们明晚就回来。”

画面里的盛乔温柔地点头。

霍小希把嘴巴凑到屏幕上：“mua！妈妈，亲亲，我爱你！”

盛乔：“我也爱你，宝贝。”她隔着屏幕亲了亲父子俩，“宝贝晚安，老公晚安。”

“晚安，我爱你。”

我爱你，直至世界倾塌。

番外4

逃出生天·胭脂血

盛乔刚撕开冰淇淋的外包装咬了一口递给霍小希，包里的手机又响了起来。萌萌的霍小希小朋友舔着冰淇淋认真地提醒："妈妈，你手机响了好久好久好久。"

盛乔："不管它！好吃不？"

霍小希："好吃！"

盛乔："再给妈妈吃一口。"

霍小希："不行！爸爸说你这个月的冰淇淋份额已经超标了，不能再吃了！"

被儿子拒绝的盛乔朝不远处戴着帽子、口罩正在买棉花糖的颀长背影看了两眼，偷偷道："就一口，快点，你爸看不见。"

霍小希一脸纠结，想给妈妈吃，又谨记爸爸的交代，踟蹰了半天，还是没抵挡过妈妈的撒娇攻略，慢慢递过去："好吧，就吃一小口哦。"

盛乔低头"啊呜"一口，直接咬没了大半截。

霍小希："……"

霍希拿着两块粉色的棉花糖回来时，先是看了眼霍小希手上没剩多少的冰淇淋，又看了眼若无其事看风景的盛乔，嗓音浅淡，也不知道在问谁："好吃吗？"

盛乔："问你呢儿子！"

霍小希："……好吃。"

霍希看破不说破，把手上的棉花糖一份递给盛乔，一份自己拿着，取下口罩咬了两口。

眼巴巴等着棉花糖吃的霍小希觉得不可思议："我的呢？"

霍希扫了他一眼："你违背了我们的约定，这是惩罚。"

霍小希："！！！"

小团子气愤地瞪了他爹一眼，又委屈巴巴地望向他娘，盛乔自知理亏，"嘿嘿"笑了两声，赶紧把棉花糖递过去让他咬两口，指着一旁的旋转木马分散父子俩注意力："那没人排队了！走走走，赶紧去！"

不是节假日，迪士尼里不算挤，盛乔两三口把棉花糖吃了，重新戴好口罩、帽子，牵着儿子爬上旋转木马，但她明显低估了追星女孩的火眼金睛。

盛乔刚把霍小希抱上木马，外圈就有人在低声讨论："那是不是获胜夫妇啊？"

"好像是，那小孩不就是霍小希吗？眼睛好大，比电视上还可爱。"

"快，偷偷合影一张。"

另一头本来在专心致志自拍的两个女生也发现了。

"那好像是我爱豆！"

"捂成这样你都能看出来？"

"就是只露一根小拇指我都能认出来，这样很明显了好吗？啊啊啊……我的妆，快看看我的妆花没花，还OK吗？"

"非常OK，你要去要合影吗？"

"不不不，私人行程不能打扰，我远远看着就好！啊啊啊……乔乔看过来了，快！帮我拿下手机，我要比个心！"

那头，盛乔一转眼看见有人在朝着自己这边比心，立刻杵杵霍希的腰窝："有希光在给你比心！你快回一个！"

霍希："……也可能是在给你比。"

盛乔："好像是哦。"她想了想，"那我们一起比一个！"

霍希好笑地摇摇头，配合地举起右手，跟盛乔一起朝粉丝比心。

收到比心的乔粉："啊啊啊啊啊啊啊……我死了！！！"

宠完粉，旋转木马也开始运作，等盛乔带着儿子兴高采烈地玩完一轮，

"获胜夫妇携子游迪士尼"的标题已经登上微博热搜前十了。

她正拿着地图研究下一个游玩点，包里的手机再次振动起来，对方势有不接就打爆电话的趋势。

霍希蹲着身子用湿纸巾给霍小希擦手："接吧，不接他会一直打的。"

"啊啊啊……烦死了！"盛乔一边号一边掏出手机，没好气地"喂"了一声。

那头传来贝明凡假笑的声音："乔乔，哪儿呢？怎么这么久才接电话？"

盛乔说："国外度假！没信号！"

贝明凡问："哪个国家呀？信号塔这么弱？"

盛乔说："在太平洋上的一个私人岛上，开直升机都找不到的那种。"

贝明凡终于忍不住，点开微信，气愤地发了十几张路透图过来，冲着听筒怒吼："太平洋？私人岛？迪士尼什么时候开到太平洋上去了？！我到上海分部了！你马上给我过来签合同！"

盛乔不甘示弱："不签！不去！上一季导演把我拉到乱葬岗录节目的时候我就发过誓，再去这破综艺我不姓乔！"

贝明凡说："醒醒，你本来就不姓乔。"

话刚落，电话被人拿了过去，听筒里传来另一个一听就不是什么正经人的假笑声音："乔乔啊，咱们有话好好说嘛，都可以谈的，是不是？你看我都亲自来请你了，你有什么要求可以提的嘛！其他五位嘉宾的合同都签了，就差你了啊！你说这都第七季了，原班人马其乐融融，你怎么舍得大家呢？是，上一季是我做得不对，不该玩那么大，我在这里郑重跟你道歉，并且承诺：这一季，绝对不会再那么搞！而且我们打算换个玩法，录制内容一点都不恐怖哦！"

盛乔："……我信你有鬼，糟老头子坏得很。"

《逃出生天》总导演："呵呵呵呵呵……哈哈哈哈哈哈……贝总说你在迪士尼呢，你好好玩！等你玩好了，今晚我做东，请你在望江阁吃饭，我们说好了哈，不见不散！"

不等盛乔回答，总导演"啪"的一声把电话挂了。

盛乔："……"

霍希偏头打量她半天："又被套路了？"

盛乔："好像是。"

霍希隔着帽子摸摸她脑袋："一孕傻很多年，正常的。"

盛乔："嘤……"

接了个电话的时间，已经围了好几圈人，拍照的，尖叫的，都有。微博热搜一上，不少在迪士尼游玩的粉丝都顺着路透图找了过来。

好在他们之前已经玩过不少项目，霍小希扒着霍希的脖子，语气严肃："爸爸我们快点逃走吧，不然又要被追着跑了。"

盛乔朝四周挥挥手，赶紧撤了。

回去的路上盛乔又接到沈隽意的电话，一接通他就咋咋呼呼地吼："兄弟！听说这一季逃生你不去啦？"

盛乔一脸嫌弃："对！我不去！你要是来当说客，就免谈！"

沈隽意赶紧道："哎呀，别别别，不去就不去嘛，多大点儿事！上一季乱葬岗那期我也吓坏了，回去做了一周的噩梦呢！不去不去！这节目组坏得很，咱们都不去！"

盛乔："？？？"谁跟你咱们？

沈隽意："那说好了哈，谁都不去，我这就去毁约！唉，虽然要赔一大笔毁约费，最近市场也不景气，没赚到什么钱……不过没关系，还有兄弟你嘛！到时候我把行李搬到你家去，睡你家，吃你的！"

盛乔："？？？"

沈隽意："就这么说定了，我先打包一部分行李寄到你家，你帮我收一下哦。"顿了顿，笑得非常欠揍，"帮我跟霍希打招呼哟！我不介意跟他睡一个屋的。"

盛乔："……"狗东西越来越狗了。

挂了没多会儿，赵虞的电话也打过来了，一接通就笑眯眯道："乔乔呀。"

盛乔："停！我知道你要说什么！赵虞我们还是不是好姐妹了？你怎么能帮着他们套路我？！"

赵虞："什么跟什么啊？我就是想问问你，沈隽意刚给我打电话说后天就要搬到你家去住了？咋回事啊姐妹？你怎么能要他不要我呢？我不管，我也要来住！”

盛乔：“……”

赵虞美滋滋地说：“到时候他跟霍希睡一屋，我跟你睡一屋，白天打麻将，晚上涮火锅，完美！”

盛乔愤怒地挂了电话，拨给《逃出生天》的总导演：“我签！我签还不行吗！”

总导演：“Get！”

于是第七季《逃出生天》就这么拉开了序幕。

录制那天是个阴天，下飞机后先在贵宾休息室集合，等六位嘉宾都到齐了，节目组安排了车子来接，居然是一辆非常普通的旅游大巴车。

棕色车身上“杭通旅游”四个字非常醒目，车窗前还贴着一行标语：“杭通，给你最好的旅途体验。”

沈隽意看了两眼，问旁边的工作人员：“节目组这季没拉到赞助，破产了？”

执行导演简直不想理他：“上车上车，先上车！别在这儿围着，一会儿粉丝找过来了。”

六位嘉宾说说笑笑地上车，盛乔找了个前边靠窗的位置，大巴车里汽油味重，熏得她有些不舒服，刚坐下，沈隽意就一屁股蹭过来了：“兄弟，晕车啊？吃橘子不？我去给你买。”

盛乔：“你占我便宜？”

沈隽意：“嘻嘻，被发现了呢。”

盛乔抬手打他帽檐：“嘻你个头啊。”

方芷跟曾铭就坐他们后边两排，看两人在那斗嘴打闹，方芷心酸地说：“可怜我找马CP，最后竟然是这样的结局。”

曾铭：“人家乔乔孩子都多大了，闭嘴吧你，让霍希知道封杀你。”

方芷：“……”霍希的宠妻狂魔的名声可是响彻全国的。

正聊着，最后一排带着洛清打游戏的纪嘉佑朝前面喊：“小乔姐姐，你跟我一起带带洛老师吧，我一个人带不动。”

盛乔有气无力地朝后摆手："不行，姐姐晕车。"

沈隽意兴奋地举手："我来！我来！"

纪嘉佑："……不了，我还是自己带吧。"

曾铭扒着后座椅笑道："洛老师，童心未泯啊。"

洛清一脸无奈："没办法，家里那小子叛逆，天天闷头打游戏，也不跟我和他爸交流，除了和他一起打游戏，我也想不到其他办法了。"

她感叹地看着纪嘉佑："要是他有小嘉一半懂事，我也不用费这么大劲了。"

纪嘉佑表情还是酷酷的，耳朵却已经红了。

他当年拒绝了经纪公司的邀约，没有去艺术类大学，而是考入了交大的桥梁建筑专业，去年刚毕业，除了固定参加每一季的"逃生"，每周在网上直播一次打游戏，生活重心基本都转移到桥工上。

网友戏称，当初他跟盛乔组了个"架桥CP"，没想到现在真的架起了桥。

车内正在玩闹，各个嘉宾的跟拍摄像师上来了，扛着机器各自站好，一副开录的架势。总导演紧接着上车，站在前面中气十足地喊："《逃出生天》第七季第一期，打板！开机！"

众人："……"

总导演笑眯眯地看着一脸茫然的嘉宾："鉴于以前的节目拍摄过程给大家带来了身心上的折磨，所以导演组决定，这一期让你们去旅游，参观参观景点，放松放松身心。"

大家纷纷表示怀疑："有这种好事？"

总导演："不要怀疑！导游我都给你们找好了！今天的录制内容，就是参观本市最著名的景点，大家放宽心，该吃吃，该喝喝，不要有压力。"

沈隽意凑到盛乔耳边："你信他的话吗？"

盛乔说："我信他有鬼。"

沈隽意沉着地点点头，摸出手机："那我先搜一搜，这个地方的著名景点有哪些。"

一边搜着，他一边抬头问总导演："包景区门票吗？"

总导演："这个问题……请我们的导游作答！来来来，请导游上来。"

众人都盯着车门口，只见一个戴着红色鸭舌帽的年轻男子蹿了上来，手里拎着个大喇叭，笑嘻嘻地做自我介绍："大家好，我是你们本次旅途的导游，请大家系好安全带，司机准备出发了。"

盛乔："……"

沈隽意啧啧称奇："你啥时候不拍电视剧改做导游了？"

钟深一脸沉痛："影视行业不景气，转行赚点外快。"话落，举着喇叭清清嗓子，"那么接下来，就让我为大家介绍本次旅途的游玩路线。"

方芷感觉不可思议："真旅游啊？"

大巴开动，钟深还真拿着喇叭开始讲解本市景点，什么珍稀鸟类栖息湿地，什么几百年历史的古塔，什么许愿很灵的寺庙……别说，像模像样的，还真像个导游。

除了盛乔，其他人基本都放松下来了，心想节目组终于做了回人。

只有盛乔，还是一脸怀疑加警惕地盯着坐在副驾驶呵呵笑的总导演，企图从他脸上发现蛛丝马迹。

钟深介绍完景点，又领着嘉宾唱歌玩成语接龙，大家都当是为了节目素材，还挺配合的。开了快两个小时，大巴车终于在一条非常冷清的路边停了下来。

钟深戴着小红帽，挥动小红旗，拿着大喇叭："请大家依次下车，认准我的小红帽，不要走散了。"

大家乐呵呵地下车，沈隽意还跟周围的工作人员要零食，打算边逛边吃。

穿过马路，对面是一片枝叶摇晃的竹林，加之阴天，整片竹林透出几分阴冷之感来，盛乔直觉不好，站着不走了，问钟深："竹林后边是什么？"

钟深的声音被劣质大喇叭拉得有几分失真："当然是第一个参观景点，你快点过来，别掉队！"

盛乔被执行导演和跟拍摄像师推着，不得不压下不好的感觉，硬着头皮往前走。

穿过竹林，一座破败的古楼出现在眼前。

楼有三层高，占地面积很大，外围很荒凉，看建筑风格和破旧程度，像是一两百年前的楼，透着一种压抑又阴冷的古老感。

起先还说说笑笑的众人顿时蔫了，都紧张地盯着眼前的古楼。

钟深拍拍喇叭，指着后边开口道："大家眼前的这座院楼，就是本次旅途的第一个景点——申家鬼宅。"

嘉宾："？？？"什么宅？

钟深继续介绍："申家鬼宅，我国十大凶宅之一，历史悠久，底蕴深厚，建于1922年，是当年当地豪绅申家的住宅。后来申宅发生爆炸，二十八人在此丧生。再后来，有人用低价购置了申宅，重新装缮之后，却屡次发生命案，据不完全统计，至今，申宅里面已经死过不下五十人！"

钟深说着，还猛地比出五个手指，把靠得最近的方芷吓得失声尖叫。

起先只觉得这座楼有些古老，现在听他这么一说，再一看，瞬间觉得阴森无比。钟深笑眯眯的："当然，这座宅子现在早就不住人了，成为当地著名的免费景点，来来来，下面我们就进去参观参观。"

众人怒瞪总导演。

盛乔双腿都打哆嗦了，咬牙切齿："我不去！"

总导演："来都来了，去看看嘛，看看又不死人。就是传得厉害，其实也没那么可怕啦，听说很多人半夜来探险呢，不都没事嘛。"

盛乔气得恨不得扑过去咬他几口。

她就知道，哪有这么好的事！一群骗子！连钟深都骗她！

她恶狠狠地瞪了钟深一眼："你以后都不要想吃到'鸡'了！"

钟深："……"

他赶紧跑过来抱着她的胳膊左右晃："哎呀，不就是个鬼宅吗？你连乱葬岗都去过，还怕区区一个鬼宅吗？何况这次我也在呢。"他拍拍自己并不存在的肱二头肌，"我阳刚之气可重了！咱不怕啊，不怕！"

沈隽意在旁边"嘁"了一声，撸起袖子，露出线条均匀的肌肉，一脸鄙视："你的阳刚之气有我多吗？"

钟深："？？？这也要比？"

沈隽意得意地朝盛乔挑眉："兄弟，你的正能量光辉罩了我这么多年，现在，轮到我的阳刚之气罩你了！"

盛乔："滚！"

她麻溜地摸出手机，在浏览器搜索栏输入"申家鬼宅"四个字。

她不信节目组真敢把人带到真正的鬼宅，什么命案，什么凶宅，她才不信呢！没想到一搜，傻眼了。还真有。

本市著名鬼宅，位列我国十大凶宅之一，再对比网上传出来的图案，跟眼前的建筑一模一样。

众人看她傻了，都围过来看，一看，全部傻眼。

总导演满意地看着大家的反应："来都来了，还想这些有的没的做什么？来来来，那个晓晨啊，把装备给大家戴上。"

众人还不及反应，旁边的工作人员拿着早已准备好的电子装备一哄而上，都给绑上了。

熟悉的系统声音在耳麦冷冰冰地响起：

凶宅探险即将开始，请玩家做好准备。

方芷愤怒道："不是说旅游参观吗？！"

总导演："旅游参观，顺便做个任务。别废话了，都进去吧，早点完成任务早点出来，早死早超生！"

盛乔差点忍不住朝他比中指，但想到节目播出后霍小希会看，生生忍住了。

一行人在钟深的带领下穿过破旧的铁门，进入了凶宅。

虽然经历了六季节目的折磨，锻炼了胆量，但面对真正的凶宅，谁能不怕？大家纷纷朝盛乔借辟邪物。

盛乔把零钱包里的辟邪物跟大家分了，又问挥着小旗子的钟深："任务是什么？"

钟深一副"我听不到你在说什么"的样子，继续保持自己的导游人设："大家往这边看，这就是申家鬼宅的主院，以前的屋主人不管是招待客人还是置办嫁娶丧事都会在这里举行。它上面还有两层，我们先从第三层开始参观。楼梯在这边，来，跟我走。"

钟深一马当先，方芷在后面嘀咕：“他怎么不怕啊？”

钟深回头举着喇叭一脸鄙视地大喊：“鬼神身边过，正气心中留！”

劣质塑料喇叭带起一串刺耳的尖鸣声，几个人都捂着耳朵骂他，钟深站在最上面的一阶楼梯上，严肃地挥小旗子：“赶紧上来！一会儿走丢了可没人管！”

说完不等众人跟上去，自己先上了三楼。

等几个人顺着逼仄幽暗的楼梯爬上去，哪里还有钟深的影子。

几人对这里的布局不了解，不敢乱跑，也不敢大喊，三楼布置古色古香，只是没点灯，窗户也用木板钉死，透出一种诡异的阴森。

众人正打量，幽暗的走廊尽头突然传来劣质喇叭“嗞嗞”的声音。

方芷吓得发出一声尖叫，曾铭连忙去捂她的嘴，几个人围着圈蹑手蹑脚地走过去，看见掉落在地上的喇叭。

与此同时，耳麦里“叮”了一声，响起系统没有感情的声音：

本期主题“胭脂血”，剧情已经开启，玩家成功完成任务即可离开，祝你好运。

凶宅可跟之前那些道具组搭建的场景不一样，一想到这地方真的死过不少人，几个人冷汗噌噌地往外冒。

洛清搓了搓爬满鸡皮疙瘩的手臂：“它这也没说任务是什么啊。”

纪嘉佑沉着道：“导游不见了，任务是不是要找到导游？”

几个人都觉得他说得有道理，盛乔不想在这阴森森的三楼多待，当机立断：“先下楼再说。有剧情肯定有群演，去看看下面现在是什么情况。”

一行人纷纷往下，刚走到一楼，就听见前面主院响起呜呜哇哇的唢呐声，伴随着此起彼伏的哭喊。

踏出门一看，众人都傻了。

导演组布置神速，刚才还空无一人的院内已经搭建起了一个灵堂，堂前跪着不少披麻戴孝的群演，多是些年轻貌美的女子，捻着手绢哭得上气不接下气。

院内白幡飘扬，丧音凄凄，灵堂内香烛纸蜡一应俱全，前面横着一具空棺材，棺材后面放着一块木板，铺满了白菊花，木板上躺着一个穿着长马褂的年轻男子，众人定睛一看，发现居然是钟深！

方芷跳着脚尖叫："啊啊啊啊啊啊……导游死掉了！"

盛乔最怕白事，眼睛都不敢往那多瞟，一听躺在上面的群演是钟深，倒没那么怕了，又好气又好笑，骂他："拍戏的时候没见你这么用心，居然跑到综艺里来演尸体！"

正闹腾，跪在最前面的一名女子捏着手绢站起身，在丫鬟的搀扶下走到他们面前，嗓音悲痛道："诸位可是夫君的友人？"

沈隽意说："还行吧，关系也不是特别好。"

女子："……"

盛乔踢了他一脚，接上剧情："对，我们是他朋友，听闻他过世的噩耗，特来拜祭。"

女子悲伤地叹了声气，拿手绢拭泪："常听夫君念叨他的四五好友，如今见到你们，夫君泉下有知，定然也高兴。"

纪嘉佑已经转了一圈回来了，非常有头脑地问："你夫君是怎么过世的？我看他年纪轻轻，是出了什么意外吗？"

一问到这个，女子果然又抹起了眼泪，堂中其他哭丧的女人们全部开始号啕大哭，那场面岂止一个"惨"字了得，女子边哭边说："我夫君是误食了老鼠药，中毒身亡。"

众人："？？？"

沈隽意："一听就是假话！他又不是小孩，能馋到吃耗子药？我看分明就是你下毒毒死了你夫君！来人，把她给我抓起来！破案了！任务结束！"

导演组："？？？"

总导演气得拿起对讲机吼："管家！带人上！先让他尝尝惩罚的滋味！"

管家得令，带着周围穿黑衣服的高壮家丁一哄而上，直接把沈隽意抬了起来，在众人错愕的神情中将人扔进了横在灵堂前的空棺材里。

耳麦里响起系统没有感情的声音：

略施惩罚，以儆效尤。未在规定时间内完成任务，将获得“感受空棺”惩罚，每小时触发一次，现在开始倒计时，祝你好运。

盛乔：“！！！”

沈隽意还在挣扎，系统冷冰冰地计时：

由于玩家不配合，惩罚时间增加一分钟。持续挣扎将持续增加惩罚时间。

沈隽意顿时不动了，气急败坏地骂导演：“你下季别想我帮你劝小乔签合同！垃圾节目，迟早要完！”

系统：

玩家威胁导演，惩罚时间增加一分钟。

沈隽意：“！！！”

方芷和曾铭都快笑死了，盛乔在旁边冷飕飕地道：“笑什么笑？一小时之内不完成任务，进去的就是我们了。”

方芷顿时一脸紧张：“任务到底是什么啊？”

曾铭说：“还能是什么？找凶手呗。”

盛乔点点头，把洛清和纪嘉佑叫到一起，大概说了一下自己的初步想法：“先检查钟深的尸体，找出他的致死原因，然后再理一理现场所有人物之间的关系，去各个屋子找找线索，锁定嫌疑人，争取在一小时之内破案！”

谁都不想去棺材里躺一躺，说干就干，纪嘉佑和曾铭两个男生立刻走到铺满白菊花的木板前检查钟深扮演的尸体。

盛乔则领着两个女生询问堂前的莺莺燕燕，试图捋清这次剧情的背景故事。

沈隽意躺在棺材里听到外面的动静，顿时大喊：“兄弟！等等我一起啊！没有我这个最强大脑在，你们会走歪路的！”

系统：

玩家大喊大叫，惩罚时间增加一分钟。

沈隽意：“你故意针对我，是不是？”

系统：

玩家大喊大叫，惩罚时间增加一分钟。

沈隽意：“好好好，我不说话了，行不行？”

系统：

不行，惩罚时间增加一分钟。

沈隽意：“？？？”最后在棺材里躺了足足十分钟才出来。

曾铭和纪嘉佑正在检查钟深身上有无外伤，沈隽意一边往外爬一边兴奋地说：“先把他裤子扒了。”

钟深下意识就想拽紧自己的裤腰，沈隽意已经爬出来，幸灾乐祸道：“你别动啊！你一动就是诈尸，剧情走向就变了。”

钟深眼角狠狠抖了抖，咬着牙才没当场表演一个诈尸爬起来掐死他。

镜头拍着，当然不可能真的扒裤子，象征性地检查了一遍，曾铭说：“身体无明显外伤，嘴唇发紫，应该是中毒死的。”

沈隽意沉吟道：“看嘴唇发紫的程度，必须是香奈儿212号厚涂才能有这效果了。”

直男纪嘉佑：“？？？”

检查完尸体，那头的人物关系和背景故事也基本梳理完成，盛乔拿着自己的手账本总结：“根据我们目前搜集到的线索，这应该是一桩情杀案。”

她把搜集到的剧情说了一下，大概就是一个有钱的渣男娶了自己的“青梅”后不甘寂寞，又连着娶了十几房姨太太，导致后院争宠不断的故事。

刚才最先跟他们对话的温柔女子就是申家少爷的正牌夫人，其他哭哭啼啼的小姑娘都是他的姨太太。

此时见盛乔开启情杀剧情线，正牌夫人立即接上剧情，在丫鬟的搀扶下难以置信地道：“姑娘所言是何意？难道夫君是被人加害？”

沈隽意鄙夷地看着她：“你别装了！凶手就是你！”

正牌夫人：“……”

总导演：“稳住！”

正牌夫人深吸一口气，演技发挥到极致，挤出两滴泪：“这位公子可不要血口喷人，我与夫君伉俪情深，情深义重，怎容你随口污蔑？！”

沈隽意义正词严：“照你这么说，你和你夫君感情那么好，他为什么还要娶那么多姨太太？所以真相就是你见他娶那么多，心生嫉妒和怨恨，下毒杀了他！”

正牌夫人也不知道是太入戏还是被沈隽意胡搅蛮缠的气质气到了，胸口上下起伏，哭着道：“你既如此污蔑，妾身便随了夫君去，到阴间向夫君讨一个公道！”说着，就往棺材上撞。

一旁的丫鬟管家赶紧又劝又拉，扮演管家的群演长得还挺帅，安抚好夫人后转身怒斥沈隽意：“这位公子若是再胡言乱语，可别怪林某不客气！”

那丫鬟也哭着说：“申家上下谁不知道夫人事事为少爷着想，你说夫人嫉妒少爷纳妾，可知少爷这十几房姨太太，都是夫人亲自选进府来送到少爷身边的！连少爷都赞夫人大度宽容。如今少爷不在了，你这不知道哪里蹿出来的小人如此诋毁夫人，少爷若是泉下有知，定不会放过你！你可当心半夜少爷来找你吧！”

沈隽意：“？！”

这些群演都上哪儿找的，演技这么好就算了，嘴还这么毒？

闹了半天，盛乔按着沈隽意的头给正牌夫人道歉，夫人用手绢擦擦眼泪，哽咽道：“姑娘既有所怀疑，申家满院任你调查。”

盛乔看看时间，距离一小时时效只剩半个小时，事不宜迟，立刻跟其他几个人商量分配了各自探查的区域。

盛乔分配到的是申家少爷的卧室，她一个人不敢去，拽了方芷跟她一路。走的时候灵堂又开始吹拉，哭声凄凄惨惨，听得瘆人。

盛乔回头看了一眼那一群哭哭啼啼的姨太太，有一种奇怪的感觉涌上心头，仔细去抓时，又消失了。

申家少爷住的地方在东院，一离开主院，四周又恢复了属于凶宅的阴森，方芷挽着盛乔一步都不敢离远了。

四周俱静，偏偏她们要去的方向又传来鸟叫的声音，两人对视一眼，胆战心惊地跨过拱门一看，才发现回廊上挂着不少鸟笼，叽叽喳喳叫个不停。

穿过回廊，精致的小院内种满了芭蕉和海棠，芭蕉叶后有一块光滑的大石头，刻着“怡红快绿”四个字。

盛乔奇怪地“咦”了一声。

方芷正东看西看，听她出声，像惊弓之鸟蹦到她身边：“怎么了，怎么了，发现什么了？”

盛乔摇摇头：“没什么，进去看看。”

推门进去，入目就是嵌满两面墙的大镜子，骤然反射出晃动的人影，把方芷和盛乔吓得够呛。

屋内桌椅等家具一应俱全，精致奢华，两人把屋子东西翻了个遍也没发现有什么异常的地方。只是书桌上摆了一本翻开的《红楼梦》，盛乔拿起来看看。

方芷不敢离她远了，也跑过来：“书里面有东西？”

盛乔摇摇头，皱着眉翻书：“书里面没有，但是……”

方芷等了半天：“但是什么？”

盛乔边翻边说：“门外的石头上刻着‘怡红快绿’，回廊上挂着鸟雀，这房内又有一本《红楼梦》，总感觉有什么联系。”

方芷：“我没看过《红楼梦》欸，我喜欢看《西游记》。”

盛乔想不出个所以然，把书放回去：“去下一个地方找找看吧。”

申家少爷有十几房姨太太，意味着他们要搜查十几个房间，其中还不包括厨房、厕所等公共区域。

半个小时的时间完全不禁逛，还要留出几分钟的时间和其他人共享线索，耳麦里系统开始十分钟倒计时，六个人都只能匆匆回到主院灵堂处。

盛乔和方芷没找到什么关键性线索，只在二姨太的房间里发现了戏服和化妆颜料，推断出二姨太进府之前应该是个唱戏的。

曾铭和洛清在书房找到了一本名册，记载了申家少爷十几房姨太太的姓名、籍贯，对于推断凶手也没什么用。

最后剩下沈隽意和纪嘉佑，人还没到，声音就远远传来了："我找到了！我知道凶手是谁了！"

沈隽意拿着一封被撕掉后又重新拼凑起来的信跑过来，满脸抑制不住的兴奋，经过之前把他弄进棺材的管家身边时，还重重哼了一声。

他一脸献宝地把信递给盛乔："这是我和小嘉在厨房没烧完的灶火堆里翻出来重新粘起来的！你看！这个林远，是不是就是那个自称林某的管家！他居然跟正牌夫人是表兄妹，还骂申家少爷狼心狗肺，想带正牌夫人远走高飞！"

信被烧得七七八八，但又刚好留下那么些只言片语，足够拼凑出大概内容。

正牌夫人不可思议地看过去："表哥……难道真的是你？！"

管家板着一张脸："胡说！你拒绝我的提议后我便下定决心留下来陪着你，又怎会去加害他？"

沈隽意这下扬眉吐气，要是有尾巴，早就翘上天了："你说不会就不会？我看凶手就是你！申少爷平时的衣食住行都是你经手的，在他食物里下老鼠药当然也很容易。这满院子的人，只有你有杀人动机！"

耳麦里系统开始播报最后一分钟倒计时，众人面面相觑，盛乔迟疑道："事情不可能这么简单，你们还有什么其他线索吗？"

沈隽意瞪了她一眼："兄弟你怎么不相信我呢？节目组的套路你还不知道吗？最复杂的真相往往最简单，答案就在你眼前！难道你想进棺材躺一躺？"

只剩下最后十秒，盛乔屈服了："行吧，就信你一次。"

沈隽意开心了，欢欢喜喜地去拍任务铃："杀死申家少爷的真凶就是林管家！"

总导演露出了欣慰的笑容，众人只听耳麦里系统没有感情地宣布：

任务失败，全部玩家获得"感受空棺"惩罚。

众人："……"

盛乔："沈隽意我杀了你！"

黑衣家丁们已经跃跃欲试，方芷大声尖叫："我最后一个！我最后一个！"

总导演乐呵呵的："不用客气，都有都有。"话落，几名工作人员掀开墙角的黑布，露出底下排列整齐的棺材，"还给大家搞了个七星疑棺阵，欢迎体验。"

众人："……"算你狠！

盛乔已经不想说话了，闭着眼任由工作人员把自己抬进棺材，双手交叠在胸前，想象自己是一只高贵优雅的吸血鬼。

嗐，什么棺材不棺材的？就是张床！

度过度日如年的五分钟，盛乔从棺材里爬起来的时候，一脸视死如归。耳麦里已经开始播报新一轮的倒计时，她握拳大喊："要么破案，要么死！"

导演组美滋滋地看嘉宾吃瘪："嗐，什么死不死的，尽力而为就行啦。"

盛乔不理他们，跟嘉宾说："把上一轮找到的线索都给我，然后继续去找线索，找到之后都快点拿来给我。"

嘉宾："那你呢？"

盛乔拿了张草甸子往地上一扔，一屁股坐下去，冲着导演组的方向恶狠狠地道："我要开启脑力风暴了！"

导演组："……"

众人把线索丢给她都走了，盛乔坐在地上一件件翻来覆去地研究，试图从这些线索中找出隐秘的联系，但可用线索实在太少，还得等他们找来新的线索。盛乔坐在地上撑着下巴，目光严肃地扫过眼前的灵堂。

她心里一直有种奇怪的感觉，但始终抓不到关键，现在静下心去捕捉，怪异感便越来越重。恰好纪嘉佑回来给她新找的线索，她迟疑着问："小嘉，你有没有觉得，那十几房姨太太，五官有点相似啊？"

纪嘉佑听她这么一说，看了一圈，顿时惊了："还真是……"他顿了顿，猛地看向正牌夫人，"她们好像长得都跟大夫人有点像！"

盛乔终于抓到了那丝怪异感。

是的，这群年轻貌美的女子，无论五官还是气质，都跟正牌夫人很像。

盛乔想起那丫鬟的话："少爷这十几房姨太太，都是夫人亲自选进府来送到少爷身边的。"

夫人选了十几个跟自己长得相像的年轻女子送给夫君当妾？

盛乔和纪嘉佑对视一眼，都打了个寒战。

不远处传来沈隽意大喊大叫的声音："兄弟！我给你送线索来了！"他手上拿了个扎满银针的布娃娃，"这是在二姨太房间找到的巫蛊娃娃，你看，这后面的字条上还有生辰八字。"

跪在灵堂前的二姨太顿时一脸惊恐和慌张。

纪嘉佑说了句："这个二姨太长得跟正牌夫人最像。"

盛乔心头一动。她拿过巫蛊娃娃看了看，又翻开之前那本姨太太手册，发现这诅咒字条上写的姓名和生辰八字都不在手册上。

巫蛊娃娃咒的只能是不在名册上的正牌夫人了。

剧情线开启，正牌夫人身边的丫鬟跑过来拿起娃娃一看，顿时尖叫道："你这个恶妇！夫人待你如亲如妹，你竟然诅咒夫人！你不得好死！"

正牌夫人也带着一脸被背叛的难过看着二姨太："婉儿，你为何要这样对我？"

旁边那群姨太太也纷纷斥骂指责，你一言我一语，简直是一出好戏。

纪嘉佑非常上道："3D版宅斗剧，不看白不看。"

盛乔遗憾道："可惜没有瓜子。"

二姨太被骂了半天，像是忍到绝路，突然暴起，几掌推开围在自己身边的女子，愤恨地指着夫人："你这个贱妇别再假惺惺了！你对我好？你要是真对我好，这些女人就不会出现在这里！"

正牌夫人笑了笑，嗓音温柔："婉儿何出此言？我只不过是顺了夫君的心愿，凡是夫君喜欢的，我都会尽力为他寻来。你不也一样吗？"

二姨太发疯似的尖叫："我知道！我知道你就是怨恨当年之事！你怨恨我不规规矩矩唱戏，反而勾搭上夫君！你怨恨夫君说他没有背叛你，只是更怀念年轻时候的你！你不仅让夫君娶了我，还全天下到处搜寻和自己相似的女人送进府来，你就是故意恶心我！”

任凭二姨太怎么尖叫咒骂，正牌夫人都是那副波澜不惊、温温柔柔的样子，悲伤地看着她：“婉儿，你想多了，我只是希望夫君开心。只要他开心，我怎么样都没关系。”

怎么样都没关系。

明明青梅竹马，两小无猜，你最终却娶了旁人违背一生一世一双人的誓言也没关系。

明明是我爱听戏，你专程请了戏班子进府为我唱戏，却看上唱戏的小花旦也没关系。

我没有背叛你啊，你看，我喜欢的，还是跟你模样相像的人。

我只是，更怀念年轻时候的你罢了。

沈隽意瞠目咋舌：“渣男啊！”

他看向木板上的钟深，一脸嫌弃：“这种渣男，还帮他做什么？死了算了。”

盛乔清清嗓子，问前面飙戏的群演：“这场演完没？”

群演：“……”

盛乔：“演完了就到我了哈。根据目前解锁的剧情我们已知，二姨太想杀正牌夫人，正牌夫人想杀少爷。”

两个人同时出声：“胡说！”

盛乔不管她们，转头跟纪嘉佑和沈隽意说：“正牌夫人的嫌疑比较大，沈隽意和我去搜她的房间。小嘉你去二姨太的房间仔细找找线索。”

沈隽意开心极了：“兄弟，你终于自愿跟我一组了！”

盛乔：“以你的智商，放你一个人去肯定会遗漏重要线索。”

纪嘉佑：“谢谢小乔姐姐的肯定。”

沈隽意：“小嘉你变了！”

三个人互撑着走远，执行导演忧愁地看着盛乔的背影跟总导演说：“总感觉她又要破解剧情了，我们的素材还没拍够呢！”

总导演笑眯眯的：“那可不一定。”

正牌夫人的阁楼就在申少爷的院子旁边，盛乔上一轮粗略地搜过一次，没有找到有用的线索，但这一轮解锁了背景剧情，搜起来就不一样了。

比如，夫人放首饰和金银的妆匣都空了，沈隽意在床底上锁的盒子里找到了打包好的钱财首饰。

盛乔在香炉的香灰里翻出了一小截没燃完的纸张，边角有“交易行”的章戳，纸上残留的字迹只有一个“十五”和只剩下半截的“药”字，具体交易了什么就不知道了。

梳妆柜的镜子下面还压着一张洋怀表的使用说明书，但两人都没在屋子里找到怀表，也不知道这条线索具体有什么用。

沈隽意为了证明自己的智商，就差把院子掘地三尺了，但多余的线索再也找不出来了。

他斩钉截铁地说：“凶手肯定是她！她在某个交易行买了十五克老鼠药，毒死了申少爷后打包好行李，准备畏罪潜逃！”

根据找到的线索，连起来确实是这么一回事。

盛乔：“那怀表呢？”

沈隽意：“导演组放出来干扰我们视线的！”

盛乔若有所思：“去小嘉那边看看吧。”

两人从阁楼离开，正往纪嘉佑那边去，旁边申少爷的院子传出方芷和曾铭的声音。这两人也是冤家路窄，每次组队都要吵架。

沈隽意转头看了几眼，哈哈大笑：“兄弟，你看这两人，居然去逛妓院！”

盛乔还在思考怀表的事，茫然道：“什么？”

沈隽意扭过她脑袋，指向楼院上的门匾：“看啊，怡红院！”

那门匾隐藏在花花草草中，上一轮她来这里的时候居然没看见。沈隽意还在边笑边嘴炮，方芷气得冲过来踩他脚：“你才逛妓院！你全家都逛妓院！”

盛乔像是突然想到什么，拔腿就往里跑，边跑边问：“桌上那本《红楼梦》你们动过没？”

曾铭跟着她：“没有。”

跑进屋，那本《红楼梦》果然还摆在书桌上。她上一轮的时候翻过这本书，但是她看书有个习惯，她的食指会下意识嵌在初始页面处，所以看完后，她又把书还原到那一页，摆在了书桌上。

所以这本书还是原本模样，书页正翻在第二十一回。

她扫了几眼内容，想到什么，又从兜里掏出那本姨太太名册，翻开一看，脸上顿时露出原来如此的笑意。

方芷火急火燎地跟进来："小乔，你发现啦？你上一轮不就说这里有问题，找到是什么问题了吗？"

盛乔放下书，啧啧两声："看不出来，我们这位申家少爷，还酷爱Cosplay。"

几人一头雾水。

她指了指屋子外那块刻着"怡红快绿"的石头："之前一进来我就觉得这地方有点模仿《红楼梦》里面贾宝玉住的怡红院，又有鸟，又有芭蕉，又有海棠，还以为是节目组的恶趣味。但现在看，其实节目组一开始就把申家少爷的死因摆在我们面前了。"

盛乔冲镜头挑了下眉，分明就是在跟导演组说："我开始了哟。"

导演组："……"

总导演这次倒是不慌："让她说。"

盛乔翻开姨太太名册，指着最后一页上记录的信息："这四个姨太太是这两个月刚入府的，上面记载说，这四人新得少爷宠爱，并由少爷赐名：代玉、报钗、希人、晴文。"

曾铭一脸无语："这申少爷跟人玩《红楼梦》情景剧呢？"

盛乔拿起桌上那本书，指着翻开那一页的其中一段："岂止玩情景剧，他还身体力行地Cos贾宝玉，连贾宝玉吃胭脂的爱好都在模仿。"

书翻开的那一页，正是二十一回，贾宝玉偷吃胭脂那一段。

曾铭反应过来了："你是说……他是因为吃了胭脂中毒死的？"

盛乔笑了笑："还记得我们这一期的主题叫什么吗？"

沈隽意抢答："胭脂血！难怪呢，我就说，怎么可能有人误食耗子药。可是，为什么吃了胭脂会中毒？"

盛乔鄙夷地看了他一眼："当然是因为胭脂有毒。"

方芷脑子快转不动了："那谁会送有毒的胭脂给申少爷吃啊？这样不是很

容易暴露吗？”

曾铭敲了她脑门一下：“所以下毒人的目标一开始并不是申少爷，只是被申少爷误食了。这才符合节目组的套路，接下来只要找到那盒有毒的胭脂就能破案了。”

沈隽意看看自己手里刚才从正牌夫人房间搜到的线索，再看看盛乔，头都大了：“那照你这么说，这件事跟夫人无关啊。她的目标是杀申少爷，但是申少爷是被误杀的，所以她不是凶手啊。”

盛乔也觉得夫人这条线好像被她遗漏了什么，但是想也想不出来，耳麦里又开始播报最后十分钟倒计时，几人只能返回灵堂再说。

回到灵堂处，纪嘉佑还没回来，只有洛清在，几个人把刚才推断出来的结果跟她说了，都在讨论凶手到底是谁。

沈隽意的脑容量已经装不下这复杂的案件了：“按照现在的情况，除了正牌夫人，剩下的十几个姨太太都有嫌疑。要不我们不找了，每一轮投一个人，投个十几次总会抓到凶手的！”

节目组：“……”这狗日的Bug！

方芷坚决反对：“我才不要再去棺材里！这次肯定可以抓到凶手的，对不对哦，小乔？小乔？”

盛乔回过神来，愁眉不展地张望：“小嘉怎么还不回来啊？还等他的线索呢。”

曾铭问：“小乔，凭你的直觉，你觉得凶手是谁啊？”

盛乔看了两眼那群哭哭啼啼的群演：“二姨太吧。”

尽职的二姨太身躯一抖，咬牙切齿：“你血口喷人！”

盛乔：“我随便说说，你这么激动做什么？”

二姨太：“……”

耳麦里系统开始最后三分钟倒计时，盛乔翘首以盼，终于把纪嘉佑盼回来了。他也知道时间不多，一路飞奔，身后还拽着一个丫鬟模样的群演。

二姨太一看见那丫鬟顿时脸色雪白，瘫坐在地。

纪嘉佑气喘吁吁地跑近，把那丫鬟推到前面：“这是……我在地窖找到的人证，这人说，二姨太之前调制过胭脂，她养的猫舔了她调胭脂的碗，死了。”

这可是关键线索！

导演组也没想到关键线索能这么快被纪嘉佑找到，他们可是把这个丫鬟藏在阴森森的地窖里！

纪嘉佑居然敢跳进去，这孩子太拼了。

盛乔看向二姨太：“那盒胭脂，你送给谁了？”

二姨太哆哆嗦嗦不说话，反倒是正牌夫人猛然想起了什么，顿时扑过去哭喊道：“是你！是你送我的那盒胭脂！是你害死了夫君！”

这下线索就对得上了。

二姨太怨恨正牌夫人，送了她有毒的胭脂。但没想到申少爷最近沉迷角色扮演，在正牌夫人那里误食了那盒有毒的胭脂，中毒身亡。

耳麦里已经开始播报最后一分钟倒计时，沈隽意兴致勃勃地准备去拍铃：“这下不会错了！”

盛乔看了看沉默的二姨太，又看看抹眼泪的大夫人，余光瞟到站在大夫人旁边的林管家。他胸前戴了一块怀表，在太阳照射下闪闪发光。

被纪嘉佑从地窖里找到的人证丫鬟畏惧地站在阴影里，盛乔突然闻到空气中有一股淡淡的火药味道。

电光石火间，盛乔脑子里闪过一个念头。

眼见沈隽意的手就要拍下任务铃，盛乔大喊：“等一下！不对！”

所有人都看过来，盛乔冷静道：“我们的任务是什么？”

沈隽意一脸无语：“找凶手啊。”

盛乔：“不对！系统从头到尾都没有说过我们的任务是找凶手，它只是让我们完成任务！”

众人面面相觑。

总导演脸上的微笑渐渐消失了……

盛乔飞快地从兜里掏出那张在香炉里找到的残信：“‘十五’‘药’……下毒的不是夫人，她也就不用去买所谓的十五克毒药，那这张交易上所谓的‘十五’‘药’到底是什么？”

现场一片安静。

盛乔像是突然想到什么，嗓音变得有些紧："导游介绍这座凶宅的时候，是怎么说的？"

纪嘉佑年纪小，记性好，稍稍回忆就原封不动地重复："他说，这是当地豪绅申家的住宅。后来申宅发生爆炸，二十八人在此丧生。"

"二十八人……"曾铭喃喃，飞快地将在灵堂现场的群演数了一遍，"这里有三十个人……"

"三十人，除了……"盛乔看向林管家和正牌夫人，"除了你们两个。这张交易单上的，是十五斤炸药，对不对？"

两个群演目瞪口呆地看着她，怎么也没想到最后一分钟剧情峰回路转，走到了真相大白这一步。

耳机里开始播报十秒倒计时。

形势越紧迫，盛乔越镇定："我们的任务不是找出真凶，因为斯人已逝，我们做再多也无法挽救一条已经失去的性命。而活着的人，更值得被拯救。"

她拍下了任务铃："夫人被少爷伤透了心，却又爱又恨，少爷既死，因爱生恨的她走入极端，打算引爆炸弹，炸平这个伤心地。她买了一对怀表，和爱慕自己的林管家约定好了时间，埋下炸弹，打算将少爷娶进门的这些姨太太全部送到地府去陪他，自己和林管家远走高飞。我们的任务，是阻止这场爆炸，不让这个地方变成凶宅。"

总导演已经笑不出来了，想起自己刚才那句"那可不一定"，感觉脸被打得稀巴烂。

这都能被你猜出来？？？

盛乔看着导演的表情就知道自己猜对了，长舒一口气，捏了捏拳头，满身豪情壮志："我说过！要么破案，要么死！绝对不会再进棺材了！"

感谢强大的求生欲支撑了她的脑力风暴。

一脸茫然的沈隽意："啊？"

盛乔："啊你个头啊！任务完成，本期录制结束，打板，啪！"

总导演："……"

已经开始朝外狂奔的盛乔：“啊啊啊……再也不想在这个地方多待一秒钟！”

总导演：“喀喀……”

他转头看着剩下的几位嘉宾：“有件事忘了跟你们说，这个宅子，是我们自己搭建的。真正的凶宅其实不在这里。”

众人：“？？？”

总导演看了眼已经跑没影的盛乔：“她溜得那么快，看来是不想知道。等节目播出的时候再让她自己去发现吧。”

沈隽意：“你们做回人吧！”顿了顿，他冲镜头露出一个灿烂的笑：“干得漂亮！”

图书在版编目（CIP）数据

老婆粉了解一下．大结局 / 春刀寒著．-- 成都：四川文艺出版社，2021.3
ISBN 978-7-5411-5792-9

Ⅰ．①老… Ⅱ．①春… Ⅲ．①长篇小说—中国—当代 Ⅳ．① I247.5

中国版本图书馆 CIP 数据核字 (2020) 第 178669 号

LAOPO FEN LIAOJIE YIXIA DA JIE JU

老婆粉了解一下．大结局

春刀寒　著

出 品 人　张庆宁
责任编辑　邓　敏
责任校对　汪　平

出版发行　四川文艺出版社（成都市槐树街 2 号）
网　　址　www.scwys.com
电　　话　028-86259287（发行部）　028-86259303（编辑部）
传　　真　028-86259306

邮购地址　成都市槐树街 2 号四川文艺出版社邮购部　610031
印　　刷　嘉业印刷（天津）有限公司
成品尺寸　160mm × 230mm　　开　　本　16 开
印　　张　22　　字　　数　350 千
版　　次　2021 年 3 月第一版　　印　　次　2021 年 3 月第一次印刷
书　　号　ISBN 978-7-5411-5792-9
定　　价　48.00 元

版权所有，侵权必究。如有质量问题，请与本公司图书销售中心联系调换。电话：010-82069336。